Ze is zoek

www.boekerij.nl

Emma Healey

Ze is zoek

BOEKERIJ

ISBN 978-90-225-6913-9
ISBN 978-94-0230-152-6 (e-boek)
NUR 305

Oorspronkelijke titel: *Elizabeth Is Missing*
Vertaling: Mechteld Jansen
Omslagontwerp: Wil Immink Design
Omslagbeeld: landschap: Philip McKay / Demurez Cover Arts; vrouw: Donald G. Jean / Getty Images
Illustraties binnenwerk: © Stephanie von Reiswitz
Zetwerk: Mat-Zet bv, Soest

Het citaat uit de Kreeftenquadrille uit *The Adventures of Alice in Wonderland* is overgenomen uit de vertaling van Nicolaas Matsier.

Voor mijn oma's Vera Healey en Nancy Rowand,
die me tot dit boek hebben geïnspireerd.

Proloog

'Maud? Verveel ik je zo dat je liever buiten in het donker staat?'

Een vrouw roept naar me vanuit een warm verlichte, rommelige eetkamer. Mijn adem kringelt naar haar toe, vochtig en spookachtig, maar er volgen geen woorden. De sneeuw die dun maar wit op de grond ligt, weerkaatst het licht tegen haar gezicht, dat strak staat van haar inspanningen om iets te zien. Maar ik weet dat ze niet goed kan zien, zelfs niet bij daglicht.

'Kom naar binnen,' zegt ze. 'Het is ijskoud. Ik beloof je dat ik geen woord meer zal zeggen over kikkers, slakken of victoriaans majolica.'

'Je verveelde me niet,' zeg ik. Te laat begrijp ik dat ze een grapje maakt. 'Ik kom er zo aan. Ik zoek alleen iets.' In mijn hand ligt het ding dat ik al gevonden heb, met de aangekoekte modder er nog aan. Een klein ding, iets wat je gemakkelijk over het hoofd ziet. Het kapotte deksel van een oud poederdoosje, van verweerd zilver en marineblauw email dat niet langer glad is, maar dof en bekrast. Het beslagen spiegeltje is als een venster naar een vervaagde wereld, als een patrijspoort die uitkijkt onder het oceaanoppervlak.

Ik weet me geen raad met de herinneringen die het oproept.

'Wat ben je kwijt?' De vrouw stapt voorzichtig, bevend, het terras op. 'Kan ik je helpen? Ik kan het misschien niet zien, maar ik struikel er vast over als het niet te goed verborgen ligt.'

Ik glimlach, maar ga nog niet van het gras af. De sneeuw heeft zich verzameld in de richels van een schoenafdruk en het lijkt wel alsof daar een klein, pas opgegraven dinosaurusfossiel ligt. Ik houd het dekseltje stevig vast en de opdrogende aarde trekt mijn huid strak. Ik heb dit ding bijna zeventig jaar gemist. En nu heeft de grond, die door de smeltende sneeuw blubberig en kauwbaar is geworden, een aandenken uitgespuugd. Uitgespuugd in mijn hand. Maar waar komt het vandaan? Daar kom ik maar niet achter. Waar lag het eerst, voordat het een zeentje in het maal van de aarde werd?

Een oeroud geluid, als het blaffen van een vos, doet een poging aan de rand van mijn hersenen. 'Elizabeth?' vraag ik. 'Heb je ooit pompoenen gekweekt?'

1

'Wist je dat er hier in de buurt een oude vrouw is overvallen?' vraagt Carla terwijl ze haar lange zwarte paardenstaart over haar schouder laat kronkelen. 'Of eigenlijk was het in Weymouth, maar het had net zo goed hier kunnen zijn. Zo zie je maar weer, je kunt nooit te voorzichtig zijn. Haar halve gezicht was ingeslagen toen ze haar vonden.'

Dat laatste zegt ze op gedempte toon, maar mijn gehoor is niet een van mijn problemen. Ik wou dat Carla me niet zulke dingen vertelde; ik krijg er een vervelend gevoel van dat nog blijft hangen wanneer ik het verhaal zelf allang vergeten ben. Ik huiver en kijk uit het raam. Ik kan niet bedenken in welke richting Weymouth ligt. Er vliegt een vogel voorbij.

'Heb ik genoeg eieren?'

'Meer dan genoeg, dus je hoeft vandaag de deur niet uit.'

Ze pakt de zorgmap, knikt me toe en blijft oogcontact houden tot ik terugknik. Ik voel me alsof ik op school zit. Zojuist had ik nog iets in mijn hoofd, een verhaal, maar nu ben ik de draad kwijt. Er was eens, is dat hoe het begon? Er was eens een heel oude vrouw die Maud heette en in een diep, donker bos woonde. Ik kan niet bedenken hoe het verdergaat. Iets met wachten tot haar dochter op bezoek komt, misschien. Het is jammer dat ik niet in een mooi klein huisje in een donker bos woon, dat zou ik wel leuk vinden. Dan kon mijn kleindochter me een mandje eten brengen.

Ergens in huis klinkt een knal en mijn ogen schieten door de zitkamer. Er ligt een dier, een dier om buiten te dragen, over de leuning van de bank. Hij is van Carla. Ze hangt hem nooit aan de kapstok, ik neem aan uit angst dat ze hem vergeet. Ik moet er wel naar staren; hij gaat vast bewegen, in een hoek wegkruipen of mij opeten en mijn plaats innemen. En dan zal Katy moeten vragen waarom hij zulke grote ogen heeft, en zulke grote tanden.

'Al die blikken perziken!' roept Carla uit de keuken. Carla is de verzorgende. 'Verzorgenden', zo worden ze genoemd. 'Je moet geen eten meer kopen,' roept ze weer. Ik hoor de blikjes over mijn formica aanrechtblad schuiven. 'Je hebt genoeg voor een heel leger.'

Genoeg eten. Je kunt nooit genoeg hebben. Het grootste deel lijkt toch al te verdwijnen en is nergens meer te vinden nadat ik het heb gekocht. Ik weet niet wie het allemaal opeet. Mijn dochter is net zo. 'Geen blikken meer kopen, mam,' zegt ze; zodra ze de kans krijgt, doorzoekt ze altijd mijn keukenkastjes. Ik denk dat ze iemand te eten geeft. De helft gaat met haar mee naar huis, en dan vraagt zij zich af waarom ik weer boodschappen moet doen. Alsof ik zo veel andere pleziertjes in mijn leven heb.

'Alsof ik zo veel andere pleziertjes in mijn leven heb,' zeg ik terwijl ik me hoger in mijn stoel opricht om mijn stem tot in de keuken te laten doordringen. Er zitten verfrommelde, glanzende snoeppapiertjes tussen de zijkanten van de stoel gestopt; ze wriemelen tegen de kussens en ik gooi ze van me af. Patrick mopperde vroeger altijd op me vanwege het snoepen. Ik at thuis veel snoep. Het was fijn om een citroenzuurtje of een karamel te kunnen eten wanneer ik maar wilde, want in de centrale mochten we dat niet – niemand zit te wachten op een telefoniste die met volle mond spreekt. Maar hij zei dat ik er mijn gebit mee zou verpesten. Ik heb altijd gedacht dat hij zich meer zorgen maakte over mijn figuur. Ons compromis was pepermuntjes en die vind ik nog steeds lekker, maar er is nu niemand meer om me tegen te houden als ik een hele doos toffees achter elkaar leeg wil eten. Zelfs al zou ik er 's morgens vroeg meteen aan beginnen. Het is nu ochtend. Dat weet ik omdat de zon op de voederplank valt. 's Ochtends op de voederplank en 's avonds op de dennenboom. Ik moet nog een hele dag doorkomen voor het licht op die boom valt.

Carla komt half bukkend de zitkamer binnen terwijl ze de snoeppapiertjes rond mijn voeten opraapt. 'Ik wist niet dat je er was, lieverd,' zeg ik.

'Ik heb middageten voor je gemaakt.' Ze trekt latex handschoenen uit. 'Het staat in de koelkast, en ik heb er een briefje op gelegd. Het is nu tien over half tien. Probeer niet voor twaalf uur te eten, goed?'

Ze zegt het alsof ik alles naar binnen schrok zodra ze haar hielen licht. 'Heb ik genoeg eieren?' vraag ik, plotseling hongerig.

'Meer dan genoeg,' zegt Carla en ze legt de zorgmap op tafel. 'Ik ga nu. Helen komt straks, oké? Dag.'

De voordeur gaat dicht en ik hoor hoe Carla hem achter zich op slot draait. Om me op te sluiten. Ik kijk haar na door het raam terwijl ze met een knerpend geluid over mijn pad loopt. Over haar uniform draagt ze een jas met een capuchon waar een bontrand aan zit. Een verzorgende in wolfskleren.

Als meisje zou ik blij zijn geweest om het huis voor mezelf te hebben, dingen uit de voorraadkast te kunnen eten, mijn beste kleren aan te trekken, de grammofoon te laten spelen en op de vloer te liggen. Nu zou ik liever gezelschap hebben. Het licht is nog aan en de keuken lijkt net een leeg toneeldecor als ik mijn kastjes ga opruimen en kijk wat Carla heeft klaargezet voor mijn middageten. Ik verwacht half dat er iemand binnenkomt: mijn moeder met de boodschappen, of pa met armen vol fish-and-chips die dan iets dramatisch zegt, zoals in zo'n toneelstuk in het Pier Theater. Pa zou zeggen: 'Je zus is weg,' en dan zou er een trommel of een trompet of zoiets klinken, en ma zou zeggen: 'Voor altijd,' en dan zouden we elkaar allemaal aanstaren omwille van het publiek. Ik haal het bord uit de koelkast en vraag me af wat mijn tekst zou zijn. Er ligt een briefje op het bord: *Middageten voor Maud. Pas na twaalf uur eten.* Ik haal het huishoudfolie eraf. Het is een broodje kaas met tomaat.

Als ik klaar ben met eten ga ik terug naar de zitkamer. Het is hier zo stil; zelfs mijn klok tikt niet hard. Hij laat wel zien hoe laat het is, en ik kijk hoe de wijzers langzaam ronddraaien boven de gashaard. Ik moet nog uren van de dag zien te vullen en op een zeker moment moet ik de tv aanzetten. Er is zo'n bankprogramma bezig. Twee mensen, samen op een bank, buigen zich naar iemand toe die op de bank tegenover hen zit. Ze glimlachen en schudden hun hoofd, en uiteindelijk begint degene die alleen zit te huilen. Ik begrijp niet waar het over gaat. Daarna komt er een programma waarin mensen door allerlei huizen rennen, op zoek naar dingen om te verkopen. Het soort lelijke dingen dat verrassend waardevol is.

Een paar jaar geleden zou ik mezelf verafschuwd hebben: overdag tv-kijken! Maar wat moet ik anders doen? Ik lees zo nu en dan, maar de verhalen in romans zijn onbegrijpelijk geworden en ik kan nooit onthouden waar ik ben gebleven. Dus kan ik een ei koken. Ik kan een ei eten. En tv-kijken. Daarna zit ik alleen maar te wachten: op Carla, op Helen, op Elizabeth.

Elizabeth is de enige vriendin die ik nog heb, alle andere zitten in een tehuis of liggen in hun graf. Zij is dol op die tv-programma's waarin ze rondrennen en dingen verkopen, en hoopt dat ze op een dag ook een vergeten schat zal vinden. Ze koopt allerlei lelijke schalen en vazen in tweedehandswinkels en hoopt dan dat ze een fortuin waard zullen blijken. Soms koop ik ook iets voor haar, meestal opzichtig porselein. Het is een soort spel: wie vindt het lelijkste serviesgoed in de kringloopwinkel? Nogal kinderachtig, maar ik heb gemerkt dat ik me tegenwoordig alleen nog mezelf voel als ik bij Elizabeth ben en samen met haar zit te lachen.

Ik heb het gevoel dat ik iets had moeten onthouden over Elizabeth. Misschien wilde ze dat ik iets voor haar zou halen. Een gekookt ei, of chocolaatjes. Die zoon van haar laat haar half verhongeren. Hij wil niet eens geld uitgeven aan nieuwe scheermesjes voor zichzelf. Elizabeth zegt dat zijn huid ruw is van het scheren en ze is bang dat hij zijn keel nog zal doorsnijden. Soms hoop ik daar op. De vrek. Als ik niet af en toe iets extra's langs kwam brengen, zou ze gewoon wegteren. Ik heb hier een briefje waarop staat dat ik niet naar buiten moet gaan, maar ik zou niet weten waarom niet. Het kan geen kwaad om even bij de winkel langs te wippen.

Ik maak een boodschappenlijstje en trek dan mijn jas aan, zoek mijn muts en sleutels, controleer of ik de sleutels in de juiste zak heb zitten en controleer het opnieuw bij de voordeur. Er zitten witte vlekken op het wegdek van de slakken die 's nachts zijn platgereden. Deze straat telt altijd honderden slachtoffers na een regenachtige avond. Maar wat maakt zulke vlekken, vraag ik me af, welk deel van de slak geeft zo'n witte kleur af?

'Word niet bleek, beminde slak,' zeg ik terwijl ik me zo ver als ik durf vooroverbuig om het beter te zien. Ik weet even niet meer waar die zin uit komt, maar het is heel goed mogelijk dat die precies hierover gaat. Ik moet proberen te onthouden dat ik het opzoek als ik thuiskom.

De winkel is niet ver, maar ik ben moe als ik er ben, en om een of andere reden sla ik steeds de verkeerde straat in, wat betekent dat ik nog een keer een hele straat moet omlopen. Ik voel me net als aan het einde van de oorlog. Toen raakte ik vaak verdwaald op weg naar de stad, met al die huizen die gebombardeerd waren, de plotseling lege ruimtes en de straten die versperd waren door bakstenen, metselwerk en kapotte meubels.

Het is een klein winkeltje, Carrow's, volgepropt met dingen die ik niet wil hebben. Ik wou dat ze de eindeloze rijen bierblikjes eruit zouden gooien om plaats te maken voor iets nuttigs. Maar deze winkel is hier altijd al geweest, al sinds ik een kind was. Ze hebben alleen een paar jaar geleden het uithangbord veranderd. Er staat nu Coca-Cola op, met Carrow's eronder gefrommeld, alsof het op het laatste moment is toegevoegd. Ik lees het aan mezelf voor terwijl ik naar binnen ga en lees daarna hardop mijn boodschappenlijstje, staand voor een schap met dozen. Coco Pops en Honey Loops, wat dat ook mogen zijn.

'Eieren. Melk – vraagteken – chocola.' Ik draai mijn briefje naar het licht. Er hangt een knusse kartongeur in de winkel en het is net alsof ik thuis in de voorraadkast sta. 'Eieren, melk, chocola. Eieren, melk, chocola.' Ik spreek de woorden uit, maar ik kan niet bedenken hoe die dingen er precies uitzien. Zouden ze in een van die dozen voor me zitten? Ik blijf het lijstje fluisterend herhalen terwijl ik door de winkel schuifel, maar de woorden beginnen hun betekenis te verliezen en te klinken als een eentonige dreun. Ik heb ook 'pompoenen' op het lijstje staan, maar ik geloof niet dat ze die hier verkopen.

'Kan ik u helpen, mevrouw Horsham?'

Reg leunt over de toonbank. Zijn grijze vest hangt in de plastic bak met snoepjes van vijf cent en laat er stukjes pluis in achter. Hij kijkt hoe ik rondloop. Bemoeizuchtige schooier. Ik weet niet wat hij probeert te bewaken. Nou goed, ik ben een keer met iets naar buiten gelopen. En wat dan nog? Het was maar een zakje sla. Of was het een pot frambozenjam? Dat ben ik vergeten. Hoe dan ook, hij heeft het toch teruggekregen? Helen heeft het teruggebracht, en dat was dat. En het is heus niet zo dat hij zelf geen fouten maakt: in de loop der jaren heb ik vaak te weinig wisselgeld gekregen. Hij beheert deze winkel al tientallen jaren en het is tijd dat hij met pensioen gaat. Maar zijn moeder is hier tot haar negentigste blijven werken, dus hij houdt het waarschijnlijk nog wel even vol.

Ik was blij toen de oude vrouw er eindelijk mee ophield. Ze plaagde me altijd als ik in de winkel kwam omdat ik haar als meisje ooit gevraagd heb een brief voor me in ontvangst te nemen. Ik had aan een moordenaar geschreven en wilde het antwoord niet bij mij thuis ontvangen, en ik had de naam van een filmster gebruikt in plaats van die van mijzelf. Er kwam nooit antwoord, maar Regs moeder dacht dat ik op een liefdesbrief wachtte en lachte me nog uit toen ik allang getrouwd was.

Waar kwam ik ook alweer voor? De volgeladen schappen kijken fronsend op me neer als ik ertussendoor loop, en het blauw-witte zeil staart omhoog, vuil en gebarsten. Mijn mandje is leeg, maar ik denk dat ik hier al een tijdje ben; Reg houdt me in de gaten. Ik pak iets; het is zwaarder dan ik verwacht en het gewicht trekt mijn arm plotseling naar beneden. Het is een blik perziken. Dat is goed. Ik leg nog een paar blikken in mijn mandje en hang de hengsels om mijn elleboog. De dunne metalen spijlen schuren tegen mijn heup op weg naar de kassa.

'Weet u zeker dat u deze moet hebben?' vraagt Reg. 'Want u hebt gisteren ook al een heleboel van die blikken gekocht.'

Ik kijk in mijn mandje. Is dat waar? Heb ik gisteren echt dezelfde dingen gekocht? Hij kucht en ik zie een geamuseerde glinstering in zijn ogen.

'Heel zeker, dank je,' zeg ik ferm. 'Als ik perziken wil kopen, dan koop ik perziken.'

Hij trekt zijn wenkbrauwen op en begint de prijzen aan te slaan op zijn kassa. Ik houd mijn hoofd hoog en kijk hoe de blikjes in het plastic draagding worden gedaan, om te dragen, maar mijn wangen gloeien. Waar kwam ik hier ook alweer voor? Ik tast in mijn zak en vind een stukje blauw papier met mijn handschrift erop: *Eieren. Melk? Chocola.* Ik pak een reep Dairy Milk en moffel hem in het mandje, zodat ik tenminste iets van het lijstje heb. Maar ik kan mijn perziken nu niet terugzetten, Reg zou me uitlachen. Ik betaal voor mijn tas met blikken en loop er rammelend mee terug over straat. Het gaat langzaam, want de tas is zwaar en mijn schouder en knieholte doen pijn. Ik weet nog dat de huizen vroeger voorbij leken te vliegen als ik van en naar huis liep – bijna rende. Ma vroeg later wat ik had gezien, of bepaalde buren buiten waren, wat ik van iemands nieuwe tuinmuur vond. Maar ik had nooit iets gezien, alles was in een flits voorbijgegaan. Nu heb ik meer dan genoeg tijd om overal naar te kijken, maar niemand om aan te vertellen wat ik heb gezien.

Soms, als ik aan het opruimen of weggooien ben, kom ik foto's uit mijn jeugd tegen, en dan is het een schok om alles in zwart-wit te zien. Volgens mij gelooft mijn kleindochter dat we werkelijk een grijze huid hadden, en dof haar, en dat we altijd in het schemerlicht op de foto gingen. Maar ik herinner me dat de stad haast te fel was om naar te kijken toen ik een meisje was. Ik herinner me het diepe blauw van de lucht en het donkergroen van de dennenbomen dat ertegen afstak, het helderrood van de kenmerkende bakstenen huizen uit deze streek en het oranje tapijt van dennennaalden onder onze voeten. Tegenwoordig – al weet ik zeker dat de hemel soms nog altijd blauw is, dat de meeste huizen er nog staan en dat de bomen nog altijd hun naalden laten vallen – tegenwoordig lijken de kleuren verbleekt, alsof ik in een oude foto woon.

Als ik thuiskom, rinkelt er een wekker. Die zet ik soms om me aan mijn afspraken te herinneren. Ik laat mijn tas achter de voordeur op de grond vallen en zet de wekker uit. Ik kan niet bedenken waarom die afging, ik zie niets waaraan ik het kan zien. Misschien komt er iemand.

'Is de makelaar geweest?' roept Helen, haar stem begeleid door het krassende geluid van haar sleutel in de voordeur. 'Hij zou hier om twaalf uur zijn. Is hij geweest?'

'Ik weet het niet,' zeg ik. 'Hoe laat is het nu?'

Ze geeft geen antwoord. Ik hoor haar door de hal stampen.

'Mam!' zegt ze. 'Waar komen al die blikken vandaan? Hoeveel perziken heb jij verdorie nodig?'

Ik zeg dat ik dat niet weet. Ik zeg dat Carla ze wel zal hebben meegebracht. Ik vertel dat ik de hele dag thuis ben geweest en dan kijk ik naar de klok terwijl ik me afvraag hoe ik dat allemaal heb kunnen doorstaan. Helen komt de zitkamer in en ademt zoete, koude lucht uit, en ik ben weer een kind, in mijn warme bed, en het ijskoude gezicht van mijn zus drukt even tegen mijn wang en haar koude adem glijdt fluisterend over me heen als ze me vertelt over The Pavilion en het dansen en de soldaten. Sukey was altijd koud als ze thuiskwam na het dansen, zelfs in de zomer. Helen is ook vaak koud omdat ze zo veel tijd besteedt aan het omspitten van andermans tuinen.

Ze houdt een plastic zak omhoog. 'Waarom zou Carla blikken perziken in de hal neerzetten?' Ze praat nog steeds even hard, al zijn we in dezelfde kamer, en ze tilt de tas hoog boven de grond. 'Je moet geen boodschappen meer doen. Ik heb je gezegd dat ik alles haal wat je nodig hebt. Ik kom elke dag.'

Ik weet zeker dat ik haar zo vaak niet zie, maar ik ga niet in discussie. Ze laat haar arm zakken en ik kijk hoe de tas slingerend tegen haar been tot stilstand komt.

'Beloof je dat? Dat je geen eten meer gaat kopen?'

'Ik zou niet weten waarom ik dat zou doen. Ik zei toch, Carla moet ze hebben meegebracht. En trouwens, als ik perziken wil kopen, dan koop ik perziken.' Die zin heeft iets bekends, maar ik kan niet bedenken waarom. 'Als ik pompoenen zou willen telen,' zeg ik terwijl ik een boodschappenlijstje naar het licht toe draai, 'waar kan ik die dan het beste planten?'

Helen loopt zuchtend de kamer uit en ik vind dat ik moet opstaan om achter haar aan te lopen. In de hal blijf ik staan, ergens klinkt een brullend geluid. Ik kan niet bedenken wat het is, ik kan ook niet achterhalen waar het vandaan komt. Maar ik hoor het al bijna niet meer als ik eenmaal in de keuken sta. Hier is alles erg schoon: mijn borden staan in het rek, al geloof ik niet dat ik ze daar neer heb gezet, en het mes en de vork waarmee ik graag eet zijn afgewassen. Als ik een kastje opendoe, dwarrelen er twee stukjes papier naar beneden. Op het ene staat een recept voor witte saus en op het andere Helens naam, met een nummer eronder. Ik haal een rolletje kleefsliert, lang lijmlint, uit een la om de briefjes weer op te plakken. Misschien ga ik vandaag wel witte saus maken. Maar eerst een kopje thee.

Ik zet de waterkoker aan. Ik weet welke stekker het is, want iemand heeft er een etiket met WATERKOKER op geplakt. Ik pak kopjes, melk en een theezakje uit een pot waar THEE op staat. Er ligt een briefje bij de gootsteen: *Koffie is goed voor het geheugen.* Het is in mijn handschrift. Ik neem mijn kop mee naar de zitkamer en blijf even in de deuropening staan. Ik heb een rommelend geluid in mijn hoofd. Of misschien komt het van boven. Ik probeer de trap naar de overloop op te lopen, maar dat lukt me niet zonder me aan beide leuningen vast te houden en dus loop ik terug en zet mijn thee op de plank in de hal. Ik ben zo terug.

Mijn slaapkamer is heel zonnig en het is hier rustig, afgezien van een soort gebrom ergens in huis. Ik doe de deur dicht en ga aan mijn kaptafel bij het raam zitten. Op kleedjes en schoteltjes liggen namaakjuwelen verspreid; ik draag nu geen echte juwelen meer, behalve natuurlijk mijn trouwring. Die heb ik nooit hoeven laten aanpassen, in ruim vijftig jaar. Die van Patrick leek zich in zijn vlees te begraven zodat zijn knokkel erboven uitpuilde; hij weigerde hem door te laten knippen en er was geen beweging in te krijgen, met hoeveel boter ik hem ook invette. Hij zei altijd dat het feit dat de ring aan hem vastgeklonken zat, een teken was dat we een goed huwelijk hadden. Ik zei altijd dat het een teken was dat hij niet goed voor zichzelf zorgde. Patrick zei dat ik me beter zorgen kon maken over mijn eigen ring, die veel te los om mijn dunne vinger zat, maar in feite paste hij precies en ik ben hem nooit verloren.

Maar Helen zegt dat ik mijn sieraden nu kwijtraak, en zij en Katy hebben de meeste mooie dingen meegenomen om 'veilig te bewaren'. Ik vind het niet erg. Ze zijn tenminste nog in de familie, en geen ervan had veel waarde. Het duurste ding was een bizar gouden hangertje in de vorm van koningin Nefertiti's hoofd, dat Patrick uit Egypte had meegenomen.

Ik steek mijn hand door een vale plastic armband en kijk in de spiegel. Ik schrik me altijd een hoedje van mijn spiegelbeeld. Ik heb nooit echt geloofd dat ik oud zou worden, en zeker niet zo. De huid rond mijn ogen en neusbrug is op een heel onverwachte manier gaan rimpelen. Daardoor lijk ik een beetje op een hagedis. Ik kan me mijn oude gezicht haast niet herinneren, behalve in flitsen. Een meisje met ronde wangen dat voor een spiegel zit en voor de eerste keer haar krulspelden losmaakt, een bleke jonge vrouw die in de Pleasure Gardens neerkijkt op de groene rivier, een vermoeide moeder met slordig haar die half van het donkere treinraampje zit afgewend terwijl ze haar vechtende kinderen uit elkaar probeert te halen. In mijn herinnering frons ik altijd, dus geen wonder dat mijn voorhoofd zo is blijven staan. Mijn moeder had tot aan haar dood een gladde, roomblanke huid, al had ze redenen genoeg om veel meer rimpels te krijgen dan de meeste mensen. Misschien had het er iets mee te maken dat ze geen make-up droeg, zeggen ze dat niet over nonnen?

Ik draag tegenwoordig ook geen make-up meer, en ik heb nooit lippenstift gebruikt, heb het nooit prettig gevonden. De meisjes bij de centrale plaagden me ermee, en toen ik jong was probeerde ik het af en toe, leende de lippenstift van een vriendin of kreeg er een voor Kerstmis, maar ik kon het nooit langer dan een paar minuten verdragen. Er ligt er nu een in mijn la, van Helen of Katy, en ik haal hem eruit, draai de onderkant omhoog en breng hem heel zorgvuldig aan, dicht naar de spiegel toe gebogen, voorzichtig, zodat ik niets op mijn tanden krijg. Soms zie je van die oude vrouwen met bevlekte kunstgebitten, roetzwarte oogleden en rouge op hun gezicht gesmeerd, en getekende wenkbrauwen die te hoog zitten. Zo zou ik nog niet dood gevonden willen worden. Ik wrijf mijn lippen over elkaar. Mooi rood nu, maar een beetje gebarsten, en ik heb best dorst. Het wordt tijd dat ik een kopje thee ga zetten.

Ik laat de lippenstift weer in de la vallen en hang een lang parelsnoer om mijn hals voor ik opsta. Geen echte parels natuurlijk. Als ik de deur opendoe, hoor ik een brullend geluid. Ik kan er niet op komen wat het is. Het gaat harder klinken naarmate ik verder de trap af loop. Ik blijf op de onderste trede staan, maar ik zie niets bijzonders. Ik kijk in de zitkamer. Hier is het gebrul nog luider. Ik vraag me af of het in mijn hoofd zit, of er iets loskomt. Het geluid zwelt aan en vibreert. En dan houdt het op.

'Zo. Stofzuigen is in elk geval gedaan.' Helen staat bij de deur van de eetkamer en windt het snoer van de stofzuiger op. Haar mond vertrekt aarzelend tot een glimlach. 'Ga je uit?' vraag ze.

'Nee,' zei ik. 'Volgens mij niet.'

'Waar zijn die parels dan voor? Je bent helemaal opgedirkt.'

'O ja?' Ik leg een hand op mijn sleutelbeen. Ik heb een parelsnoer om en iets om mijn pols, en ik proef lippenstift. Lippenstift, met die stinkende wasgeur en die verstikkende vettigheid. Ik veeg met mijn handrug over mijn mond, maar daardoor smeer ik het alleen maar uit en wordt het juist erger, en dus begin ik mijn gezicht schoon te boenen; ik trek de mouw van mijn vestje naar beneden om als waslap te gebruiken, spuug erop en wrijf alsof ik tegelijk de moeder en het besmeurde kind ben. Het duurt even voor ik me weer schoon voel, en dan zie ik dat Helen naar me heeft staan kijken.

'Geef me je vestje maar,' zegt ze. 'Dat kan ik beter in de was doen.' Ze vraagt of ik iets wil drinken.

'O, ja,' zeg ik terwijl ik het wollen ding van mijn huid stroop en me weer in mijn stoel laat vallen. 'Ik heb verschrikkelijke dorst.'

'Geen wonder,' zegt Helen, die zich omdraait om de kamer uit te lopen. 'Er stond een hele rij kopjes koude thee op de plank in de hal.'

Ik zeg dat ik niet zou weten hoe die daar zijn gekomen, maar ik geloof niet dat ze me hoort, want ze is al in de keuken verdwenen en ik zit met gebogen hoofd in mijn handtas te zoeken. Ik had daar op een bepaald moment een pakje biscuitjes in zitten. Was dat gisteren? Heb ik ze opgegeten? Ik haal er een kam uit, en mijn portemonnee en een aantal verfrommelde zakdoekjes. Ik vind geen biscuitjes, maar er zit een briefje in een van de vakjes van de tas: *Geen blikken perziken meer.* Ik zeg het niet tegen Helen. In plaats daarvan leg ik het onder het briefje met de datum van vandaag. Mijn verzorgende legt er elke dag zo een voor me klaar. Zo weet ik dat het donderdag is. Meestal ga ik op donderdag op bezoek bij mijn vriendin Elizabeth, maar we schijnen voor deze week geen afspraak te hebben gemaakt. Ze heeft niet gebeld. Anders zou ik het wel hebben opgeschreven. Ik zou hebben genoteerd wat ze zei, of een deel ervan. Ik zou hebben opgeschreven hoe laat ik bij haar zou zijn. Ik schrijf alles op.

Overal in huis zie je velletjes papier, in stapels of op allerlei oppervlakken geplakt. Gekrabbelde boodschappenlijstjes en recepten, telefoonnummers en afspraken, notities over dingen die al gebeurd zijn. Mijn papieren geheugen. Dat moet voorkomen dat ik dingen vergeet. Maar mijn dochter zegt dat ik die briefjes kwijtraak. Dat heb ik ook opgeschreven. Maar toch, als Elizabeth wél gebeld had, zou ik daar een notitie van hebben. Ik kan ze niet allemaal kwijt zijn. Ik schrijf de dingen steeds opnieuw op. Ze kunnen niet allemaal van de tafel, het aanrecht en de spiegel af gevallen zijn. En dan heb ik nog dit stukje papier in mijn mouw zitten: *Niets van Elizabeth gehoord.* Er staat een oude datum op de ene kant. Ik heb het verschrikkelijke gevoel dat haar iets overkomen is. Er kan van alles gebeurd zijn. Gisteren was er iets op het nieuws, geloof ik. Over een oude vrouw. Iets onaangenaams. En nu is Elizabeth verdwenen. Stel dat ze overvallen is en voor dood achtergelaten? Of dat ze gevallen is en niet bij de telefoon kan komen? Ik denk aan hoe ze op de vloer van haar zitkamer ligt, niet in staat om overeind te komen, nog altijd hopend dat er een of andere schat opduikt van onder het tapijt.

'Misschien heb je met haar gesproken en weet je dat niet meer, mam. Wat denk je, zou dat kunnen?' Helen geeft me een kop thee. Ik was vergeten dat ze hier was.

Ze bukt zich om me een kus op mijn kruin te geven. Ik voel haar lippen door het dunne haar dat van mijn schedel omhoog piekt. Ze ruikt naar een soort kruid. Rozemarijn, misschien. Ze zal dat wel ergens geplant hebben. Het is goed voor het geheugen.

'Want ja, je bent wel vergeten dat we zaterdag uit zijn geweest, hè?'

Ik zet het kopje op de armleuning van mijn stoel en houd er een hand bij. Ik kijk niet op wanneer mijn dochter wegloopt. Ze zal wel gelijk hebben. Ik herinner me niets van zaterdag, maar ik herinner me ook niet dat ik het niet meer weet. Ik houd even mijn adem in bij die gedachte. Die lege plekken zijn zorgwekkend. Meer dan zorgwekkend. Hoe kan ik me nu niets van afgelopen zaterdag herinneren? Ik voel het bekende haperen van mijn hartslag, de blos van schaamte, de angst. Afgelopen zaterdag. Kan ik me gísteren nog herinneren?

'Dus misschien heb je Elizabeth wel gesproken.'

Ik knik en neem een slokje thee terwijl ik de draad van het gesprek alweer kwijt begin te raken. 'Je zult wel gelijk hebben.' Ik weet niet precies waar ik mee instem, maar ik vind het een prettig gevoel me te laten vallen in het niets, het einde van mijn gespannen poging om me iets te herinneren. Helen glimlacht. Zit er een spoor van triomf in?

'Goed. Ik kan maar beter gaan.'

Helen gaat altijd weg. Ik kijk door het raam aan de voorkant terwijl ze in haar auto stapt en wegrijdt. Ik kan me nooit herinneren dat ze aankomt. Misschien moet ik het opschrijven. Maar die stukjes papier op de tafel naast mijn stoel, dit systeem om dingen te onthouden, is niet perfect. Zo veel briefjes zijn oud, niet meer van toepassing, en ik haal ze door elkaar. En zelfs de nieuwe lijken niet de juiste informatie te bevatten. Er is er een waarvan de letters nog glanzen: *Niets van Elizabeth gehoord.* Ik strijk met mijn vingers over de woorden en veeg ze een beetje uit. Is dat waar? Ik moet dat nog maar net opgeschreven hebben. Ik kan me in elk geval niet herinneren dat ik onlangs nog iets van haar heb gehoord. Ik pak de telefoon. Knop nummer 4 is Elizabeth. Hij gaat lang over. Ik maak een notitie.

2

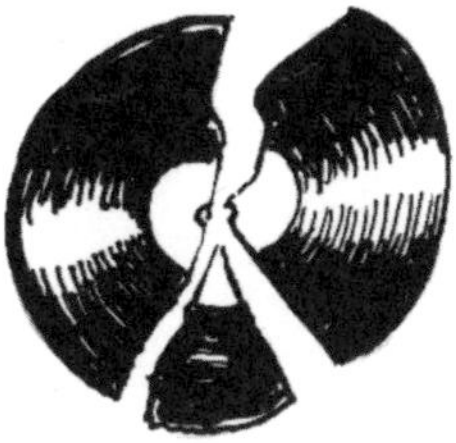

'Elizabeth is zoek,' zeg ik. 'Had ik dat al verteld?' Ik kijk Helen aan, maar zij kijkt niet naar mij.

'Dat zei je. Wat neem jij?'

Ik staar over de rand van de menukaart. God mag weten waar we zijn. Ik zie dat dit een restaurant is – obers in zwart-wit, tafels met marmeren blad – maar welk restaurant? Ik heb het onaangename gevoel dat ik dat eigenlijk zou moeten weten en dat dit een soort traktatie is. Ik geloof niet dat het mijn verjaardag is, maar misschien is het een jubileum. Van Patricks sterfdag? Het zou net iets voor Helen zijn om daaraan te denken en er 'een bijzondere gelegenheid' van te maken. Maar ik zie aan de kale takken buiten op straat dat het de verkeerde tijd van het jaar is. Patrick is in het voorjaar gestorven.

Op de kaart staat *The Olive Grill*. Hij is zwaar, het omslag lederachtig; ik volg de gestanste letters met mijn vinger, hoewel de naam geen enkele betekenis voor me heeft, en de onderkant van de rug glijdt weg over het tafelblad. Ik zet de kaart op mijn schoot en lees de inhoud hardop voor: 'Soep van flespompoen. Salade van tomaten en mozzarella. Knoflookchampignons. Parmaham met meloen...'

'Ja, dank je, mam,' zegt Helen. 'Ik kan het zelf wel lezen.'

Ze houdt er niet van als ik dingen hardop lees, ze gaat ervan zuchten en met haar ogen rollen. Soms maakt ze vreemde gebaren achter mijn rug. Ik heb haar in de spiegel wel eens zien doen alsof ze me wurgt. 'Wat neem jij?' vraagt ze nu, terwijl ze het menu neerlegt maar haar blik erop gericht houdt.

'Gevulde pompoen met chorizo,' lees ik. Ik kan me niet inhouden. 'Zijn pompoenen weer in de mode? Ik heb ze in jaren niet op een menukaart zien staan.'

Toen ik jong was verbouwden de mensen ze vaker en waren er zelfs pompoenwedstrijden. Die schijnen nu niet vaak meer gehouden te worden. Ik heb Elizabeth leren kennen vanwege een paar pompoenen. Toen ik haar voor het eerst ontmoette, vertelde ze dat er kiezelstenen op haar tuinmuur gemetseld zaten en toen wist ik precies waar ze woonde. Het was het huis met de tuin waar ruim zestig jaar geleden 's nachts een aantal pompoenen was uitgegraven. En ik weet niet waarom, maar ik wilde graag rondkijken in die tuin, dus liet ik mezelf op de thee uitnodigen.

'Chorizo vind je niet lekker,' zegt Helen. 'Wat dacht je van de soep?'

'Vroeger at ik altijd soep met Elizabeth,' zeg ik terwijl ik een soort kriebel voel bij de gedachte. 'Als we klaar waren bij de kringloopwinkel. Soep met brood. En het kruiswoordraadsel uit de *Echo*. Dat hebben we al heel lang niet gedaan.' En ik heb nog steeds niets van haar gehoord. Geen woord. Ik begrijp er niets van. Ze gaat nooit weg; er moet iets gebeurd zijn.

'Mam? Je moet bestellen.'

Er staat een ober naast onze tafel, opschrijfboekje in de aanslag. Ik vraag me af hoe lang hij daar al staat. Hij buigt zich voorover om te vragen wat we willen, met zijn gezicht onnodig dicht bij het mijne. Ik leun een beetje bij hem vandaan. 'Helen, jij hebt toch ook niets van Elizabeth gehoord?' zeg ik. 'En anders zou je het me toch wel vertellen?'

'Ja, mam. Wat ga je eten?'

'Ik bedoel, ze zal heus niet op vakantie zijn.' Ik sla de menukaart dicht en kijk naar een plek waar ik hem neer kan leggen, maar ik zie nergens ruimte; er staan dingen in de weg. Glanzende dingen, net zoals Elizabeth heeft. Ik kan niet bedenken wat het zijn. Ze staan op haar tafel, naast het tafelzuur, de slasaus en de zakjes Maltesers. De zakjes zijn meestal open en de chocolaatjes rollen op de vloer als iets om over te vallen in een tekenfilm. Ik maak me vaak zorgen dat ze erover uit zal glijden. 'Als ze gevallen is, zou ik het niet weten,' zeg ik. 'Ik betwijfel of haar zoon de moeite zou nemen om het me te vertellen.'

De ober gaat rechtop staan en neemt de kaart uit mijn handen. Helen glimlacht naar hem en bestelt voor ons beiden, ik weet niet wat. Hij knikt en loopt weg, nog altijd schrijvend, langs muren met vegen zwarte verf erop. De broodbordjes zijn ook zwart, het zal wel in de mode zijn. Het restaurant lijkt net een uitgelopen stuk krantenpapier dat 's winters om een appel gewikkeld zit, onleesbaar op de advertenties na.

'Je kunt er op geen enkele manier achter komen. Dat is het probleem,' zeg ik terwijl ik me plotseling wat opgekikkerd voel als ik onverwacht greep krijg op mijn onderwerp. 'Familie wordt ingelicht, maar vrienden niet. Althans niet op onze leeftijd.'

'Dit was vroeger het Chophouse, weet je nog, mam?' onderbreekt Helen me.

Waar had ik het over? Ik weet het niet meer. Iets. Iets iets iets…

'Weet je nog?'

Ik ben blanco.

'Hier sprak je toch altijd af met papa?'

Ik kijk de zaal rond. Er zitten twee oude vrouwen aan een tafel naast een muur met verfstrepen erop, ze kijken naar iets wat plat tussen hen in op tafel ligt. 'Elizabeth is zoek,' zeg ik.

'Toen het nog het Chophouse was. Om te lunchen.'

'Haar telefoon blijft maar overgaan.'

'Het Chophouse. Weet je nog? O, laat ook maar.'

Helen zucht weer. Dat doet ze de laatste tijd heel vaak. Ze wil niet luisteren, neemt me niet serieus, denkt dat ik in het verleden wil leven. Ik weet wat ze denkt, dat ik ze niet meer allemaal op een rijtje heb, dat Elizabeth veilig en wel thuiszit en dat ik me gewoon niet kan herinneren dat ik haar pas nog heb gezien. Maar dat is niet waar. Ik vergeet dingen – dat weet ik – maar ik ben niet gek. Nog niet. En ik ben het beu om te worden behandeld alsof ik dat wel ben. Ik heb genoeg van de medelevende lachjes en de schouderklopjes die mensen je geven als je dingen door elkaar haalt, en ik ben het spuugzat dat iedereen voor Helen buigt in plaats van te luisteren naar wat ik te zeggen heb. Mijn hartslag versnelt en ik klem mijn tanden op elkaar. Ik heb een verschrikkelijke aanvechting om Helen onder tafel een schop te geven. In plaats daarvan schop ik tegen de tafelpoot. De glanzende zout- en pepervaatjes rammelen tegen elkaar en het wijnglas dreigt om te vallen. Helen vangt het op.

'Mam,' zegt ze. 'Wees voorzichtig. Straks breek je nog iets.'

Ik geef geen antwoord, ik heb mijn tanden nog stijf op elkaar geklemd. Misschien ga ik straks wel gillen, maar iets breken is een goed idee. Dat is precies wat ik wil doen. Ik pak mijn botermesje en steek het recht in het zwarte bordje. Dat breekt. Helen zegt iets, vloekt, geloof ik, en er haast zich iemand naar me toe. Ik blijf naar het bordje kijken. Het midden is een beetje brokkelig en het bordje lijkt op een gebroken plaat, een kapotte grammofoonplaat.

Ik heb er ooit een aantal in onze achtertuin gevonden. Ze lagen in de moestuin, in stukken geslagen en door elkaar gegooid. Ma had me naar buiten gestuurd om pa te helpen toen ik uit school kwam en hij had me zijn spade gegeven om een geul voor de pronkbonen te graven voor hij in de schuur was verdwenen. De grammofoonplaten hadden zo'n beetje dezelfde kleur als de grond en ik had ze bijna over het hoofd gezien, maar ik voelde iets knappen bij het graven en even later bleven de scherven tussen de tanden van mijn spitvork hangen.

Toen ik besefte wat ik had gevonden, trok ik de stukken uit de grond en legde ze te drogen op een zonnig stukje gras. Ik kon niet bedenken waar ze vandaan gekomen waren. Alleen Douglas, onze kostganger, had een grammofoon en ik denk dat hij het wel verteld zou hebben als een van zijn platen gebroken was. En hij was trouwens een keurige jongen, het was niets voor hem om zomaar dingen in de tuin te gooien.

'Wat zijn dat in vredesnaam?' vroeg ma toen ze naar buiten kwam om de was te halen en mij bij de stukken geknield zag zitten.

Ik had het vuil eraf geveegd en probeerde ze weer in elkaar te passen. Niet omdat ik dacht dat de platen ooit nog afgespeeld konden worden, maar omdat ik wilde zien welke het waren. Ma wreef over de vieze vegen op mijn gezicht, waar ik met aarde aan mijn vingers mijn haar had willen wegstrijken, en zei dat de buren de platen zeker over de schutting hadden gegooid.

'Ze hebben hiernaast elke week een nieuwe huurder. De hemel mag weten wie er op dit moment zit,' zei ze. 'Dit is niet de eerste keer dat ik hier rotzooi aantref.' Ze keek neer op de zwarte karikaturen van grammofoonplaten. 'Stel je voor dat je die allemaal kapotmaakt. Nergens meer voor te gebruiken, nu. Hé Maud, stop ze maar onder de pronkbonen. Voor de afwatering.'

'Goed,' zei ik. 'Ik wil ze alleen eerst in elkaar passen.'

'Waarom? Wil je stapstenen voor het gazon maken?'

'Mag dat?'

'Doe niet zo gek.'

Ze lachte en stapte bevallig van het ene gebroken stuk op het andere, met de wasmand op haar heup, tot ze bij de keukendeur was. Ik keek hoe ze naar binnen ging, haar rode haar dof tegen de helderrode baksteen van ons huis.

Het kostte niet veel tijd om de stukken met elkaar te verbinden en het was een prettig klusje in de winterzon, luisterend naar de muziek van de duiven die tegen elkaar koerden. Het was alsof ik een legpuzzel maakte, alleen ontbraken er nog een paar stukjes toen ik klaar was. Maar ik kon de etiketten nu lezen: 'Virginia', 'We Three' en 'I'm Nobody's Baby'.

Ik ging op mijn hurken zitten. Dit waren de favoriete nummers van mijn zus, de platen die ze Douglas altijd vroeg te draaien. En nu lagen ze hier, in stukken geslagen en begraven tussen de restanten rabarber en ui. Ik kon niet bedenken wie dat gedaan zou hebben, of waarom. Ik veegde de stukjes weer bij elkaar, strooide ze uit in de pronkbonengeul en terwijl ik naar het huis liep, zag ik Douglas achter zijn raam staan. Ik dacht even dat hij naar mij stond te kijken, maar er vloog een zwerm vogels op uit de donkere heg en toen ik me omdraaide zag ik nog net een vrouwengedaante wegrennen.

'Ik moet Katy over nog geen half uur ophalen,' zegt Helen terwijl ze haar jas aantrekt. Ik heb mijn ijsje nog niet eens op.

Het is lekker koud op mijn tong, maar ik kan niet bedenken welke smaak dit is. Aardbeien, denk ik, aan de kleur te zien. Ik moet nog naar de wc voor we gaan. Ik vraag me af waar het damestoilet is. Ik vraag me af of ik eerder in dit restaurant ben geweest. Het doet me denken aan dat mooie oude Chophouse, waar Patrick en ik altijd afspraken toen we verkering hadden. Het was niet duur, had geen exotische gerechten of witte tafellakens, maar alles was goed bereid en werd netjes opgediend. Ik kwam tijdens lunchtijd altijd te voet vanaf de centrale en wachtte dan aan een tafeltje bij het raam. Patrick nam een tram vanaf de pier, waar zijn bedrijf aan plannen voor de wederopbouw werkte, en dan kwam hij met lange, soepele passen aanlopen, met verwaaide haren en rode wangen, en hij grijnsde zodra hij me zag. Tegenwoordig grijnst niemand meer zo naar mij.

'Moet je nog naar de wc, mam?' Helen houdt mijn jas voor me op.

'Nee, nee, ik geloof van niet.'

'Oké dan. Laten we gaan.'

Ze is niet over me te spreken. Ik heb duidelijk iets verkeerd gedaan. Was het gênant? Heb ik iets raars tegen de ober gezegd? Ik vraag er liever niet naar. Ik heb een keer tegen een vrouw gezegd dat ze er met die tanden van haar uitzag als een paard. Ik herinner me dat Helen vertelde dat ik dat had gezegd, maar ik herinner me niet dat ik het zei.

'Gaan we naar huis?' vraag ik.

'Ja, mam.'

De zon is ondergegaan terwijl wij zaten te eten en de hemel is inktzwart, maar door de voorruit van de auto kan ik de verkeersborden nog zien en voor ik het weet lees ik ze hardop: 'Let op: vrachtverkeer.' 'Fietspad.' 'Vaart minderen spaart kinderen.' Helens handen worden wit aan het stuur. Ze zegt niets tegen me. Ik schuif heen en weer op mijn stoel, me plotseling bewust van mijn volle blaas.

'Gaan we naar huis?'

Helen zucht. Dat betekent dat ik dat al heb gevraagd. Als we mijn straat inslaan besef ik hoe dringend ik moet. Ik kan niet meer wachten. 'Zet me hier af,' zeg ik tegen Helen terwijl ik naar de deurhendel graai.

'Doe niet zo gek, we zijn er bijna.'

Ik doe het portier toch open en Helen zet de auto met een ruk stil.

'Waar ben je verdomme mee bezig?' zegt ze.

Ik werk mezelf de auto uit en begin door de straat te rennen.

'Mam?' roept Helen, maar ik draai me niet om.

Ik haast me naar mijn huis, met gebogen lichaam. Om de paar seconden moet ik mijn spieren extra hard aanspannen. De druk op mijn blaas lijkt erger te worden naarmate ik dichter bij huis kom en ik maak onder het lopen mijn jas los en zoek wanhopig naar mijn sleutels. Bij de deur sta ik van de ene voet op de andere te hopsen en draai verwoed de sleutel om in het slot. Er is iets waardoor ik hem niet ver genoeg kan omdraaien.

'O nee, o nee...' kreun ik hardop.

Eindelijk voel ik hem klikken en draaien. Ik val door de deur naar binnen en sla hem achter me dicht, en mijn handtas belandt met een bons op de vloer. Klauwend naar de leuning haast ik me de trap op, jas weg zeilend terwijl ik hem afwerp. Maar ik bereik de badkamer te laat. Met een hand nog op mijn tailleband begin ik al te plassen. Ik ruk mijn broek naar beneden, maar ik heb geen tijd voor de rest, en dus zit ik op de wc door mijn katoenen onderbroek heen te plassen. Even laat ik mezelf vooroverzakken, met mijn hoofd in mijn handen, mijn ellebogen op mijn knieën en de doorweekte broek om mijn enkels. Dan, langzaam en onhandig, schop ik mijn schoenen uit, trek de dikke, natte stof over mijn voeten en laat die in het bad vallen.

Er branden geen lichten in huis – ik had geen tijd om ze aan te doen – en dus zit ik in het donker. En begin te huilen.

Het gaat erom dat ik consequent ben, dat ik alles probeer op te schrijven. Elizabeth is zoek en ik moet iets doen om te achterhalen wat er is gebeurd. Maar ik ben zo in de war. Ik weet niet precies wanneer ik haar voor het laatst heb gezien of wat ik al heb ontdekt. Ik heb gebeld en ze neemt niet op. Ik heb haar niet gezien. Denk ik. Ze is niet hier geweest en ik ben niet daar geweest. Wat nu? Ik denk dat ik naar haar huis toe moet. Aanwijzingen zoeken. En wat ik vind zal ik opschrijven. Ik moet meteen een paar pennen in mijn handtas stoppen. Het gaat erom dat ik consequent ben. Dat heb ik ook opgeschreven.

Ik controleer drie keer of ik mijn sleutel heb voor ik de deur uit ga. Het bleke zonlicht valt schuin op het grasveld naast me terwijl ik over het pad schuifel, en de geur van de dennenbomen brengt me in een optimistische stemming. Ik geloof dat ik al een paar dagen niet buiten ben geweest. Er is iets gebeurd en Helen heeft zich druk gemaakt. Maar voor mij is het allemaal blanco en dat maakt me duizelig.

Ik heb me warm ingepakt in een suède duffeljas en een gebreide trui met een wollen jurk eronder, maar toch heb ik het koud. Ik loop langs Carrow's en zie mezelf in het raam. Met mijn gebogen rug lijk ik Vrouwtje Plooi van Beatrix Potter wel, maar dan zonder stekels. Onder het lopen controleer ik of er pennen in mijn tas en stukjes papier in mijn zakken zitten. Om de paar stappen even snel kijken. Het belangrijkste is dat ik alles opschrijf. Even is het me duister wat ik ook alweer moet opschrijven, maar dankzij de route die ik volg schiet het me weer te binnen. Langs de laatste prefab-woning, die door de eigenaar in ziekelijk groene en gele kleuren is geschilderd. (Elizabeth moet lachen omdat het huis zo lelijk is en zegt dat een aardewerken replica een vermogen waard zou zijn, als ze die zou kunnen vinden.) Dan achter een hotel langs, waar het wegdek glibberig is van een troebel vocht (Elizabeth zegt dat het theedroesem is die na het ontbijt naar buiten wordt gesmeten), en onder de prachtige acaciaboom door die zich uitstrekt vanuit een met slakken bezaaide voortuin (Elizabeth heeft er elk jaar een stekje van genomen, maar ze sloegen nooit aan).

Elizabeths huis is witgeschilderd en heeft dubbel glas. De vitrage verraadt dat dit het huis van een bejaarde is, al kan ik daar moeilijk commentaar op hebben, want ik heb het zelf ook. Het huis is vlak na de oorlog gebouwd, als deel van een hele straat met nieuwe huizen, en de tuinmuur is nooit veranderd. De eerste eigenaar heeft er met cement kleurige kiezelstenen bovenop geplakt, en niemand heeft die er ooit weer af gehaald.

Elizabeth zou er nu niet over peinzen ze eraf te laten hakken. Ik was als meisje altijd nieuwsgierig naar die nieuwe woningen en ik herinner me vooral dit huis, vanwege de kiezelstenen op de muur.

Ik druk op de bel. 'Die galmt door het lege huis.' De zin borrelt omhoog, ergens vandaan, maar de bel galmt toch altijd door het huis? Leeg of niet. Ik wacht en steek mijn hand diep in een van de met aarde gevulde tonnen naast het stoepje. Ze staan meestal boordevol bloemen, maar nu breekt er nog geen groene scheut door het grondoppervlak heen. Elizabeth moet dit jaar vergeten zijn om bollen te planten. Ik haal mijn hand er snel weer uit. Ik kan me niet voorstellen waarom ik ermee in de aarde zat. Probeerde ik soms te voelen of er bollen in zaten, of was ik naar iets anders op zoek?

Ik sta voor de deur en vraag me af hoe lang ik hier al heb gewacht. Vijf minuten? Tien? Ik kijk op mijn horloge, maar daar word ik niets wijzer van. De tijd is tegenwoordig zo elastisch. Ik bel nog eens aan, kijk zorgvuldig hoe laat het is en houd mijn blik een tijdje gericht op de tweede wijzer terwijl die ronddraait. Na vijf minuten schrijf ik op: *Geen teken van Elizabeth*, en ik begin weg te lopen. Misschien is ze toch op vakantie, zoals iemand al opperde. Of logeert ze bij haar zoon? Maar dat zou ik hebben opgeschreven, dat weet ik zeker. Dat soort oude notities heb ik. Die snippertjes nieuws zijn behalve informatie voor mijzelf ook onderwerpen om over te praten. 'Wist je dat Elizabeth in Zuid-Frankrijk zit?' kan ik dan tegen Helen zeggen, of: 'Elizabeth logeert bij die zoon van haar,' tegen Carla. Dat soort nieuws is waardevol. Helen is er wel eens een halve minuut langer voor gebleven.

Dus ik weet dat ik het deze keer niet vergeten ben. Elizabeth moet wel vermist zijn. Maar het enige wat ik heb vastgesteld – heb bewezen – is dat ze op dit moment niet thuis is.

Bij de poort krijg ik een idee, en ik ga terug om door het huiskamerraam te kijken. Als ik mijn neus tegen het koude glas druk en mijn handen tegen mijn voorhoofd zet, kan ik net door de vitrage heen kijken. Die geeft de donkere kamer iets mistigs, maar ik kan de lege stoelen en opgeschudde kussens onderscheiden. Haar boeken zijn netjes op de planken gezet en haar verzameling potten, vazen en terrines van victoriaans majolica staat op een rij op de schoorsteenmantel. 'Je weet maar nooit,' zegt Elizabeth altijd, als ze is uitgelachen om mijn reactie op een lelijk dooraderd geboetseerd blad of de misselijkmakend ingewikkelde schubben van een vis, 'een hiervan kan wel een vermogen waard zijn.' Ze kan de dingen natuurlijk niet goed meer zien, hooguit de vage fleurigheid van de kleuren, maar ze houdt ervan om ze te voelen. De dieren en insecten in reliëf. Ze kan de contouren volgen die oprijzen uit het oppervlak van het aardewerk, het glazuur haast zo glad als een kikkerhuid, glibberig als een aal. Ze leeft in de hoop dat ze nog eens een heel zeldzaam stuk ontdekt. En de belofte van geld is de enige reden dat haar zoon haar toestaat ze te houden. Anders zouden ze zonder een woord de vuilcontainer in gaan.

Ik haal een dikke pen en een felgeel vierkantje papier tevoorschijn om mijn magere bevindingen onder woorden te brengen. *Erg netjes. Geen Elizabeth, geen licht aan.* Als ik wegloop, stap ik per ongeluk in een bloembed en mijn voet zakt weg in de aarde, zodat er een perfecte afdruk van mijn schoen achterblijft. Maar goed dat ik geen misdadige bedoelingen heb. Ik loop voorzichtig om het bloembed heen, naar de zijkant van het huis, en kijk door het keukenraam. Er hangt hier geen vitrage en ik kan het lege houten aanrechtblad en de glanzende spoelbak heel duidelijk zien. *Geen eten in de keuken*, schrijf ik. *Geen brood, geen appels. Geen afwas.* Het is niet veel, maar het is iets.

Ik loop terug naar huis door het park. Het regent niet, dus ik kan net zo goed wat frisse lucht binnen zien te krijgen. Het gras is een beetje berijpt en ik vind het fijn om het onder mijn voeten te horen kraken. Ergens aan de andere kant van de muziektent is een kuil, als de krater van een meteoriet, die vol bloemen en banken staat. Dat heeft Helen bedacht. Het was een van haar eerste grote opdrachten en hoewel ik me niet alle details kan herinneren weet ik wel dat ze tonnen aarde moesten verplaatsen. De kuil is met opzet naar de zon gericht, en zelfs tropische bloemen doen het daar goed. Ze is er altijd goed in geweest om dingen te laten groeien. En zij zal ook wel weten wat de beste plek is om pompoenen te planten; ik moet niet vergeten dat aan haar te vragen als ik haar weer zie.

Ik loop al meer dan zeventig jaar langs deze muziektent. Mijn zus en ik kwamen hier altijd langs als we naar de film gingen. Er was hier vaak muziek in de oorlog. Om iedereen op te vrolijken. Dan stonden er ligstoelen met mannen in kaki uniformen erop, nauwelijks gecamoufleerd tegen het felgroene gras. Sukey ging dan langzamer lopen om de muziek te horen en naar de soldaten te glimlachen; ze kende er altijd wel een of twee van de dansavonden in The Pavilion. Ik rende tussen haar en de poorten heen en weer omdat ik snel naar de stad wilde en niet kon wachten om te zien naar welke film we zouden gaan. Ik wou dat ik nog steeds zo kon rennen, maar ik heb er geen puf meer voor.

Op de treden die het park uit leiden sta ik even stil om achterom te kijken; de hemel is donker geworden en er knielt iemand op het gras. Bij het geluid van een jongen die vanuit de muziektent iemand roept loop ik opgejaagd, huiverend, naar de straat. Op de derde trede ligt een glimmend stuk steen. Mijn voet glijdt uit. Ik probeer me aan de balustrade vast te pakken, maar grijp mis. Mijn nagels schrapen over de bakstenen muur, mijn handtas zwaait weg en trekt mij mee. Ik val hard op mijn zij en klem mijn kaken op elkaar bij de pijn in mijn arm. Het bloed raast door mijn lijf alsof het niet weet waar het naartoe moet, en ik lig daar maar te staren, met opengesperde oogleden en steeds drogere ogen.

Langzaam trekt de schok wat weg en kan ik weer met mijn ogen knipperen, maar ik ben te moe om direct op te staan, dus rol ik om en blijf even liggen rusten. Ik kan de roestige onderkant van de balustrade zien en daaronder een afbladderende klodder verf in de vorm van een vos. Er zit aarde in de vouwen van mijn hand, al kan ik niet bedenken waar die vandaan komt, en de scherpe hoeken van de treden steken in mijn rug. Eindelijk ben ik dan gevallen. Deze treden zijn altijd een zorg geweest. En ik heb mijn hoofd niet gestoten, al heb ik mijn zij en mijn elleboog bezeerd en zal ik morgen wel blauwe plekken hebben. Ik voel hoe ze zich onder mijn huid verspreiden en me bevlekken als bramensap. Ik herinner me het plezier van toen ik als kind mijn blauwe plekken bestudeerde, het zwart en het blauw, de wolkachtige vormen die ze aannamen. Ik had altijd plekken op mijn heupen omdat ik tegen meubels was opgelopen, of paarse nagels omdat ik met mijn vingers in de mangel had gezeten. Een keer gleed mijn vriendin Audrey uit toen ze voor de lol over de rand van de East Cliff hing, en ik kreeg een donkere streep op mijn borst toen ik tegen de borstwering liep om haar vast te grijpen. En dan waren er nog de blauwe plekken van die keer dat de gestoorde vrouw me naar huis achtervolgde.

Ik was op boodschappen uitgestuurd en trof haar aan bij de toonbank. Ze fluisterde iets tegen de kruidenier toen ik om een blik perziken en ma's rantsoen bakvet vroeg, en ik bleef bij haar uit de buurt terwijl mijn spullen werden afgewogen en ingepakt en hield mijn blik op een hoek boven in de winkel gericht. Er hing een vreemde anijsgeur en ik voelde op een of andere manier aan dat die van de gestoorde vrouw af kwam, al waren het misschien gewoon de potten drop die voor het raam stonden. Ik betaalde en ging weg met de boodschappen tegen mijn borst geklemd. Ik stond te wachten voor een langsrijdende tram toen ik plotseling een harde *pats!* op mijn schouder voelde. Mijn hart sloeg over en mijn adem gierde in mijn keel.

Zij was het. Ze was achter me aan naar buiten gelopen en had me geslagen met haar paraplu. Ze had altijd een paraplu bij zich, een sjofel zwart ding, half uitgeklapt zodat het net een gewonde vogel leek. Ze liet de bussen altijd stoppen door ervoor te gaan staan en met de paraplu te zwaaien, en dan tilde ze haar rok op en liet haar onderbroek zien. Ze zeiden dat dat kwam doordat haar dochter door een bus was overreden, doodgereden, voor de oorlog. De mensen fluisterden erover en maakten geniepige grapjes, maar als je ernaar vroeg kreeg je te horen dat je je mond moest houden en gewoon bij haar uit de buurt moest blijven, alsof ze iets besmettelijks had.

De achterkant van de tram reed eindelijk weg toen ze me *pats!* nog een keer sloeg. Ik stak snel de straat over. Ze kwam achter me aan. Ik rende door onze straat, liet in paniek het blik perziken vallen en zij bleef me achtervolgen terwijl ze iets riep wat ik niet kon verstaan. Ik ging door de keukendeur naar binnen terwijl ik om mijn moeder riep, die daarop naar buiten rende om de vrouw weg te sturen en het blik perziken te halen.

'Ik heb al zo vaak gezegd: niet naar haar kijken, niets tegen haar zeggen en afstand houden,' zei ma toen ze weer binnenkwam.

Ik zei dat ik dat allemaal had gedaan en dat ze toch achter me aan was gekomen.

'Nou, ik heb haar nooit eerder bij de kruidenier gezien. We zouden er eigenlijk de politie bij moeten halen, maar ik heb toch medelijden met haar. Ze zal het vast niet prettig vinden om jonge meisjes te zien rondlopen,' zei ma terwijl ze uit het raam keek of de vrouw er nog was. 'Omdat haar dochter is doodgereden door die bus.'

Mijn schuld dat ik een jong meisje ben, dacht ik. Maar later vroeg ik me af of ze niet gewoon honger had en mijn rantsoenen wilde hebben. Nog weken daarna zat er een blauwe plek op mijn schouder, donker op mijn bleke huid. Hij had dezelfde kleur als de paraplu van de gestoorde vrouw, alsof die een stukje van zichzelf op mij had achtergelaten, een veer uit een gebroken vleugel.

3

Ik heb de huisarts gebeld. Carla zei dat het niet mocht, maar ik heb veel pijn in mijn arm. Het is misschien een symptoom van iets veel ergers. Ze zegt dat oude mensen zich gewoon zo voelen in de ochtend. Ze gebruikt de woorden 'oude mensen' niet, maar ik weet dat ze dat bedoelt. Als ze in de gaten krijgt dat ik de huisarts toch heb gebeld, belt ze mijn dochter om te zeggen dat ze me op mijn kop moet geven.

'In godsnaam, mam, we hebben gevraagd of je die arme man met rust wilt laten,' zegt Helen terwijl ze voor het raam op hem zit te wachten.

'Maar Helen, ik ben ziek,' zeg ik. 'Ik denk dat ik ziek ben.'

'Dat zei je de vorige keer ook, maar er is niets met je aan de hand. Je bent alleen niet jong meer, daar kan de huisarts niets aan doen. O, daar is hij.' Ze springt op en gaat opendoen.

Ze praten met elkaar in de hal, maar ik kan niet verstaan wat ze zeggen.

'Zo, mevrouw Horsham,' zegt hij als hij de kamer binnenkomt en de oordopjes van een walkman oprolt, of hoe die dingen tegenwoordig ook heten. 'Ik heb het nogal druk vanmorgen. Waarover wilde u me spreken?'

Hij is jong, mijn huisarts. Erg jong en erg knap, met donker haar dat over zijn voorhoofd valt. Ik glimlach naar hem, maar hij lacht niet terug. 'Het gaat prima met me,' zeg ik. 'Wat is er aan de hand?'

Hij ademt uit door zijn neus, een ongeduldig geluid als van een grazend dier.

'U hebt de praktijk gebeld, mevrouw Horsham. U zei dat u dringend behoefte had aan een huisbezoek.' Hij kijkt naar Helen, gaat dan zitten, neemt mijn pols in de hand en drukt erop terwijl hij op zijn horloge kijkt. 'Weet u nog waar dat over ging?' vraagt hij. 'U hebt de laatste tijd nogal vaak gebeld. En mensen vragen meestal niet om een huisbezoek wanneer het "prima gaat".'

Helen schudt achter zijn rug haar hoofd tegen me.

'Ik heb niet vaak gebeld,' zeg ik terwijl ik Helen nog steeds aankijk.

'Dat klopt niet helemaal, hè?' zegt hij, en hij schrijft iets op een notitieblok. 'In feite hebt u ons in de afgelopen twee weken twaalf keer gebeld.'

Twaalf keer? Hij zal me wel met iemand verwarren: misschien hebben de lijnen elkaar gekruist of heeft de telefoniste de verkeerde doorverbonden.

'Ik wil heus niet beweren dat u dingen verzint, echt niet, maar ik vraag me af of er soms iets anders aan de hand is.' Hij pakt een klein zaklampje. 'Misschien is dit niet strikt medisch.'

'Het spijt me,' zeg ik terwijl ik me afwendt van het lichtje, dat als een vlieg in mijn gezicht zoemt. 'Maar ik geloof echt niet dat ík al die keren heb gebeld. Ik heb meestal een erg goede gezondheid.'

'Dat weet ik,' zegt hij, en hij legt een hand op mijn voorhoofd zodat ik het niet kan wegdraaien en schijnt met het lampje in een van mijn ogen. 'En om die reden is het een beetje frustrerend dat u mij zo vaak laat komen terwijl ik ook naar echt zieke mensen toe moet.'

Ik weet niet wat ik ervan moet denken, ik kan me niet concentreren met dit licht dat maar over mijn huid flikkert, maar hij zegt dat ik mijn ogen open moet doen. 'Ik begrijp het niet,' zeg ik. 'Ik ben niet zoals mijn vriendin Elizabeth. Zij kan nauwelijks het huis uit. Ze ziet niet goed en ze is slecht ter been. Terwijl ik...'

'Terwijl u in een geweldige conditie bent voor uw leeftijd. Ik weet het.'

Hij steekt het lampje weg en ik kijk hem fronsend aan. Heel even kan ik niet bedenken waarvoor hij is gekomen. 'Maar dat wilde ik u nog vertellen, dokter,' zeg ik. 'Mijn vriendin Elizabeth. Ze is zoek.'

'O, mam. Begin nou niet weer,' zegt Helen. 'Sorry, het is op dit moment een soort obsessie voor haar. Ik heb haar al verteld dat ik zal uitzoeken wat er gebeurd is.'

'Het is geen obsessie. Ik weet niet hoe lang ze al weg is...'

'Ik weet zeker dat uw vriendin contact zal opnemen. U moet u ontspannen en haar familie voor haar laten zorgen. Oké? Ontspannen is het belangrijkste. Goed. Ik moet naar mijn andere patiënten.' Hij pakt zijn tas en wendt zich tot Helen. 'Ik zal zorgen dat ze deze week ook een bloedonderzoek krijgt.' Een korte blik op mij. 'Wellicht wilt u ook een afspraak maken voor een neuropsychologisch onderzoek. Op zeker moment.'

Hij steekt de stekkertjes, de draaddopjes, al in zijn oren terwijl hij nog met Helen staat te praten en ik vraag me even af waar hij naar luistert. Ik leg mijn handen als een bol over mijn eigen oren en probeer de zeeachtig ruisende muziek van mijn bloedsomloop te horen, het zingen van mijn aderen. Maar handen doen het niet zo goed als schelpen; ze geven niet de juiste echo, of wat het ook is. Helen komt terug nadat ze de huisarts heeft uitgelaten en gaat op de armleuning van mijn stoel zitten.

'Je hoeft je oren niet dicht te houden, mam,' zegt ze. 'Hij

schreeuwde niet. Maar beloof je nu dat je niet nog eens naar de praktijk belt? En dat je ophoudt met die flauwekul over Elizabeth?'

Ik geef geen antwoord.

'Mam?' Ze grijpt me bij de arm en ik slaak een kreet. 'Wat is er?' zegt ze terwijl ze mijn mouw omhoogschuift. Er zitten blauwe plekken, vlekken op mijn huid, die zich vanaf mijn elleboog uitspreiden, uitwaaierend als vleugels. 'Mijn god. Waarom heb je hierover niets tegen de huisarts gezegd? Ik zal hem bellen om te vragen of hij terugkomt.'

'Niet doen,' zeg ik. 'Ik kan niet tegen die vlieg in mijn gezicht. Ik wil hem hier niet meer hebben.'

'Het spijt me.' Helen laat zich op haar hurken voor me zakken. Ze houdt mijn hand vast. 'Het spijt me dat ik je niet geloofde. Het spijt me dat ik niet tegen de huisarts heb gezegd dat hij je goed moest onderzoeken. Hoe kom je aan die blauwe plekken, mam?'

'Het was een paraplu,' zeg ik, maar eigenlijk kan ik het me niet herinneren.

Ze gaat zitten, streelt een paar minuten over mijn hand en ik sluit mijn vingers om de hare en voel de huid rond haar nagels, die roze en ruw is van het wegboenen van aarde. We zijn lange tijd niet zo dicht bij elkaar geweest.

'Ik hield mijn moeders hand vast toen ze stierf,' zei ik, hoewel ik die gedachte voor mezelf had willen houden.

'Je sterft niet.'

'Dat weet ik. Maar ik moest eraan denken, dat is alles. Ze is gestorven zonder het ooit te weten. Zo wil ik niet doodgaan.'

Helen gaat een beetje meer rechtop zitten. 'Zonder wat te weten, mam?'

'Van Sukey.' Ik grijp haar vingertoppen stevig vast. 'Dus daarom wil ik Elizabeth vinden.'

Helen zucht en laat mijn hand los. 'Ik kan maar beter snel gaan. Heb je nog iets nodig?'

Ik zeg van niet en verander dan van gedachten. 'Ik wil graag een nieuwe trui.'

Een van de laatste keren dat Elizabeth ging winkelen voordat haar ogen te slecht werden, voor ze het huis niet meer uit kwam, kocht ze een zijden brillenkoker voor me. Ik zie hem altijd zitten als ik mijn handtas opendoe. De lichtgekleurde zijde vangt het licht en de koele stof maakt zich altijd kenbaar als ik mijn geld pak of mijn buskaart zoek. Ik bewaar mijn reservebril erin. Ik heb eigenlijk alleen een leesbril nodig, maar als je een zekere leeftijd hebt bereikt, dwingen ze je om hem altijd op te houden. Het is deel van je uniform. Hoe kunnen ze anders weten dat je een oude sukkelaar bent? Ze willen dat je de juiste rekwisieten hebt, zodat ze je kunnen onderscheiden van de mensen die het fatsoen hebben nog onder de zeventig te zijn. Kunstgebit, hoortoestel, bril. Ik heb ze allemaal gekregen.

Helen zorgt er altijd voor dat ik ze bij me heb voor we het huis uit gaan. Ze controleert nog net niet of ik mijn gebit in heb, maar ze let speciaal op de bril. Volgens mij denkt ze dat ik tegen dingen aan begin te lopen zodra ik die vergeet. Dus heb ik altijd een bril aan een kettinkje om mijn hals – klaar voor alle onverwachte leesmomenten. Op dit moment heb ik er niet veel aan. Ik zoek een trui. In een mooie, praktische kleur en van dunne wol. Net zoals we vroeger droegen. Als ik dat beeld voor ogen kan houden, denk ik niet dat ik vergeet wat ik zoek. Maar ik ben hem nog niet tegengekomen en ik sta op instorten.

Ik sta in een vierkante bak vol sokken te graven terwijl ik tegen de zijkant leun, mijn armen verloren tussen het textiel. Een beeld van mijn moeder die een hoop kleren tegen de zijkant van een koffer aan duwt, flikkert even op in mijn hoofd en is meteen weer weg. 'Ik begrijp niet waarom het zo moeilijk is een normále trui te vinden.'

Helen en Katy zuchten, en ik vraag me af hoe lang we al rondlopen, hoe lang we al zoeken. Ik begin spijt te krijgen van dit uitstapje. Het is jammer, want vroeger was ik dol op winkelen. Maar de winkels zijn nu zo anders, alles door elkaar, overal verspreid. Zo veel vreemde kleuren. Wie zijn toch de mensen die zulke feloranje dingen dragen? Ze zullen er wel uitzien als wegwerkers. Jonge mensen zijn bereid om bijna alles aan te trekken, lijkt het.

Kijk naar Katy. Het lijkt gek dat ik een kleindochter met 'piercings' heb, al geloof ik dat ze niets bijzonders is in de ogen van andere tieners. Misschien zou ik ook 'piercings' hebben als ik nu jong was. Ze leunt tegen een rek met gebloemde rokken, een imitatie van mijn houding. Alleen Helen blijf rechtop staan, midden op het vinyl van het pad, zodat andere winkelende mensen gedwongen zijn om haar heen te lopen.

'Moeder, we hebben je honderd truien laten zien,' zegt ze. 'Je hebt ze allemaal afgewezen. Er is niks meer om je te laten zien.'

'Het kunnen er nooit honderd geweest zijn.' Helens neiging om te overdrijven ergert me. 'En daar dan? We heb nog niet in die hoek gekeken.' Ik wijs naar de andere kant van de afdeling dameskleding.

'Daar komen we net vandaan, oma.'

Dat klopt, natuurlijk. Klopt dat?

Katy duwt zich af van de rokken en pakt een gebroken witte trui van een stang naast haar. 'Kijk, deze is mooi. Hij heeft de juiste kleur.'

'Hij is geribbeld. Dat is niet goed.' Ik schud mijn hoofd. 'Ik begrijp er niets van. Het enige wat ik wil is een trui met een ronde hals. Geen polo, geen v-hals. Warm, maar niet te dik.'

Katy grijnst naar haar moeder voor ze zich naar mij toe draait. 'Ja, en hij mag niet te lang zijn, maar ook niet te kort...'

'Precies. De helft van de truien komt niet eens over je navel heen. En ik weet dat je de draak met me steekt, Katy,' zeg ik, hoewel ik dat pas weet als ik al aan mijn antwoord begonnen ben. 'Maar het is toch niet te veel gevraagd? Een normale trui.'

'En in een normale kleur. Zwart, of marineblauw, of beige, of...'

'Dank je, Katy. Je lacht wel, maar je kunt toch niet van me verwachten dat ik van die rare kleuren ga dragen. Purper of magenta of petrol of wat ook.' Ik kan mijn glimlach niet inhouden; het is leuk, geplaagd worden. Elizabeth plaagt me ook vaak. Ik voel me er menselijk bij. Er is in ieder geval nog iemand die denkt dat ik intelligent genoeg ben om een grap te snappen.

Mijn kleindochter lacht, maar Helen legt haar handen tegen haar hoofd terwijl ze naar de eindeloze stangen met kleding kijkt. 'Mam, begrijp je niet dat het een onmogelijke opgave is om een trui te vinden die de lengte, dikte, kleur, halstype en god weet wat nog meer heeft die precies bij jou persoonlijk passen?'

'Ik zou niet weten waarom. Toen ik jong was, kon ik altijd de goede trui vinden. Maar ze hadden meer keuze in die tijd.'

'Wat – toen alles op de bon was? Dat betwijfel ik.'

'Echt waar. Of tenminste, je kon altijd wel iemand vinden die maakte wat je wilde. En Sukey gaf me vroeger erg mooie kleren.'

Mijn zus kleedde zich altijd heel stijlvol, vooral nadat ze getrouwd was. Ze verknipte natuurlijk kledingstukken en maakte er iets nieuws van, maar toch vroeg ma zich altijd af waar ze het geld vandaan haalde, nog los van de bonnen, en dan schudde pa zijn hoofd en zei iets over de zwarte markt. Ik heb een keer een prachtige fluwelen bolero van haar gekregen. Ik droeg hem veel te vaak, bij heel gewone gelegenheden, en wenste later dat ik hem voor net had gehouden. Ik droeg hem de laatste keer dat ik haar zag.

Ze was door de keukendeur binnengekomen terwijl ik het brood sneed. Ik had mijn schooluniform verruild voor een jurk en mijn bolero, maar ik kon niet op tegen mijn zus in haar ijsblauwe pakje en met haar met spelden vastgezette Lana Turner-krullen. Ze was zeven jaar ouder dan ik en tien keer zo mondain.

‘Hallo Maud,’ zei ze, en ze kuste me op mijn kruin. ‘Waar is ma?’

‘Een ander vest aantrekken. Pa haalt fish-and-chips.’

Sukey knikte en ging aan tafel zitten. Ik duwde de theepot in een lichtstraal, want ik dacht dat hij zo langer warm zou blijven. Onze keuken was meestal donker tot vlak voor zonsondergang, als de stralen door de gaten in de dichte braamheg in de achtertuin vielen. Voor het avondeten kozen we meestal precies het tijdstip waarop we de laatste zonnestralen konden opvangen.

‘Is Douglas thuis?’ Sukey boog zich een beetje naar voren om in de hal te kijken, in de richting van de trap, terwijl ze sprak. ‘Slaapt hij vanavond hier?’

‘Natuurlijk. Waarom niet?’ Ik lachte. ‘Hij is onze kostganger. Hij betaalt om hier te mogen slapen.’ Ik keek op van mijn taak om de kopjes neer te zetten. Sukey lachte niet; haar gezicht was bleek en ze leek niet stil te kunnen zitten. Ze draaide de ring rond haar vinger en deed er eeuwen over om haar jasje netjes over de rugleuning van een stoel te hangen.

‘Ik dacht dat ik misschien kon blijven slapen,’ zei ze eindelijk, en toen moest ze beseft hebben dat ik haar stond aan te staren, want ze begon plotseling te glimlachen. ‘Is dat zo vreemd? Zo verkeerd?’ Ze leek het zich werkelijk af te vragen.

‘Nee,’ zei ik. ‘Je kunt bij mij in de kamer slapen. Je oude bed staat er nog.’

Ma liep de treden af en de keuken in, en ze begroette Sukey met een kus. ‘Je vader komt zo met de vis,’ zei ze. ‘Neem een kopje thee. Schenk jij even in, Maud?’

‘*Thank you, Polly*,’ zei Sukey, zoals altijd als ik thee had gezet.

‘Zal ik je bed opmaken?’

‘Doe geen moeite, Mopps,’ zei ze zacht. ‘Ik moet er eerst over nadenken.’

Ik schonk thee in met het gevoel dat me iets was ontgaan. Pa kwam, en we schepten onze borden vol met gebakken vis en patat terwijl de bijtende geur van azijn met de damp oprees. Sukey leek kalmer nu, maar ze liet haar theelepeltje vallen toen ma vroeg hoe het met Frank ging.

'Goed hoor,' zei ze. 'Hij is vanavond weg, hij brengt een vrachtje naar Londen. Ze zijn de wagen nu aan het inpakken, en daarom kon hij niet komen. Al die mensen die terug naar huis gaan.'

Sukeys echtgenoot had het verhuisbedrijf van zijn ouders geërfd en had tijdens de hele oorlog mensen uit gebombardeerde huizen naar nieuwe onderkomens helpen verhuizen. Nu hielp hij hen teruggaan naar waar ze vandaan gekomen waren.

'Misschien kun je hier komen eten zolang hij weg is?' zei pa. 'Het zou leuk zijn om je vaker te zien.'

'Ja, dat kan wel. Zolang Frank weg is. Het is zo'n groot huis, en het lijkt een beetje vreemd om in je eentje te eten, toch?'

'*Sure does*,' riep Douglas, die de keuken in liep. Hij verzamelde Amerikaanse kreten uit films en gebruikte die zo vaak als hij kon. Het was irritant, maar ma en Sukey hadden me verteld dat ik me er niet aan moest storen omdat hij zijn moeder bij een nachtelijke luchtaanval was verloren. '*How you doing*, Sukey?' vroeg hij terwijl hij op zijn plek aan tafel ging zitten en zich op zijn eten stortte.

'Prima, dank je, Doug.'

We aten snel omdat we de patat niet koud wilden laten worden. Pa vertelde over een verandering in zijn route nu een andere postbode uit het leger was thuisgekomen en vergeleek zijn ronde met Douglas' melkroute, en ma klaagde over de rijen bij de slager. Ik luisterde maar half, eerst afgeleid door Sukey en toen door Douglas. Ik zat onwillekeurig te wachten tot hij weer iets Amerikaans zou zeggen. Het kwam er meestal heel vreemd uit, met zijn Hampshire-accent.

'Ik was van plan naar Tub Street te gaan, naar de *movies*,' zei hij toen hij klaar was met eten. Hij keek naar Sukey en het laatste beetje daglicht toonde de plekken op zijn gezicht waar zijn stoppels nog niet goed aansloten. Er zat een glad stukje roze vel in de vorm van een c op zijn wang, en nog een onder zijn kin.

'Dag dan,' zei Sukey terwijl ze haar poederdoosje opendeed en het donsje tegen haar neus drukte.

Ze veegde het vakkundig over haar voorhoofd, wat me eraan herinnerde dat ze beloofd had me make-up te leren gebruiken, en Douglas bleef even naar haar kijken voordat hij zijn jas uit de hal ging halen. Was er maar een soort make-up voor Douglas, dacht ik, een doosje met poeder om zijn baard mee op te vullen.

Toen ma opstond om af te ruimen en pa de vette krant buiten in de vuilnisbak ging gooien, boog ik me naar Sukey toe. 'Blijf je slapen vannacht?' vroeg ik. Ik had tijdens het eten nagedacht en verschillende mogelijke verklaringen bedacht. 'Is er iets gebeurd tussen jou en Frank?'

Ze schudde haar hoofd. 'Ik zei toch, Mopps, ik moet nadenken. Eigenlijk denk ik dat maar beter terug kan gaan. Dag, ma, pa. Tot ziens.' Ze was al bijna de deur uit voor het me weer te binnen schoot.

'Ik heb een cadeautje voor je, Sukey.'

Ze glimlachte; een echte oprechte lach, voor de eerste keer.

'Het is voor in je haar,' zei ik, wat de verrassing een beetje verpestte. Ik had op zaterdag twee bij elkaar passende kammen bij Woolworth's gekocht, een voor haar, een voor mij. Het waren namaak schildpadkammen, versierd met ruw gevormde vogels, maar toen ik ze in het licht had gehouden, leek het bijna alsof de vleugels fladderden.

'Wat prachtig. Dank je wel, lieverd,' zei ze toen ze het vloeipapier had opengevouwen en de kam in een haarlok boven haar oor had geschoven.

Ze kuste me voor ze de deur uitging, en haar lippenstift zat nog op mijn voorhoofd toen Douglas terugkwam uit de bioscoop. Lachend veegde hij het weg met zijn duim. Ik weet nog hoe gek ik dat vond, want toen hij me ermee plaagde noemde hij de exacte tint: victorierood.

'Kan ik u helpen?'

Het meisje achter de make-upbalie steekt flets af bij het verlichte glas, met haar witte kleding en haar gezicht in verschillende tinten beige. Overal om haar heen liggen goudkleurige en doorzichtige poederdoosjes, open als schelpen. Ik moet de onderste helft van een blauw-met-zilveren doosje hebben, maar die zal ik hier niet vinden. 'Ik zoek lippenstift,' zeg ik tegen het meisje.

Ze knikt en zwaait slapjes naar een plastic display.

'Victorierood,' zeg ik.

'Sorry?'

'Ik wil victorierood.' De zoete natte geur in dit soort winkels is overweldigend. Ik heb het gevoel dat ik door stroop heen adem. Helen en Katy proberen een paar meter verderop verschillende parfums uit, terwijl ze gekke gezichten trekken en kuchen. Ze zoeken een cadeautje voor Carla omdat ze iets heeft gedaan, of niet heeft gedaan, of omdat ik iets heb gedaan.

Het meisje kijkt naar de uitstalling, haalt er verschillende lippenstiften uit en zet ze ruw weer terug. Ze klikken tegen het plastic. 'Ik geloof niet dat we die hebben,' zegt ze. 'Wat vindt u van deze?' Ze houdt een glanzende, bijna vierkante cilinder op. Op het stickertje staat: 'Verleidelijk vermiljoen.' Klinkt veelbelovend. Ik neem hem van haar aan, trek een streep over mijn hand en de kleur vloeit in de rimpels.

'Ja, die is mooi,' zeg ik terwijl ik hem teruggeef. 'Maar ik heb liever victorierood. Hebt u die?'

'Sorry, die hebben we niet.' Ze glimlacht en hangt tegen de toonbank aan. Onder de parfumgeuren hangt een zure lucht die me het idee geeft dat alle winkeluniforms van nylon zijn.

'Echt niet? Wat vervelend. Waarom is dat?'

'Die is gewoon een beetje ouderwets. Waarom neemt u deze niet?'

Ik wil Katy's mening vragen, maar ik zie haar niet. Of Helen. Ik loop langs de glanzende toonbanken. Geen spoor van hen. Het licht neemt af als ik naar een andere afdeling ga, vol glimmende leren tassen en goedkope sieraden. De rekken zijn meer dan twee keer zo hoog als ik en staan vol artikelen die het licht van de spotjes recht in mijn ogen kaatsen. Er staat muziek te blèren, de woorden lijken chaotisch uit de mond van de zanger te buitelen, en ik heb het gevoel dat ik mijn evenwicht verlies.

Op een of andere manier kom ik vast te zitten aan een rek met lange kralenkettingen. Eén snoer haakt om de knoop van mijn jas, een andere zit vast aan mijn brillenkoord. Mijn handen zijn niet rustig genoeg om de haakjes los te krijgen en hoe meer ik trek, hoe erger het wordt. Ik begin te denken dat ik hier voor altijd in de val zit. Het zweet loopt over mijn rug. Er komt een meisje naar me toe, niet Katy, en in een plotselinge vlaag van paniek ruk ik de knopen van mijn jas. Ik laat mijn bril, nog altijd vast aan de ketting, treurig bungelend aan het rek achter en loop achteruit de roltrap op, wankelend op de rand van een tree en me vastgrijpend aan de leuning voor steun. Er zit een streep lippenstift op mijn hand die mijn huid verstikt en ik wrijf er met mijn andere hand over terwijl ik een lichte huivering onderdruk. Ik heb altijd al een hekel gehad aan de manier waarop dat spul vlekt.

De afdeling waar ik uitkom is KEUKENGEREI EN GLAZEN. De muziek, die weerkaatst tegen de harde oppervlakten, is zo hard dat ik bijna niet kan nadenken. Mijn bril is verdwenen en ik zoek in mijn tas naar de lichtgekleurde zijden brillenkoker. Deze op-een-na beste bril voelt vreemd op mijn gezicht, en ik moet hem steeds verschuiven terwijl ik tussen de planken met serviesgoed door dwaal. Ik kan maar niet bedenken wat ik hier kom doen, en er komen geen ideeën bij me op. De geslepen glazen en aardewerken lasagneschalen geven me geen enkele aanwijzing. Ik blijf staan en lees het reinigingsvoorschrift van een metalen wok: 'Verwijder hardnekkige resten uitsluitend met een nylon spons. Gebruik geen metalen pannenspons of schuurmiddel.'

Een vrouw met getoupeerd oranje haar werpt me in het voorbijgaan een vreemde blik toe. Hoe lang ben ik hier al? Ik kan niet zien hoe laat het is. Misschien sta ik al uren naast deze stelling. Kon ik maar iemand van het winkelpersoneel vinden... Ik hoor een winkelmeisje aan iemand vragen of hij hulp nodig heeft, maar ik kan niet over de stellingen heen kijken en kan niet bepalen waar de stem vandaan komt.

'Dat is de laatste, maar mijn manager geeft u misschien wel korting omdat het een showroommodel was.'

Ik loop snel een kant op, maar daar is niemand en dus rep ik me de tegenovergestelde richting uit. Als ik een hoek omsla, blijft mijn tas haken achter iets wat op de rand van een plank staat. Er klinkt gerinkel. Ik verstijf. 'Waterford Crystal', lees ik op de vitrine. Het is een paar seconden stil. Er komt niemand. Ik begin weg te lopen.

'O!' Een vrouw in een donkerblauw winkeluniform komt snel naar me toe. 'U hebt die vaas gebroken. Kijk, helemaal in scherven. Dat zult u wellicht moeten betalen,' zegt ze. 'Hij kost honderdtwintig pond.'

Ik begin te trillen. Honderdtwintig pond. Dat is een vermogen. Ik voel de tranen in mijn ogen springen.

'Ik moet even mijn manager zoeken. Blijft u hier wachten?'

Ik knik en haal mijn portemonnee tevoorschijn. Ik heb twee briefjes van vijf pond en eentje van twintig, plus wat kleingeld. Ik kan niet bedenken hoeveel dat bij elkaar is, maar ik begrijp wel dat het lang niet genoeg is.

'Wat moet ik doen? Haar adres opschrijven?' zegt de vrouw, terwijl ze terug komt lopen. Ze kijkt over de stellingen heen naar iemand die ik niet kan zien en vraagt dan om mijn adres.

Ik weet het niet meer. Ze denkt dat ik lieg, maar ik lieg niet. Ik weet mijn adres niet meer. Ik weet mijn adres niet meer. 'De je-weet-wel-straat,' zeg ik. 'Of de je-weet-wel-weg.'

De vrouw kijkt me ongelovig aan. 'Bent u hier met iemand?' vraagt ze. 'Met wie? Dan kunnen we diegene omroepen.'

Ik doe mijn mond al open, maar dat weet ik ook niet meer.

'Oké. Kom maar met mij mee,' zegt ze.

Ze legt haar hand achter op mijn arm en leidt me door de winkel. Ik heb geen idee waar we heen gaan. We lopen door een afdeling vol van die bedden om op te zitten, comfortabele, verende zitbedden, en ik verlang ernaar om me er op eentje neer te laten vallen. Eindelijk komen we bij een hoge balie.

'Weet u nu met wie u hier bent?' schreeuwt ze, alsof ik doof ben.

Ik zeg van niet en mijn maag trekt zich samen.

'U moet me een naam geven zodat ik die kan omroepen.'

Ze schreeuwt nog steeds. Ik kan niet nadenken als zij schreeuwt. Een man in een overall die een wagentje met vreemde, verminkt lijkende poppen voortduwt, blijft staan. 'Allemachtig, Grace,' zegt hij. 'Waar ben jij mee bezig?'

'We zitten met een gebroken vaas op Glas, en deze dame is verdwaald en ik weet niet wie ik moet omroepen om haar te komen halen,' zegt ze, zonder veel zachter te gaan praten.

We staan vlak bij een wand vol tv's. De flikkerende schermen, als duizenden vogels die met hun vleugels klapperen, maken me duizelig. Ze doen me denken aan Sukey die de kam in haar haar steekt, en aan de heg naast ons huis, en de vrouw tussen de bladeren die zich omdraait om snel aan Douglas' blik te ontsnappen.

'Roep gewoon haar naam om en zeg dat ze hier is,' zegt de man. Hij wendt zich tot mij. 'Hoe heet u, mevrouwtje?'

Heel even denk ik dat ik ook mijn naam vergeten ben. Maar dan komt hij boven, en even later hoor ik de stem van de vrouw mijn naam door de intercom zeggen. We wachten. Ik weet niet hoe lang. De vrouw loopt weg om met iemand te praten en ik zie in de verte die zitbedden staan. Er heeft vast niemand bezwaar als ik even ga rusten.

De eerste die ik tegenkom is een 'Prima Sudeley Sofa, groot, in roomkleurige chenille'. Hij is heel mooi en gezellig. Ik laat me erin wegzakken. Het is zo heerlijk om te zitten dat ik dreig in te dommelen.

Een plotselinge luide aankondiging maakt me wakker. Iets over korting op badmatjes. Ik hijs mezelf overeind uit de bank en blijf even staan.

'O mam. Waar heb je in hemelsnaam gezeten?' zegt Helen, die een lift uit komt lopen. 'We hebben je overal gezocht.'

Ze pakt me bij de arm en we gaan met de lift naar beneden; ze wil mijn arm wel vasthouden maar kijkt me niet aan in de spiegelwand. Het bruingetinte glas maakt haar frons dieper. Ze is boos op me. Ik heb haar bezorgd gemaakt door zomaar weg te lopen, zegt ze. Grappig hoe de dingen nu omgekeerd zijn. Helen liep altijd weg toen ze klein was. Dan vond ik haar schoolrugzak half ingepakt met extra truien, gekneusde appels en haar lievelingsschelpen, en als ik die aanwijzing gemist had moest ik haar noodgedwongen gaan zoeken in het open veld. Toen Patrick terugkwam uit het Midden-Oosten liet ik het aan hem over en nam niet eens de moeite haar tas uit te pakken of haar achterna te gaan. En dat wist ze, ze wist dat ik haar ene herhaaldelijke daad van rebellie negeerde. En daar betaalde ik de prijs voor toen ze een tiener was. Vreemd om nu te bedenken dat zij het kind is dat hier is gebleven terwijl mijn zoon Tom, die een nachtje uit logeren al verschrikkelijk vond, in een ander land is gaan wonen.

We zien Katy staan als de liftdeuren opengaan; een veiligheidsmedewerker houdt haar in de gaten terwijl ze haar nagels elk in een andere kleur lakt met het setje testers op de toonbank. Hij kijkt me aan als ik voorbijloop en lijkt iets te willen zeggen. Ik voel plotseling een herinnering opkomen, al kan ik die niet precies plaatsen.

'Ik denk dat ik iets gebroken heb,' zeg ik, terwijl we door de deuren lopen, de straat op.

'Nee, mam, je arm is alleen gekneusd, weet je nog?'

4

'Ik ben naar Elizabeths huis gegaan. Zie je?' zeg ik terwijl ik Carla mijn notities laat zien. Ze kijkt niet. Ik leg de stukjes papier met een klap op een tafeltje en gooi bijna mijn ochtendthee om.

'En? Ze was er niet.'

'Nee, maar er was ook nergens een teken van haar te bespeuren.'

Carla slaat een pagina in de zorgmap om; ze heeft een soort bloemenparfum op dat bij elke beweging om haar heen wolkt. 'Was er iemand anders?' vraagt ze als ze klaar is met schrijven. Haar ogen worden even groot en ik zie dat er een of ander vreselijk verhaal komt. 'Ik heb wel eens gehoord van jonge crackverslaafden die bij oude mensen in huis gingen wonen,' zegt ze. 'In Boscombe hebben ze een oude man in zijn kamer opgesloten en al hun crackverslaafde vriendjes gevraagd om het huis aan puin te slaan en...' ze zwijgt even terwijl ze met haar hand door de lucht zwaait, '... en orgies te houden.'

Ik kijk naar mijn aantekeningen. 'Maar het huis was erg netjes,' zeg ik.

Carla legt de map neer. 'Nou, er was ook een oude vrouw die ze hadden vastgebonden in de kelder, en de inbrekers pakten alles en daarna martelden ze haar en sloten haar op, en niemand wist waar ze was. Het heeft dagen geduurd.'

Ik kijk naar Carla's gezicht terwijl ze praat. Haar wenkbrauwen gaan op en neer en het puntje van haar neus wordt rood. Ik vraag me af waarom ze zo bezig is met oude mensen die worden opgesloten. Geen van de scenario's lijkt erg waarschijnlijk, maar ik schrijf ze toch maar op.

'Misschien moet ik nog eens naar haar huis gaan?' zeg ik.

'Nee,' zegt ze op een heel andere toon. 'Je moet niet naar buiten gaan. Schrijf dát maar op.'

Ik zit een tijdje voor me uit te staren als Carla weg is en daarna blader ik door mijn notities, verander wat dingen en schrijf Katy's naam boven de lijst met schoolvakken die ze krijgt. Er is een brief van mijn zoon en een foto van hem met zijn vrouw en kinderen. De foto is op de achterkant keurig van uitleg voorzien: 'Tom, Britta, Anna en Fred in het Merengebied bij Mecklenburg.' Het is niet Toms handschrift. Anna en Frederick lijken sprekend op hun moeder: egaal gebronsde huid, gitzwart haar. Hun gezichten zijn maar net groot genoeg voor hun glimlach. Tom ziet er in vergelijking met hen slordig en vlekkerig uit, met een brutale, veelbetekenende glimlach. Het huis schijnt erg mooi te zijn, maar ik geloof niet dat ik het ooit met eigen ogen zal zien. Tom vraagt al jaren niet meer of ik een keer bij hen in Berlijn kom logeren. In de brief staat dat Anna is begonnen op het gymnasium. 'Middelbare school' staat er tussen haakjes achter dat woord, en ik schrijf het op het vel met Katy's schoolvakken en lees het terug voor ik nog een notitie vind: *Elizabeth opgesloten in haar kamer – crackverslaafden in huis. Vastgebonden en gemarteld in de kelder.* Ik kijk fronsend naar mijn eigen handschrift. Ik ben zeker gek aan het worden. Crackverslaafden? Dan zal de politie wel gebeld zijn. Maar, denk ik, waarom zou ik niet even naar het huis toe gaan, even kijken hoe het met Elizabeth gaat?

Ik pak me warm in, loop langs de acaciaboom en klop op Elizabeths deur, voor het geval dat. Als er geen reactie komt, haal ik mijn pen tevoorschijn: *Elizabeth nog steeds niet thuis.* Ik doe een stap achteruit en mijn hoofd lijkt zich leeg te maken, mijn maag trekt samen en de spieren in mijn nek spannen zich aan. Ik heb geen idee wat ik hier doe en verfrommel de stukjes papier in mijn hand. Een aantal valt op de grond. *Crackverslaafden*, lees ik. *Crackverslaafden. Elizabeth opgesloten in haar kamer. Vastgebonden in de kelder.* Heb ik dat echt opgeschreven? Het lijkt belachelijk. Elizabeth heeft niet eens een kelder. Ik gluur door de brievenbus, maar ik weet niet wat ik zoek. Ik weet ook niet precies wat crack is, hoe kan ik het herkennen als ik het zie? Kookgeuren komen aandrijven in de lucht om me heen. Een zoute, hartige geur als van gebakken spek. Die lijkt even uit het huis te komen en ik vraag me af of er iemand binnen kan zijn, die staat te koken.

'Wat doet u daar?' Een vrouw, in zo'n glimmende mantel die je draagt als het regent, komt naar buiten uit het huis ernaast. Ze legt een hand op het hek tussen ons in en haar jas fluistert hard, als een ongehoorzaam kind. In haar andere hand houdt ze de riem van een springende hond. Hij klauwt aan het houten hek en snuift. Het zal de spekgeur wel zijn die hem zo opwindt.

'Ik ben op zoek naar Elizabeth,' zeg ik.

'Ja, u bent een vriendin van haar, hè? Geen zorgen, mij onthoudt u nooit.' Ze grinnikt bij zichzelf en ik voel mijn gezicht warm worden van schaamte. 'Komt u op bezoek? Dat wordt dan nog een verrassing voor u.'

'Waarom? Wat is er gebeurd? Is alles goed met Elizabeth?'

'Ik heb haar niet gezien, om eerlijk te zijn, maar het lijkt erop dat ze flink aan het opruimen is geweest. Haar zoon heeft stapels dozen naar zijn auto gebracht.' Ze trekt haar hond weg van het hek en grijnst.

Ik staar haar aan. 'Heeft Peter spullen weggehaald?'

'Dat werd tijd ook, vindt u niet? Zoals dat huis eruitzag. Vol rotzooi.' Ze zwaait met haar hand en haalt hem dan door haar korte blonde haar; haar jas fluistert iets, maar ik kan de woorden niet verstaan. 'Ik heb het hem vaak genoeg moeten zeggen. Het begon een gevaar voor de gezondheid te worden.'

Ik onderdruk de neiging om met mijn ogen te rollen. Wat overdreven. Elizabeth is een beetje slordig, maar meer niet. Ze verzamelt dingen, porselein, ze hoopt op een fortuin. Maar nette mensen houden ervan om slordige mensen te berispen. Peggy bij Oxfam is ook zo: meteen mopperen als je de prijskaartjes door de war maakt.

'Dus eindelijk heeft hij er wat aan gedaan, en ik ben blij toe. Hij heeft behoorlijk wat spullen weggegooid, voor zover ik kon zien.'

'Wat heeft hij meegenomen?' zeg ik. 'Elizabeth heeft haar spullen nodig.'

'Hoe moet ik dat weten?' Ze laat zich door haar hond naar de straat trekken.

Ik loop mee aan mijn kant van het hek. Aan Elizabeths kant. 'Maar Elizabeth hebt u niet gezien?' zeg ik, met een kleine stemverheffing. 'Toen Peter de spullen kwam halen. Toen hebt u haar niet gezien?'

De hond trekt aan de lijn en steekt zijn neus in de richting van het huis aan de overkant. Ik draai me ook om, en ja, dáár komt de spekgeur vandaan. Niet bij Elizabeth.

De vrouw doet haar autoportier open en jaagt de hond naar binnen. 'Nee. Ik heb Elizabeth niet gezien. Maar ik zie haar nooit, behalve als Peter haar mee uit neemt. Ik moet bekennen dat ik eerst niet goed wist wat ik van hem moest vinden, maar hij schijnt nu goed voor haar te zorgen. Een beste jongen, hè?'

Ik kijk weg. Ik vind Peter helemaal geen beste jongen. 'Maar ze is er niet en ik heb niets van haar gehoord...'

'Dan zal ze wel bij Peter zijn.'

Ik bijt op mijn lip. Dat klinkt niet goed.

'Ik heb zijn nummer wel, als u dat wilt?' zegt de vrouw, terwijl ze verwoede pogingen doet om de hond te laten zitten. 'Als u zich zorgen maakt, vindt hij het vast niet erg dat u hem belt.'

'Graag.'

Ze slaat het portier dicht, waarop de hond begint te janken, en gaat haar huis weer binnen. De hond en ik staren elkaar door het autoraampje aan; het ruige haar boven zijn ogen geeft hem een verbaasde frons, alsof hij denkt: wat doe ik hierbinnen terwijl jij buiten staat? Ik krijg de aanvechting om hem eruit te laten en mee naar huis te nemen. Zou dat lukken voor de vrouw terugkomt? Nee, daar komt ze al aan, met een velletje papier.

'Doe Peter maar de groeten van me,' zegt ze terwijl ze het me over het hek heen toesteekt. 'Als u dat kunt onthouden.'

Ik voel mezelf weer blozen, en als ze weggereden is blijf ik een tijdje voor het huis staan terwijl ik iets anders probeer te bedenken dat ik kan zoeken, iets wat kan bewijzen dat ik geen dwaze oude vrouw ben. Het velletje papier wappert in mijn hand. Ik merk dat ik de hond mis. Had ik maar een bloedhond. Dan konden we Elizabeths geurspoor volgen. Maar voor nu moet ik misschien een briefje door Elizabeths deur doen. Gewoon om te zeggen dat ik langs ben geweest. Gewoon om te zeggen dat ik haar zocht, voor het geval ze terugkomt. Dat heeft pa ook bij Sukey gedaan.

Geen van ons had haar nog gezien na de avond met fish-and-chips, en voor er twee weken verstreken waren wisten we dat er iets mis was.

Sukey kwam altijd minstens één keer per week bij ons eten, en soms kwam Frank ook en nam extra eten mee of dingen waarvan hij wist dat ma er moeilijk aan kon komen, zoals zeep of lucifers. Hij bewees veel mensen een gunst en leek extra dingen te kunnen bemachtigen, waaronder legerrantsoenen: kleine blikjes boter, kaas of jam. Ma maakte die dingen altijd het eerst op, zodat pa de blikjes niet zou zien. Ze wilde de wet niet overtreden, maar kon geen nee zeggen tegen extra voedsel. Niet nu dat zo schaars was. 'En je pa bekijkt het maar met zijn geweten,' zei ma altijd, 'want hij is niet degene die twee uur in de rij moet staan en daarna drie maaltijden per dag moet maken van een plakje ham en een halve tomaat.' Dus zei ik nooit iets. En Douglas evenmin, hoewel hij zijn ogen tot spleetjes kneep tegen ma als zij verrukte kreetjes over de spullen slaakte en ze daarna wegstopte.

Er was niemand thuis toen pa op de terugweg van zijn werk bij Sukey langsging, en de week daarna was er ook niemand. Ma ging er een paar ochtenden heen en ze keek uit naar Sukey in de winkels in de stad, maar ze zag haar nooit. We begrepen er niets van. Het ene moment was alles in orde en het volgende was ze verdwenen. Net als Frank. Hij was ook nooit thuis, en ma zei dat hij wel in Londen gebleven zou zijn. Pa probeerde het bij de ziekenhuizen omdat hij dacht dat er misschien een ongeluk was gebeurd, maar Frank noch Sukey was opgenomen. Ik bleef maar naar de kam kijken die ik had gekocht en dacht aan de bijpassende die ik aan Sukey had gegeven. Het leek me dat er een manier moest zijn om haar te vinden, en de eerstvolgende keer dat pa naar haar huis ging, vroeg ik of ik mee mocht.

Tot mijn verbazing mocht dat – hij deed zulke dingen altijd alleen – en ik begon al spijt te krijgen toen we de tien straten naar Sukeys huis zwijgend aflegden. Het was een winderige dag met een blauwe lucht, en de geur van houtvuurtjes waaide over ons heen terwijl we de golvende straten volgden. Een keer verscheen er boven aan de heuvel een man die in onze richting achter zijn hoed aan rende, maar toen ik de hoed opraapte en aan hem gaf, keek hij me bevreemd aan voor hij hem in de lucht gooide en er weer achteraan rende. Pa zei dat hij zeker een beetje getikt was en dat ik niet mocht staren. Het was de enige keer dat hij iets zei.

Onderweg kwamen we langs Douglas' oude huis. De helft ervan was twee jaar eerder weggevaagd door een bom, maar de binnenmuur was vrijwel ongeschonden en op de eerste verdieping boven de hopen puin kon je nog een kamer zien. Er stond nog een klok op de schoorsteenmantel, naast een bronzen beeldje van een paard, en de spiegel was niet gebroken, als om te bewijzen dat het geen ongeluk was geweest. Er was veel behang losgekomen, maar een deel zat nog aan de muur en de groene en witte bloemen op de roze achtergrond leken onredelijk blootgesteld aan het daglicht, de regen en voorbijgangers. Ik was verschillende keren naar het huis gaan kijken sinds Douglas bij ons ingetrokken was, en als ik er dan naar omhoog stond te staren stelde ik me voor hoe onze kostganger daar met zijn moeder had gewoond.

Bij Sukeys huis keek pa door de ramen van de voorkamers. Maar er was niemand en het geluid van een als bezeten blaffende hond ergens in de verte maakte dat het hier echt verlaten leek. De eetkamer stond even vol als altijd, met meubels van andere mensen, boekenkasten, lampen en een stapel lege bloempotten tegen de binnenkant van het glas, waardoor het leek alsof ze wanhopig graag wilden ontsnappen aan een of ander verschrikkelijk lot. Het grootste deel van Franks huis was in gebruik als opslagruimte. Daar zat kennelijk geld in, en toen zijn moeder de zaak nog leidde had ze alle kamers aangepast door wanden te verplaatsen en deuren af te sluiten om meer ruimte te scheppen voor de dingen uit andermans leven. Frank vertelde me eens dat hij tot de dood van zijn ouders in een afgeschoten stuk van de overloop had moeten slapen, omdat zijn moeder geen ruimte wilde verspillen aan een slaapkamer voor hem.

Het kelderraam was dichtgemetseld en alleen de roosters aan de voorkant gaven nog frisse lucht. Ik probeerde erdoorheen te kijken, maar natuurlijk was het te donker om iets te kunnen zien en dus liep ik om naar het achtererf, waar Frank zijn verhuiswagens had staan. Het geblaf van de hond klonk hier luider en het geluid waaide mee met de richting van de wind zodat het leek of het dier in kringen om het huis heen liep. Er stond maar één verhuiswagen op de berijpte kinderkopjes en die zag er niet uit alsof er de afgelopen tijd mee gereden was. GERRARDS VERHUISBEDRIJF was onder het stof veranderd in RRARDS VERHU. Ik likte aan mijn vinger en stond net de G van zijn laag viezigheid te bevrijden toen ik een geluid hoorde, een zacht gepiep boven me, en ik keek omhoog naar de ramen van de vroegere stallen.

Heel even dacht ik dat ik vingers zag, de toppen tegen het glas gedrukt, de huid plat en wit, die piepend over de ruit omlaaggleden. Maar toen ik dichterbij kwam, zag ik de dikke perzikkleurige franje van een staande lamp die dwarrelig tegen het raamkozijn aan lag, en omdat ik wist dat de stallen ook vol meubels stonden nam ik aan dat het gepiep afkomstig was van muizen die daar nestelden. Evengoed liep ik de buitentrap op, vastbesloten om het beter te bekijken. Boven zat de deur op slot, of er stond iets zwaars tegenaan, dus tuurde ik door het kleine raampje de donkere, stoffige ruimte in.

En toen zag ik het. Een gezicht dat van achter in de kamer naar me terugkeek. Ik sloeg met een hand tegen het glas en riep, voor ik besefte wat ik zag. Mijn eigen weerkaatsing in de spiegel van een kaptafel die op zijn kant tegen een hemelbed was gezet. Pa was komen aanrennen toen ik riep, maar slenterde weer weg toen hij zag dat alles in orde was. En ik was blij dat hij niet naar boven kwam. Want wat ik ook nog kon onderscheiden door de smoezelige ruiten was een doos rantsoenen met het stempel BRITISH ARMY erop.

Ik liep de trap weer af en in de stilte die volgde op mijn eigen kreet luisterde ik weer naar het hese geblaf van de hond, en ik keek over de schuttingen van de aangrenzende tuinen of ik hem ergens kon vinden. Pa stond met zijn handen in zijn zakken naar de grond te staren toen ik om de hoek van het huis kwam, en hij deed geen moeite iets te zeggen over de afwezigheid van Frank of Su- y. Natuurlijk was hij al eerder langsgegaan, had hij eerder aan- opt en staan wachten, had hij gezocht en naar binnen getuurd ervolgens alleen naar huis terug te keren. Even later haalde pen tevoorschijn en schreef wat achter op een envelop; hij had altijd een stapeltje bij zich, met een elastiekje erom. Ik las het niet voor hij het in de brievenbus gooide.

'Hallo?' Een mannenstem, moeizaam en ongearticuleerd. Ik zit op de bank in mijn woonkamer. De telefoon is net gestopt met rinkelen en ligt nu tegen mijn oor gedrukt.

'Hallo. Met wie spreek ik?' vraag ik.

'Peter Markham. Met wie spreek *ík*?' De woorden zijn nu wat duidelijker, de stem heeft iets klaaglijks.

Peter Markham: die naam ken ik. 'Bent u Elizabeths zoon?' vraag ik.

'Mijn moeder heet Elizabeth. Wat wilt u?'

'O, belde ik *ú*?' vraag ik.

'Natuurlijk belde u.' Hij zegt iets binnensmonds. Verrekte-nog-wat. 'Wat wilt u van me?'

'Misschien heeft Elizabeth gevraagd of ik u wilde bellen,' zeg ik.

'Heeft ze dat gevraagd? Waarom?' zegt hij. 'Waar belt u vandaan?'

'Ik weet niet waarom,' zeg ik. 'Het moet wel belangrijk zijn.'

Ik houd de hoorn een stukje bij mijn oor vandaan en denk even na terwijl ik in de telefoon knijp tot het plastic kraakt. Wanneer heb ik Elizabeth gezien? En waarover wilde ze dat ik belde? Ik kan het me niet herinneren. Ik leg de hoorn op de armleuning van mijn stoel en blader door de papiertjes op mijn schoot. Ik kom het nummer van Peter Markham tegen, een boodschappenlijstje en een recept voor bessencrumble. Het gebrom van een auto in de verte klinkt als een zoemende vlieg onder een glas, als een herinnering die zich tegen de oppervlakte van mijn hersenen werpt. Ik pak de telefoon weer op en houd het volgende briefje onder de lamp. *Waar is Elizabeth?* Mijn maag verkrampt. 'Ze is zoek,' zeg ik hardop.

Er is een knetterend geluid als Peter hard in de hoorn ademt. 'Met wie spreek ik?' zegt hij, en zijn stem klinkt scherp.

'Mijn naam is Maud. Ik ben een vriendin... van Elizabeth,' zeg ik. 'Ik had uw nummer en ik maakte me een beetje bezorgd over uw moeder.'

'Het is verdomme midden in de nacht.'

Ik kijk naar de klok boven de gashaard; het is drie uur. Het is niet overdag. 'Dat spijt me,' zeg ik. 'Ik ben niet meer zo goed met de tijd. O hemeltje, wat spijt me dat. Ik laat u nu met rust. Als alles maar goed is met Elizabeth.'

De stem begint weer gedempt te klinken, slaperig. 'Ik heb uw dochter al gesproken. Ja, alles is goed met moeder. Ik ga nu ophangen, oké?'

Er klinkt een klik aan de andere kant van de lijn en een lange piep. Hij heeft opgehangen. Ik pak snel mijn pen weer op. *Alles goed met Elizabeth zegt zoon*, schrijf ik. *Zei verdomme aan telefoon*, zet ik erbij, al weet ik niet waarom dat van belang zou zijn.

Ik leg de hoorn zorgvuldig terug en moet onwillekeurig aan mevrouw Winners denken. Ik heb in geen jaren aan haar gedacht. Zij was de eerste uit onze straat met een telefoontoestel. Hij was stevig en mooi, met een geboend houten onderstel. Ze was er erg trots op en stond altijd bij het raam als ze 'telefoneerde' zodat iedereen haar kon zien, en als je dan langskwam zwaaide ze en wees naar de hoorn. Het minste of geringste was aanleiding voor haar om mensen binnen te vragen en ze de telefoon te laten gebruiken, en ik stond versteld van de dingen die ze ermee aan de weet kon komen. Niet alleen nieuws over haar familie – er waren altijd verhalen over haar nicht in Torquay en haar zus in Doncaster – maar dingen over de stad, over de oorlog. Met een telefoon leek je overal achter te kunnen komen, en ik vroeg me af met wie ze eigenlijk sprak en hoe ze al die informatie onthield. Ze belde veel mensen voor ons op toen Sukey verdween en zei altijd tegen mijn moeder dat ze goede moed moest houden, en soms trof ik haar aan in de keuken als ik uit school kwam, waar ze met ma thee zat te drinken en flintertjes hoop doorgaf, en dan ging ik ook zitten luisteren en vulde de theepot bij als ma dat vroeg.

Ik leg mijn aantekeningen weg en zet een pot thee. Ik doe dat niet vaak, want thee maken is een lastig klusje. Maar deze keer vergeet ik de pot niet voor te verwarmen en doe ik er maar drie schepjes thee in. Het is voor mij alleen. Ik draag de theepot naar de zitkamer, zet hem op de salontafel en leg mijn in mouwen gestoken handen eromheen. Er rijst stoom op uit de tuit, die onder aan mijn kin blijft hangen. Het gevoel is zo herkenbaar, zo vertrouwd, maar toch kan ik niet bedenken wat het betekent. Ik probeer me niet te bewegen en hoop dat de betekenis vanzelf in mijn hoofd opduikt, maar ik kan alleen maar denken aan pa die buiten iets in de vuilnisbak gooit.

Ik heb de theemuts die ik van Elizabeth heb gekregen meegenomen naar de zitkamer, maar meestal gebruik ik die niet. Hij is behoorlijk lelijk, vrees ik, en er komen steeds plukjes vulling uit die in de thee vallen. Bijna alsof je pluisjessoep drinkt. Elizabeth heeft zelf ook zo'n theemuts, maar het is haar op een of andere manier gelukt om hem niet meer te laten pluizen. 'Ik heb alle losse vulling opgedronken,' zei ze tegen me. 'Waarschijnlijk ligt die nu op te zwellen in mijn inwendige organen.' Ik zet altijd een pot thee voor haar als ik bij haar ben, en zij zegt hoe het moet als ik halverwege het spoor bijster raak. Ze zegt dat het een luxe voor haar is, omdat ze zelf te zwak is om de theepot te tillen. Haar verzorgenden zetten soms een pot, maar ze blijven nooit langer dan Elizabeth nodig heeft om een kopje te drinken en ze kan zichzelf geen tweede kop inschenken als zij weg zijn. En Peter maakt natuurlijk nooit iets voor haar. Hij komt binnen, kwakt haar boodschappen neer en gaat weer weg.

Elizabeth vertelde me dat hij bijna geen woord tegen haar zegt en het grootste deel van de tijd in een andere kamer zit. In de keuken of de kas. Dat is gemeen, nu ze de hele dag aan huis gekluisterd is en vooral behoefte heeft aan gezelschap. En onlangs zei ze nog iets over hem. Dat hij tegen haar liegt. Er waren dingen verdwenen, en toen loog hij. Ik wou dat ik me de details nog kon herinneren. Ik pak mijn aantekeningen weer op: *Alles goed met Elizabeth zegt zoon*. Het stelt me toch niet gerust. Ik pak de theemuts en trek die om de pot heen, netjes en zonder kreukels. De pluisjes kunnen me niets schelen. Het is bijna vier uur in de ochtend en ik drink die thee toch niet.

We zaten vaak zonder te eten en zonder te drinken bij elkaar in de weken na Sukeys verdwijning. En ook vaak zonder te praten. Ma en pa zeiden haast geen woord als ik erbij was, maar ik ving flarden van hun gesprekken op als ze dachten dat ik buiten gehoorsafstand was. Het woord 'politie' viel vaak.

Op een zondag zaten we aan de keukentafel de lunch niet te eten en elkaar niet aan te kijken, en toen het licht buiten al begon te vervagen stond pa op.

'Kom mee,' zei hij. 'We gaan eens bij de buren vragen.'

Hij trok met een zwaai zijn jas aan en hield de keukendeur voor me open. Ik weet nog dat ik ma aankeek, die nog aan tafel zat; ze draaide zich niet om om ons te zien vertrekken. Ze had al met Sukeys directe buurvrouw gesproken, een vrouw die naar dezelfde groenteboer ging als wij, maar het enige wat zij te zeggen had, was dat er tegenwoordig vreemde types rondliepen.

'Je weet maar nooit, misschien herinnert iemand zich iets,' zei pa toen we snel naar Sukeys straat liepen.

De deuren van de wasserette stonden open en de zeepgeur had bijna iets bedwelmends en luxueus. Maar het was een valse geur, waardoor Sukey op een of andere manier alleen maar verder weg leek. We begonnen bij het huis naast Franks erf. Pa klopte aan en de deur ging snel open, alsof de man al had staan wachten. Een hoofd stak naar buiten: 'Ja?'

Het hoofd was ruig behaard en uit de donkere gang kwam een vieze stank die de geur van de wasserette verzuurde.

Pa schraapte zijn keel. 'Ik hoopte dat u misschien... Ik wilde vragen...' Hij zweeg even, haalde adem. Er groeide mos langs de bakstenen naast de deursponning en ik drukte mijn nagels in de vochtige kussentjes.

'Ik zoek Susan Palmer. Ik bedoel...' Pa schudde zijn hoofd. 'Susan Gerrard. Ze woont op nummer 23. Hebt u haar gezien?'

'Nog nooit gezien.' Het hoofd schudde zijn ongewassen haar. 'Hoezo – is ze zoek?'

Pa knikte.

'En wat heb jij daarmee te maken?'

'Ze is mijn dochter,' zei pa.

'O, op die manier. Nou, Frank woont op 23, en als ze bij hem is zal alles wel goed met haar zijn, zou ik denken.'

'Hij is er ook niet.'

'Opgelost dan. Die is ervandoor, met haar.' Er verscheen een glimlach onder het haar; zijn gebit vertoonde lege plekken en een tong werd in elke holte geduwd.

Pa schraapte zijn keel nog eens. 'Dat zou ze ons verteld hebben. Ik bedoel, ze zijn getrouwd,' zei hij. 'Ze zou het gezegd hebben als ze met hem weggegaan zou zijn.'

'O, ze zijn getrouwd?' Hij klonk teleurgesteld. 'Dan kan ik verder niets bedenken, vrees ik.'

We probeerden het volgende huis. Terwijl pa aanklopte boog ik me over de draad die in plaats van het vroegere hekwerk was aangebracht en keek naar de rommel die zich onder het straatniveau had verzameld. De oude man op dat adres had Sukey ook niet gezien, maar hij kende Frank.

'Er lopen op dit moment veel vrouwen weg,' zei hij. 'Dat stond in de krant. Het schijnt ze niet te bevallen als hun man thuiskomt en dan gaan ze ervandoor, naar Londen of god weet waar. Frank is een goeie, ze zou blij met hem moeten zijn. Hij heeft mijn zuster uit Coventry verhuisd zonder er een cent voor te vragen. Zei dat hij nog een ander klusje had en haar spullen er wel bij kon nemen.

Mijn zus zou haar man nooit zomaar verlaten, als ze die ooit had gehad, dat kan ik u wel vertellen.'

Pa ging verder de straat af. Ik bleef staan kijken hoe hij naar het einde toewerkte. De lucht was grijs en het rood van de bakstenen vervaagde, maar het was niet koud.

'Niemand heeft iets gezien,' zei pa toen hij naar mij terugliep. 'Of ze zeggen het niet. Horen, zien en zwijgen, en zo. Je zou bijna denken dat het nog oorlog is. Zullen we naar huis gaan?'

Ik dacht aan het patroon voor de jurk waaraan Sukey voor mij begonnen was. Ik zag voor me hoe hij op de vloer van mijn slaapkamer uitgespreid lag. Ik kon de gedachte niet van me afschudden dat ze elk moment zou binnenlopen en de schaar pakken. Ik had het patroon niet meer aangeraakt nadat zij de mouwen had uitgeknipt, en ik kon het idee niet verdragen om terug te gaan en er weer naar te moeten kijken.

'Laat mij ook eens aankloppen,' zei ik en ik liep naar een deur met dikke lagen verf erop. De verf was uitgelopen en daarna in druppels opgedroogd alsof het regen was, en ik streek met mijn vingers over de bobbels terwijl ik wachtte tot er werd opengedaan. 'Ik ben op zoek naar mijn zus Sukey,' flapte ik eruit zodra de deur openging. 'Ze woonde hier vlakbij. Ik weet niet wat er met haar is gebeurd. Ze heeft niet gezegd dat ze ging verhuizen en ik kan haar niet vinden. Er is niemand in haar huis. Hebt u haar gezien? Ze heeft precies zo'n kam.'

Ik was bijna in tranen, voelde me bedremmeld en kinderachtig, en ik wou dat ik niet had aangeklopt. De vrouw, die een haarnetje droeg en vlak achter de deur stond, keek snel de straat door.

'Bij hoeveel deuren zijn jullie al geweest?' vroeg ze.

'Ik weet niet, misschien tien. Niemand heeft haar gezien.' Ik haalde diep adem om niet te gaan huilen.

De vrouw wierp nog een blik op Sukeys huis. 'Op welk nummer woonde je zus?'

'Drieëntwintig.'

Ze knikte. 'Nee, dan zouden ze ook niets gezegd hebben, waarschijnlijk. Hoor eens, ik weet niet waar ze heen zijn gegaan – eerlijk gezegd wist ik niet eens zeker dat ze weg waren – maar ze hadden problemen, dat weet ik wel. Allerlei lui die maar in- en uitliepen. En op een avond komt ze gillend naar buiten rennen.' Ze zweeg even om me naar adem te laten happen. 'Maar de volgende dag was alles rustig en zag ik haar op straat, piekfijn in orde. Dus...'

'Wanneer was dat?' vroeg pa, die achter me kwam staan.

De vrouw keek hem over mijn schouder heen aan. 'Paar weken terug? Ik weet het niet precies. Ik heb hem daarna nog met een koffer gezien. Ik dacht dat ik haar ook nog gezien had, maar zoals ik zei, ik weet het niet zeker. En voor u het vraagt: nee, ik weet niet waar ze naartoe gingen.'

Pa was een tijdje stil toen de deur dicht was, en toen keek hij naar mij. 'Juist,' zei hij. 'Vanaf nu mag jij de vragen stellen, want jij hebt tenminste iets uit die vrouw gekregen.'

Hij duwde me naar het huis op de hoek.

'Ja?' Een man deed open en bleef staan in een openhangend overhemd. Het had scherpe vouwen en rook warm naar pas gestreken katoen.

'Ik ben op zoek naar mijn zus,' zei ik. 'Ze woont in dat huis.' Ik wees ernaar met een bevende arm. 'Maar ze is er nu niet. Ik hoopte dat ze misschien een... nieuw adres had achtergelaten, of zo?'

De man kwam naar buiten en leunde naar voren om naar Frank en Sukeys voordeur te kijken, alsof hij eraan herinnerd moest worden dat daar een huis stond.

'Zus? O. Met donker haar? Nee, nee, ik kan niet zeggen dat ik weet waar ze is. Maar ze had wel ruzie, geloof ik. Zoiets staat me tenminste bij. Je mist haar zeker? Ze komt vast wel terug. Hoewel, nu ik erover nadenk, het is weken geleden dat ik Frank heb gezien.'

'U kent Frank?'

‘We hebben een keer ’s avonds wat gedronken. Hij heeft me een paar keer geholpen, Frank.’

Dat waren al twee mensen die Frank had geholpen. Ik probeerde daarna het huis tegenover dat van Sukey. In de voordeur zat matglas met vitrage erachter. Een vrouw in een gesteven uitziende kamerjas kwam aan de deur. Ik vroeg of ze Sukey had gezien.

‘Kan ik me niet herinneren,’ zei ze terwijl ze aan het kanten kraagje onder haar kin friemelde. Ze had een lage stem met een schorre ondertoon die op mijn zenuwen werkte. ‘Ik ben niet zo’n bemoeial die iedereen in de gaten houdt.’

‘Maar ik heb van iemand gehoord dat ze een keer schreeuwend de straat op kwam rennen,’ zei ik.

‘Van iemand gehoord? Is dat zo?’ De vrouw keek beschuldigend naar alle huizen in de straat, alsof ze probeerde te achterhalen wie het spel had verpest. Toen schudde ze zeer beslist haar hoofd. ‘Ik heb nooit iets gehoord. Geen piep. In deze straat lopen geen mensen te schreeuwen.’

‘Wat vreemd. Want ziet u, we hebben... ooggetuigen die haar naar buiten zagen komen...’ Ik keek naar het gezicht van de vrouw, naar de ongenaakbare rimpels, en zuchtte.

‘Ooggetuigen, hè? Dat zal wel. En ik durf te wedden dat die ook de helft nog niet weten. Zoals ik al zei, ik heb nooit iets gehoord, maar ik weet dat je zuster iets in haar schild voerde. Dat weet ik. Sorry als het pijnlijk voor je is. Maar ze had mannen over de vloer.’

‘Mannen?’

‘Ja. Minstens een. Jonge vent. Hij zat hier de hele tijd. Hij probeerde me wijs te maken dat hij bij haar ouders in de kost was, maar ik wist...’

‘Douglas, bedoelt u?’

‘Zo’n soort naam, ja.’

‘O, maar dat is echt waar. Hij is echt onze kostganger.’

‘Is dat zo? Werkelijk? Nou, dan nog.’ Ik dacht dat ze meer zou vertellen, maar ze knikte me alleen maar toe, tot ik terugging naar het trottoir.

Ik schoof een deur op; hier deed een echtpaar open. Ze kenden Sukey een beetje. Ze hadden haar en Frank een paar keer uitgenodigd, maar kregen nooit een uitnodiging terug. Dat leek ze echter niet te deren.

'Frank heeft Don een paar klussen gegeven toen hij uit het leger kwam,' zei de vrouw. 'Zo aardig van hem, dat heeft ons echt op de been gehouden.'

'Iemand anders zei dat hij Frank had zien weggaan met een koffer,' zei ik.

'Ja, nou, sinds Don een baan bij Muckley's heeft, hebben we niet veel meer met ze te maken, zoals ik zei. Niet dat we niet dankbaar zijn voor het werk dat hij Don heeft bezorgd.'

Ik bedankte hen en liep weer terug naar pa. Ik bedacht dat dat al drie gunsten waren.

'Hé, meiske?' Uit de voordeur van de dame in de gesteven kamerjas kwam een jonge vrouw naar buiten, die net een lange regenjas om haar magere lijf sloeg. Ik bleef staan om op haar te wachten.

'Ik heb dat geschreeuw gehoord,' zei de vrouw. 'Sorry voor mijn tante, ze is panisch voor alles wat onfatsoenlijk is. Maar luister, het is niet wat je denkt. Frank kan niet degene zijn geweest voor wie je zus bang was.'

'Wie dan wel?'

'Dat weet ik niet, maar ik zag Frank daarna pas thuiskomen, dus je begrijpt dat hij het niet geweest kan zijn.'

Ik keek naar haar op en huiverde. Was er die avond nog iemand anders in het huis geweest?

'Ik heb ze ook met de koffers gezien.'

'Allebei?'

'Nou, Frank in elk geval. Een paar weken geleden. Ik weet dat Sukey niet zo blij was met wat er gebeurde en...'

‘Hoe bedoelt u?’ vroeg ik.

‘Jouw familie is overduidelijk van het gezagsgetrouwe soort, kind.’ Ze keek naar pa terwijl ze dit zei. Hij had een verloren handschoen opgeraapt en hing die net over een hek aan het einde van de weg. ‘Maar Frank… is niet zo. Sukey was niet zo blij met zijn “zaken”.’ Ze benadrukte het woord door haar wenkbrauwen op te trekken. ‘Je kunt nooit weten. Misschien zijn ze weggegaan om ergens een nieuwe start te maken.’

‘Maar ze heeft al weken geen contact met ons opgenomen. Dat is niets voor haar, ze zou ons altijd vertellen waar ze was, als ze kon. Mijn vader denkt dat ze is ontvoerd of vermoord of zoiets. Hij zegt het niet hardop, maar dat is wat hij denkt.’

‘Het is vreemd. Ze is echt een familiedier, hè? Ze heeft het in elk geval vaak over jou.’ Ze glimlachte droevig naar me. ‘Ik weet niet wat ik verder nog kan zeggen. Heb je al bij de ziekenhuizen nagevraagd?’

‘Die keer dat u haar hoorde schreeuwen, was dat op dezelfde avond dat ze weggingen?’

De vrouw fronste haar wenkbrauwen en draaide met haar handen aan de stof van haar regenjas. ‘Ik geloof van niet. Weet het niet zeker. Tijdstippen lopen soms een beetje door elkaar, hè? Ik bedoel, zoals ik het me herinner ging Frank weg met een koffer en kwam hij dezelfde avond terug. Maar dat kan eigenlijk niet kloppen, hè?’

‘En u weet zeker dat u hen daarna niet meer gezien hebt?’

‘Heel zeker. Vorige week hingen er hierbuiten wel een paar mannen rond, maar Frank was er niet bij. Waarschijnlijk politie, hem kennende.’

Ik knikte en keek naar het huis. Ik had het gevoel dat ik er inmiddels iets van zou moeten begrijpen. De vrouw gaf een kneepje in mijn schouder en liep stilletjes weg, en ik vroeg me af wanneer Sukey tegen haar over mij had gesproken.

‘En?’ zei pa toen ik vlak bij hem was.

Ik haalde mijn schouders op. 'Ze is inderdaad gillend naar buiten gelopen. Die vrouw zei dat we bij de ziekenhuizen moesten navragen.'

Hij knikte, al wist ik dat hij dat al had gedaan, en we begonnen te lopen.

'U denkt dat ze ontvoerd is of zo, hè?'

'Dat "of zo" is wat me zorgen baart, popje. Ze had nooit met die man moeten trouwen. Ik wist dat hij niet deugde.'

Ik wist niet wat ik daarop moest zeggen en dus liepen we een paar minuten zwijgend verder. Ik probeerde me andere dingen te herinneren die nuttig konden zijn. 'Die laatste vrouw die ik sprak zei dat Frank "zaken" deed.' Ik probeerde het woord dezelfde nadruk te geven als de vrouw had gedaan, en er verschenen rimpels in mijn vaders gezicht. Ik dacht dat hij ging huilen en stond versteld van de kracht die woorden kunnen hebben, maar toen we bij het eind van de straat kwamen zag ik dat hij moest lachen.

'O Maud, wat zou ze daar nou mee bedoelen?' vroeg hij terwijl hij zijn wenkbrauwen op dezelfde manier bewoog als ik had gedaan.

'Dat weet ik niet,' zei ik, en ik stond mezelf toe om even te glimlachen. 'Ik dacht dat u dat wel zou weten.'

'Je zei iets over Elizabeths zoon,' zegt Helen. We zijn in haar eetkamer en ze zit op haar hurken om de placemats voor op tafel te pakken. Er komen mensen lunchen, maar ik kan me niet herinneren wie, of waarom ze komen. Katy hangt tegen de deurpost met een domme grijns op haar gezicht. Ze tikt op zo'n klein telefoontje.

'O ja?'

'Ja. Hij heet Peter.' Helens stem klinkt gedempt vanuit de kast waar ze met haar hoofd in zit.

'Ik geloof wel dat ik hem gesproken heb,' zeg ik terwijl ik door mijn notities ga.

'Ja, ik ook, en Elizabeth blijkt dus helemaal niet zoek, hè?'

Ik blader door de papiertjes.

'Dat zei je, mam.' Helen haalt haar hoofd uit de kast om me aan te kijken.

'Ik zei dat *híj* heeft gezegd dat alles goed met haar was.'

'Dat is toch goed nieuws?' Ze staat op en legt een stapel placemats op tafel.

Ik kijk nog altijd met een frons naar mijn aantekeningen. 'Ik weet het niet,' zeg ik. 'Hij vloekte tegen me.'

Helen slaat de kastdeur dicht en de borden rammelen op het dressoir. De herrie ergert me verschrikkelijk. Ze legt een hand op een bord om het stil te krijgen, draait zich dan om en spreidt het tafelkleed uit. Ze doet het wat slordig en krijgt het niet goed recht. 'Je zou ook even kunnen helpen, weet je,' zegt ze tegen Katy.

Mijn kleindochter knikt en stapt een halve meter de kamer in, maar verder komt ze niet en haar ogen laten de telefoon niet los.

'Hij was erg boos,' zeg ik. 'Helen, als een vriendin van mij jou zou bellen omdat ze zich zorgen om mij maakte, wat zou je dan zeggen?'

'Ik zou zeggen: "En terecht, want ze is niet meer zo helder."'

'Helen.'

'Oké, oké.' Ze laat de rand van het tafelkleed vallen. 'Ik zou zeggen: "Bedankt voor je bezorgdheid, maar er is niets om je zorgen over te maken. De mannen in de witte jassen komen er al aan."'

Ik zucht.

'Goed dan. Dat laatste zou ik niet zeggen.' Ze pakt het tafelkleed weer vast. Trekt het naar zich toe.

'Maar je zou niet boos worden.'

'Nee.' Ze loopt om de tafel heen om de andere kant glad te trekken en zucht in Katy's richting.

'Snap je, Helen? Ik vertrouw hem niet.'

'O, mam.'

'Alleen iemand die iets op zijn geweten heeft zou toch zeker...'

'Je hebt hem midden in de nacht gebeld. Hij was chagrijnig, en geen wonder. Dat betekent nog niet dat hij gelogen heeft of zijn moeder om zeep heeft geholpen.'

'Dat weet ik. Maar ik denk toch dat hij iets verbergt.'

'Goed. Katy, ga eens ergens anders rondhangen.' Ze trekt een la open en harkt erdoorheen. 'Mam, leg deze even neer, wil je?'

Ze geeft me een handvol messen en vorken. Ik leg ze midden op tafel en loop achter haar aan naar de keuken. Het ruikt er naar rozemarijn en munt en ik hoop dat we lam eten, maar mijn dochter kennende kan het net zo goed iets van tafoe of torfoe zijn.

'Mam!' zegt ze terwijl ze zich omdraait en tegen me aan botst. 'Blijf daar en dek de tafel, wil je?'

'Sorry.' Ik ga weer naar de eetkamer en blijf even staan. Ik heb geen idee wat ik hier moet doen, maar ik hoor iemand praten in een andere kamer.

'Katy, dat heb ik haar al honderd keer verteld,' zegt een stem. 'En ik kan er niet met haar naartoe. Peter wilde het absoluut niet hebben. Ik wou maar dat ze het vergat.'

Er klinkt een mompelend antwoord en dan: 'Ja ja, grappig hoor.'

Ik ga op het geluid af. Helen staat in de keuken.

'Ben je daar weer?' vraagt ze. 'Ik had gevraagd of je me wilde helpen. Heb je een stukje papier?'

Ze steekt haar hand uit en ik geef haar een blauw vierkantje. Ze vist een pen uit een la, schrijft 'Tafel dekken' en geeft het papiertje weer aan mij.

'Geef mij de rest van je notities maar,' zegt ze. 'Dan berg ik ze veilig op.'

Terug in de eetkamer zet ik de dingen op tafel , de placemats op gelijke afstand van elkaar, de lepels aan de bovenkant. Ik pak een mes en vork en denk even na. Ik weet niet meer aan welke kant ze horen. Vork rechts? Of vork links? Ik leg ze neer waar ik denk dat ze moeten, maar bij het volgende bord verander ik van gedachten.

Ik pak nog een mes en vork. Terwijl ik naar mijn handen kijk, probeer ik te doen alsof ik mijn eten snijd. Ziet dat er zo goed uit, of moet ik ze omdraaien? Ik draai ze om. Het ziet er precies hetzelfde uit.

Als Helen binnenkomt sta ik nog steeds naar mijn handen te kijken, naar de rimpels op de knokkels, de perkamenten huid, de bruine vlekken.

'Ben je klaar, mam?' vraagt Helen. 'Wat ben je aan het doen?'

Ik kijk niet op. Het is zoiets kleins – weten waar je het bestek neerlegt – maar het voelt alsof ik gezakt ben voor een belangrijk examen. Er is een stukje van mij verdwenen.

'Dat ziet er gezellig uit,' zegt ze, met een stem die te vrolijk is. Ze loopt om de tafel heen en ik kijk vanuit mijn ooghoeken naar haar. Ik zie dat ze naar me kijkt. Ik zie haar aarzelen en daarna snel het mes en de vork van plaats verwisselen. Ze zegt niets. Wijst me niet op mijn vergissing.

'Ik wil geen tafels meer dekken,' zeg ik.

5

Het is hier donker, maar ergens laag aan de hemel schemert grijs licht; het zal binnenkort dag worden en ik moet dit af zien te krijgen. Een mist van regendruppels hangt aan mijn haar, mijn armen en bovenbenen. Ik ril ervan, maar gelukkig doet het niets met de grond. Die blijft op een hoop liggen. Ik moet me nu ver voorovervbuigen om te graven. Een lange inademing, tot diep in mijn longen, geeft de rauwe, natte smaak van gekneusde aarde af. Mijn knieën glijden weg, half in de kletsnatte grond, en het vocht trekt langzaam door de stof van mijn broek naar mijn benen. De aarde zit aan mijn handen vastgekoekt en is bijna pijnlijk diep onder mijn nagels gedrongen. Ergens, ergens, ligt de andere helft van het poederdoosje verstopt. Voor me is een kuil, een kuil die ik heb gegraven midden in het groene tuintapijt. En plotseling heb ik geen idee wat ik hier doe, wat ik zoek. Heel even durf ik me niet te verroeren uit angst voor wat ik hierna misschien zal doen. Dat kan van alles zijn; misschien ga ik de bloemen uit de perken rukken of de bomen omhakken, mijn mond vol bladeren proppen of mezelf begraven, zodat Helen me weer op moet graven.

Paniek begint uit mijn buik te sijpelen en een huivering loopt over mijn schouderbladen. De kou is in mijn gewrichten gekropen en dat doet pijn. Langzaam wrijf ik zo veel mogelijk aarde van mijn handen, veeg ze schoon aan het groene tapijt, het tuintapijt, niet mos maar dat andere spul, en ik kom rustig overeind. En nog altijd heb ik de neiging om verder te graven, iets te zoeken onder de grond. Maar wat kan er hier in mijn eigen tuin liggen? Tenzij het iets is wat ik geplant heb. Heb ik hier iets weggestopt? En het vergeten?

Ik sta te zwaaien op mijn benen; de grijze, schaduwloze tuin schemert om me heen, maar dan komt er bleek goud over de bomen in de verte gedruppeld. De zonsopgang die de dag binnenvalt. Ik zet een voet tegen een berg grond en schuif die terug in de kuil, en daarna trap ik de nieuwe, vlakke aarde plat. Het is zonsopgang en ik sta buiten in de tuin. Wat heerlijk, eigenlijk. Wat fijn. Een frisse neus halen en de zon zien opkomen. Ik ril nog steeds als ik naar het huis terugloop, maar dat is niet nodig. Ik kwam gewoon naar buiten om de zonsopgang te zien, een luchtje te scheppen en wat lichaamsbeweging te nemen. Niets om je zorgen over te maken. En nu ga ik iets doen wat ik al in geen tijden heb gedaan.

Ik ga in bad.

Binnen draai ik de kranen open en doe er een soort vloeibare smurrie met bloemengeur bij die Helen wel voor me gekocht zal hebben. Ik pel mijn broek van mijn knieën; mijn huid is grauw na het ochtendlijke contact met de natte aarde. Ik trek de zijdeachtige nachtpon uit die ik erboven draag. Ik slaap daar nooit in, ik moet hem speciaal hebben aangetrokken. Ik wou dat ik wist waarom, zo'n stom ding om te dragen. Ik knijp in de stof en luister naar het zachte ruisen van het schuim dat in het bad ontstaat.

Nee, denk ik, misschien was het om mezelf te verwennen. Een heerlijke zijden nachtpon voor een heerlijke gouden ochtend. En waarom ook niet? Ik laat hem op de vloer vallen en stap voorzichtig in bad. Ik lig graag in het water. Oude mensen horen niet in bad te gaan, we horen ons te douchen terwijl we op een krukje zitten. Maar je kunt niet nadenken als je jezelf op een stukje plastic in evenwicht moet houden terwijl het water over je hoofd stroomt. En ik moet nadenken.

Mijn handen trillen als ik ze uitsteek naar het stuk, het glibberige stuk waarmee je je wast, maar ik heb geen idee waarom, ik geniet volop, en het zal me trouwens toch niet meer kunnen schelen als dit vuil eenmaal is weggewassen. In mijn mond proef ik die vieze, bedorven smaak die me doet denken aan de tijd dat ik als kind ziek in bed lag, en ik wrijf de zijkant van het wasstuk over mijn lippen. Het is heerlijk om weer schoon te worden nadat je hard gewerkt hebt. Ik wou dat ik nog wist waar ik zo hard aan heb moeten werken.

Als ik schoon en droog ben, rommel ik in de kasten op zoek naar een van Patricks oude overhemden. Helen wilde ze allemaal hebben voor als ze in de tuin werkt, maar ik heb er een paar gehouden. Sommige zijn erg mooi, hij heeft ze op maat laten maken in Koeweit en de stof is zacht en dik. Het is fijn om er een aan te kunnen trekken, een aandenken, een troost. Ik kan mezelf bijna wijsmaken dat ze nog naar hem ruiken, hoewel ze natuurlijk vele keren zijn gewassen tussen zijn dood en nu. Dit overhemd is wit met duifgrijze strepen, en het katoen is eerst nog koud. Te groot voor mij, maar dat is juist zo fijn. Ik stop het in mijn broek en knoop mijn vestje erover dicht voor ik naar beneden ga. Carla is er al en is bezig met de thee.

'Dank je, Polly,' zeg ik, maar ze lijkt me niet te horen.

'Het bad is smerig,' zegt ze als ik de keuken binnenkom. 'En er ligt een heleboel aarde op het grasveld. Wat heb je gedaan?'

Ik krimp ineen bij die vraag. Waarom kan ik me de tuin en de aarde en de dauw wel herinneren, maar geen enkele reden dat ik daar was? Ik trek de mouw van mijn vestje over mijn vingers en denk terug aan de bleekgouden lucht, de glinsterend grijze bladeren, kleurloos tot het licht erop viel. Ik kan het allemaal perfect voor me zien, ik kan alleen niet bedenken wanneer dat was. Een van die nachten dat ik wachtte tot Sukey zou thuiskomen? Ergens in het verleden, in elk geval. Tegenwoordig ben ik nooit op tijd wakker voor de zonsopgang.

'Al kan het net zo goed een zoon worden,' zegt Carla.

Ik heb een eerder deel van haar toespraak gemist en weet niet waar ze het over heeft.

'Je hebt geluk dat je een dochter hebt. Ze zeggen dat zonen hun oude moeders bestelen. Dat was in een reportage op het nieuws.'

'Maar ik heb wel een zoon,' zeg ik.

'Miljoenen worden er elk jaar gestolen.'

'Ik heb geen miljoenen,' zeg ik.

'En allerlei antiek. Georgian, victoriaans.'

'Ik heb ook geen antiek.' O, dit heeft geen zin. Wat is dit voor gesprek, mensen die zeggen of ze iets hebben of niet? Ik luister niet meer, antwoord niet meer, maar er schemert een beeld in de lucht, van boekenkasten, lampen en lege bloempotten die in een stapel voor een raam staan. Van diep gemarmerd, degelijk meubilair en elegante zilveren siervoorwerpen, van donker geglazuurde vazen en borden die zo gemaakt zijn dat er wormen overheen lijken te kronkelen. Het soort spullen dat Elizabeth altijd zoekt. Vroeger waren ze niet zo gewild, niet toen ik een meisje was, en mensen verkochten ze voor een appel en een ei. Er waren niet van die schemerige, dure winkels of hijgerige tv-programma's. De enige plek waar ik ooit echt antiek heb gezien was bij Frank.

Hij had honderden antieke voorwerpen lukraak in zijn huis staan en die werden voortdurend verplaatst; als je er net aan gewend was om een bepaalde ladekast te ontwijken, verdween die ineens en stond er een setje bijzettafeltjes, precies zo dat je er makkelijk over zou struikelen. Al met al voelde het huis aan als een soort rotstreek. Als een val. Sukey vond het ook maar niks, en een paar dingen maakten haar zelfs bang, al heeft ze dat maar één keer toegegeven.

Op weg naar de zitkamer was ik over een roterend boekenkastje gestruikeld en had ik mijn knie gestoten aan een bars uitziende staande klok. Sukey zat opgekruld op een canapé met een hoge rug en haalde langzaam een naald door een fijne, blauwige stof; lokken van haar haar bleven tegen de rugleuning kleven, als klimplanten tegen een muur. Ma had me gestuurd met oude todden en maaswol, overtuigd dat mijn zus al het huishoudelijk werk niet aan zou kunnen, maar Sukey leek nooit veel hulp nodig te hebben, dus ging ik bij het vuur zitten en liet de ene kant van mijn gezicht verwarmen tot die roodgloeiend was.

Franks verhuizers waren op het erf een verhuiswagen aan het uitladen en kwamen op weg naar de kelder door de zitkamer. Ze droegen dozen, tafeltjes met dunne poten en zware eetkamerstoelen. Sukey knikte ze toe toen ze met lege handen terugkwamen en de klamme kelderlucht uit hun longen probeerden te krijgen.

'Een oude vrouw uit de Avenue is overleden,' zei ze. 'Dus Frank heeft nog meer troep gekocht, alsof we daarop zitten te wachten. Hij dacht zeker dat het handig kon zijn als brandhout.'

Dat laatste zei ze hard, en een zwetende verhuizer met een zacht gezicht die zo'n tafeltje met spitse poten naar de kelder aan het dragen was bleef even staan. 'Als dat is wat jullie ermee gaan doen, sla ik hem meteen even in stukken, dat scheelt weer een afdaling naar die helleput daarzo,' zei hij terwijl hij de tafel neerzette en erop leunde. Sukey keek glimlachend naar haar borduurwerk en trok één schouder heel voorzichtig op om haar volmaakte rij steekjes niet te verknoeien, en de man tilde grinnikend zijn tafeltje weer op. Ze keek me aan toen hij weg was.

'O, Mopps,' zei ze. 'En kijk eens op de schoorsteenmantel. Zie je wat Frank uit die ontruiming voor zichzelf wil houden? Lijkenpikkerij, dat vind ik het.'

Sukey klaagde vaak over alle 'troep' die Frank mee naar huis nam. Schilderijen van boten in alle tinten bruin en lelijke borden die wemelden van de insecten. Deze keer was het een glazen stolp zo groot als een kolenemmer vol opgezette vogels. Ik stond op terwijl ik een hand tegen de verhitte kant van mijn gezicht legde en keek erin. De vogels waren felgekleurd, groen en geel en blauw. Sommige hadden hun vleugels uitgespreid, andere zaten met hun snaveltjes in een bloem en weer andere keken me recht aan terwijl ik eromheen draaide. Hun glazige ogen leken niet helemaal goed in hun kassen te passen, en er lag iets mats over hun veren dat me het idee gaf dat ze waren geverfd. Ik kon niet van ze wegkijken.

'Gruwelijk, vind je niet? Om een of andere reden vindt Frank ze mooi en dus moeten ze voortaan hier staan. En Mopps, hoe vaak ik ook tegen mezelf zeg: "Ze zijn opgezet en dood, Sukey, stel je niet aan", ik kan het idee niet van me afzetten dat ze me zullen aanvliegen.' Ze trok haar rij steekjes recht. 'Vind je dat niet dwaas?'

Ik keek haar aan en knikte, en daar moest ze om lachen.

'Maar ik kan het nu al horen, Mopps. Het glas dat breekt en die naarlingen die met fladderende vleugeltjes naar buiten vliegen om mij de ogen uit te pikken.'

'Deksels, wat een ideeën heeft dat vrouwtje van jou,' zei een van de mannen, die samen met Frank de kamer binnenkwam. Ze droegen samen een oude canapé. 'Pas maar op dat ze geen gekke dingen over jou verzint.'

'Dat was mijn mazzel juist, Alf,' zei Frank. 'Ze heeft zichzelf wijsgemaakt dat ik een goede vangst ben. Mij hoor je niet klagen.'

Ze brachten de canapé naar de kelder en Sukey keek hoe ze in het trapgat verdwenen voor ze zich weer tot mij wendde. 'Ga mijn sjaal halen om over die vogels heen te hangen, wil je?' vroeg ze. 'Hoeveel grapjes ik ook maak, ik kan het werkelijk niet langer verdragen om ze te zien.'

Ze zag er gewoon wanhopig uit, en ik ging op zoek naar de sjaal die ze volgens haar op een stoel in de keuken had achtergelaten, of aan de kapstok in de hal, of misschien in de garderobe in de slaapkamer, en anders zeker op het handdoekenrek in de badkamer. Ik liep door de keuken en deed mijn best om nergens over te struikelen, mijn huid open te halen of mijn ellebogen te stoten, en ik moest de deur openhouden voor twee mannen die vanaf het erf een groot meubelstuk naar binnen droegen. Er lag een doek overheen, maar ik dacht dat het een kaptafel was vanwege de vorm, met een spiegel erbovenop. De uiteinden van de doek rimpelden door de beweging en de kaptafel leek te zweven tussen de handen van de mannen. Een van hen, een man met een gezicht vol verticale lijnen, vroeg me de volgende deur voor hen open te doen. Ik rende ernaartoe, vergat dat hij naar buiten opengingen, trok in plaats van te duwen, liet de deur hard in zijn sponning bonzen en maakte de borden in het dichtstbijzijnde dressoir alarmerend aan het rammelen. De mannen lachten.

'Niet zo fijnbesnaard als je zuster, hè?' zei de man met de lijnen in zijn gezicht.

Ze lieten het meubelstuk de zitkamer in zweven en ik ging de trap op en bleef halverwege staan om naar het huis te luisteren. Er klonk gekraak, diep en bijna menselijk, alsof het huis zuchtte onder het gewicht van de eigendommen van andere mensen. Het gekraak werd overstemd door het dissonante slaan van twee klokken ergens beneden, en een keer hoorde ik een verhuizer vloeken die tegen een meubelstuk op liep of erover viel. Ik hoopte dat het de man met de lijnen in zijn gezicht was en keek uit het raam.

Er was nu niemand op het erf, maar toch hoorde ik buiten een zwak geritsel, het geluid dat een merel maakt als die onder een heg naar wormen zoekt. Een snel, fel geruis in de bladeren, en toen nog een keer. Ik zag niets, maar de struiken naast de straat begonnen even te schudden en om een of andere reden kreeg ik daar de rillingen van. Er was die dag geen wind en verder was alles stil, maar ik had wel vaker heggen zien bewegen als de vogels die erin zaten hun vleugels herschikten. Waarom zou ik daar nu bang van worden?

Ik liep door naar de overloop, viel bijna over een paraplubak gemaakt van een olifantenpoot en perste me door een leger van oude platenspelers heen, met hoorns als pompoenbloesems. Ze zouden geen van alle ooit nog spelen, maar Frank bewaarde ze omdat je er allerlei dingen in kon bewaren als je ze eerst vanbinnen leeg maakte. Dat had Sukey op een avond tijdens het eten verteld, en pa had het vermoeden gemompeld dat die dingen vast niet legaal zouden zijn, gezien de artikelen die Frank ons had gegeven: ham, nylonkousen, marmelade, gedroogd fruit, boter, eieren. De lijst had ma erg vrolijk gemaakt, al had ze ervoor gezorgd dat pa hem niet te zien kreeg.

Sukeys sjaal lag op het handdoekenrek en toen ik hem lostrok, ving ik mijn eigen reflectie op in de badkamerspiegel. Ik was verrast om mezelf daar tegen te komen, en ook om hoe ik eruitzag. Mijn gezicht was niet het schild dat ik dacht dat het was, het leek zo onbewaakt, zo makkelijk te lezen, zo open voor verkeerde interpretaties. Ik had donkere kringen onder mijn ogen terwijl ik nog geen uur te weinig geslapen had en mijn lippen waren zo rood alsof ik er geërgerd op had zitten bijten. Mijn neus glom ook. Sukey had me maanden geleden al beloofd te leren hoe ik poeder moest gebruiken, en ik herinnerde haar eraan toen ik de zitkamer weer in liep.

'Ik weet het niet, Mopps,' zei ze. 'Misschien ben je nog te jong. Misschien had ik dat niet moeten beloven. Pa krijgt waarschijnlijk een rolberoerte.'

Ik wilde al protesteren, maar stootte mijn enkel tegen een laag tafeltje en slaakte in plaats daarvan een kreet terwijl ik mijn voet optilde. De man met de lijnen in zijn gezicht kwam binnen en lachte.

'Tikje onhandig, hè?'

Nerveus en geïrriteerd wierp ik Sukey de sjaal toe. Ik dacht dat ze hem wel zou vangen, maar ze wilde haar naaiwerk niet loslaten en de sjaal vloog over haar hoofd en omwikkelde haar als een lijkwade. Ze slaakte een gilletje toen ze met de naald in haar vinger prikte.

'Die is om de vogels te bedekken,' zei ze terwijl ze de sjaal wegtrok en haar haar uit haar gezicht streek. 'Niet mij.'

'Sorry,' zei ik terwijl ik snel over een lege ijzeren bloempothouder stapte. Ik wilde alleen nog maar weg uit dat huis.

'Mopps?' riep Sukey me na. 'Mopps!'

Ik liep door naar het erf en voelde me al direct beter door de vrije doorgang en de koelere lucht. Ik ging naar de zijkant van het huis en bleef staan, strekte mijn ledematen in de lege ruimte en hoorde dat geritsel in de heg, dat merelachtige geluid, en weer voelde ik een onverklaarbare huivering van angst. Sukey had een raam opengeschoven en ik draaide me om toen ze naar buiten leunde.

'O, ga weg. Ga weg. Waarom ben je altijd hier? Ik kan er niet meer tegen.'

Ik dacht even dat ze het tegen mij had en wilde net zeggen dat ze de pot op kon toen ik zag dat ze naar de heg keek. Ik keek ook en kon een vrouw onderscheiden, staand, met haar onderlichaam aan de andere kant tegen het hek gedrukt en één arm diep in het gebladerte. Haar andere arm hield ze bij de elleboog gebogen zodat ze iets tegen haar mond kon houden. Of in haar mond stoppen, dacht ik, toen ik haar kaken zag bewegen. De struiken waren kleine meidoorns en de vrouw leek een handvol bladeren vast te houden, waar ze op kauwde. Ze staarde Sukey aan terwijl ze kauwde, niet in het minst van de wijs gebracht doordat ze ontdekt was, en Sukey staarde terug, ontzet. Natuurlijk wist ik wie het was. Iedereen kende de gestoorde vrouw.

'We moeten Doug hebben,' zei Sukey.

'Doug? Je bedoelt Frank,' zei ik en ik riep hem.

Toen hij naar buiten kwam, schreeuwend en dreigend en met

zijn vuist in de lucht zwaaiend, ging ik weer naar binnen, naar Sukey. Ze lachte haar schrik weg en zei dat de vrouw een soort fijnproever moest zijn. 'Ik bedoel, ik kan het haar niet kwalijk nemen,' zei ze. 'Meidoorn is toch heerlijk, Mopps? Weet je nog dat we het altijd boterhammen met kaas noemden?'

Ik knikte, maar de breekbare klank van haar stem beviel me niet.

'We aten het vroeger nog liever dan ma's boterhammen, weet je nog? Liever dan smeerworst. Liever dan in bouillon gekookte wortels.' Ze zweeg even, als in een film, met een hand op haar heup. En toen leunde ze plotseling slap tegen de schoorsteenmantel. 'Maar Mopps, er moeten genoeg meidoorns in het park zijn. Dus waarom hier? Waarom moet ze hier komen?'

Ze keek naar zichzelf in de spiegel boven de haard en ontweek met haar ogen zorgvuldig de nu versluierde glazen stolp met vogels. Toen bracht ze haar hand omhoog tot die op haar mond lag, wat me een vreselijk moment lang deed denken aan de houding van de gestoorde vrouw.

Carla heeft me aangeraden de kerk eens te proberen. Ze is zelf katholiek en denkt dat het een troost kan zijn. Ik ben gezwicht en heb me haar een lift naar de dienst van deze ochtend laten geven, toen zij naar een ander oud besje ging. Ik stond erop dat het een anglicaanse kerk zou zijn, al geloof ik niet werkelijk in een bepaalde god en weet ik niet precies wat ik moet verwachten. Nadat Sukey verdwenen was, ging ma niet meer naar de Heilige Communie en ik heb de gewoonte nooit opnieuw opgepakt. Patrick geloofde ook nergens in, en Helen is overtuigd atheïst. Maar veel oude mensen gaan naar de kerk. Elizabeth ook.

De kerk waar zij naartoe gaat is een oud, stenen gebouw met martelaren met lachwekkend serene gezichten op de gebrandschilderde ramen. Iedereen heeft zich een beetje netjes aangekleed. Of heeft althans enige moeite gedaan, door een sjaal om te doen of een glinsterend ding in het haar te schuiven. Ik voel me een paar minuten nogal slonzig en verlegen. Maar dan bedenk ik dat ik oud ben en dat niemand naar me kijkt.

Ik pak mijn liedboek en ga zitten. 'Oude en Nieuwe Gezangen,' lees ik. Een paar mensen draaien zich om en kijken naar me. Er zijn niet meer dan twaalf mensen hier. De geur van hout en boenwas doet me denken aan school. Hij is heel troostrijk, net als al dat gepoetste koper en de bloemstukken. Ik begin te begrijpen waarom bejaarden naar de kerk gaan.

Er staan bloemen bij het uiteinde van elke bank en ik steek mijn hand uit om aan de bloemblaadjes te voelen van het boeket dat het dichtst bij mij staat. Een van de bloemknoppen komt los en ik vouw mijn vuist eromheen. De handeling komt me bekend voor en ik doe het nog eens, open mijn hand en druk de bloem dan opnieuw plat. Maar ik kan me niet bedenken wat het betekent, en het is trouwens een verkeerd soort bloem. Het zou een gele pompoenbloem moeten zijn, en deze zijn wit, alsof ze na een trouwerij zijn blijven staan. Misschien is er gisteren iemand getrouwd. Jonge mensen doen dat nog altijd in de kerk, heb ik gehoord. Ik knijp mijn vuist dicht terwijl de pastoor zijn keel schraapt en de mensen op andere banken hun hoofd buigen in gebed. De bloemblaadjes zijn zacht en makkelijk te vermorzelen. Zo heb ik ze graag, platgedrukt en echt in plaats van stijfjes in een bloemstuk verwerkt. Die bossen bij de kerkbanken lijken te veel op de geprepareerde bloemen die je wel onder victoriaanse glazen stolpen ziet, bros, droog en een beetje beangstigend.

We gaan staan en zingen en zitten en bidden. Ik was vergeten hoe vermoeiend zo'n dienst kan zijn. Ik kan het niet bijhouden en weet niet meer waar we zijn, dus beweeg ik mijn mond geluidloos met alles mee. De pastoor kijkt bevreemd als hij mijn mond ziet bewegen tijdens zijn praatje, zijn toespraak, vanaf de kansel. Eindelijk is het tijd voor thee. Er staat een enorme metalen ketel op een wagentje achter in de kerk, met heel veel groenige kopjes erbij. Veel te veel voor het aantal mensen.

Een vrouw in een gewatteerde bodywarmer met dezelfde kleur als de kopjes komt met een koektrommel naar me toe. 'We hebben u niet eerder gezien,' zegt ze.

'Nee,' zeg ik. En dan wordt alles blanco. Ik heb geen idee waar ik ben. Of waarom. Ik sta wat te wankelen op de tegels en mijn adem stokt. Ik neem twee koekjes uit de trommel en leg ze op mijn schoteltje.

'Komt u hier uit de buurt? Of bent u op bezoek?' vraagt ze.

'Ik weet het niet,' zeg ik terwijl ik me dwaas en paniekerig voel. 'Ik bedoel, waar zijn we precies?'

Ze glimlacht. Het is een vriendelijke glimlach, maar hij zit vol schaamte. 'Dit is St. Andrew's.'

De naam zegt me niets. Ik wil niets meer vragen.

'Misschien gaat u normaal gesproken naar de kapel?' probeert ze. 'Er zit er eentje een paar straten verderop.'

Ik schud mijn hoofd. Ik ben mijn geloofsovertuiging niet vergeten, ik weet dat ik geen methodist of baptist of iets dergelijks ben. Ik ben niet eens echt een christen.

'Het spijt me,' zeg ik. 'Ik ben een beetje vergeetachtig.'

De vrouw kijkt alsof ze vindt dat die omschrijving de lading niet helemaal dekt, maar ze knikt, neemt een slokje thee en stelt me voor aan de pastoor. Gelukkig heb ik mijn naam al geoefend in mijn hoofd.

'Hoe maakt u het?' zegt de pastoor terwijl hij mijn hand schudt. Zijn handen zijn ongelofelijk zacht, alsof ze gladgeschuurd zijn door de vele handen die hij moet drukken. 'Ik hoop dat u het een prettige dienst vond.'

Ik was me er niet van bewust dat een dienst iets is wat je prettig moet vinden, dus de vraag overvalt me nogal. 'O,' zeg ik.

Hij en de vrouw met de bodywarmer beginnen van me weg te lopen, afgeschrikt door mijn onbespraaktheid, en ik kijk naar mijn thee en mijn koekjes. Ik weet niet precies wat ik daarmee aan moet. Ik zie dat een man twee suikerklontjes van zijn schoteltje pakt, ze in zijn thee laat vallen en roert. En met een zucht van opluchting doe ik hetzelfde met mijn koekjes, en ik roer het pulpige mengsel om en om. Als ik opkijk, staat iedereen in het groepje mensen me aan te staren, behalve de vrouw met de bodywarmer, die haar ogen strak op het plafond gericht houdt.

Ze geeft de man naast zich een por en hij kucht. 'Nee, het ging helemaal niet goed met haar,' zegt hij. 'Het was Rod die erachter kwam. Hij haalde haar altijd op. Hè, Rod?'

Een kleine man met over zijn kalende plekken heen gekamd haar knikt. 'Ja, dat klopt,' zegt hij. 'Dus natuurlijk belde haar zoon me op. Ik zei dat we voor haar zouden bidden...'

'Natuurlijk, natuurlijk.'

'Ik ben zelfs al verschillende keren voor niets naar haar huis gegaan voor ik werd gebeld. Best vervelend. Stond ik buiten te wachten, en dan kwam er niemand.'

'Elizabeth,' zeg ik plotseling. Dat ging per ongeluk.

De vrouw met de bodywarmer kijkt naar me, eindelijk.

'Elizabeth,' zeg ik weer. 'Ze is weg.'

'Ja. Dat klopt, mevrouw. Ze is inderdaad weg uit onze gemeente. Geeft niks.' Ze wendt zich weer tot de anderen.

Ik bijt vernederd op mijn lip, maar ik moet de kans aangrijpen voor ik het vergeet. 'Nee,' zeg ik. 'Ik heb haar gezocht. Ze is niet thuis.'

'Niet bij u thuis?' vraagt de vrouw terwijl ze elke lettergreep zorgvuldig uitspreekt. Ze is verschrikkelijk irritant. Ik onderdruk de neiging om te schreeuwen.

'Nee, nee, ze is een vriendin van me. Ze is zoek.'

De man met het overgekamde haar fronst zijn voorhoofd en haalt een hand over zijn hoofd. De lange, dunne haren lijken in zijn schedel geëtst. 'Ze is niet zoek...'

'Waar is ze dan?' vraag ik. 'Ik ben naar haar huis geweest.'

‘Ach, mevrouw,’ zegt de vrouw terwijl ze naar de groep kijkt. ‘Misschien was dat het verkeerde huis.’

Haar stem is zacht, alsof ze niet wil dat iemand haar dit hoort opperen, maar haar woorden zijn heel duidelijk en iedereen luistert goed. De pastoor kucht en verplaatst zijn voeten en de andere man strijkt zijn haar nog eens glad. Ze praat op zeer besliste toon en ik voel het gesprek al op een ander onderwerp overgaan. Zo meteen zegt iemand iets over het weer. Ik krijg het even erg warm. Hoe durven ze me weg te wuiven, deze mensen die zogenaamd om Elizabeth geven. Hoe dúrven ze.

‘Ik was niet bij het verkeerde huis,’ zeg ik zachtjes, kalm, terwijl ik me net een klein kind voel met mijn tegenwerpingen. ‘Ik ben niet stom. Elizabeth is zoek.’ In de stilte haal ik sidderend adem. ‘Waarom kan het jullie niet schelen? Waarom doet niemand iets?’ Ik geloof dat ik begin te schreeuwen, maar ik kan er niets aan doen. ‘Er kan haar van alles overkomen zijn. Van alles! Waarom wil niemand helpen om haar te zoeken?’

Frustratie snoert mijn keel dicht. Ik knijp in het kopje in mijn hand en gooi het dan op de vloer. Het breekt makkelijk in stukken op de stenen kerkvloer, en het geluid galmt na door het gebouw terwijl de suikerzoete thee met koekkruimels in de cementen voegen tussen de tegels trekt. De vrouw met de bodywarmer zet haar kopje neer en raapt de gebroken restanten van het mijne op.

‘Misschien kan ik u beter naar huis brengen,’ zegt ze.

Ze leidt me vriendelijk weg bij de pastoor en zet me in haar auto. En ze is heel geduldig als ik haar de verkeerde aanwijzingen naar mijn huis geef zodat we de hele eenrichtingsroute een tweede keer moeten afleggen. Terwijl zij rijdt, schrijf ik een notitie aan mezelf: *Elizabeth niet in de kerk*. De vrouw ziet me schrijven en geeft me een klopje op mijn hand.

‘Ik zou me maar geen zorgen maken als ik u was,’ zegt ze terwijl ze me de auto uit helpt. ‘God zorgt voor Zijn kudde. U moet goed voor uzelf zorgen.’

Ze biedt aan me de volgende zondag op te halen om naar de kerk te gaan, maar ik zeg tegen haar dat ik dat echt niet red. Ze knikt begripvol en er schemert iets van opluchting door in haar glimlach.

6

Het politiebureau zit nog in het oorspronkelijke gebouw. De stenen façade met de inscriptie '1887' boven de deur en de grote glazen lantaarn in de hal zijn op een bepaalde manier vertrouwenwekkend, maar binnen lijkt de vloer nat te zijn en ik weet eigenlijk niet of ik eroverheen durf te lopen. Ik blijf even op de drempel staan terwijl ik me afvraag hoe mensen in een staat van openbare dronkenschap zich op deze glibberige ondergrond staande houden. Als ik naar binnen ga, leg ik een hand tegen de muur en blijf die daar houden terwijl ik rondloop.

Na een paar stappen merk ik dat ik tegen een prikbord leun. Ik blijf staan en lees hardop voor wat er op een poster in het midden staat: 'Skimmers zijn dag en nacht actief.' Ik vraag me af wat skimmers zijn en hoe het ze lukt om zo lang wakker te blijven. Ik word al moe bij de gedachte. Naast me staat een houten ding om op te zitten, een lange houten zitplaats, maar ik kan niet zitten, ik moet verder. Ik moet doen waarvoor ik gekomen ben. Heel even heb ik geen idee meer wat dat is. Mijn hoofd is leeg. Mijn arm begint te trillen en mijn hart bonst in mijn maag. Ik haal diep adem en steek een hand in de zak van mijn vest, op zoek naar een notitie. Ik moet het hebben opgeschreven, wat het ook was. Er moet ergens een geheugensteuntje zijn.

Ik haal er een heleboel gekleurde papieren vierkantjes uit, die omkrullen tegen het stukje huid tussen mijn duim en wijsvinger. Ik wil mijn andere hand liever niet van de muur te halen om ze door te kijken. Ik durf er niet op te vertrouwen dat ik in evenwicht zal blijven. Ik vind een roze vierkantje met de datum van vandaag – als het de datum van vandaag is, dat weet ik niet zeker. En een geel vierkantje met mijn dochters telefoonnummer erop, voor noodgevallen. Er is een recept voor groentesoep, al lijkt het grootste deel ervan te ontbreken en eindigt de ingrediëntenlijst bij 'uien'. Maar ik kan niets vinden wat verklaart waarom ik hier ben.

'Dag mevrouw Horsham,' zegt een stem.

Ik kijk op. Er staat een bureau aan de andere kant van de ruimte met een bordje ONTVANGSTBALIE erop. Ik lees het hardop. Er zit een man achter de balie, die ik maar net kan onderscheiden door de spiegelende glazen scheidingswand. Ik stop mijn notities weer in mijn zak en loop langs een bank, oud en van hout. Is dat de plek waar ze de arrestanten neerzetten, vraag ik me af? Zit het hier 's nachts vol dronkenlappen, prostituees en zakkenrollers? Het lijkt onmogelijk. Nu, midden op de dag, is het hier doodstil en kan ik de echo van mijn voetstappen horen terwijl ik naar de balie loop.

Als ik dichterbij kom, kan ik de donkere epauletten onderscheiden die als kleine vleugels aan het witte overhemd van de man bevestigd zijn. Hij kijkt glimlachend op van zijn computerscherm en ik merk dat ik teruglach, zoals ik vroeger altijd deed bij Frank: de spieren in mijn lippen gehoorzamen automatisch aan de zijne. Ik heb geen idee hoe hij mijn naam kent.

'Hetzelfde als anders?' vraagt hij met een stem die metalig klinkt door de luidsprekers.

'Als anders?' vraag ik.

'Elizabeth, hè?' Hij knikt, alsof hij me aanmoedigt mijn tekst in een toneelstuk uit te spreken.

'Elizabeth, ja,' zeg ik verwonderd. Natuurlijk, dat is waar ik voor kom. Ik kom voor haar. 'Weet u al van Elizabeth?' vraag ik, en ik voel opluchting. Misschien stelt er toch iemand een onderzoek in. Iemand is naar haar op zoek. Iemand weet van haar verdwijning. Er valt een last van mijn schouders. Hoe lang heb ik gevochten om iemand naar me te laten luisteren?

'O ja, ik weet alles van Elizabeth,' zegt hij.

Van opluchting schieten de tranen in mijn ogen en ik glimlach erdoorheen.

'Vermist, toch?'

Ik knik.

'Waarschijnlijk die waardeloze zoon van haar, denkt u niet?'

Ik maak een hulpeloze, instemmende beweging met mijn schouders.

'En verder schijnt niemand te beseffen dat ze verdwenen is. Klopt dat?'

'Dat klopt precies, agent,' zeg ik terwijl ik me vastklamp aan de balie.

'Dat dacht ik al.' Hij grijnst een paar seconden naar me. Mijn opluchting ebt weg. 'Dit is de... eens zien...' Hij klikt een paar keer op de computer. '... de vierde keer dat u hier bent.'

De vierde keer? 'O,' zeg ik. 'Is er dan al iemand naar Elizabeth op zoek?' Ik weet dat het vergeefs is zodra de woorden mijn mond verlaten.

Hij lacht. 'O, ja. Ik heb het hele korps erop gezet. Speurhonden, forensische dienst, helikopters. Ze zijn allemaal daarbuiten...' Hij zwijgt even en zwaait zijn hand door de lucht. '... op zoek naar uw vriendin Elizabeth.'

Ik krijg het warm bij zijn woorden. Mijn oksels prikken. Ik zie nu wat hij over me denkt, en ik voel me misselijk. De tranen lopen over mijn wangen, eindelijk, en ik wend me een beetje af zodat hij ze niet zal zien.

'Laat de drugsdealers, verkrachters en moordenaars maar zitten, zei ik tegen het team,' zegt de agent. 'Want die waardeloze zoon van de ouwe Lizzie...'

Ik hoor de rest niet omdat ik me het gebouw uit haast, de straat op. De koelere lucht slaat tegen de natte plekken op mijn wangen. Ik blijf staan bij de bushalte en bedek mijn mond met de mouw van mijn vest. Dit was een laatste hoop. Als de politie me niet serieus wil nemen, wat voor kans heb ik dan om Elizabeth ooit nog te zien?

Ik heb geen herinnering aan een bezoek aan het politiebureau van toen mijn zus verdween; pa ging er in zijn eentje naartoe om haar als vermist op te geven, en later nog eens toen we met haar buren hadden gesproken. Daarna gingen ma en hij vaak, om te horen wat er gedaan werd, wat er wellicht ontdekt was, maar ze namen mij nooit mee. Ik herinner me wel dat er een agent bij ons thuis was om ons dingen over Sukey te vragen. Hij zat er toen ik thuiskwam uit school.

'Ik had gezegd dat ik langs zou komen,' zei hij terwijl hij aan onze keukentafel zat met een bord vol plakken cake voor zich. Hij had glanzend bruin haar en donkere kringen onder zijn ogen. En hij droeg geen uniform. 'Maar dat geschreeuw schijnt er niets mee te maken te hebben, dat was al vele weken daarvoor gebeurd, volgens de buren – ik heb het een brigadier laten natrekken. En het is precies zoals u op het bureau is verteld: mensen worden tegenwoordig van alle kanten als vermist opgegeven. Mannen kunnen er niet aan wennen om weer in de burgermaatschappij te zijn, vrouwen kunnen er niet aan wennen dat ze hun man weer thuis hebben, en dus nemen ze de benen. En de verlaten stakkers komen bij ons uithuilen.'

'Maar Frank is altijd thuis geweest,' zei ma terwijl ze de theepot neerzette en zich op de stoel naast mij liet zakken.

'Hè? Heeft hij niet gevochten?' De agent keek op van zijn cake. Er viel een kruimel uit zijn mondhoek.

'Hij heeft een verhuisbedrijf: Gerrards,' zei pa, die naar de kruimel keek die op tafel lag. 'Vrijgesteld beroep. En trouwens, Frank is zelf ook vermist.'

De agent knikte langzaam. 'O, ja, ja, dat is waar ook. Gerrards. Ik ken dat bedrijf. Hij heeft mijn tante een paar dingen helpen verhuizen nadat ze gebombardeerd was. Dat was die bom op de school, weet u nog? Ja, hij heeft ons toen echt een dienst bewezen. Maar evengoed...' Hij schraapte zijn keel en drukte een paar verdwaalde krenten plat tussen zijn vingers. '... ik wist al dat hij weg is, want hij wordt gezocht voor een verhoor.'

'Is dat zo?' vroeg pa.

De agent gebaarde met de krenten nog tussen zijn vingers. 'Voor bonnenfraude,' zei hij, waarna hij de gedroogde vruchtjes in zijn mond stak. 'Een ernstige zaak. Sommige mensen krijgen zo meer dan hun rechtmatige deel. En dat moedigt anderen weer aan om dingen op de zwarte markt te kopen.'

Ma sneed nog een paar plakken cake af en schonk hem nog een kop thee in.

'De zwarte markt, hè? Nog iets waar Frank alles van weet, vermoed ik zo. Dus jullie hebben hem niet gevonden?' zei pa.

'Nee. En dat geeft een andere wending aan de zaak. Het feit dat hij gezocht wordt.' Hij slurpte van zijn thee. 'Ze kunnen toch samen besloten hebben ervandoor te gaan? U zei iets over een koffer die hij bij zich had.'

Pa leunde iets van de tafel af en stak zijn handen in zijn zakken terwijl hij naar de vloer staarde. 'Ik kan werkelijk niet geloven dat Sukey met iets crimineels zou hebben ingestemd,' zei hij.

Ik hield mijn ogen op de grond gericht en friemelde aan het oor van mijn kopje. Ik moest denken aan Sukeys bontkragen en haar nieuwe slangenleren tas, de dozen met Britse legerrantsoenen in de vroegere stallen en al het extra eten dat we kregen als zij en Frank langskwamen.

'O, nee, het is het ook niet waard om voor weg te lopen,' zei de politieman, en hij pakte nog een stuk cake. 'We hebben nauwelijks een zaak, als ik eerlijk ben. Maar als het dat niet is, dan...'

'Dan heeft Frank haar iets aangedaan en is hij op de vlucht geslagen,' zei pa.

'Dat zou Frank nooit doen!' zei ma, terwijl ze opsprong en haar theelepeltje in de spoelbak gooide.

Pa hief zijn hoofd op om haar aan te kijken en moet op dat moment Douglas in de hal hebben zien staan, want hij riep zijn naam. 'Dit is sergeant Needham, Douglas. Hij is hier vanwege Sukey. Dit is onze kostganger, sergeant.'

Douglas kwam de keuken binnen en leunde verlegen tegen de planken naast de deur. Hij knikte de sergeant toe en schudde zijn hoofd toen ma hem thee aanbood.

'Hoorde ik jullie praten over Frank?' vroeg hij terwijl hij zijn hoofd afwendde en aan de zoom van zijn pullover plukte.

'Ja,' zei de sergeant. 'Mevrouw Palmer gelooft niet dat hij iets te maken kan hebben met haar dochters verdwijning.'

'O nee?' vroeg Douglas, en hij keek naar ma, die nog steeds met haar gezicht naar het aanrecht stond. 'Nou, ik wel. Hij is een jaloerse vent, die Frank. Kan ook nogal driftig worden.'

'Jaloers, zeg je?' vroeg de agent. 'En waarom dan wel? Heeft dat soms iets met jou te maken?'

'Nee,' zei Douglas. Hij sprak het woordje langzaam en zorgvuldig uit. 'Maar Sukey heeft me verteld dat hij jaloers kan zijn.' Douglas hield zijn blik op de sergeant gericht. Zijn gezicht leek star, als een masker, en ik had het krankzinnige idee dat hij sprak zonder zijn lippen te bewegen. 'Hij trekt meteen de verkeerde conclusies, zei ze.'

Pa haalde zijn handen uit zijn zakken en wreef over zijn gezicht, en ma draaide zich om en leunde met haar rug tegen het aanrecht;

ze hield zich vast aan de rand achter haar. Ik vroeg me af waarom Sukey iets aan Douglas zou vertellen, en waarom ze dit niet aan mij had verteld. Ik vroeg me af of het waar was. 'Wanneer zei Sukey dat?' vroeg ik onwillekeurig. Mijn vader zei direct dat ik naar boven moest.

'Dit is geen gesprek voor jou,' zei hij.

Ik ging van tafel, maar bleef treuzelen op de bovenste treden van de trap. De keuken zag er gezellig en warm uit, met het licht van het fornuis dat wedijverde met dat van de plafondlamp. Ik kon bijna geloven dat dit een heel gewone middagtheevisite was, met de kopjes op tafel en een dampende theepot. Behalve dan dat er een politieman op ma's gebruikelijk plek zat, die de cake opat en dingen in een boekje schreef.

'Ja, wanneer heeft ze dat gezegd?' vroeg hij aan Douglas, terwijl hij een blaadje in zijn opschrijfboekje omsloeg.

'Zo vaak. Ze heeft me dat vaak verteld, agent,' zei hij. 'De hele zomer…' Ik kon maar een stukje van hem zien, van zijn borst naar beneden, maar zijn arm bewoog en ik dacht dat hij zijn schouders ophaalde.

'Wat, als ze hier kwam eten?' vroeg ma. Ik kon haar benen nog zien tegen het aanrechtkastje. 'Dat heb ik haar nooit horen zeggen.'

Douglas' rode wangen kwamen onder de bovenste deurdorpel tevoorschijn toen hij zich vooroverboog en ik dacht dat hij iets ging zeggen, maar de agent dronk zijn laatste druppels thee op en schoof zijn stoel naar achteren.

'Tijd om te gaan,' zei hij. Hij schoof zijn kopje van zich af, schreef iets in zijn boekje en stond op. 'Bedankt voor de thee, mevrouw Palmer. Ik laat het weten als er zich iets voordoet. Maar maakt u zich geen zorgen. Mensen verkassen de laatste tijd voortdurend. Ze kunnen niet op één plaats blijven. Hoogstwaarschijnlijk proberen ze een tijdje een andere woonplaats uit en komen weer terug als ze beseffen dat het overal hetzelfde is. En trouwens, de politie zal Frank binnenkort wel in de kraag grijpen.'

Hij bleef nog een paar tellen op dezelfde plek staan, tegenover Douglas, voor hij achter pa aan naar de voordeur liep. Ik ging snel de zitkamer in en hoorde ma iets tegen Douglas zeggen over cake die ze niet meer had.

'Dat was het laatste beetje gedroogd fruit dat ik van Frank had gekregen,' zei ze en ik stelde me voor wat voor gezicht Douglas zou trekken als hij zijn naam hoorde. 'Hoe was de film?' vroeg ze, van onderwerp veranderend voor hij over Sukeys huwelijk kon beginnen. Er kwam een gemompeld antwoord, te zacht om te horen.

'Wat?' vroeg ma. 'Ik dacht dat die grappig zou zijn. Heb je niet goed opgelet?'

Intussen bedankte pa agent Needham voor zijn komst.

'Geen probleem. Ik zal het u laten weten als Gerrard opduikt, of die koffer die hij droeg.'

Bij de deur bleven ze even staan om nog eens achter zich te kijken en de agent de tijd te geven om de kruimels van zijn broek te vegen. 'Die jongen doet me aan iemand denken,' hoorde ik hem zeggen toen hij wegging. 'Ik kom er alleen niet op aan wie.'

Ik heb alle notities over Elizabeth in de papiermand gegooid. Het lijkt wel een bak met confetti. Ik voel me ellendig dat ik haar zo in de steek laat, maar wat kan ik eraan doen? Er is 'geen enkele aanleiding', zoals ze dat noemen, en er is niemand die kan helpen. Ik ben vier keer naar het politiebureau geweest. Dat weet ik omdat ik het opgeschreven heb. Vier keer, en ze doen niets. Ze denken dat ik een getikt oud vrouwtje ben. Ik denk dat ze wel eens gelijk kunnen hebben. Ik zoek een groot vel papier en een rode pen en maak een briefje om op de muur van mijn woonkamer te hangen: *Elizabeth is niet zoek*. Al geloof ik dat nu niet, over een paar uur doe ik dat misschien wel. Misschien wel eerder. Ik wil niet terugvallen in een zoektocht naar haar. Niemand gelooft me en ik maak mezelf alleen maar gek als ik doorga. Ik kan me trouwens zo veel dingen niet herinneren, misschien heb ik het helemaal verkeerd, misschien is Elizabeth gewoon thuis en heb ik me druk gemaakt over niets.

Carla ziet het briefje als ze komt en knikt goedkeurend.

'Heel goed,' zegt ze. 'Denk jij maar liever aan je eigen hachje. Veiligheid voor alles, hè?' Ze reddert zoals gewoonlijk in het rond terwijl ze me over berovingen en gewapende overvallen vertelt. Ik probeer haar bij te houden, maar het lijkt allemaal niets meer met mij te maken te hebben. 'Bejaarden zijn gewoon heel slecht met veiligheid,' zegt ze. 'Ze zien niet of hun deur wel op slot is en of de ramen goed dichtzitten. Dat komt doordat jullie in een andere tijd zijn opgegroeid. Ik durf te wedden dat u toen iedereen kende, hè?'

'Doe niet zo onnozel,' zeg ik. 'Er liep van alles rond in de stad toen ik een meisje was.' Net afgezwaaide mannen die zich bedronken in het café, Amerikaanse en Canadese soldaten die wachtten tot ze naar huis konden, evacués uit Londen of Birmingham die geen huis meer hadden om naar terug te keren, en revaliderenden die hoopten op te knappen van de zeelucht. Carla verdwijnt naar boven om mijn slaapkamer te doen voor ik de gedachte kan afmaken en ik dwaal de keuken in. Mijn brood is nog niet gesmeerd, dus stop ik een snee in de broodwarmer, de broodbruiner, en haal de boter tevoorschijn.

'Hoeveel toast denk je dat je eet?' zegt Carla, die plotseling weer verschijnt. 'Je werkt er per dag wel een heel brood doorheen.'

'Ja, maar er is geen cake meer door de agent,' zeg ik.

'Als er geen cake is, komt dat doordat jij die hebt opgegeten,' zegt ze terwijl ze de kraan opendraait en afwasmiddel opklopt tot een berg schuim.

Haar toon bevalt me niet zo. Ik loop bij haar vandaan en controleer de voordeur voor ik ga zitten. Carla komt de zitkamer binnen en geeft me mijn pillen; ik weet niet waar die voor zijn.

'En dan heb je natuurlijk nog de codesloten,' zegt ze als ze bij de salontafel in de zorgmap staat te schrijven. 'Die heb je wel nodig zodat wij verzorgenden erin en eruit kunnen, maar één zwakke schakel is al genoeg, hè? Iemand vertelt door wat de code is, en de misdadiger hoeft niet eens in te breken.' Ze legt haar handen tegen haar hoofd en steekt ze daarna de lucht in.

'Zo gevaarlijk kunnen ze niet zijn,' zeg ik. 'Anders zouden ze niet iedereen er een geven. Zelfs Elizabeth heeft er een.' Mijn hersenen draaien op volle toeren om me iets te vertellen. Elizabeth heeft een codeslot. Met een codeslot kun je makkelijk een huis binnenkomen. Ik schrijf het op en zet Elizabeths naam ernaast. 'Elizabeth heeft een codeslot,' zeg ik nogmaals. 'Als iemand binnen was gekomen...'

'Niet weer, hè?' zegt Carla. 'Ik dacht dat je het had opgegeven?' Ze wijst naar het briefje aan de muur.

'O ja,' zeg ik terwijl ik mijn pen neerleg. Ik voel me teleurgesteld, alsof ik iets waardevols kwijt ben.

'Oké. Dag.' Ze gaat naar de deur. Er klinken geluiden als ze hem open probeert te doen. De deur bonkt alsof hij vast zit. 'Hé!' roept ze. 'Je hebt hem op slot gedaan. Waar is de sleutel?'

Ik sta op en laat haar het potje op de plank boven de radiator zien waar ik hem bewaar. 'Jij zei dat ik de sloten moest controleren,' zeg ik terwijl ik Carla mijn aantekeningen over dat onderwerp laat zien.

Ze staart me aan. 'Maar je controleert ze niet terwijl ik er nog ben.'

Als ze me weer heeft opgesloten, ga ik op zoek naar mijn brood; er ligt een stuk toast op het buffet en ik leg mijn handvol briefjes neer om de boter te pakken, maar in de koelkast kan ik die niet vinden. Er hangt een groot bord boven het fornuis waarop staat dat ik niets mag koken, maar ik heb erg veel zin in een gekookt ei bij mijn toast. Een ei koken zal toch wel mogen. Dat kun je nauwelijks koken noemen.

Ik steek het gas aan en laat een steelpan vollopen met water. Terwijl ik wacht tot het aan de kook komt, pak ik mijn notities weer en lees: *Met een codeslot kun je makkelijk een huis binnenkomen.* Elizabeths naam staat ernaast. Ik lees het een paar keer opnieuw. Er is iets belangrijks mee, maar ik weet niet meer wat. Ik heb ook geschreven: *maar één zwakke schakel nodig.* Maar dat geldt voor alles. En je kunt toch niet voor iedereen bang zijn. Sommige mensen moet je gewoon binnenlaten.

Sukey was degene die had voorgesteld dat Douglas bij hen in de kost zou komen. Ze werkte in de legerkantine die was opgezet in een hotel op de kliffen, en Douglas bezorgde daar de melk tot hij oud genoeg zou zijn om het leger in te gaan. De kantine lag op zijn ronde en Sukey mocht hem wel. Ze kletsten altijd even voor ze 's morgens openging, vooral over films, zei ze.

Ik ontmoette hem op een dag toen Sukey me meenam naar haar werk. Het was in de week na de nacht waarin onze school bij een luchtaanval getroffen was. Ze hadden nog niet geregeld dat we bij de jongensschool in konden en ma wilde niet dat ik de hele dag thuis rondhing. We moesten heel vroeg opstaan en ik sliep nog half toen we aankwamen. Sukey zette me op een stoel in de keuken terwijl zij koffie en thee afwoog in witte stoffen zakjes en af en aan rende om de warmwaterketel te controleren. Ik vond dat ze er maar gek uitzag in haar blauwe overall en mutsje, maar het leek haar niet te deren. Er hingen verrukkelijke etensgeuren en ze gaf me toast met bonen en een worstje te eten.

'Mag eigenlijk niet,' zei ze toen ze me het bord aangaf. 'Alleen bedoeld voor de yanks.'

Er kwamen daar voornamelijk Amerikaanse soldaten en onder het eten luisterde ik of ik iemand met een accent hoorde praten. Ik was al bijna klaar toen ik er een hoorde.

'*Sure thing*,' zei hij, en: '*That'll be just fine*.'

Ik keek om me heen en zag Sukey binnenkomen met een jongen. Hij droeg een krat melkflessen en zette die voor me op het aanrecht. Het verraste me om een Amerikaanse melkboer te zien en ik staarde hem aan.

'Dit is Douglas, Mopps,' zei Sukey met een hand op zijn schouder. 'Zeg maar hallo.'

'Hallo, Doug,' zei ik, en ik keek langs hem heen terwijl Sukey een paar melkflessen pakte en de keuken weer uit ging.

'Hallo... Mopps,' zei hij, met een lichte frons bij die naam. Zijn ogen volgden Sukey toen ze wegliep.

Ik lachte. 'Dat is mijn echte naam niet, gekkie,' zei ik.

Hij keek geërgerd en draaide zich om naar mij. 'Waarom noemt ze je dan zo?' vroeg hij. Zijn Amerikaanse accent was ineens verdwenen en ik vroeg me af of Sukey wist dat hij maar deed alsof.

Ik stopte het laatste stukje worst in mijn mond. 'Het is een bijnaam,' zei ik kauwend.

'Beetje stom, vind je niet?' zei hij, nog altijd fronsend.

Ik haalde mijn schouders op en legde mijn vork schuin tegen de rand van mijn bord. 'Doug is vast ook niet jouw echte naam.'

'Tuurlijk wel,' zei hij, en zijn ogen gleden weer naar Sukey, die even binnenkwam om nog een zakje thee af te wegen.

'Is het dan geen afkorting van Douglas?'

Zijn mond trok strak en hij keek naar de melkflessen, die hij ruw uit het krat trok.

'Wel, toch?'

'Ja.'

'Dan is Doug toch een bijnaam?'

Hij hield op met wat hij aan het doen was en keek me aan. 'Jij wint,' zei hij. Hij bloosde en wierp nog een blik op Sukey. Ik had hem in verlegenheid gebracht, en dat speet me.

'Doug is een mooie naam,' zei ik in een poging om het goed te maken. 'Ik vind hem mooi.'

Dat maakte hem aan het glimlachen, en ik kreeg nog meer medelijden met hem. Hij zag er leuk uit, Douglas, met een zacht, ovaal gezicht, bruin haar en heel rechte wenkbrauwen. Hij was lang, maar boog zich een beetje voorover en liet zijn hoofd zakken als hij sprak, en hij keek je zijdelings aan, waardoor mensen zijn lengte niet altijd opmerkten.

'Ik hoop dat je aardig bent voor Doug,' zei Sukey, die weer binnenkwam en de lege flessen op tafel zette.

Ik knikte en probeerde iets te bedenken om te zeggen. 'Hé, we hebben de gestoorde vrouw buiten gezien,' zei ik, en dat was ook zo, zij het maar kort.

'Hou je mond, Maud,' zei Sukey. 'Zo moet je haar niet noemen. Je weet niet wie ze is. Stel je voor dat ma iets geks deed en dat iemand haar gestoord noemde. En je hebt niet naar me geluisterd. Doug wordt onze nieuwe kostganger.' Ze haalde haar hand door zijn haar op dezelfde manier waarop ze dat bij mij deed, en hij bloosde weer. 'Wil je iets eten?' vroeg ze aan hem.

'Nee, ik moet verder,' zei hij, en hij zette snel de lege flessen in het krat, droeg het naar buiten en zwaaide verlegen toen Sukey ajuus riep.

'Heeft ma dan iets geks gedaan?' vroeg ik aan Sukey zodra hij weg was.

'Natuurlijk niet, gekkie,' zei ze terwijl ze de melkflessen pakte. 'Je moet alleen wat minder snel oordelen, dat is alles. Vind je Doug aardig? Ma zocht iemand voor de kamer nu de oude juffrouw Lacey naar haar nicht is. Maar ik meen het wel. Wees aardig voor hem. Zijn moeder is net overleden. Er is een bom op hun huis terechtgekomen.'

Ik voelde me toen nog rotter over dat gedoe met die bijnamen, en ik beloofde aardig voor hem te zijn. En ik meende het. Maar ik dacht aan de manier waarop Sukey door zijn haar had gestreken en hem eten had aangeboden, voor hem had gezorgd zoals ze voor mij zorgde, en ik vroeg me af of ik ooit op de dezelfde manier naar haar keek als Doug.

Ergens komt een verdachte geur vandaan. Ik kijk de zitkamer rond, pak een kussen en ga voor het raam zitten. Ik zie niets bijzonders. Ik kan niet achterhalen waar de geur vandaan komt. Ik was net een heleboel aantekeningen uit de papiermand aan het opgraven terwijl ik me afvroeg hoe ze daar terechtgekomen waren. Ik heb ook een bekrast, blauw-met-zilveren deksel van een poederdoosje uit de mand gered, dus dat is bij dezen twee keer opgegraven. Ik raap net de puf bij elkaar om te gaan kijken waar de stank vandaan komt als Helen binnenloopt.

'Mam! Je hebt het gas aan laten staan!' schreeuwt ze. 'Ik heb toch gezegd dat je de kookplaat niet mocht gebruiken. Je had het hele huis wel kunnen opblazen! Gadver, je ruikt het zelfs hier.'

Ze komt voor me staan, buigt langs me heen om het raam te openen en wappert met het gordijn om de lucht naar buiten te laten. Ik kijk naar de onderkant van haar kin. Die ziet er erg zacht uit. Kwetsbaar. 'Het spijt me van de bijnamen,' zeg ik.

Haar kin vouwt dubbel als ze op me neerkijkt. 'Wat?'

'Nee, ik weet het niet,' zeg ik. Ik hoop dat ze me zo een kop thee zal geven. Maar misschien hebben we geen melk omdat ik de melkbezorger beledigd heb. O, alles is helemaal door de war. Er komt tocht door het raam naar binnen; hij komt precies tegen mijn onderrug en ik ril ervan.

'Rook je het dan niet?' vraagt Helen.

'Ik dacht wel dat ik iets rook, ja,' zeg ik terwijl ik een stuk stof over mijn knieën trek voor de warmte. 'Worstjes en bonen en... wat zei je dat het was?'

'Gas.'

'O. Was er dan een lek of zoiets?' De stof op mijn schoot wil maar niet plat blijven liggen. Ik probeer hem glad te strijken, om me heen in te stoppen, maar hij blijft maar bewegen. Als ik opkijk staat Helen nog steeds met het gordijn te zwaaien. Door de beweging ga ik met mijn ogen knipperen.

'Nee, mam,' zegt ze. 'Je hebt de kookplaat aan laten staan. Dat is de reden dat je niet mag koken.'

'Ik kook meestal ook niet, Helen,' zeg ik. 'Er hangt een bord in de keuken...'

'Ik weet dat er een bord hangt. Dat heb ik zelf geschreven.' Ze laat het gordijn los en duwt haar vingers in haar haar.

'Maar een eitje koken mag toch wel?' zeg ik.

'Nee! Nee, dat mag je niet. Mam, dat is precies wat ik bedoel.' Ze balt haar handen tot vuisten en trekt aan haar haar. Ik begrijp niet waarom ze zo boos is. 'Snap je dat? Je moet echt niet proberen om iets te koken. Helemaal niets!'

'Goed. Zal ik niet doen,' zeg ik terwijl ik kijk hoe ze de kamer rondloopt. 'Dan neem ik in plaats daarvan wel kaas of zo.'

'Beloof je dat?' vraagt ze. 'Schrijf je het op?'

Ik knik en haal een pen uit mijn handtas. Op de tafel naast me ligt een hoop gekleurde papiertjes en ik maak een notitie onder een lijstje dat begint met: *poederdoos, pompoenen*.

'En schrijf het ook op het bord,' zegt Helen. 'Ik ga met je mee om je te helpen.'

Ze steekt een hand uit en ik grijp hem vast om mezelf overeind te trekken. Op een of andere manier is het me gelukt het gordijn in mijn broek te stoppen, en Helen moet het eruit halen. Ze blijft heel dicht bij me op weg naar de keuken en een keer raken haar vingers zelfs de mijne op de leuning. Als we in de keuken zijn, bedenk ik dat ik de pen in de zitkamer heb laten liggen. Helen gaat hem gauw halen.

'Ook geen ei,' zegt ze als ze terug is. 'Schrijf "ook geen ei" op het bord.'

Ik doe wat ze zegt en leg daarna de pen neer. 'Wat betekent dat?' vraag ik. '"Ook geen ei"? Wat betekent dat?'

7

Ik heb dat oude deuntje van Eric Coates in mijn hoofd. 'Muziek terwijl u werkt'. Het blijft maar ronddraaien en wordt met elke seconde maniakaler. Drukker, luider, militaristischer. Ik stel me voor dat er een doorgedraaide grijns op mijn gezicht staat, dat mijn armen bewegen alsof er touwtjes aan trekken. Zo rusteloos voelde ik me als meisje ook altijd. Iedereen zei altijd maar dat je moest helpen, je steentje moest bijdragen aan de oorlog, maar niemand gaf je een duidelijke taak. Ik zet de tv aan maar kan me niet concentreren, dus dwaal ik rond door het huis, ruim op, maak een beetje schoon, herschik een paar dingen en neem stof af. Ik laat de kussens op de bank vallen en zet de boeken netjes weg. Ik spuit wat meubelwas op de salontafel en ga een doek halen om het uit te wrijven. Carla komt net binnen als ik de eerste klodder glanzend opwrijf.

'Wat ben je ijverig vandaag,' zegt ze terwijl ze haar jas uittrekt. 'Ben je aan het schoonmaken? Dat moet ik in je map schrijven.' Ze knikt me toe, slaat de bladzijden om met haar pen in de aanslag, maar dan draait ze zich om en maakt een geluidje. 'O, maar wat is daar nu gebeurd?' vraagt ze. 'Ga je die verbranden? Waarom heb je alle boeken in de haard opgestapeld?'

'Waar heb je het over?' vraag ik terwijl ik de doek laat vallen. De boeken staan keurig in het gelid. Ze passen precies in de kleine nis naast de tv. Het ziet er heel mooi uit.

'En eh…' zegt ze. 'Wat gebruik je voor de tafel?'

'Een doek,' zeg ik, en ik frons naar haar. Wat een hoop domme vragen stelt ze vandaag.

'Nee, volgens mij is dat geen doek.'

Ze heeft een prop stof in haar handen, klaar om hem glad te trekken. Als ze hem ophoudt, zie ik wat het is. Een rok. Van Sukey. Een rok van donkerbruin jersey, nu bevlekt met poetsvlekken en kruimels. Ik moet hem uit de garderobe in mijn vroegere kamer hebben gehaald. Er hangen daar veel dingen van Sukey. Dingen die ik verknipte en aanpaste en droeg, en dingen die ik hield omdat ik het niet kon verdragen om ze weg te gooien. En nu heb ik zo'n ding verpest.

Carla grijnst. 'Originele manier om een rok te gebruiken,' zegt ze. En dan vangt ze mijn blik en houdt haar hoofd een beetje schuin. 'Ik zal hem in de wasmachine stoppen. Maak je geen zorgen. Hij is straks weer zo goed als nieuw.'

Als Carla weg is, merk ik dat ik te ongedurig ben om te gaan zitten. Ik heb een knagend gevoel dat ik ergens anders hoor te zijn. Ik trek mijn jas aan en loop naar buiten. Ik heb geen idee waar ik heen ga, maar dat doet er niet toe, ik weet zeker dat ik ergens moet zijn en ik zal er uiteindelijk wel komen.

Er rijdt een bus langs als ik aan het eind van de straat ben. Ik hoop dat ik die niet had hoeven nemen. In dat geval is het nu toch te laat. Met een hand tegen iemands tuinmuur houd ik mezelf in evenwicht terwijl ik me omdraai en terugkijk de straat in. Er is mos, vochtig onder mijn vingers, en onwillekeurig krab ik het eraf, genietend van het gevoel van worteltjes die losbreken uit hun grip. Stukjes papier in felle kleuren liggen over het trottoir verspreid. Die zullen wel van mij zijn, mijn notities, mijn papieren geheugen. Mijn zakken zitten volgepropt met lijstjes en memo's. Even kan ik me er niet toe zetten om terug te gaan en de gevallen briefjes op te rapen, maar ik buk me met krakende gewrichten om het dichtstbijzijnde te pakken, omdat ik weet dat er misschien iets essentieels verloren gaat als ik het laat liggen. Het is een blauw vierkantje papier: *Kringloopwinkel vanmiddag 2 uur*. Ik help daar nog steeds.

Vanmiddag 2 uur. Betekent dat echt vandaag? Ik heb het gevoel van niet, maar ik zou ze niet graag teleurstellen. Die afschuwelijke beelden van magere kinderen met gezwollen buikjes en vliegen rond hun mond zouden me achtervolgen. En als het dinsdag is, is Elizabeth daar ook. Ik loop naar de bushalte en raap onderweg de papiertjes die dicht bij me liggen op. Ik weet zeker dat die verschrikkelijke hongersnoden lang niet zo vaak voorkwamen toen ik jong was. Ik vind tijdens het wachten een halve chocoladereep in de zak van mijn jas en eet die op in de bus.

De kringloopwinkel is in het winkelcentrum. Vroeger zat er een chique juwelier, waar mijn zus ook haar verlovingsring vandaan had. Mijn oude kapper zit daar ook, al is die al lange tijd dicht. De ramen zijn stoffig en de ouderwetse haardrogers die achterbleven zijn, staan langzaam te vergaan, als een rij uit de kluiten gewassen grasklokjes in een zanderig weiland. De winkel ernaast verkoopt allerlei badkamergeschenken. Badzout, olie en schuim, glazen bakjes voor zeep en schelpen geverfd in verschillende kleuren. Bij de kringloop krijgen we best veel van hun spullen binnen. Ik zou die schelpen geweldig hebben gevonden toen ik jong was. Ooit had ik een verzameling, en ik heb er nog altijd een paar thuis, in een ladekastje van aan elkaar geplakte luciferdoosjes. Ik zocht ze altijd aan de rand van het strand, terwijl mijn ouders riepen dat ik niet te dicht bij het prikkeldraad moest komen. Ik hield ze graag tegen mijn oren om naar het ruisen van de golven te luisteren.

Ik had veel roze en een paar gespikkelde grijze. Maar verder dan dat kwam ik nooit bij het benoemen. Oom Trevor gaf me een boek over schelpen toen hij hoorde dat ik ze verzamelde, maar ik had geen interesse voor de namen en toen ik het boek bekeek, werd ik misselijk van de tekeningen van de afschuwelijke naaktslakachtige dingen die in mijn prachtige verzameling hadden geleefd. Ik dacht liever niet aan het verband tussen die lelijke slijmerige dingen en de volmaakte parelmoeren schelpen. Het woord 'weekdier' maakte me boos en uiteindelijk gooide ik het boek weg.

De muffe geur overvalt me als ik onze winkel binnenstap. Daar schijnen we maar niet van af te komen, al stomen we alle gedoneerde kleren. De lucht is muf en zurig; het is het enige wat me echt niet bevalt aan het werk hier. Dat, en Peggy. Ze kijkt op van achter de toonbank als ik binnenkom, en het licht valt op haar bleke, stijfselharde haar. Ze is nog maar achtenzestig en dus een dikke twaalf jaar beter dan ik.

'Maud?' zegt ze. 'Wat kom je...'

'Ben ik te laat?' zeg ik terwijl ik tegen een kledingrek duw zodat ik erlangs kan.

'Nee, Maud. We hebben je niet... Ik bedoel...' Ze steunt met haar handen op de toonbank en zet een hoog en lief stemmetje op. Mijn dochter praat ook op die toon wanneer ze me ervan probeert te overtuigen dat ik 'voor mijn eigen bestwil' de helft van mijn bezittingen weg moet gooien of niet meer mag koken. 'We hadden besloten dat je je de moeite kon besparen om hier nog terug te komen. Weet je nog?'

Ik laat mijn hoofd zakken en doe alsof ik het mandje met dingen op de balie doorzoek. Ik voel een plotselinge haat voor Peggy opwellen terwijl ik de bevlekte leren boekenleggers en plastic servetringen bekijk. Ik weet het nog. Zij en Mavis hadden besloten dat ik niet meer in staat was om hier te werken. Tja, ik had altijd al een achterstand. De anderen hadden in winkels gewerkt toen ze jong waren. Petty bij Beales, Mavis als bedrijfsleider bij Carlton

Shoes, en Elizabeths vader had een bakkerswinkel waar zij als kind moest bedienen. Maar mijn vader regelde direct na school werk voor mij in de centrale, dus ben ik nooit iets anders dan telefoniste geweest. Ik vond de kassa bij de kringloopwinkel toch al zo moeilijk, en toen begon ik ook nog de munten door elkaar te halen en mensen te veel wisselgeld terug te geven. Als ik me liet opjagen door een klant werd het nog erger. Op een dag stond ik naar een muntstuk van een pond te staren, zonder het te herkennen. De man voor de toonbank zuchtte de hele tijd. 'Zo slecht kunt u toch niet zijn in rekenen,' zei hij.

Ik weet niet wat ik hem uiteindelijk gegeven heb, maar Peggy was erg boos.

Ze staat nu met haar met lak bevlekte nagels op de toonbank te tikken en te wachten tot ik antwoord geef. Ik rommel in het mandje en mijn vingers blijven achter een fotolijstje haken. 'Dat is grappig,' zeg ik terwijl ik het eruit haal. 'Elizabeth heeft precies zo'n lijstje. Er zit een foto in van ons toen we elkaar net kenden. Het is heel apart, vind je niet?' Ik strijk met mijn duim over de hoek. Het lijstje is gemaakt van roomkleurig porselein met aan weerskanten tere, ontluikende bloemen erop. Aan de bovenkant steekt een cherubijnenkopje uit, dat naar de plek kijkt waar de foto zou moeten zitten. 'Ik had niet gedacht dat er twee dezelfde van zouden bestaan,' zeg ik. 'Ze heeft het hier gekocht toen ze hier nog maar een paar maanden werkte.'

'God, ja, ze kocht altijd porselein. Ik zie dat je voor sommige dingen een goed geheugen hebt, Maud.'

'Ik denk eigenlijk dat dit haar lijstje is. Maar ze zou dit nooit weggegeven hebben.' Ik kijk op naar Peggy. 'Zat de foto er nog in?'

'Dat zou kunnen, maar we kunnen hem natuurlijk niet proberen te verkopen met de foto er nog in. Hoe dan ook, ik betwijfel ten zeerste of dit lijstje van Elizabeth was.'

De deur gaat open en Peggy glimlacht kort naar iemand die binnenkomt. 'Je kunt natuurlijk altijd die twee pond ervoor betalen, als je het wilt hebben. Dingen kopen is de beste manier waarop je ons nu kunt helpen.'

Ik weet wat dat betekent. Maar ik ben nog niet klaar om te gaan. 'Zal ik een kop thee voor je maken?' zeg ik terwijl ik het lijstje voorzichtig terugleg in het mandje. 'Ik weet nog waar de waterkoker staat, en jij kunt hier niet weg...' Ik begin al naar de achterkamer te lopen. Peggy's frons vervaagt.

'O,' zegt ze. 'O, dat zou lekker zijn. Ik wil graag een kop oploskoffie.'

Ik laat de waterkoker vollopen en zet hem aan. Eén ding dat ik me nog van Peggy herinner is dat ze het niet over haar hart kon verkrijgen foto's weg te gooien. Dat heeft haar in mijn ogen altijd wat menselijker gemaakt. Onder de met gedoneerde kleren opgetaste werktafel zit een la waarin ze de oude foto's bewaart. Het hout piept als ik hem opentrek en ik werp een blik op de deur, blij dat de waterkoker zo veel herrie maakt, voor ik ga zitten om de foto's door te kijken.

Er zijn er veel van huisdieren, een paar van gezinnen en een aantal op stijf karton van lang geleden – een man in uniform die op het punt staat in de Eerste Wereldoorlog te gaan vechten, een vrouw met vleermuismouwen die naast een aspidistra staat. Ik leg ze opzij en kijk verschillende stapels kiekjes door voor ik een felgekleurde foto van twee heel gewoon uitziende vrouwen in zachte bloemetjesbloesjes vind. Elizabeth en ik. We staan vlak buiten het winkelcentrum, met achter ons de sierlijk krullende, ijzeren poorten. Elizabeths met grijs doorschoten haar zit strak tegen haar hoofd gespeld en het mijne wappert in de wind. We glimlachen naar de camera en pronken met rimpels die bewijzen dat we de middelbare leeftijd al voorbij zijn, en Elizabeth houdt iets omhoog. Het is een kan in de vorm van een kikker die ze op haar eerste dag bij de kringloop heeft gekocht. 'Het is maar een replica,' zegt ze, en foeilelijk als je het mij vraagt, maar Elizabeth houdt hem in haar handen alsof hij zeer kostbaar is. Dat was de dag waarop we elkaar leerden kennen, de dag waarop ik ontdekte dat haar tuin die ene was met de kiezelstenen op de muur, de dag waarop ik besloot dat we vriendinnen zouden worden. Ik weet nog dat mijn gezicht pijn deed van het lachen. Ze zou deze foto nooit weggooien. Mijn ogen vullen zich met tranen. Ik begin te denken dat ze dood moet zijn. De bergen afgedankte kleren op de tafel krijgen plotseling een akelige betekenis. Elizabeth en ik hebben zo veel uren doorgebracht met het bekijken van gedoneerde kleding, en toch heb ik nooit bedacht dat een van ons op een dag door de spullen van de ander heen zou gaan.

Ik stop de foto in mijn zak en het belletje van de waterkoker gaat. Ik breng Peggy's mok naar de toonbank.

'O, Maud!' roept ze als ik de winkel uit loop. 'Ik vroeg om koffie, maar dit is thee.'

Ik loop terug door het park. Er is een plank om op te zitten, een lange zitplank, naast de muziektent die uitkijkt op Elizabeths straat, en ik rust er even uit terwijl ik naar een man kijk die dingen op een composthoop gooit. Het is koud en er dreigt regen, maar ik heb nog geen zin om naar huis te gaan, ik wil nadenken over deze nieuwe vondst en de muffe geur van de winkel laten wegblazen door de frisse lucht. Wat is dat met oude kleren, dat ze zo gaan ruiken? Zelfs schone kleren lijken na een tijdje die zure lucht af te geven.

Het is de geur van de koffer die ik me het best herinner. Pa was degene die hem naar huis bracht, bijna drie maanden nadat Sukey verdwenen was en ongeveer een week voor mijn vijftiende verjaardag. Ik herkende de koffer eerst niet: pa huilde toen hij hem aan mij gaf en ik kon alleen maar naar hem kijken, met in mijn borst een benauwd gevoel, zoals van schuld, of angst. Hij had vouwen in zijn gezicht en hij stootte een droge keelklank uit. Ik had hem nog nooit zien huilen en was te geschokt om hem te troosten. Hij ging in een stoel naast het fornuis zitten en wendde zijn gezicht af. Ma troostte hem ook niet, ze legde de koffer alleen op de keukentafel.

Sukey had hem voor haar huwelijksreis gekocht, een plomp ding van bruin leer, met een bruinleren handvat en koperen gespen. Een dunne straal roze-achtig licht viel door het raam en wees de plekken op de gespen aan waar het koper gekrast was. Ik streek met een vinger over een gesp en maakte het metaal dof, maar ma duwde mijn handen weg om de koffer open te maken. Die geur van zure kleren vulde de keuken en lag als een dikke laag stof over de gewone keukengeuren – gebakken uien, gedroogde kruiden en zeep.

We stonden naar Sukeys spullen te kijken. De kleren lagen opgefrommeld tegen de gestreepte canvas voering van de koffer. Bloesjes, pullovers en frontjes, een bontkraag en een geelbruine bandplooibroek. Eronder lag een jurk, ooit beige, die Sukey onlangs in een diepe marineblauwe kleur had geverfd om hem er als nieuw te doen uitzien. En dan was er het ondergoed, broekjes en hemdjes, versteld met zijde en afgezet met kant. Ze waren niet vuil, maar de glans van de stof was weg, alsof ze door vele handen waren gegaan.

'O jee. Ik zou niet weten hoe ik deze moet wassen,' zei ma terwijl ze de geverfde jurk pakte. 'Misschien in koud water. Hoeveel zeep denk je, Maud?'

Ik hield mijn ogen op de koffer gericht en vroeg me af hoe lang het geleden was dat Sukey de spullen erin had aangeraakt. Dit was het enige wat we van haar overhadden. Ik wou me opkrullen in de koffer en het deksel dichtdoen in plaats van alles eruit te halen en haar weg te wassen. Een blauw flesje lag tegen de mouw van een blouse genesteld alsof er een elleboog omheen geslagen was. Sukeys parfum, Evening in Paris. Ik trok het los en deed er automatisch wat van op mijn polsen en in mijn hals, voor ik nadacht bij wat ik deed. Ma staarde me aan door de wolk goedkope, zoete geur, die te licht was om lang te blijven hangen, en begon toen in de massa katoen, jersey en wol te grijpen alsof ze deeg aan het kneden was, en ze drukte de kleren plat tegen de zijkanten van de koffer. Kleinere dingen vielen op de vloer en ik raapte net een heel stel zijden onderbroeken bij elkaar toen Douglas binnenkwam. Hij bleef even staan staren, draaide zich toen af en keek naar de grond.

'Van Sukey?' vroeg hij. 'Waarvandaan?'

'Station Hotel. De politie heeft hem gevonden,' zei pa.

Hij staarde naar de houtbrander van het fornuis, met een gezicht dat rood was van de hitte. Ik was blij dat hij niet meer huilde. Ma was gestopt met kneden toen Douglas binnenkwam en stond er kaarsrecht bij, met een zijden sjaal en de riem van een jurk als klimplanten onder haar ellebogen. Ik wikkelde ze langzaam los en deed de onderbroeken die ik van de vloer had opgeraapt weer terug in de koffer.

'Ze zijn er al doorheen gegaan,' zei pa.

Daarom lag alles er dus zo wanordelijk bij. Ik stelde me voor hoe grote politiehanden in het ondergoed graaiden. Het was een verschrikkelijke gedachte. Misschien dacht Douglas hetzelfde, want hij leek heel even misselijk. 'Iets gevonden?' vroeg hij.

Pa schudde zijn hoofd. 'Eigenlijk niets. Behalve haar bonnenboekje.'

'Dat heeft ze in haar koffer laten zitten.' Douglas liet het klinken als het antwoord op een raadsel. 'En de mensen in het hotel? Wat zeiden die?'

'Ze herinneren zich niet of ze haar hebben gezien. Haar naam staat in het register – handschrift van de receptioniste, niet van haar – maar ze herkenden haar niet op de foto.'

'Dus heeft ze daar gelogeerd, of niet?' vroeg ik. Mijn borst leek zo vol lucht te zitten dat mijn longen op knappen stonden. Niemand gaf antwoord. Ma bewoog zich niet, zei niets, maar ik zag tranen op de zijde vallen en ik keek hoe ze donkere kringen op de stof maakten. Uiteindelijk was ik degene die alles waste.

Ik ben halverwege Elizabeths straat voor ik besef waar ik heen ga. De straat is vol kinderen in saaie, slordige uniforms op weg naar, of misschien van, school. Ik loop stuntelend tussen een groepje door; ze ruiken naar ongewassen gymspullen en goedkope aftershave en ik merk dat ik naar hun rugzakken en schoudertassen staar in de verwachting dat er een bruinleren koffer met een bruinleren handvat bij zal zijn. Als ik bij Elizabeth voor de deur sta, kijk ik nog steeds over mijn schouder of hij er is. Ik bel aan, kijk door de voorruit en tuur de keuken in, maar ik kan niets onderscheiden. Het huis ziet er donker en onbewoond uit.

'Moet je zien, een bejaarde inbreker!' roept iemand.

Een troep kinderen, tieners zou je ze geloof ik noemen – van Katy's leeftijd – paradeert over het trottoir, onderling duwend en trekkend en hun tassen over de grond meeslepend. De jongen die riep, grijnst naar me.

'Hoe wou u binnenkomen?' roept hij. 'Met een traplift?'

De andere lachen, en ik draai me om om te zien waar hij naar wijst: het raam van de overloop staat open. Wat zou het handig zijn als ik echt een traplift had die me daar kon brengen; ik pas waarschijnlijk wel net door dat raam. Ik vraag me af of het al eerder openstond. Ik heb het deze keer ook bijna gemist. Ik vraag me af of er nog iets anders open is. Ik probeer de zijpoort, maar het is ijdele hoop. Kon ik de buitenmuur maar wegtrekken om te zien of Elizabeth daarbinnen zit, de voorgevel eraf halen zoals bij een poppenhuis. Of zoals Douglas' huis na het bombardement. Natuurlijk zou ik niet willen dat zoiets echt gebeurde en ik schaam me een beetje voor mijn wens dat er een bom valt. Maar ik wil wel vragen waarom het raam open is, dus ga ik naar de buren. Er is geen bel en als ik aanklop begint er een hond te blaffen. Het wordt luider en agressiever terwijl ik wacht, tot het lijkt alsof hij vlak achter de deur staat. Ik begin al weg te lopen, maar als ik net bij de stoep kom gaat de deur open en stuift de hond naar buiten. Hij rent om me heen, jankend en snuffelend.

'U hoeft niet bang te zijn,' zegt de eigenaar. 'Hij bijt heus niet, hij is gewoon nieuwsgierig. Had u geklopt?'

Ik kijk naar het baasje. Hij is jong, een jongen nog maar, en hij heeft slordig bruin haar. Erg slordig. De hond likt aan mijn hand en ik aai hem over zijn kop.

'U hebt zeker een goede uitstraling,' zegt de jongen. 'Meestal doet hij dat alleen bij bekenden.'

Ik glimlach, blij dat ik bijzonder ben. Blij dat ik een vriend heb gevonden. Ik wilde altijd een hond hebben toen ik klein was. Mijn ouders zeiden dat dat te duur was, en waarschijnlijk was dat ook zo, maar het verhaal over de hond die dood in een achtertuin werd aangetroffen heeft me lang achtervolgd. Hij was vastgebonden en zonder eten of water achtergelaten toen zijn baasje wegging. Mevrouw Winners vertelde ons dat om te bewijzen dat we de hoop niet hoefden op te geven, dat mensen tegenwoordig in een opwelling verhuisden, onder dekking van het duister, en dat Sukey dat misschien ook had gedaan. 'Ze nemen niet eens de tijd om voor hun dieren te zorgen,' zei ze. 'Zo gaat dat tegenwoordig.' Maar het was het andere detail dat me op dat moment zo raakte. Die tuin lag vlak bij die van Frank, en de hond was slechts een paar dagen nadat pa en ik bij zijn huis waren geweest gevonden. 'Hij moet eindeloos hebben geblaft,' zei mevrouw Winners. 'In de hoop dat iemand hem zou komen redden.' O, wat wenste ik – ik wenste het jarenlang – dat ik die iemand was geweest, dat ik op het geluid van het geblaf was afgegaan toen ik het hoorde en de hond had gered.

De hond die nu voor me staat, jankt alsof hij mijn gedachten kan lezen. Ik aai hem nog een keer en wou dat ik jong en lenig genoeg was om door mijn knieën te gaan en hem eens goed door zijn vacht te kriebelen.

'Kop dicht, Vincent,' zegt de jongen. 'Hij probeert alleen maar medelijden te wekken. Ik hoop maar dat u geen koekje bij u hebt.'

Ik begin al in mijn tas te kijken.

'O nee,' zegt hij. 'Niet doen. We hebben genoeg, hij is gewoon gulzig. U bent geen vriendin van mam, hè? Wilde u iets?'

'Nee,' zeg ik. 'Nee. Dank je.'

'Was u het dan niet die aanklopte?'

'Ik denk het niet,' zeg ik terwijl ik wegloop. De hond volgt me naar het eind van het pad en rent weer terug als zijn baasje roept. Ik blijf over mijn schouder naar Elizabeths huis kijken terwijl ik terugloop. Was er maar een manier om binnen te komen.

In het park begint het te miezeren en dat gaat al snel over in een flinke regenbui. Ik blijf even onder een paar bomen staan. Ik heb hier lang geleden ook gestaan, met mijn moeder. Ik weet nog dat het toen net zo donker was als nu, de hemel dreigend en de aarde te doorweekt om die frisse buitengeur af te geven. Ik was haar hiernaartoe gevolgd, min of meer, na een ruzie met mijn vader.

Ze stond bij de tuinpoort toen ik terugkwam van Audrey en ik zag het silhouet van pa tegen het licht uit de keukendeur. 'Hoe kon je dat doen, Lillian!' hoorde ik hem schreeuwen.

Instinctief wilde ik me snel in de voorraadkast verstoppen, maar in plaats daarvan bleef ik op de stoep staan wachten, half verscholen achter de heg van mevrouw Winners.

'Wat moest ik anders?' schreeuwde ma terug, terwijl ze haar regenjas dichttrok tegen de regen. 'Er moeten nog altijd vier monden worden gevuld in dit huis. En ik kan Frank nu niet meer om hulp vragen.'

'Frank! Alweer die Frank! Je houdt nooit op over die vent. Al joeg hij onze dochter de dood in…'

'Dat deed hij niet! Hij is gewoon niet zo'n zure calvinist als al die mensen die jij bewondert. En denk maar niet dat ik niet weet wie je dat idee heeft aangepraat.'

Ik kon niet horen wat pa daarop zei, maar ik hoorde ma schreeuwen.

'Ja, ik bedoel Douglas! Hij kon Sukey geen moment met rust laten – natuurlijk wil hij Frank graag verdacht maken.'

Ik keek naar de ramen boven en hoopte maar dat Douglas niet thuis was, en toen zag ik ma de straat uit benen, de rand van haar hoed treurig doorbuigend onder het gewicht van de regendruppels. Toen ik eindelijk in beweging kwam, bleek pa nog altijd bij de keukendeur te staan. Hij wierp zijn handen in de lucht toen hij me zag.

'Ik zie dat jij ook al per se kleddernat wilt worden,' zei hij.

Even later liep ik achter hem aan naar binnen. Douglas zat aan tafel met al zijn aandacht op zijn eten gericht, en ik vroeg me af hoeveel hij had gehoord. Er hing een handdoek over een stoel naast het vuur – die rook naar jus, maar ik droogde toch mijn gezicht en haar ermee af. Ondertussen vertelde mijn vader me dat het mijn verdiende loon zou zijn als ik longontsteking kreeg. Ik trok mijn natte rok uit en legde hem over de stoel waar de handdoek eerst had gehangen, en Douglas staarde even naar mij in mijn petticoat.

'Wat is er aan de hand?' vroeg ik, omdat niemand de moeite nam mij iets te vertellen.

'Frank is terug,' zei Douglas. Hij had zijn ogen tot spleetjes geknepen en hield zijn lepel vast alsof hij er iemand mee wilde doodsteken. 'Ze hebben hem gearresteerd toen hij uit de trein uit Londen stapte.'

'Gearresteerd? Waarom? Hebben ze... Ik bedoel, is er nieuws over Sukey?'

'Nog niet. Voorlopig alleen de bonnenfraudeur.' Hij schudde fel het zoetzuur van zijn lepel; het spatte op zijn trui en hij zei iets binnensmonds. Pa ging achter zijn eigen half leeggegeten bord zitten en keek met een frons naar de geraspte kool.

'Maar denk je dat er wel nieuws komt?'

'Zonder twijfel. Als ze erachter komen wat voor soort man hij is. Een zuiplap, een misdadiger. Het soort kerel dat nooit toestemming had mogen krijgen om met Sukey te trouwen. Het soort man dat geen ouder bij zijn dochters in de buurt mag laten komen.'

Pa's vork viel kletterend op zijn bord. 'Ja, bedankt, Douglas,' zei hij. 'Ik geloof best dat je het goed bedoelt, maar je kunt je mening voortaan voor je houden.'

Ik stond tegen het aanrecht geleund en keek naar Douglas' gezicht, dat eerst helemaal strak trok en daarna weer voldoende ontspande om te kunnen kauwen. Een paar momenten leek hij weer zichzelf, zoals hij daar zat te eten, met zijn hoofd naar beneden en over zijn bord heen gebogen. Ik verwachtte bijna dat hij achterover zou leunen en zeggen: 'Dit zoetzuur is *swell*.' Maar hij bleef naar de overgebleven zeentjes van zijn lamsvlees staren toen hij weer iets zei.

'Meneer Palmer,' zei hij, 'u denkt echt dat het Frank was, hè?'

Pa staarde hem over de tafel heen aan.

'U denkt toch dat hij het geweest moet zijn? Wilt u dat hij opgesloten wordt?'

'We weten niet of ze dood is,' zei ik.

'Daar krijgen we haar niet mee terug,' zei pa op precies hetzelfde moment en daarna zei hij tegen mij: 'Maud, dat heeft de politie gezegd. Het is nu waarschijnlijk dat ze niet meer leeft. Dat moet je begrijpen.'

Ik wendde mijn blik af en keek naar de verregende tuin terwijl ik me afvroeg waar ma was.

'Maud?' vroeg pa nog eens. Hij stak een hand naar me uit.

'Ja, ja,' zei ik terwijl ik me afzette tegen het aanrecht en pa's oude regenjas van het haakje nam. Ik probeerde de handelingen zo mechanisch mogelijk te verrichten om te voorkomen dat ik ging nadenken.

'Ga je achter je moeder aan?' Pa stond op toen ik naar de keukendeur liep. 'Doe maar niet, Maud. Je moet weten: ze heeft Sukeys bonnen gebruikt.'

'Was dat waar jullie ruzie over hadden?' vroeg ik terwijl ik me stijf bewoog, als een marionet.

Pa knikte en achter hem Douglas ook. Ik keek naar hen terwijl ze daar samen zaten, als een gesloten front. Geen wonder dat ma de onherbergzame avond had verkozen boven deze twee, zoals ze hier zaten, met uitgestreken gezicht en tegen haar gekant – terwijl ze intussen, zag ik, het voedsel opaten waar ze zo veel morele bezwaren tegen hadden. Ik voelde iets in me opwellen en mijn adem raspte in mijn keel.

'Als Sukey toch dood is,' schreeuwde ik, 'wat maakt het dan uit?'

Ik liep met slaande deuren het huis uit en nam de route die ik ma had zien nemen, de straat uit en het park in. Het regende nog steeds hard. Het grasveld was doorweekt en de lucht was koud. Ik wou dat ik betere schoenen aanhad en besefte dat ik niet wist waar ik heen ging, of hoe ver ma gelopen kon zijn. Maar ik was te boos om nu terug naar huis te gaan. Boos om pa's onbenullige zorgen terwijl Sukey intussen verdwenen was, boos om zijn slappe instemming met Douglas' interpretatie en boos omdat ik gedwongen was geweest een kant te kiezen. Ik bleef doorlopen, langs de muziektent tot aan de noordelijke poort, en ging toen terug in de richting van het wildere deel van het park.

Daar vond ik ma. Ze was blijven staan onder de bomen, waar het nog altijd nat was, maar niet zo open. Het park leek net een vlakke zee en ma, zoals ze daar op de uitkijk stond, was een kapitein die over het water tuurde terwijl de hoge, donkere bomen achter haar een enorme golf vormden die op het punt stond om haar te verzwelgen. Ik dacht dat ze misschien gehuild had toen ze hierheen liep, maar het had net zo goed de regen kunnen zijn. Ze zag me en hief haar hoofd op zodat ik haar ogen onder haar hoed kon zien.

'Als jij je ook met die bonnen gaat bemoeien kun je voortaan je eigen eten klaarmaken, net als zij,' zei ze, maar toen deed ze haar armen wijd open en ik liep recht op haar af.

'Ze was niet bij hem,' zei ze in mijn haar, dat door de regen aan mijn hoofd zat vastgekleefd. 'Frank is terug, maar ze was niet bij hem.'

Ik drukte mijn gezicht tegen haar schouder en zij streelde mijn natte haar.

'Ik dacht. Ik had gehoopt. Je weet wat ik had gehoopt. Maar ze was niet bij hem. En geloof jij het, Maud?' vroeg ze terwijl ze me even een stukje van zich af hield. 'Geloof jij dat Frank het heeft gedaan? Douglas zei dat hij een akelige zuiplap was. Was hij dat echt?'

Een exemplaar van de *Echo* waaide voorbij en ik keek hoe de krant flapperde als een vis alvorens tegen een boom tot stilstand te komen. 'Ik heb Frank wel een keer dronken gezien,' zei ik, omdat ik vond dat ik iets moest zeggen. 'Maar hij deed niet akelig tegen Sukey. Niet echt. Eerder het tegenovergestelde. Zo ongeveer.'

Ma knikte en glimlachte een beetje. 'Dacht ik al,' zei ze.

'En hij had het waarschijnlijk niet zo op Doug omdat die daar zo vaak zat.'

'Wat?' zei ma terwijl ze mijn gezicht omhoogkantelde naar het hare en mijn haar naar achteren streek.

Ik voelde een regendruppel op mijn gezicht. 'Doug,' zei ik. 'Een buurvrouw van Sukey zei dat hij er de hele tijd zat, en ik neem aan dat Frank dat niet zo geslaagd vond.'

'Douglas was daar de hele tijd? Waarom?'

Ik haalde mijn schouders op. 'Die vrouw dacht dat hij Sukeys vrijer was. Maar dat is toch stom, ma? Toch?'

Ze liet me los en begon terug te lopen door het park. Ik ging achter haar aan, ontweek de plassen die haar voeten vonden en probeerde door de regen heen wat droge lucht in te ademen. Toen we bij de donker afgedekte muziektent kwamen, glipte er een schaduw achter de bomen.

'Kom op, kom nou gewoon uit de regen,' zei iemand in het duister van de tent, en ma en ik bleven precies tegelijk stilstaan en spanden ons in om iets te onderscheiden in het donker.

'Het regent dat het giet. Je haalt je de ziekte nog op je lijf.' Het was Douglas' stem, en toen ook zijn gezicht, dat ons van boven toeglansde als dat van een uil. Hij schrok toen hij ons zag en zijn huid leek onnatuurlijk wit.

'Tegen wie had je het?' vroeg ma terwijl ze om zich heen keek.

'Tegen jullie,' zei hij, maar hij keek over ons heen naar het vlakke, inktzwarte grasveld. 'Ik vond dat jullie beter uit de regen konden komen. Tegen wie zou ik het anders hebben?'

Ma staarde hem secondelang aan en draaide zich toen heel nadrukkelijk om naar de bomen. Er was daar niets. 'Nou, ik ben niet van plan de rest van de avond in een muziektent rond te hangen,' zei ze. 'Laten we naar huis gaan.'

Onze voetstappen op het pad maakten een vochtig geluid en ik was blij dat ik op weg was naar het warme vuur in onze keuken, maar voordat we de treden naar de straat bereikten, keek ik achterom. Bijna onmiddellijk herkende ik de figuur van de gestoorde vrouw. Ze zat op het open gras geknield, neergedrukt door de regen met haar paraplu, ongeopend, tegen haar zij gesteund. En plotseling wist ik dat zij degene was tegen wie Douglas had gesproken, degene die hij bezworen had uit de regen te komen.

8

‘“Snoep van de dag”, dat was een grap van papa. En “Hier zit Ger Eserveerd”, weet je nog, Helen? Hij zette dat GERESERVEERD-bordje altijd op jouw placemat. Hij maakte de serveersters helemaal gek met die flauwekul.’

Mijn zoon is met zijn vrouw en kinderen uit Duitsland overgekomen. Ze zitten te praten en te lachen, en hun stemmen rollen galmend over elkaar heen zoals ze onder water doen. Ik kan wel horen wat ze zeggen – ze maken een soort grapjes – maar op een of andere manier kan ik de zinnen niet met elkaar verbinden. Ik raak de draad kwijt. Toch lach ik met de anderen mee; wat de grap ook is, het is prettig om te lachen. Mijn gezicht doet pijn van het glimlachen. En ik heb het zo warm. Mijn dochter zit aan mijn ene kant, mijn zoon aan de andere.

Er speelt steeds een rijmpje door mijn hoofd, maar het gaat te snel om het te herkennen. Er was eens een oude vrouw die woonde in een schelp. Dat klopt niet helemaal, maar ik kan er niet op komen waar ze dan wel in woonde. Hoe dan ook, ik voel me alsof ik in een schelp zit en ik ben een oude vrouw, dus misschien mag ik het rijmpje wel een beetje veranderen. Er was eens een oude vrouw. Ik las dat vroeger voor aan die kinderen van me. Tom en Helen. Ik las dat vroeger aan hen voor.

Natuurlijk zitten we in een soort café, en niet in een schelp. Het dak heeft een glazen koepel, de muren zijn parelachtig en op tafel staan een heleboel van die dingen om uit te drinken, om drank in te doen. Katy zit tegenover me te lachen met haar neef en nicht en ik ben klaar met wat ik gegeten heb, wat dat dan ook was. Bouillon, waarschijnlijk, zonder brood. Dat is wat de oude vrouw aan de kinderen geeft.

'Zullen we jou zo zoetjesaan eens naar huis brengen, mam?' Helen rekt zich uit terwijl ze opstaat, pronkend met haar lange benen. Ze is misschien vijftig, maar nog zo slank als wat. In de tuin werken houdt je zeker fit.

Mijn linkerzij voelt plotseling kouder op de plek waar zij tegen me aan zat. Een stroom koud water in een warme zee. 'Nee, ik wil liever nog even blijven,' zeg ik, zonder op te staan. 'Ik heb het naar mijn zin.'

Helen bijt in haar bovenlip met haar ondertanden; kleine vierkante pareltjes tegen het vlees. 'Het duurt een uur voor je thuis en klaar voor de nacht bent,' zegt ze. 'Ik weet dat je je vermaakt, maar...'

'Ach, laat haar toch nog even blijven.' Tom legt een arm om mijn schouder. 'Je gaat er niet vaak op uit, hè, mam?'

'Ik neem haar anders elke week mee uit. Ik bén er voor haar, anders dan sommige mensen.' Ik krimp ineen bij haar toon, maar Tom glimlacht.

'Ik weet het, liefste zus. Je bent een heilige. Nee, echt, dat bedoel ik niet sarcastisch.' Hij staat ook op. 'Je weet hoeveel waardering ik heb voor alles wat je doet voor mam, maar ik zie haar niet zo vaak, dus het zou prettig zijn... Hoor eens, wij zetten haar wel thuis af, als je wilt. En dan kun jij gaan.'

Helen heft haar gezicht op naar de hemel, een wolk in de vorm van een schoen is door het glazen koepeldak te zien. 'Jij weet niet wat je met haar aan moet als je haar thuisbrengt,' zegt ze tegen Tom. 'Alles moet voor haar klaargezet worden, anders raakt ze in de war.'

'Dat kan Britta wel regelen. Zeg gewoon wat ze moet doen.'

Er valt een stilte. Ik vraag me af of ik moet schreeuwen dat ik geen imbeciel ben.

'Nee, ik blijf wel,' zegt Helen. 'Per slot van rekening heeft Katy het ook naar haar zin.'

'Jij bent de enige die het zwaar heeft.' Tom flapt die laatste zin er snel uit en krijgt een mep op zijn schouder van zijn zus.

Katy lijkt inderdaad plezier te hebben. Ze ziet haar neef en nicht natuurlijk niet zo vaak. Het duurt altijd even voor ze aan elkaar gewend zijn. Jammer, want tegen de tijd dat ze goed met elkaar overweg kunnen is het meestal tijd om te gaan. Ik kijk naar hoe ze zitten te lachen en te kletsen. Ze zien er heel verschillend uit. Katy heeft haar moeders donkerblonde krullen, altijd een beetje rommelig. Ze luistert nooit als ik zeg dat ze er een borstel doorheen moet halen. Zelfs niet toen ze nog klein was. 'Ik ga toch niet bij de koningin op bezoek,' zei ze altijd. Ik moest altijd lachen als ik dat hoorde. Tegen Anna en Frederick hoeft dat nooit gezegd te worden, ze hebben allebei donker, glanzend haar dat erg steil is. De kinderen lachen allebei naar me en noemen me oma, maar voor mijn gevoel zijn het vreemden.

'Wat heb je een mooie kousen aan, Anna,' zeg ik, al was ik niet van plan me in hun gesprek te mengen. 'Keurig, hoor.'

Ze kijkt me aan, geschrokken, en trekt de kousen hoger op, tot boven haar knieën.

'Zie je wel,' zegt Britta. 'Ik zei toch dat oma ze mooi zou vinden. Het zijn je lievelingskousen, hè Anna?' Ze glimlacht naar me zoals ouders doen wanneer hun kinderen niet zo beleefd zijn als ze zouden wensen.

Anna knikt, maar ze lijkt te zijn vergeten waar ze het over hadden. Mijn schuld. Ik probeer iets te bedenken om te zeggen, om haar te helpen.

'Ik had vroeger ook zulke kousen. En dat was maar beter ook. Meisjes droegen rokken tot op de knie toen ik jong was, en we hadden geen maillots. Ik weet nog dat ik met mijn ouders langs de kust wandelde. O, dat was steenkoud.'

We waren boven aan de kliffen begonnen en daalden zigzaggend af naar het strand. Pa wilde niet dat we te ver het strand op gingen, met al die hopen prikkeldraad die er nog lagen en god-weet-wat er in de grond begraven lag om de nazi's weg te houden. Ik ging dus niet pootjebaden, maar ik kwam dichtbij genoeg om de spetters van de zee te voelen en schelpen te vinden die op plooirokjes leken, die waren aangespoeld en het pad op geblazen. We maakten die dag een lange wandeling, voorbij de pier, keken naar de golven die op het strand beukten en pa hield me vast bij mijn arm alsof ik zomaar zou kunnen verdwijnen, net als Sukey. Ik vond het vreselijk om zo stevig te worden vastgehouden, vooral omdat hij en ma de hele tijd ruziemaakten. Zij had iets over Frank gezegd toen we nog maar een paar meter van huis waren en pa had het onderwerp daarna niet meer losgelaten.

'Had Sukey hem maar verlaten,' zei hij. 'Het lijkt wel alsof alle andere stellen gaan scheiden in dit land. Waarom konden zij dat niet doen? Dan zou ze weer veilig bij ons wonen.'

'Je zei vorige week nog dat je niets van scheidingen moest hebben,' zei ma.

'O, maar dat hangt wel af van het karakter van de man, hè?' Hij keek ma even aan. 'Of van het gedrag van de vrouw.'

Ik hield een schelp tegen mijn oor om hun gesprek door het holle geruis te laten overstemmen, en ik trok me los van pa toen we bij het dansende kot kwamen. Het was een soort houten keet langs het pad, bij een afslag die naar het dorp liep, waar ze voor de oorlog drankjes en zo hadden verkocht. Nu was het gesloten, er waren planken voor de ramen getimmerd, en van de oude luifel waren alleen gerafelde flarden over. Het rook er naar zee, zout en rot, en naar hout en vocht. Op het dak was gras opgeschoten, zodat het leek alsof het kot haar had dat wuifde in de wind. Sukey had dit 'het dansende kot' genoemd omdat het met dat gras leek mee te deinen op onhoorbare muziek. Het zout had de houtnerven opengelegd en rimpelig gemaakt, en er zaten gaten in het hout waar de knoesten uitgevallen waren. We gingen vroeger altijd met onze vingers over de wanden en stopten steentjes, schelpen en zelfs handenvol zand in de gaten. Ik dacht altijd dat het kot elke keer dat we op het strand waren iets voller werd. En op een dag zou de hut worden weggevaagd en zou er een stevig aangedrukte kopie op zijn plaats staan. Als een reusachtig zandkasteel.

Ik liet mijn ouders vooruitlopen en streek over een verweerde plank, klopte er met mijn knokkels tegen en hoorde ergens dichtbij een soort flapperend geschuifel. Ik keek naar het gras op het dak, maar ik zag niets en dus liep ik eromheen terwijl ik me afvroeg of er ergens een nest zat. Mijn vriendin Audrey had de vorige lente broedende duiven in het strandhuisje van haar ouders gehad en was verschrikkelijk overstuur geweest toen haar vader de eieren brak. Ik bereikte de verste hoek, nog steeds zonder iets te kunnen zien, en wilde net een vinger door een gat steken toen ik een oog zag glanzen.

Ik sprong achteruit en viel bijna over een zandheuveltje. Dit was geen duif. Het was een mensenoog. Er zat iemand binnen die naar buiten keek. Ik hoorde een stem daarbinnen, fluisterend. Fluisterend over brekend glas en vliegende vogels. Fluisterend over een vrachtwagen en aarde en pompoenen. Fluisterend tot het gefluister brak en degene die in het dansende kot zat plotseling begon te schreeuwen.

'Ik kijk. Ik kijk naar jou.'

Daar twijfelde ik niet aan. Het oog staarde me aan door het gat in het hout en om zo snel mogelijk uit het blikveld te komen rende ik achter pa aan, met bonzend hart. Toen ik achteromkeek kwam er een gedaante de hut uit met een paraplu in de hand. Het was de gestoorde vrouw. Ze riep me na, herhaalde schreeuwend de woorden die ze had gefluisterd, en ik dacht dat ze Sukeys naam had gezegd net voor ik buiten gehoorsafstand was. Ik bleef staan en ging bijna terug, maar ze schreeuwde nog altijd en ik was bang. Dus in plaats daarvan haalde ik pa in en liet hem de hele terugweg naar huis mijn arm vasthouden.

Ik ben aardig tipsy tegen de tijd dat Tom me de auto in helpt. Helen maakt mijn riem vast en geeft hem een lijst instructies voor als ik thuis ben. Ze wil zeker weten dat hij niet vergeet me in huis op te sluiten. Tom laat het vel papier op het dashboard vallen en omarmt haar voor ze snel weggaat.

'Gaat ze de vrouw nu op haar kop geven en onze blikken perziken terughalen?' vraag ik aan hem.

'Wat?'

'Niets,' zeg ik. 'Het was onzin.' Ik ben best emotioneel, deels omdat ik niet weet wanneer hij en zijn gezin weer uit Duitsland zullen overkomen, en deels vanwege de wijn. Ik moet een beetje huilen in de auto en achter me zitten de kinderen heen en weer te schuiven.

We rijden op een gekke manier naar huis – Tom weet de weg niet meer precies – en we komen langs Elizabeths huis. De zijpoort staat open. Ik ga rechtop zitten en kijk door het achterraam.

'Kun je me hier afzetten?' vraag ik aan Tom. 'Ik wil het laatste stukje liever lopen.'

Hij kijkt onzeker, maar vertraagt de auto. Zijpoort, zeg ik tegen mezelf. Zijpoort zijpoort zijpoort.

'Helen zei dat we er echt voor moesten zorgen dat ze in huis was, Tom,' zegt Britta vanaf de achterbank. 'Ik vind niet dat we je moeder er hier uit moeten laten.'

'Ik ben geen imbeciel,' zeg ik over mijn schouder. 'En ik ben nog niet vergeten waar ik woon. Ik loop vaak terug door het park, en vandaag heb ik ook zin om dat te doen.' Ik leg koude handen tegen mijn gloeiende wangen: ik ga blozen als ik lieg.

'Oké mam,' zegt Tom terwijl hij stopt. 'Als dat is wat je wilt. Maar niets tegen Helen zeggen, anders is het gedaan met mij.'

Ik glimlach om de twinkeling in zijn ogen. Hij is altijd de charmantste van mijn twee kinderen geweest. Ik worstel me los uit de autogordel, stap uit en werp de kleinkinderen kushandjes toe. Britta stapt ook uit en omhelst me.

'Ik wil alleen zeker weten dat je veilig bent,' zegt ze.

Ik zeg dat ik dat begrijp en waardeer. En dan zwaai ik ze uit en kijk ze na tot de auto om de hoek verdwijnt. En de hele tijd probeer ik het woord vast te houden dat, heel soepeltjes, probeert weg te drijven door de gaten in mijn hoofd. Ik sta voor Elizabeths huis, de zon valt schuin op de oprit en de zijpoort is open. Erachter zie ik een strook van de tuin, goudgroen. Er komt iemand over het pad vanaf de voordeur aanlopen. Krullend haar, geruite jas. Ze glimlacht naar me. Elizabeth. Zij is het. Ze is hier de hele tijd geweest. 'Elizabeth,' zeg ik. 'Hoe...'

Het is haar niet. Het is iemand anders. Als ze dichterbij komt, zie ik dat ze veel jonger is dan Elizabeth. Ze loopt met een glimlach langs me heen en stapt in zo'n bibliobus. Ik knik, strijk over de bovenkant van de muur met kiezelstenen alsof ik die bewonder en loop daarna verder langs het hek van het park en voorbij de acaciaboom. *De slanke acacia schudde niet / de lange melkbloem aan de boom.* Het gedicht komt ongevraagd op in mijn hoofd. Ik heb het op school uit mijn hoofd moeten leren. De juffen vonden dat ik het moest kennen en ik vond dat ik het mooi moest vinden omdat ik Maud heet. Ik vond het ook mooi, op een bepaalde manier, met al die bedauwde bloemen en zo, maar de betekenis was me volkomen duister en aan het eind leek het nogal morbide te worden. Audrey moest 'Het ontbijt van de koning' leren omdat haar vader een melkwinkel had, en dat leek veel leuker: *Ik heb graag een klein beetje boter bij mijn brood.*

Ik wacht voor zo'n gestreepte oversteekplaats, een lemapad, een lamapad, en probeer me meer woorden te herinneren. Ik denk aan de melkbloem, aan wat een melkbloem precies zou kunnen zijn. Even geleden had ik iets te doen. Ik kijk naar een paar voorbijrijdende auto's, een vrachtwagen, een bibliobus. Misschien wilde ik bij Elizabeth op bezoek gaan, maar daar kan ik niet geweest zijn, want ze is er niet. Ik loop evengoed naar het huis, in de hoop dat ik naar binnen kan kijken. Dat zou ten minste íéts zijn. Als ik dichterbij kom, zie ik dat de zijpoort openstaat. Er is niemand in de buurt en dus loop ik het pad op en sluip naar binnen, de tuin in.

Er hangt een zware kamperfoeliegeur in de lucht en ik strijk met mijn hand over de muur, waarop mos en muurleeuwenbek groeien. In het gazon zitten kale plekken grond en ik vraag me af of er soms mollen zijn komen wonen. Ik loop naar een hoopje toe en merk dat de grond vochtig is. De geur is fris en scherp en doet me denken aan een lied, maar ik kan niet op de titel komen en kan de plaat niet vinden. Ik kan hem niet vinden, maar ik weet zeker dat hij hier begraven is. Ik zet een hand tegen de appelboom en steek mijn vingers in aarde, duw die opzij om dieper in de grond te graven. Ik zoek iets glads en ronds, zilver met blauw, maar ik raak een steen met de zijkant van mijn nagel en ik trek mijn hand snel terug. Wat zit ik hier in hemelsnaam te doen? Ik kijk naar mijn hand, besmeurd met vuil, en zucht. Wat betrap ik mezelf er toch vaak op dat ik iets stoms doe.

Ik veeg de aarde af aan mijn broek en tuur door de openslaande deuren de eetkamer in voor het geval Elizabeth binnen zit. Maar haar stoel naast het raam is leeg. Dat is waar ze altijd zit, om naar buiten te kunnen kijken en de vogeltjes te zien. De stoel waarin ik gewoonlijk zit is tegen de muur geschoven. Niemand verwacht me. Ik adem uit en laat een wolkje achter op het raam.

De keukendeur komt uit in de kas en ik herinner me nog hoe die vol stond met tomatenplanten, zaailingen of overwinterende geraniums. Het ruikt er nog steeds naar vochtige aarde en rottend hout, maar bijna al het andere heeft plaatsgemaakt voor spinnenwebben, dozen en artikelen voor oude mensen: een verroeste rolstoel, twee wandelstokken en een oude douchekruk. Er staan een paar lege bloempotten, krijtachtig bij aanraking, in een rij tegen de muur. Ik sleep ze over de betonnen vloer, maar nergens ligt een sleutel onder. Op de bodem zitten nog uitgedroogde restjes plantenwortels; ze laten gemakkelijk los onder mijn vingers, als reepjes oud behang, en laten witte strepen achter op het terracotta. Ik ga in de rolstoel zitten met mijn voeten op de voetsteunen. Mijn hoofd is wazig, alsof ik gedronken heb.

Er hangt een codeslot aan de muur en ik staar er een tijdje naar. Ik heb er zelf ook een, voor mijn verzorgenden. Een vierkant kastje waarop je vier cijfers moet intoetsen om de deur open te maken. Als ik die cijfers zou kunnen raden, kon ik het huis in. Ik denk aan alle mogelijke belangrijke data. Maar ik kan me niet herinneren wanneer Elizabeth jarig is, of haar zoon. Als ik dat ooit geweten heb. Ik haal stukjes papier uit mijn zakken. Veel ervan gaan over afspraken. Met de tandarts. De opticien. Een feest waar Helen met me naartoe zou gaan. Ik kan me niet herinneren of we zijn geweest.

Elizabeths trouwdag. Ga erheen voor steun. Het staat op een felgeel vierkantje. Ik lees het een paar keer, maar ik kan me niet herinneren welke datum dat was. Ik blader nog eens door het stapeltje. Meer oude geheugensteuntjes: *zonneklep in Helens auto – laten liggen*. Dan, op een roze vierkantje, zie ik het staan: *5 juli. Ga Elizabeth steunen. (Zou diamanten bruiloft zijn.)* Diamant, dat is zestig jaar. Zilver voor vijfentwintig, goud voor vijftig. Patrick en ik hebben onze gouden bruiloft net gehaald. We hebben een groot tuinfeest gegeven en familie, vrienden en buren uitgenodigd. Het was een heerlijke dag in september en toen iedereen vertrokken was, bleven hij en ik tot ver na het donker in de schommelhangmat zitten en keken we hoe een vleermuis steeds opnieuw om ons huis vloog. Hij stierf voor onze eenenvijftigste trouwdag.

Ik staar de tuin weer in en voel me erg eenzaam. Ik weet niet wat ik zonder Elizabeth gedaan zou hebben toen Patrick er niet meer was. Die gekke spelletjes die we in de kringloopwinkel speelden – het lelijke porselein opkopen en de prijstang verstoppen zodat Peggy hem niet kon vinden – en alle thee, kruiswoordpuzzels en stevige lunches: die hielden me op de been. Ik kom moeizaam overeind uit de rolstoel en ga voor het codeslot staan. Zestig jaar. Dat kom ik dus uit op 1952? Ik typ het in. Helaas. Ik druk mijn voorhoofd tegen het koele glas van de keukendeur en verfrommel het briefje tot een bal.

Ergens in een andere tuin blaft een hond: het geblaf klinkt schor en ik kan de klaaglijke toon niet verdragen. Ik rammel met de klink van de keukendeur in mijn drang om weg te komen en krijg een steek in mijn maag als de deur naar binnen toe opengaat in het stille huis. Hij zat niet op slot. Ik blijf even op de drempel staan en probeer te bedenken wat dat betekent, probeer het gevoel dat er iets mis is te scheiden van de herinnering aan onze eigen keukendeur uit mijn jeugd. Nooit afgesloten tot 's avonds; altijd onbewaakt, net als deze.

Vaal licht schemert door een bloemetjesgordijn en maakt de oppervlakken vlekkerig, en in de keuken ruikt het naar desinfecterende middelen. Het prikkelt achter in mijn keel. Ik doe de keukenkastjes boven en onder open en zie dat ze leeg zijn. De koelkast staat aan en zoemt, maar er staat alleen een oud kuipje margarine in. Ik weet echter niet of dit gebrek aan voedsel iets betekent. Ik moet Elizabeth vaak mondvoorraad brengen. Haar zoon laat haar zowat verhongeren: hij geeft haar goedkoop, smakeloos voedsel waar ze van gruwt.

De eetkamer ziet er anders uit dan ik verwacht en ik zie voor het eerst hoe kaal en versleten het tapijt is. Er ontbreekt iets. Ik staar naar de geboende houten tafel en probeer me te herinneren wat er ontbreekt, maar ik kan niets bedenken. Ik ga achter Elizabeths stoel staan en kijk uit het raam; naar de vogeltjes kijken is iets wat we vaak samen doen. Elizabeth kan ze alleen aan hun vorm herkennen, ze hoeft geen kleur of wat ook te zien. Zelfs nu nog kan ze in de schemering een mus van een roodborstje onderscheiden.

De merel ziet me van achter uit de tuin en komt half vliegend, half huppend naar me toe. Hij strijkt neer op het stukje beton achter het glas en kijkt naar binnen terwijl hij zijn kopje eerst de ene en dan de andere kant op draait. Hij wil rozijntjes, Elizabeth heeft altijd een doosje bij haar stoel liggen en voert hem door het raam. Hij fladdert snel weg, maar komt dan terug en staart weer naar me op. Ik zie nergens rozijntjes. Ik zal even in de keuken moeten kijken als ik een pot thee voor Elizabeth ga zetten. Ik vraag me af of ik eraan gedacht heb chocolaatjes mee te nemen. Ik rommel in mijn handtas en haal er zakdoekjes en een oud doktersrecept uit. Ik vind geen chocolaatjes. Elizabeth zal wel teleurgesteld zijn. Ik wou dat ik eraan gedacht had. Misschien kan ik iets voor haar maken, roerei of toast met tomaat. Ik kan de tafel wel vast dekken. Wat gek. Er is geen tafelkleed. En ook geen placemats of onderzetters. Elizabeth hecht heel erg aan die dingen. Ik eet gerust met mijn bord op schoot voor de tv, maar Elizabeth heeft graag dat alles er netjes uitziet. Zout en peper zijn ook weg. Net als de mangochutney, de slasaus, het tafelzuur. Elizabeth heeft altijd een hoop sausjes en andere smaakmakers nodig met dat smakeloze eten dat haar zoon voor haar koopt. Als ik naar de deur wil lopen, zie ik dat de kronkelige plank met majolica verdwenen is; de vazen met wormen weggekropen, de borden met kevers en duizendpoten ervandoor. Ik hoor mijn ademhaling versnellen in de stille kamer. Er is iets mis, ik ben niet zomaar op bezoek. Ik pak mijn aantekeningen erbij. Elizabeths naam staat vele malen opgeschreven: *zoek, zoek, zoek.*

Ergens vlakbij komt een motor brommend tot stilstand en ik schuifel naar de hal, met mijn ogen knipperend tegen het licht dat door het gebubbelde glas in de voordeur valt. Ik kan de stofzuigstrepen nog zien zitten in het tapijt, en op de mat ligt een brief die aan Elizabeth geadresseerd is. Ik buk me om hem op te rapen en stop hem met trillende hand in mijn zak. Een autoportier slaat dicht.

'Ik ga de rest van de dozen halen. Blijf jij maar zitten.'

Het is Elizabeths zoon. Ik herken zijn stem en vraag me af tegen wie hij het heeft. Ik hoor zijn voeten knerpen op het afbrokkelende beton van de oprit, zie de schim van een man door het bubbeltjesglas. Moet ik weglopen en me verstoppen? Of ziet hij me juist als ik me beweeg? Ik blijf voorovergebogen staan, wachtend. De voetstappen verwijderen zich weer, naar achter het huis; er klinkt een bons van de grendel van de zijpoort. Ik duw de vitrage voor het raam van de hal een klein stukje weg. Dat moet Peters vrouw zijn in de auto, die gespannen door de voorruit tuurt, maar Elizabeth is niet bij haar.

'Heb ik verdomme die deur opengelaten. Ik kijk snel even binnen.' Peter weer; hij legt een badkrukje achter in de auto en loopt terug naar het huis.

Ik kijk in paniek om me heen. Ik mag hier niet worden gevonden, ik mag niet worden ontdekt. Ik hoor weer voetstappen knerpen, het metalige piepen van de deur van de kas. Mijn hart bonst. Kan ik op tijd de trap op komen? Ik wil net opstaan om een poging te wagen als mijn oog op de deur van de voorraadkast valt. Het hout kraakt en rammelt in de sponning als ik hem opentrek, maar op hetzelfde moment struikelt de man ergens over en roept iets over potten die in de weg staan. Ik stort me in de kast en doe de deur dicht.

De voorraadkast ruikt naar poetsmiddel en muffe chocola en ik sta tegen dingen aangedrukt, dunne, lange dingen. Bij het ene zit er een spons aan het uiteinde; bij een ander een borstel. Ik kan niet op hun namen komen. Er staat hier ook een stofzuiger, met een naam erop. 'Hurricane Cyclone System. 2000 watt turbozuiger.' Ik fluister de woorden in mezelf. Ik ga me er beter door voelen. Voetstappen komen voorbij, lopen over het tapijt, plakken aan het keukenzeil. Ik sluit mijn ogen en hoor hoe hees mijn ademhaling klinkt, ik hoop dat het niet te hard is. Een koelkastdeur gaat open en dicht. De voetstappen komen weer voorbij en gaan de trap op. Ik houd mijn ogen dicht en kniel half tegen de muur. Dat is een vertrouwde houding. Als kind verstopte ik me vroeger ook altijd in onze voorraadkast.

Die van ons bevond zich in een hoek van de keuken, en ik vond het vooral fijn als er andere mensen in de keuken waren die niet wisten dat ik daar zat. Ik herinner me nog hoe het rook. Met aarde aangekoekte groente, inmaakkruiden. In de boeken die ik las aten de kinderen altijd een geheim ontbijt en ik hunkerde naar de dingen die zij aten. Worstenbroodjes, vruchtentaart en vleespastei. Ik hield vooral van gebak. Maar van zulk eten hadden we nooit zo veel dat het in de voorraadkast bewaard kon worden. Af en toe maakte ik een pot jam of een schaal appelcompote open en at er met een lepel uit, of ik sneed een plakje gekookte ham af. Maar het was toch niet hetzelfde. En ik zou straf krijgen als ik betrapt werd. Evengoed zat ik graag daar, waar het donker, koel en veilig was, en toen Sukey vermist werd kroop ik er weer regelmatig in weg. Om de vertrouwde geur in te ademen, ervan te genieten dat niemand wist waar ik was.

Op een dag stond ik daarbinnen te treuzelen voor ik terugging naar de zitkamer toen ik iemand de trap in de hal hoorde afkomen. Ik wist direct dat het Douglas was. Hij liep met lange, soepele stappen, maar merkwaardig zachtjes. Het schrapende geluid van een stoel en het gekraak van een knie deden me strak naar een bord wortelkoekjes staren en ik probeerde me voor te stellen wat hij aan het doen was. Het moet maar een paar dagen na het terugvinden van Sukeys koffer zijn geweest, want die lag nog op de keukenvloer te wachten tot de inhoud gesorteerd en gewassen zou worden, en ik hoorde de koperen gespen duidelijk klikken toen Douglas ze opende.

Ik duwde zachtjes tegen de deur, zonder te bedenken dat ik mezelf zo zou kunnen verraden, alleen omdat ik verschrikkelijk graag wilde weten wat hij aan het doen was. De deur ging op een kiertje open, haast zonder dat het slot geluid maakte, en ik kon hem net zien zitten, van opzij, terwijl hij een hand in de kluwen kleren stak. Zijn mond stond open en ik kon zijn adem horen, onregelmatig, als aanspoelende golven op het strand. Ik begon me zorgen te maken dat hij mij ook kon horen ademen en bewoog me een stukje van de deur af, maar ik stootte tegen een plank. De potten rammelden en ik knarste mijn tanden bij het kabaal, maar in de zitkamer stond het radiotoestel aan: *Lorna Doone*. Ik hoorde muziek en stemmen met een West Country-accent die luid genoeg waren om mijn zenuwachtige bewegingen te overstemmen. Douglas wierp steeds een snelle blik op de treden naar de hal en keek niet in mijn richting.

Na een tijdje trok hij de koffer bij het dressoir vandaan en legde hem plat open. Hij begon de kleren eruit te halen en hing ze over een stoel. Een perzikroze kamizooltje, een schelpkleurige slip, een paar kousen. Het leek allemaal ondergoed te zijn. Ik kon me niet voorstellen waarom hij dat deed. Behalve dat er iets in de krant had gestaan over een man die damesonderbroeken van waslijnen stal, en heel even vroeg ik me af of Douglas soms die man was. Maar toen begon hij de zijkanten van de koffer af te tasten en ik schudde mijn hoofd om mijn eigen hersenspinsels. Hij zocht iets.

Ik maak mijn hoofd los van de muur. Tijd om hier weg te gaan. Ma zal zich wel afvragen waar ik ben.

'Dat is alles,' zegt een stem.

Er klinken voetstappen boven me op de trap. Ik schrik van het geluid en blijf stilstaan. Mijn hand rust lichtjes op de deur, zonder te duwen.

'De rest kan wachten tot de ontruiming,' zegt de stem.

Ik kijk de voorraadkast rond. Geen potten jam, geen zakken aardappelen. In plaats daarvan een stofzuiger, een bezem, een mop. Toch kan ik niet bedenken waar ik ben. Ergens buiten slaat een portier dicht en een auto start en rijdt weg. Ik adem langzaam in en langzaam uit. Dit is Elizabeths hal, Elizabeths huis, maar Elizabeth is hier niet. De traplift is beneden, dus zij kan niet boven zijn. En als ze dat wel is, zit ze gevangen, want zonder dat ding kan ze niet naar beneden komen. De trapspijlen boven rijzen hoog boven me op terwijl ik omhoogloop, als tralies, maar als ik op de overloop ben, zie ik dat alle deuren openstaan en daardoor voel ik me iets beter, al weet ik niet waarom. Elizabeths kamer ruikt naar haar rozentalkpoeder en heel even gedraagt mijn hoofd zich onredelijk. Hoe kan haar geur hier zijn en zijzelf niet? Hoe kan het ene zintuig me vertellen dat ze vlakbij is en het andere dat ik het mis heb? Maar er is geen papiermand vol zakdoekjes, er liggen geen Rennies naast het bed, en ik moet tranen wegslikken als ik het opgeruimde blad van de kaptafel zie.

Een paar jaar geleden is er bij Elizabeth ingebroken. De politie noemde het een afleidingsinbraak. Een vrouw hield haar in de tuin aan de praat met een verhaaltje dat ze haar kat kwijt was, terwijl iemand anders snel naar binnen ging en de sieraden van de kaptafel pakte. Ik weet nog precies wat ze meegenomen hebben: een gouden ketting, een cameebroche en een opalen ring. Elizabeth leek het niet zo erg te vinden dat ze die dingen kwijt was, al geloof ik dat het een dure ring was. Ze zei dat ze toch al dacht dat die ongeluk bracht, omdat het een opaal was. 'Dan hoop ik maar dat hij de dief veel ongeluk brengt,' zei ik met een strijdlustig gevoel. Ze moest erom glimlachen, maar daarna was ze zenuwachtig als ze alleen thuis was. Ik dacht dat haar zoon haar die nacht wel naar zijn huis zou meenemen, maar hij had het druk en vond dat ze moeilijk deed om niets omdat er niet werkelijk ingebroken was. Zelf kon ik haar niet mee naar huis nemen, het was te ver lopen voor haar, dus bleef ik die nacht slapen, in het andere bed, dat vroeger van haar man was geweest. We lagen in het donker te kletsen en oude liedjes te zingen tot we in slaap vielen.

Ik laat me nu op het bed zakken, haal een pen en een stukje papier uit mijn tas: *Elizabeth huis doorzocht – ABSOLUUT niet hier.* Dat is iets om aan Helen te laten zien. Ik stop het briefje weg en er dringt een geluid tot me door. Ik stel me mijn oren voor, gespitst als die van een hond, omhoog gericht en alert. Ergens dichtbij is er iets gaan zoemen. Ik ken dat geluid, zo bekend, zo verbonden met Elizabeth. Een mechanisch geluid, een toon die langzaam luider wordt en dichterbij komt. Het is de traplift. De traplift die naar mij omhoogkomt. Mijn mond wordt droog van paniek. Er is niemand hier in huis. Niemand. Dus wie komt er dan de trap op? Mijn hart gaat steeds luider bonzen in mijn borst, tot ik denk dat ik het niet meer uit kan houden. Mijn benen voelen slap, maar ik dwing mezelf om op te staan.

De traplift stopt. Ik wil me niet bewegen, niet verraden dat ik hier ben. Ik blijf lange tijd staan, bijna zonder adem te durven halen. Als er niets gebeurt laat ik een verfrommelde tissue op het tapijt vallen, om mijn plek te markeren, en loop naar de overloop. De traplift is leeg. Hij heeft tweederde van de tocht naar boven afgelegd en er zit niemand op. Ik staar ernaar, en mijn tong kleeft aan mijn gehemelte van angst. Trillend loop ik Elizabeths slaapkamer weer in en draai de deur op slot. Ik laat me weer op het bed vallen en mijn handen raken iets hards. De afstandsbediening van de traplift. Daar zat ik op. Ik adem luid uit terwijl ik me achterover laat zakken en stil blijf liggen, omhoogkijkend naar het plafond waarop ik de schaduwen zie veranderen. Zo nu en dan rijden er auto's voorbij; ik hoor ze suizen als ze voor het huis de hoek omslaan. Ik stel me voor dat de zee hier vlak buiten ligt en dat de auto's golven zijn. Of dat ik een schelp tegen mijn oor houd en naar het geruis van mijn eigen bloed luister.

Uiteindelijk sta ik op, haal de traplift met de afstandsbediening naar de overloop, ga erop zitten en laat me naar beneden brengen.

9

Helen zou hier nu gauw moeten zijn. Haar auto kan elk moment voor het huis komen aanrijden. Als ik op mijn knieën voor het raam ga zitten, op een hand steun en mijn wang tegen het glas leg, kan ik bijna tot aan het einde van de straat kijken. Ik wil dat Helen komt. Ik wil haar auto zien komen aanrijden, wil het geruststellende geluid van wielen op het asfalt voor het huis horen. Ik heb niets nodig. Ik heb haar gewoon nodig, mijn dochter. Ik leun weer naar voren en kijk de straat in. De wind blaast tegen de struiken in de voortuin, slaat ze tegen de paal van het hek, en het geluid dat dat maakt – het ritselen, het vinnige schuifelen – bezorgt me de rillingen. Ik merk dat ik strak naar de gaten tussen de takken staar. Als er een auto voorbijrijdt, glijden de koplampen over het huis, de poort en de heg, en heel even denk ik tussen de bladeren iemand te zien die op zijn hurken zit, een hand die de tere stengels afbreekt en een open mond – om te eten of te schreeuwen.

Ik schuif snel naar achteren en het kussen glijdt onder me vandaan, ik verlies mijn evenwicht en val op de vloer. Er is een plotselinge, scherpe pijn in mijn duim en een krakend geluid. Geschrokken trek ik mijn hand omhoog, slaak een jammerkreet en grijp met mijn andere hand mijn duim vast. Ik houd hem stevig vast en de pijn neemt af. Ik heb geen idee wat ik heb gedaan. 'Stil maar, stil maar,' zeg ik terwijl ik mijn hand vasthoud. Toen Helen een baby was, hield ze altijd mijn duim vast. Nu houdt ze soms ook mijn hand vast, maar niet vaak.

Achter me klinkt het geluid van een auto en ik draai me hoopvol om. Maar hij rijdt voorbij zonder te stoppen. Het was trouwens toch Helen niet, achter het stuur. Ik zag een blonde man in het licht van de lantaarnpaal. De lantaarnpalen zijn dus aan, maar ik heb niet gezien dat het donker werd. Ik staar uit het raam en voel me vanbinnen hol worden. Zo laat komt Helen niet meer. Ze komt vanavond niet. Of misschien – het is onwaarschijnlijk, maar misschien – is ze al geweest. En ben ik het vergeten. Ik staar naar de lege straat. Mijn tranen laten de lichtjes sprankelen. Ik breng mijn hand omhoog om ze weg te vegen en voel een scherpe pijn in mijn duim. Ik houd van schrik mijn adem in, maar kan niet bedenken wat ik ermee heb gedaan. Ik kijk naar de telefoon, maar die lijkt kilometers ver weg te staan, veel te ver om te kunnen bereiken. Het lijkt wel of ik dit gevoel steeds vaker heb. Het zal de leeftijd wel zijn, ik heb altijd gedacht dat oud worden zo moest zijn. Maar ik herinner me dit soort vermoeidheid ook van toen ik ziek was in de zomer nadat Sukey verdween.

Ik had slecht geslapen en mijn hoofd leek te verhit en moe om goed te kunnen functioneren. Op een ochtend dwong ik mezelf de keukendeur uit te gaan, op weg naar school, en bleek ik het eind van de straat niet eens te kunnen halen. Ik dacht dat ik al kilometers gelopen had, maar ik was amper voorbij de poort van mevrouw Winners. Ik keek achterom naar mijn huis, maar dat leek ineens een heel stuk verder bij me vandaan te zijn, alsof het net zoals ik vertrokken was om aan de dag te beginnen. Ik wist niet wat ik moest doen en bleef dus gewoon even staan, in de hoop dat ik wat op adem zou komen.

En natuurlijk was het mevrouw Winners die mij vond, in elkaar gezakt op de stoep, niet bewusteloos maar ook niet helemaal helder. Ik herinner me hoe de stoep aanvoelde, als krijt onder mijn handen, en dat ik parfum rook toen mevrouw Winners haar huis uit kwam. Ik herinner me dat dat erg fijn was, als een warme trui wanneer je het koud hebt. Ik bleef die geur inademen terwijl zij me overeind hielp en terug naar huis bracht.

Daarna bleef ik weken achter elkaar in bed, waar ik naar de lichtpatronen op de muren staarde en mijn oren spitste om de radio in de zitkamer te kunnen horen. Ma had hem een tijdje in mijn slaapkamer gezet, maar ik ging er onrustig van slapen en rust had ik harder nodig dan wat dan ook. Mijn ouders waren allebei erg bezorgd, ontdekte ik na afloop. Pa kwam bijna nooit naar me toe omdat hij zeker wist dat ik zou sterven en die gedachte kon hij niet aan, nu Sukey weg was.

Ma maakte zich meer zorgen over mijn verstand. Ze zei dat ik veel praatte in mijn slaap en sommige dingen die ik zei joegen haar angst aan. Het verbaasde me niet dat ik zo praatte. Ik moet op een bepaald moment echt geijld hebben, want verscheidene keren dacht ik dat Sukey op haar oude bed naar me lag te kijken. En een keer zag ik Douglas hetzelfde doen.

Ik had een heleboel vreemde visioenen. Ik zag Sukey met haar haar door de war, die me vertelde dat ze geen kam had, en ik zei steeds maar: 'Ik heb je er een gegeven, Sukey, weet je dat niet meer?' En ik zag honderden naaktslakken over het plafond kruipen. En een keer zag ik de gestoorde vrouw over me heen gebogen staan, met haar tanden ontbloot en haar paraplu opgeheven. En ik hoorde steeds opnieuw liedjes, stomme liedjes van Vera Lynn die ik niet eens mooi vond. En ik dacht dat ik muizen hoorde ritselen achter de plinten en bommen hoorde vallen op de stad, en dat ik mijn vriendin Audrey hoorde die me riep. En vlak bij mijn oren ruisten de golven onafgebroken, al had ik geen schelpen om naar te luisteren. En één keer wist ik zeker dat iemand binnenkwam door de achterdeur, maar toen ik naar beneden riep, kreeg ik geen antwoord.

'Het is fijn om thuis te zijn,' zeg ik tegen Helen. 'Fijn om na al die tijd weer terug te zijn in mijn eigen huis.' We komen uit het ziekenhuis. Ik moest daarheen vanwege een probleem. Wat was het ook alweer? Hoe dan ook, het is fijn om thuis te zijn.

'Je bent maar een paar uur in het ziekenhuis geweest, mam. Niet overdrijven.' Ze laat haar autosleutels op de salontafel vallen.

'Nee, Helen,' zeg ik. 'Het was veel langer. Een paar weken. Maanden misschien. Een heel lange tijd.'

'Een paar uurtjes,' zegt ze nog eens.

'Waarom moet je me tegenspreken? Ik zeg alleen dat het fijn is om terug te zijn.' Ik sla met mijn hand op de armleuning en er klinkt een gedempte bons. Hij zit helemaal in het verband.

'Oké, mam, je hebt gelijk,' hoor ik Helen zeggen. 'Het is altijd fijn om weer thuis te zijn, hè? En ik dacht dat je je beter zou voelen na dat bezoek. Ik weet dat het niet erg leuk was, ik weet dat het verdrietig was, maar nu hoef je je ten minste geen zorgen meer te maken.'

Ik weet niet waar ze het allemaal over heeft. Ziet ze dan niet dat mijn hand een grote witte cocon is? Zo kan ik hem niet bewegen. 'Ik geloof niet dat ik dit verband nog nodig heb,' zeg ik. 'Ik denk dat het tijd wordt dat ik het eraf haal, vind je ook niet?' Ik begin de witte stroken stof los te wikkelen.

'Nee, nee, nee! Mam, alsjeblieft!' Ze komt snel naar me toe en neemt mijn hand in de hare. 'Je moet het erom laten zitten tot de verstuiking genezen is. Dat duurt nog wel een tijdje.'

'Onzin, Helen,' zeg ik. 'Ik heb hem niet verstuikt. Hij doet geen pijn.' Ik trek me los en zwaai mijn hand door de lucht als bewijs.

'Maakt niet uit. Laat je het erom zitten, om mij een plezier te doen? Alsjeblieft?'

Ik haal mijn schouders op en stop de hand weg tussen mijn bovenbeen en de zijkant van de stoel zodat ik hem niet hoef te zien.

'Dank je,' zegt Helen. 'Zal ik thee voor je maken?'

'En wat toast?' vraag ik. 'Met kaas?'

'Misschien later, mam,' zegt ze terwijl ze de deur uit loopt. 'De verpleegster zei dat je wat minder moest eten.'

O ja. Dat was ik vergeten. De verpleegster zegt dat ik dik begon te worden. Ze zegt dat het komt doordat ik vergeet wanneer ik gegeten heb.

'Je wordt niet dik,' roept Helen vanuit de hal. 'Je moet alleen verstandiger eten. Gevarieerder. Minder brood.'

Ik heb een briefje dat de verpleegster voor me heeft gemaakt. *Heb je honger? Nee? Dan geen toast maken.* Het verbaast me dat ik nog zelf mag bepalen wanneer ik honger heb. Geen wonder dat je verhalen hoort over oude mensen die verhongeren in het ziekenhuis, als ze de hele tijd van verpleegsters te horen krijgen dat ze niet meer mogen eten. Onder het briefje ligt een lijst met verzorgingshuizen en ik voel een plotseling gewicht op mijn borst drukken. Moet ik daarnaartoe? Ik luister naar Helen in de keuken, naar het onschuldige geluid van kopjes die uit de kast worden gehaald. Zou ze dat doen? Ik kijk zorgvuldiger naar de lijst. Mijn handen trillen. Een paar namen zijn doorgestreept en achter een heleboel staan vraagtekens. Achter een of twee van de doorgestreepte namen staat GEENE. Wat betekent dat? GEENE. Zo te zien is het mijn eigen handschrift, maar dat van Helen lijkt erg op dat van mij. *Mill Lane* GEENE. Of misschien GREENE? Is dat niet de naam van een streek? Staat het tehuis daar? Mijn god, dat is het. Maar hoe kan ik Helen of Katy ooit nog zien als ik verhuis? En deze is doorgestreept, en misschien is dat ook de reden: te ver weg. Ik ontspan me een beetje. Maar ik wil niet naar een tehuis. Nog niet. Daar ben ik nog niet oud genoeg voor. Ik moet het tegen Helen zeggen.

Ik moet haar nu bellen om het te zeggen. Als ik opsta om de telefoon te pakken, vallen de stukjes papier van mijn schoot op de grond.

'Wel alle donders,' zeg ik en ik ga op mijn knieën zitten om ze bij elkaar te vegen. Ik kan mijn linkerhand niet bewegen. Hij is bedekt met wit verband, maar ik begrijp niet waarom: ik voel geen pijn. Misschien heeft Katy weer zustertje gespeeld. Nou, dit kan zo niet blijven. Ik trek aan het uiteinde van het verband en wikkel het los. Er valt een stuk plastic uit. De hand ziet er verschrompeld en bleek uit. Katy heeft het te strak gedaan. Ik hoop niet dat ze later echt verpleegster wordt. Ik begin de stukjes papier op te rapen en er schiet een scherpe pijn door mijn duim. Ik geef een gil.

Helen rent de kamer binnen. 'Wat is er gebeurd?' vraagt ze ademloos.

'Mijn hand, mijn hand,' zeg ik. Ik zwaai ermee naar haar. Nu ik hem niet probeer te gebruiken doet het niet meer zo veel pijn, maar bij de herinnering wieg ik zacht jammerend heen en weer.

'Ik heb toch gezegd dat je dat verband er niet moest afhalen,' zegt Helen. 'In jezusnaam, mam.' Ze houdt mijn pols stevig vast en begint het verband er weer omheen te wikkelen. 'Waarom liggen je briefjes op de vloer?'

Ik kijk naar de stukjes papier; op een ervan staat een lijstje. 'Ik wil niet naar een tehuis, Helen,' zeg ik.

Ze stopt met verbinden. 'Daar ga je ook niet heen, mam.'

Ik knik, maar ik zie de lijst nog steeds op het tapijt liggen. Helen kijkt ook.

'O god. Ik dacht dat je die lijst had weggegooid. Dat is je oude lijst,' zegt ze. 'Om...' Ze zwijgt even en knijpt haar ogen tot spleetjes. 'Weet je het niet meer? Waar je naar zocht?'

Ik moet mijn hoofd kantelen om haar fronsend aan te kunnen kijken, maar mijn nekspieren zijn nog stijf van de schrik. Waar kan ik naar hebben gezocht? 'Elizabeth,' zeg ik, en mijn armen en benen voelen plotseling lichter aan; ik recht mijn rug. 'Dus er staat geen E. *Geen Elizabeth*.'

'Klopt.' Ze maakt het verband met veiligheidsspelden vast en legt de briefjes op een stapel. 'Maar deze heb je niet meer nodig, hè? En we zouden die lijst net bij het oud papier gooien, zodat je geen tehuizen meer gaat bellen.'

'O?' zeg ik terwijl ik naar het papier grijp. 'Ik geloof dat ik hem toch nog even houd.'

Helen probeert de lijst uit mijn hand te trekken, maar ik laat niet los en ze geeft het al snel op. 'Zo, dat was zonde van de tijd,' zegt ze. 'Ik ga de thee halen.'

'En een beetje toast?'

Toast was praktisch het enige wat ma me liet eten in die zomer dat ik ziek was. Dunne soep met droge toast; rijstepap als traktatie. Ik wist dat ik bijna beter was op de avond dat ze me een klein lamskoteletje bracht.

'Al weet ik niet waaraan je dit verdiend hebt,' zei ze en ze zette het blad op mijn schoot. 'Met al dat brood en die jam die je als ontbijt hebt gegeten.'

'Ik heb toch pap als ontbijt gehad?' zei ik afwezig, terwijl het water me al in de mond liep bij de geur. 'Die heb je me zelf gebracht.'

'Ja, en zodra ik naar de winkel was, ben je naar beneden geslopen om brood met jam te eten. Het halve brood is weg.'

'Mam, dat heb ik niet...'

'Maud, liefje. Je mag eten wat je wilt. Ik ben blij dat je weer eetlust hebt, maar ik moet wel goed plannen hoe ik onze rantsoenen gebruik en...'

'Echt waar, mam,' zei ik, en ik kauwde en slikte mijn eerste hap snel door om mezelf goed te kunnen verdedigen. 'Ik heb dat brood niet gegeten. Dat was ik niet.'

'Dat is gek. Je vader kan het niet geweest zijn.' Ze verschoof mijn glas melk een klein stukje en vouwde een theedoek uit die ik als servet kon gebruiken. 'Denk je dat Douglas zomaar eten zou pakken? Dat lijkt me niets voor hem.'

Het leek inderdaad niets voor hem, maar er was geen andere verklaring. 'Ik denk dat hij wel teruggekomen kan zijn om een boterham te smeren die hij wilde meenemen op zijn tweede ochtendronde,' zei ik.

'Ik heb hem toch een goed ontbijt gegeven,' zei ma, en ze keek beledigd. 'Ik zou hem of je vader nooit met een lege maag de deur uit laten gaan.'

Ik veegde mijn mond af en haalde mijn schouders op. 'Misschien heeft hij het voor iemand anders gepakt.'

'Wat? Bedoel je dat hij iemand te eten geeft? In dat geval wil ik hun bonnen hebben.'

'Er was iemand in huis,' zeg ik terwijl ik me vasthoud aan de trapleuning. Waarom wil niemand me geloven?

'Ik geloof je, mam,' zegt Helen. 'Maar dat was gewoon een verzorgende. Een nieuwe verzorgende, dat is alles. Ze was geen inbreker. Het was nergens voor nodig om de politie te bellen. Even aan de kant, wil je?'

Ze dringt voor me langs, en ik kijk hoe ze een doek over de lambrisering haalt. Ze bukt en laat haar hand eroverheen glijden, als een soort gymnastiek. Als de oefeningen die we moesten doen toen we jong waren. Vanuit je middel naar beneden buigen om slank te blijven. Ze lieten altijd weilanden vol vrouwen zien die de oefeningen precies tegelijk uitvoerden. Met een glimlach. Ik hoefde nooit te glimlachen als ik ze deed.

Helen volgt de lambrisering naar de zitkamer, en ik volg haar. 'Een twee drie vier, een twee drie vier. Blijven lachen, meisjes.'

'Waar heb jij het over? God, het was gênant. De hemel weet wat ze dacht. Dat jij haar zo beschuldigde. En iedereen vertelde dat je beroofd was. Door de verzorgende,' voegt ze eraan toe als ik haar blanco aanstaar.

'Wat zou jij doen als je voor je ontbijt naar beneden kwam en een vreemde in je keuken aantrof?'

'Geen vreemde, een verzorgende.'

'Ja, ja, dat zegt ze. Maar hoe kan ik weten of ze de waarheid spreekt? Ze kan iedereen wel zijn.'

Helen laat haar handen langs haar zij vallen en gaat de kamer uit. Dat schijnt iets te betekenen. Ik duw mijn tenen in het tapijt terwijl ik achter haar aan ga, voorzichtig om niet uit te glijden, voorzichtig. 'Ik ben niet veilig in mijn eigen bed,' zeg ik, hoewel ik niet meer weet welk gevaar me bedreigt. Ik kan toch zeker niet uitglijden als ik in bed lig? 'Helen, wat is de beste plek om pompoenen te planten?' Ze geeft geen antwoord en als ik de hal binnenkom, is die leeg. 'O, waar ben je naartoe?' vraag ik. 'Waarom verstop je je steeds?'

'Ik verstop me niet,' zegt Helen terwijl ze de eetkamer uit komt. 'Ik probeer de aarde van de muren te krijgen. Je hebt het overal op gesmeerd. Alweer. Ik weet niet hoe je het voor elkaar krijgt.'

Ze poetst een stukje onder aan de muur en gaat dan de trap op. Ik kijk naar haar hielen op de treden, die veerkrachtig omhooglopen, en ga langzaam achter haar aan terwijl ik mijn voeten steeds op precies dezelfde plek probeer neer te zetten, met dezelfde veerkracht probeer te lopen. Het is beter om achter een ander aan te lopen. Dan kun je zien hoe de treden werken, en je kunt erop vertrouwen dat ze er zijn als iemand anders ze eerst heeft uitgeprobeerd. Ik let goed op, maar ik zie niet dat ze blijft staan en mijn schouder botst tegen haar heup.

'O mam, wil je me niet zo achternalopen?' zegt ze. 'Blijf maar in de keuken, ik kom er zo aan.'

Ik loop weer naar beneden en kijk uit het raam. Er zit een kat op het grasveld en ik probeer de keukendeur te openen, maar er is iets mis met de klink. 'Je hebt me zo wel kwetsbaar gemaakt,' zeg ik tegen Helen als ze terugkomt. 'Met die flodderige sloten. En die deur is van bakeliet of zoiets, waar is dat goed voor?'

'De houten deur was doorgerot. Wat had je daar nou aan?'

‘En ik wil dat ding bij de deur weg hebben. Dat laat iedereen maar binnen.’

‘Niet als je de code niet hebt.’

‘Nou, iemand heeft hem opgeschreven. En laten rondslingeren voor inbrekers. Ik heb een van die briefjes hier, kijk.’ Ik ga mijn tas halen en rits de zakjes open; dat gaat al onhandig omdat mijn linkerhand in een soort want zit, maar al snel kan ik de vingers van mijn rechterhand in de stofplooien steken. Ze schijnen allemaal vol te zitten met papieren zakdoekjes, die als boomtakken in elkaar gedraaid zijn en aan de randen uitrafelen tot stof.

‘Hoe moeten de verzorgenden binnenkomen als we het codeslot weghalen? En dat is je oude tas, mam. Wat zoek je? Daar zit niets in.’

Ze heeft gelijk; het enige stukje papier hierin is een envelop. Geadresseerd aan Elizabeth. Heb ik gezegd dat ik die op de bus zou doen? Ik moet het vergeten zijn. Ik hoop niet dat het iets belangrijks was. Ik draai hem om en probeer het me te herinneren. Er zit een briefje op geplakt: *Uit Elizabeths huis.* En eronder: *Waar is Elizabeth?* Ja, waar is Elizabeth eigenlijk? Ik kijk verdrietig naar de envelop. Ik neem aan dat ik hem moet verzenden. Maar waarheen?

Ik smacht ineens naar appels als ik mijn vinger in het hoekje van de envelop steek. Het brosse papier scheurt op de vouw, en algauw is er geen redden meer aan en kan ik de brief dus net zo goed helemaal openmaken. Ik scheur de sluitflap aan flarden. In de envelop zit alleen een herinnering van de bibliotheek. Een standaardbericht dat een bepaald boek te laat is. De bibliobus probeert het al weken op te halen want het is maanden te laat en de boete bedraagt ruim tien pond. Ik voel me er vreemd bij dat ik de brief heb opengemaakt. Post is eigendom, en andermans post openen is net zoiets als inbreken. Mijn vader was daar als postbode altijd heel strikt in, en hij zou woedend zijn als hij me nu kon zien. Hij heeft me een keer bijna betrapt toen ik een brief aan Douglas openmaakte.

Het adres op de envelop, aan 'dhr. D. Weston', was in Sukeys handschrift geschreven. Daarom griste ik hem direct van de keukentafel. Ma liet onze post daar altijd op een stapel liggen, die van Douglas tussen de onze. Ik kreeg nooit iets, behalve af en toe een ansicht van oom Trevor of een kattebelletje van Audrey, maar toch keek ik graag de stapel door en probeerde te bedenken welke brief voor wie zou zijn. Ma's zus, Rose, had een mooi maar slordig handschrift en dat van oom Trevor was erg zwart en diep in het papier gedrukt. Audrey maakt altijd vlekken tussen de woorden en ik kon de inkt op de zijkanten van haar handen al voor me zien. Sukeys handschrift kende ik natuurlijk, al stuurde ze ons geen brieven. Dat zou gek zijn, omdat ze maar tien straten bij ons vandaan woonde. Ik geloof dat we er een hadden gekregen toen ze op huwelijksreis was, maar dat was de enige keer.

De brief aan Douglas kwam ongeveer een week nadat we Sukey voor het laatst hadden gezien, ongeveer een week voordat mijn ouders bezorgd begonnen te raken. Ik was verrast dat niemand dat handschrift had opgemerkt en toen Douglas hem niet meenam toen hij naar de film ging, werd ik verschrikkelijk nieuwsgierig.

Ik was appelcompote voor de volgende ochtend aan het maken en moest de lepel neerleggen om aan de envelop te voelen. Er zat alleen papier in, één keer dubbelgevouwen, dacht ik, of misschien twee keer. Ik hield hem met één hand tegen het licht terwijl ik met de andere in de appels roerde, maar ik kon niets zien; er zaten te veel laagjes etiketten op het papier van de envelop geplakt om hem te kunnen hergebruiken. 'Papier is een oorlogswapen – spaar iedere snipper.' Die waarschuwing viel moeilijk te vergeten, al was er geen oorlog meer om wapens voor te hebben. Ik wilde hem eigenlijk teruggleggen op tafel, maar om een of andere reden draaide ik me om naar de pan en hield de brief in de stoomwolk. De appels pruttelden en gaven hun kruidige fruitgeur af, en ik verroerde me niet terwijl ik toekeek hoe het papier begon te rimpelen van het vocht. Mijn gezicht was klam van het boven de pan staan en al snel gold dat ook voor de hand die de brief vasthield. De flap liet aan het randje al los en ik hielp een beetje met mijn pink, en na een paar minuten was hij half open. Dat was het moment dat pa binnenkwam.

Ik had hem niet de trap af horen komen en in paniek liet ik de envelop in de pan vallen en roerde. Hij deed de keukendeur open om buiten iets in de vuilnisbak te doen, en de koude lucht beroerde mijn vochtige huid en liet me huiveren. Pa nam ma's sjaal van een stoel toen hij weer binnenkwam en legde die om mijn schouders.

''t Moet al bijna klaar zijn,' zei hij terwijl hij tegen het handvat van de pan tikte.

Ik knikte stijfjes en hoopte vurig dat hij niet in de pan zou kijken. Toen hij terugliep naar de zitkamer, liet ik me van opluchting tegen het fornuis aan zakken en haalde daarna met een lepel de brief eruit. Die was nu een kletsnatte homp en het was uitgesloten dat ik de vellen van elkaar af zou krijgen zonder het papier te scheuren. Ik drukte de envelop plat tussen twee vellen krantenpapier en legde hem in een van de bovenste warmhoudovens om te drogen, en ik hoopte dat de inkt niet te veel uitgelopen was, en ook dat het niemand zou opvallen dat de appelcompote heel lichtblauw verkleurd was wanneer we die de volgende ochtend voor het ontbijt zouden eten.

Douglas kwam thuis toen ik de pan stond af te wassen. Ma was naar de keuken gekomen om welterusten te zeggen en vroeg of hij een fijne avond had gehad. Hij was even vaag als altijd over de film die hij had gezien.

'Eh, het was er een met... Het was er zo een met modieuze kostuums. Niet zo'n goede film.'

'*The Wicked Lady*, was dat hem?' vroeg ik terwijl ik me met zeep aan mijn handen omdraaide om hem recht aan te kijken.

'Ja, die was het.'

‘Die draait niet meer.’

Hij draaide zich stijfjes naar me om, maar zijn ogen bleven op zijn schoenen gericht. ‘Dan kan het die niet geweest zijn. Ik zal het wel verkeerd onthouden hebben.’

Zijn gekwetste houding deed me zo denken aan de eerste keer dat ik hem had ontmoet, aan zijn blos en zijn schaamte toen ik hem had klemgezet met die bijnamen, dat ik een steek van schuldgevoel voelde. Water droop van mijn handen op mijn sloffen. Waarom deed ik altijd zo gemeen tegen hem? Ik geloofde niet dat ik het met opzet deed. Ik vertelde hem bijna over de brief, maar bedacht toen dat hij zich er vast niet beter van ging voelen als ik opbiechtte dat ik had geprobeerd zijn post te lezen.

10

Ik haat het hier en kom er bijna nooit. Ik haat de geur van de boeken, muf en onfris, en ik leen ze zelf nooit. Als je ze openslaat blijken ze zo vaak te stinken naar sigarettenrook of vol te zitten met vlekken van andermans maaltijd. Natuurlijk lees ik niet meer, dus het doet er eigenlijk niet toe.

‘Niet zo hard praten, mam,’ zegt Helen. ‘Jij bent degene die hiernaartoe wilde.’

Ze loopt een eindje bij me vandaan en ik ga naar de balie terwijl ik in mijn zakken voel. Ik heb geen idee waarom ik hiernaartoe gebracht wilde worden; ik heb wel een herinnering voor een bibliotheekboek, maar die is aan Elizabeth geadresseerd, niet aan mij. De man achter de balie veegt zijn haar uit zijn ogen en ik raak even in paniek, omdat hij iets van me verwacht, om de duizenden boeken hier op de planken. Als ik al wist wat ik wilde, hoe zou ik het dan ooit kunnen vinden? ‘Ik ben op zoek naar iets,’ zeg ik tegen de man. ‘Ik kan er alleen even niet op komen, weet u.’

‘Een boek?’

Ik zeg dat ik aanneem van wel, en hij vraagt wat voor soort

boek het is, maar ik weet het niet. Hij vraagt of het fictie is.

'O nee,' zeg ik. 'Het is een waargebeurd verhaal, alleen wil niemand me geloven.'

Er komen rimpels in zijn voorhoofd en hij strijkt nadenkend over zijn haar. 'Waar gaat het verhaal over?' zegt hij. 'Misschien ken ik het wel.'

'Het gaat over Elizabeth,' zeg ik.

'Elizabeth. Kan dat de titel zijn?'

Ik kijk hoe hij de letters met merkwaardig buigzame vingers in zijn computer tikt.

'Er staat iets met die titel op de misdaadafdeling,' zegt hij en hij wijst me, alweer zo buigzaam, in de juiste richting.

Helen bladert in een paar kranten, dus ga ik alleen naar de kasten. Er zijn hier niet zo veel boeken meer als vroeger. Veel ruimte is nu voor de computers uitgetrokken. Ze staan er glanzend en aanlokkelijk bij, en ik heb het een paar keer geprobeerd maar ik denk niet dat ik het nog kan leren. Aan de bovenkant van deze kasten is het woord MISDAADROMANS geplakt en er staan veel boeken met botten of druipend bloed op het omslag. Voor het grootste deel zijn het zwarte boeken met felgekleurde letters erop. Ze hebben iets benauwends, iets beangstigends, en ik geloof dat ik de werelden erin liever niet wil betreden, maar toch pak ik er een en lees de flaptekst. Het gaat over een vrouw die op de vlucht is voor een seriemoordenaar. Ik zet het terug. Ernaast staan vier boeken met gebroken witte omslagen, detectiveverhalen die zich afspelen in Rusland. Ik geloof niet dat ik dat nu kan hebben. Ik heb al genoeg mysterie in mijn leven.

Helen komt zachtjes aanlopen om mee te zoeken. 'Hier heb ik geen zin in,' zeg ik. Ze gebaart dat ik stil moet zijn en kijkt om zich heen, maar er is praktisch niemand. 'Wij persten vroeger altijd bloemen in boeken,' zeg ik. 'Sukey en ik, toen ik jong was.'

We waren altijd van plan er een schilderij van te maken, maar dat is er nooit van gekomen. En jaren later vond ik het gedroogde en platgedrukte speenkruid, de vergeet-me-nietjes, viooltjes en boterbloemen, vastgeplakt tussen de bladen van mijn vaders oude Mrs Radcliffe-serie. We persten ook gras en klaverblaadjes.

'En van de laatste keer dat ze kwam eten, Helen, herinner ik me nog dat ik haar een kam heb gegeven. Die stopte ze in een gebonden boek en dat duwde ze dicht tot de kam knapte en alle dunne amberkleurige tandjes eruit vielen. En ze zei: "Wat prachtig. Dank je wel, lieverd," en ze kuste me voor ze de deur uit ging. En toen zat haar lippenstift op mijn voorhoofd.' Ik geloof dat het zo is gegaan. Maar Helen denkt van niet en ze wil er hier niet over in discussie, en of ik nog een boek wil, want anders gaan we.

Er is niets wat ik wil hebben, dus lopen we naar buiten, langs de balie. De man die daar zit, heeft opmerkelijk flexibele vingers en hij strijkt zijn haar opzij terwijl hij naar me kijkt. Zijn vingers, denk ik, lijken ook een beetje op haren, of op perzikkleurige franje aan een staande lamp. Heel even verwacht ik boekenkastjes, klokken en lege bloempotten tegen de balie opgestapeld te zien, maar er staat alleen een boekenkarretje. *De geheimen van Udolpho* staat te wachten tot het op de plank wordt teruggezet. Ik pak het op, weeg het op mijn handen en schud het daarna uit aan de harde kaft om te zien of er iets uitvalt. De rug maakt een krakend geluid.

'Hé! Hé!' zegt de man achter de balie. 'Wat doet u daar? Zo kunt u niet met boeken omgaan.'

'Sorry,' zeg ik terwijl ik het op het wagentje laat vallen. 'Ik keek alleen maar even.'

Ik laat het boek liggen waar het ligt en loop naar buiten, de straat op. Helen loopt met me mee. 'Gaan we naar huis?' vraag ik. Ze geeft geen antwoord en ik neem aan dat dat betekent van wel, maar dat ze geen zin heeft om het nog een keer te moeten zeggen. Ik kijk even naar haar, maar ik kan niet zien of ze een gebaar maakt. De zon schijnt in mijn ogen en belemmert mijn zicht. Haar gestalte wordt vervormd door het licht; er zijn cirkels uit haar silhouet verdwenen, alsof ze met een koekjesvorm bewerkt is. Ze loopt voorop, steeds verder voor me uit, en ik kan haar nauwelijks bijhouden, kan haast niet zien welke kant ze uit gaat. Ik doe één oog dicht en houd Helens schaduw voor me; ik hoef me alleen daarop te concentreren en moet me geen zorgen maken over de weg of mensen of auto's of de zon. Me alleen op de schaduw concentreren. Ik mag hem niet laten ontsnappen. Hij zal me bij Sukey brengen.

'Mam! Wacht.'

Ik kijk achterom en het licht schijnt recht in mijn dochters gezicht. Hoe is ze hier gekomen? En had ze altijd al zo veel rimpels? Ik zie sproeten versmelten met de lijntjes om haar mond. Ze is te veel buiten en dat is slecht voor de huid, het maakt je ouder. Ik kan er niet op komen hoe oud ze is, al hoor ik dat wel te weten.

'Wie zat je achterna?' vroeg ze.

Ik denk even na en probeer de woorden te begrijpen. 'Douglas,' zeg ik. 'Ik zat Douglas achterna.'

Zijn schaduw, die in een paar grote stappen over de bramenhaag viel, verraadde dat hij vroeg naar huis was gegaan. En even later hoorde ik de deur van de voorraadkast kraken en een lepel over glas schrapen. Ik was opgestaan en aangekleed voor zijn schaduw weer over de heg viel, want ik wilde de kans niet missen om hem te volgen als hij het huis uit ging. In de weken die ik ziek in bed had gelegen, was ik alles nagelopen in mijn hoofd en ik wist dat hij iets in zijn schild voerde met dat gesnuffel in Sukeys koffer en dat geroep naar de gestoorde vrouw in het park. Nu verdween er eten, en ik wilde per se achterhalen waarom. Ik rende zachtjes achter hem aan en versmolt met de muren als een lint op een spoel.

Het was een schok om uit bed te zijn en mijn benen protesteerden tegen de plotselinge inspanning. De buitenlucht was vol van de scherpe geur van pas omgehakte naaldbomen, de lage zon scheen in mijn ogen en ik moest ertegenin lopen als tegen een harde wind. Ik was gewend aan de schemer van mijn kamer met de gordijnen dicht, en dit licht voelde aan als schurend zand. Douglas was een donkere vlek in de verte en daar richtte ik me op, in plaats van proberen te zien waar ik was. Hij bleef even staan om naar de brokstukken van zijn vroegere huis te kijken, maar pas toen we Sukeys straat insloegen en ik de blauwe schaduwkant in stapte kon ik goed om me heen kijken, pas toen wist ik waar we heen gingen. Ik volgde hem door het steegje naast Franks huis en bleef dicht bij de muur om de meidoornhaag te vermijden, want ik verwachtte altijd dat de gestoorde vrouw daar zou zijn, dat ze in de heg verscholen zou staan.

Bij de toegang naar het erf bleef ik even tegen de muur geleund staan, warm en moe, en duwde de punt van mijn schoen in een afgevallen blad op de grond. De afdruk, zo duidelijk mijn werk, gaf me moed en langzaam bracht ik één oog naar de rand van de muur, met mijn wang tegen het metselwerk. Onder deze hoek was de zon weer verblindend en dus sloop ik als een mol naar voren terwijl ik vurig hoopte dat ik niet gezien zou worden. Maar het erf was leeg, op dezelfde oude verhuiswagen na die daar altijd stond; ik ging er even bij staan uitrusten en drukte mijn schouders tegen de warme metalen wand. Ik had niet verwacht dat er vanbinnen eenzelfde geluid als antwoord zou komen. Het klonk als een voet die over de vloer werd gesleept en de angst had me al half het erf af gejaagd toen de deur openging en Douglas naar buiten kwam.

'Wat? Daarbinnen?' vroeg ik, onsamenhangend van uitputting nu ik na zo veel weken ziek zijn mijn bed uit was.

'Maud,' zei Douglas terwijl hij mijn zicht op de verhuiswagen probeerde te blokkeren. 'Hoe wist je...'

Mijn voetstappen sleepten me terug over de kasseien en ik keek langs hem heen naar een warboel van kapotte meubels, theekisten en stoflakens die tegen houten steunberen gepropt lagen. Het rook er naar oud snoeiafval uit een heg en er lagen kruimels op de grond.

'Er woont hier iemand,' zei ik.

Douglas boog zijn hoofd.

'Wie? Douglas, wie is dat? Is het Sukey?' Ik voelde iets door me heen golven; mijn hart leek dwars door mijn schouders omhoog te willen springen, door mijn nek, alsof het door mijn hoofd wilde ontsnappen.

Douglas stak een hand uit en hield me in evenwicht toen ik wankelde. 'Nee. Nee, Maud, het is niet Sukey.'

Heel even wist ik niet of ik hem moest geloven, wílde ik hem niet geloven. 'Vertel me de waarheid,' zei ik terwijl ik me losrukte uit zijn greep. 'Ik weet dat Sukey in een wagen zat. Dat heeft de gestoorde vrouw me verteld. Nog voor ik ziek werd.'

'O ja? Dat was onzin,' zei hij. 'Geraaskal. Zij is degene die in de wagen zit. Dit is waar zij woont.'

Ik huiverde bij de gedachte en zag nu de kale meidoorntakken die overal verspreid lagen, de stapel paardendekens die ze als slaapplaats moest hebben gebruikt. Ik dacht even dat ik drop rook. Er zat een stuk gebarsten spiegel achter een van de verticale latten gestoken. Keek ze daarin? vroeg ik me af. En wat zag ze dan? Ik hees mezelf de wagen in omdat ik in datzelfde stuk spiegel wilde kijken en zag in de begrenzing van de scherf Douglas' hand, met een pakje van gekreukt krantenpapier tussen zijn vingers.

'Wat is dat?' vroeg ik, me met een ruk omdraaiend toen de reden dat ik hem volgde me weer te binnen schoot. 'Jij geeft haar te eten. Jij geeft de gestoorde vrouw te eten.'

Hij keek heel even alsof hij het ging ontkennen.

'Ma heeft gemerkt dat er eten verdwijnt,' zei ik.

Hij grijnsde.

'Waarom? Waarom geef je haar onze rantsoenen?'

'Ze woont hier al een tijd. Misschien zat ze hier al voordat Frank naar Londen ging, voor Sukey verdween. Ik denk dat ze misschien iets gezien kan hebben.'

'Wat dan?'

'Wat er met Sukey is gebeurd, of waar ze naartoe is gegaan. Soms denk ik dat ze probeert het me te vertellen.'

De geur van geplette bladeren en takken was misselijkmakend in de hitte en ik begon me naar de deuren toe te bewegen. 'Je bedoelt dat jij met haar spreekt? Jullie voeren gesprekken?' Ik dacht dat hij bijna net zo gek moest zijn als de gestoorde vrouw.

'Kijk niet zo. Ze is geen dier, ze kan praten.'

'Dat weet ik,' zei ik, al leek het vreemd om over haar te spreken, om echt over haar te mogen spreken. Het leek alsof we het over een dier hadden, maar dan een fabeldier, een griffioen of een eenhoorn misschien. 'Ik weet het, alleen schreeuwt ze meestal. Over mensen die ze in de gaten houdt en brekend glas en wagens en pompoenen en vliegende vogels.'

'En over Sukey?'

Ik onderbrak mijn schuifelende tocht naar buiten. 'Eén keer misschien. Ik dacht dat ze Sukeys naam één keer heeft uitgesproken. Wat doet dat ertoe?'

Hij gaf geen antwoord. In plaats daarvan klom hij ook in de verhuiswagen en wees naar de wand. Van onder de spiegel grijnsden de scherpe, afgebroken tandjes van een kam. Hij was beschadigd, maar ik herkende hem direct en wilde hem pakken.

'Hoe komt ze daaraan?' vroeg ik. 'Waar heeft ze die vandaan? Wat is er met mijn zus gebeurd?'

'Geef aan mij!' schreeuw ik. 'Leg de telefoon neer.'

Helen draait zich naar me om en kromt haar hand tegen haar borst.

'Die is niet van jou. Geef terug.'

Ze schudt haar hoofd en wuift me weg. Ik schreeuw haar naam en ze fronst haar wenkbrauwen, komt half overeind. Ik loop snel naar haar toe, ruk het snoer uit de muur en duw de salontafel omver zodat alles op het tapijt valt.

'Wat heb jij ineens?' schreeuwt Helen. Ze heeft de telefoon laten vallen en doet een stap achteruit naar de vensterbank.

Ik stamp op een glas en schop mijn wekker de kamer door. Ik voel mijn hart kloppen in mijn keel en in mijn hoofd bouwt zich steeds meer druk op. Ik sluit mijn ogen en krijs.

'Mam? Hou op. Wat is er gebeurd?'

Helen loopt om me heen en legt haar handen op mijn schouders, maar ik weer haar af en haal uit, en ik raak haar in haar maag. 'Lazer op!' roep ik. 'Lazer op uit mijn huis!' Ik been door de kamer en zij trekt zich snel terug, met haar handen tegen haar middel en trillende lippen.

'Ik kan je zo niet alleen laten,' zegt ze. 'Mam?'

Ik gil nog eens en gooi een stoel om. En dan is ze weg. En mijn wekker is kapot. De draden liggen bloot, de kleine tandradertjes bijten in het tapijt. Ik heb hem zeker laten vallen. Ik moet tegen Helen zeggen dat ze een nieuwe moet kopen. Er is ook een glas gebroken. De scherven liggen over het tapijt verspreid. Ik haal een stuk krant uit de papiermand om de stukken in te doen en snijd mezelf een paar keer. Het papier wordt donker en het bloed trekt in mooie patronen rond de marges. Ik probeer de scherven weer in elkaar te passen en heel even voel ik de zon op mijn rug en gras onder mijn knieën, en ik luister of ik het hese koeren van de duiven kan horen. Ik verwacht elk moment dat ma naar buiten komt om te zeggen dat ik de stukken in de zaaigeul voor de pronkbonen moet gooien. Maar dat zal natuurlijk nooit gebeuren, en ik vouw de krant dicht, draag de gebroken inhoud de kamer uit en de trap op. Mijn slaapkamer in. Ik doe de deur dicht, ga aan mijn kaptafel zitten en heb plotseling geen idee wat ik hier doe. Ik was toch op weg naar de keuken? Ik moet even lachen om mezelf. Wat dwaas om in de verkeerde kamer terecht te komen. Ik ben zeker gek aan het worden.

Ik loop weer naar beneden en gooi de krant in de vuilnisbak. Ik duw hem zo ver mogelijk omlaag. Toen Tom en Helen klein waren, moest ik ook altijd opletten dat ik gevaarlijke dingen ver buiten hun bereik legde, want Helen heeft een keer de vuilnisbak van de buren doorzocht en een stuk cake gevonden dat doordrenkt was met rattengif. Ze heeft ervan gegeten en kreeg Tom ook zover dat hij ervan at, al was hij ouder en had hij beter moeten weten. Ik dacht dat ze allebei dood zouden gaan en was buiten mezelf van bezorgdheid, en ik moest ze allebei laten braken door een lepel langs hun tong in hun keel te duwen tot ze kokhalsden en alles weer uitspuugden. Ik weet nog hoe ze met hun handjes naar me sloegen en hoe verschrikkelijk dat kokhalzen klonk. Ik ging met ze naar de huisarts en die zei dat er geen schade zou zijn, ik was er snel genoeg bij geweest.

Natuurlijk was ik boos op Tom, maar ik was woedend op Helen. Zij haalde altijd kattenkwaad uit, had altijd groezelige vingers door het rondgraaien in de tuin, waar ze wormen opgroef en slakkenkwekerijen begon. Tom lag liever op de bank autotijdschriften te lezen. Dat was irritant als ik de kussens wilde stofzuigen, maar niet half zo moeilijk om in de gaten te houden. Na het cake-incident bleef ik heel lang boos op Helen en wanneer Patrick jaren later nog schertsend zei dat je nooit kon vertrouwen wat zij gebakken had, lachte ik erom. 'Je probeert ons toch niet te vergiftigen, hè?' zei hij, als ze trots haar omgekeerde ananastaart of bananencake serveerde. 'Want daar heb je ervaring mee.' Jonge meisjes houden niet van zulke plagerijtjes en het draaide vaak op tranen uit. Maar zelfs dat was een opluchting. Als je bedenkt dat ze allebei zo in gevaar waren geweest, maar nog altijd bij ons waren en dweepten met tienerliefdes, straf kregen op school en de zitkamer overhoophaalden.

Er haalt nog steeds iemand mijn zitkamer overhoop. Er liggen overal dingen op de vloer en mijn salontafel ligt op zijn kant. Ik zet hem overeind en ruim alles op, de pennen weer in hun bakjes en de notities op een keurig stapeltje. Iemand heeft de telefoon eruit getrokken en ik moet op een onhandige manier bukken om het snoer weer in de wandaansluiting te krijgen. Ik tril tijdens het bukken en voel me alsof er iets is gebeurd. De huid in mijn keel voelt strak, zoals wanneer je gehuild of geschreeuwd hebt. Elizabeth zegt dat haar zoon heel vaak schreeuwt, dat hij een kort lontje heeft. Dat vind ik heel akelig voor haar. Helen wordt wel eens boos, maar niet op die manier, en Patrick kon kortaf zijn, maar hij ging nooit tieren en schreeuwen zoals sommige mannen doen. Mijn ouders schreeuwden ook nooit, zelfs niet als ik iets heel stouts had gedaan zoals in de rivier van de Pleasure Gardens springen. Maar Frank heeft wel een keer tegen me geschreeuwd.

Het gebeurde in zijn huis. Sukey en ik waren keukengordijnen aan het maken. 'Om te zorgen dat de gestoorde vrouw niet naar binnen kijkt?' had ik gevraagd, maar Sukey leek zich in die tijd niet zo veel zorgen over haar te maken en gaf me weer op mijn kop omdat ik haar 'gestoord' noemde. Ze zei dat ze een 'arme stakker' was, dat we geluk hadden dat we zelf niet zo waren. Maar ze was niet echt boos. Ze had mijn haar opgestoken zoals de meisjes in de legerkantine het droegen, in een oude kousenband gewikkeld, en had me zelfs een beetje van haar parfum laten opdoen. Ik leerde haar het liedje 'I'll Be Your Sweetheart' terwijl we op onze knieën op de vloer zaten en zorgvuldig de kostbare stof op maat knipten. We hadden de kleine lusjes voor de spaken al af en schoven in elk daarvan een houten latje toen de voordeur met een bons opensloeg.

Franks gezicht, rood onder het bruin van de zon, leek stukje bij beetje op te doemen toen hij slingerend door de hal naar ons toe liep. Hij wankelde de keuken door naar het buffet, gooide een stoel om en ik zag met afgrijzen hoe hij een mes pakte. Maar hij bedreigde alleen het stuk kaas dat half in papier gewikkeld lag en dat ik bij de lunch niet had mogen opeten van Sukey.

'Nee, Frank,' zei Sukey terwijl ze opstond en zich voor mij posteerde. 'Dat bewaar ik nog even.'

'Wat? Begin je nu alweer?' zei hij en zijn stem klonk dik en lallend van achter haar rok. 'Mag ik in mijn eigen huis geen stukje kaas eten? Voor wie bewaar je dat dan?'

'Niet vóór iemand. Maar wat weet jij ook van het huishouden? Ik ben degene die het eten regelt, dus laat het aan mij over. Ik ben je vrouw.'

'Mijn vrouwtje,' zei hij terwijl hij het mes kletterend op het bord liet vallen en zijn stem wat scherper klonk. 'Mijn lieve kleine kleine kleine kleine vrouwtje.' Zijn arm krulde zich om Sukeys middel en zij probeerde hem van zich af te duwen.

'Frank, je staat op de gordijnstof,' zei ze. 'Ga eraf.'

Hij keek even naar zijn voeten en zijn blonde haar viel over één oog. Toen zag hij mij.

'Ah, Maudie is er ook.'

Ik knikte en schoof achterwaarts bij hem vandaan, tegen de kast aan.

'Zijn jullie jaloezieën aan het maken?' vroeg hij terwijl hij weer naar zijn voeten keek.

Ik hield de spaak op als bewijs en hij liet Sukey los.

'Hé, Maud, wat is het toppunt van jaloezie?' vroeg hij terwijl hij een hand achter me op het aanrecht zette en zich heel dicht naar me toe boog. Zijn adem rook als de walm uit de open deur van een kroeg.

Ik kon niet raden. Ik was te bang om adem te halen. De arm die om Sukeys middel had gelegen kromde zich boven mijn hoofd.

'Een blinde zijn ogen uitsteken.'

Ik vond het een akelig antwoord en ik schoof wat verder bij Frank vandaan, maar hij grijnsde. Zijn tanden staken wit en gretig af in zijn zongebruinde gezicht.

'Hè, Sukey?' zei hij terwijl hij zich oprichtte. 'Jaloezie. De ogen uitsteken?'

'Maar dit is helemaal geen jaloezie,' zei ze terwijl ze de stoel overeind zette. 'Het wordt een vouwgordijn.'

'Daar kan het misschien ook wel mee. Let op, Maud. Wat is het toppunt van vouwgordijn?'

'Hou je mond, Frank,' zei Sukey. 'Je bent dronken.' Ze duwde hem opzij en wist hem eindelijk van de stof af te krijgen.

'Dronken? Vergeet het maar.' Hij schudde zijn hoofd en moest weer steun zoeken bij het aanrecht.

Ik staarde hem aan en probeerde de vertrouwde Frank terug te vinden in deze vage, verhitte versie. Hij zag me kijken en trok een gek gezicht door zijn tong uit te steken en zijn neusvleugels open te sperren. Op een of andere manier leek hij nu meer op zichzelf en ik lachte, ondanks mijn angst.

'Ja, je bent dronken. Ga naar bed,' zei Sukey.

'Alleen als jij meegaat.'

'Bah, Frank, Maud is hier. Zij hoeft jouw smerige praatjes niet te horen. Ga naar bed. Slaap je roes uit. Kom op.'

'Stuur je verdomde rotprinsesje dan naar huis, als ze te goed is om in dezelfde kamer te zijn als ik.' Hij trok weer een gek gezicht, maar deze keer lachte ik niet en hij draaide zich van me af.

'Niet gaan schreeuwen, Frank,' zei Sukey. 'En begin nu niet weer. Natuurlijk ben je goed genoeg.'

'Daar denkt die kostganger met dat babysmoel van jullie heel anders over. Altijd hier rondhangen.'

'Wat maakt het jou uit wat Doug van je vindt?'

'Ik begrijp gewoon niet waarom je de hele tijd met hem moet praten,' zei Frank. 'En ik weet dat hij me daarna zwartmaakt bij je ouders thuis. Je vader mag me toch al niet.'

Sukey zuchtte en wendde zich tot mij. 'Misschien moet je maar naar huis gaan, Mopps,' zei ze. 'We maken het gordijn een andere keer wel af.'

Ik begreep niet waar hij het over had, maar ik stond op en glipte zo snel als ik kon langs hem heen, en ik was al bijna bij de voordeur toen ik bedacht dat ik mijn jas vergeten had. Ik liep op mijn tenen terug naar de hal, maar Frank zag me.

'Wat doe jij hier verdomme nog?' schreeuwde hij, met een gezicht dat nu echt verwrongen was van woede. 'Ga weg, sodemieter op!'

Ik liet mijn jas maar hangen en rende het huis uit, huilend tot ik bij de Avenue kwam, waar ik bleef staan en de tranen wegveegde. Daarna liep ik rondjes over Ashling Crescent tot ik voldoende gekalmeerd was om naar huis te gaan.

11

Er is iets gebeurd. Ik moet opstaan, eruit, naar Sukey toe. Ik trek een gestreept mannenoverhemd aan en een versleten, onbekende broek, en stop dingen in de zakken: zakdoekjes, een rolletje pepermunt, een plastic parelketting. Ik vraag me af of dit een droom is. Ik denk van niet. Mijn nachtkleding ligt op een slordige hoop, maar ik heb geen tijd om die netjes weg te leggen, en ik begin aan een briefje, maar ik kan niet bedenken wat ik moet schrijven. De trap kraakt als ik naar beneden sluip en de klink van de voordeur maakt een hard geluid onder mijn aanraking. Ik blijf even op de drempel staan, de spieren in mijn gezicht gespannen, maar alles is stil als ik me naar Franks huis begeef.

De lucht buiten is koud, fris en bijna zoet. Ik geniet van het gevoel van de lucht op mijn tong en ben al minutenlang aan het lopen voor ik besef dat ik verdwaald ben, dat dit niet de straat is die ik dacht. De volgende straat is al net zo onbekend en mijn hart bonst in mijn borst. Ik heb bijna geen tijd meer. Ik moet ergens naartoe, of naar iemand. Het is dringend. Mijn voetstappen maken een zachte echo in het donker en voor me uit rent een vos. Hij blijft staan en kijkt naar iets aan de andere kant van de weg. Ik blijf ook staan.

'Hallo, vos,' zeg ik, maar hij blijft naar de stoep aan de overkant kijken. 'Vos?' zeg ik nog eens, en ik zwaai. Even lijkt het erg belangrijk om zijn aandacht te trekken, dat hij mijn aanwezigheid erkent. Ik rommel in mijn zak, haal een pepermuntje uit de rol en gooi die midden op het asfalt. Het komt met een stuiterende tik neer voor de poten van de vos en hij draait zich om, met in beide ogen glinsterende lichtpuntjes. 'Hallo, vos.'

Hij rent weg en ik loop door. Het zijn al die hectares nieuwe huizen die me in de war brengen, zie ik nu, maar hoe ik hier terechtgekomen ben, weet ik niet. Ik kan de weg nooit vinden als de straten zo in de war zitten. En ik ben verschrikkelijk moe. Ik kan niet erg ver gelopen hebben, maar mijn benen zijn zwaar en mijn rug doet pijn. Ik voel me net een oude vrouw. Ik peuter nog een pepermuntje uit de rol en gooi het achter me op de stoep. Het ligt wit, helder te glimmen op de donkere stenen. Zo kan ik tenminste zien of ik rondjes loop. Aan het eind van de straat stopt een auto en er stapt een man uit. Hij slentert naar me toe met zijn handen achter zijn riem gestoken; zijn schaduw valt uit de koplampen van de auto naar voren. Ik begin van hem weg te lopen.

'Waar gaat u naartoe, mevrouwtje?' vraagt hij. Hij kijkt me recht aan. Ik weet het zeker, al zie ik zijn gezicht alleen in silhouet.

'Naar huis,' roep ik terwijl ik me omdraai en mijn benen probeer te dwingen sneller te gaan. 'Mijn moeder wacht op me.'

De man maakt een soort snorkend geluid. 'O ja?' zegt hij. 'En waar is dat dan?'

Ik weet het niet. Heel even weet ik het niet. Maar het doet er niet toe, zeg ik tegen mezelf, ik zou het hem toch niet vertellen. Ik zou het hem toch niet vertellen en zo meteen weet ik het weer. Al snel is de man een heel stuk bij me vandaan, nog altijd bij zijn auto. Ik sla een straat in, dan nog een, lopend zonder iets te zien.

Op een stoep vind ik een pepermuntje, wit glanzend in de nacht. Ik buk me om het op te rapen en zie in de verte een groot huis met torentjes. Misschien zal ik iets herkennen als ik daar ben. Ik kijk de voortuin in als ik dichterbij kom, maar er is alleen een donkere ruimte.

'Ik dacht dat u de andere kant uit woonde?'

Er staat een man tegen een auto geleund. Het licht glanst op zijn blonde haar en dat doet me aan Frank denken. Hij staat me op te wachten. Maar eigenlijk moet hij op Sukey wachten. 'Wat doe jij hier?' zeg ik.

'Ik breng u naar het bureau. De auto staat voor.'

'Naar het bureau?' vraag ik als we instappen. Ik heb een pepermuntje in mijn hand en ik stop het in mijn mond. 'Gaan we aan het werk?'

De man geeft geen antwoord, maar vraagt of ik het raam open of dicht wil hebben.

'Open,' zeg ik, en ik leg mijn hand tegen de binnenkant van de deur. Ik wil iets achterlaten, iets om de mensen duidelijk te maken dat ik hier ben geweest. Het pepermuntje glijdt over mijn tong en ik spuug het zo ver mogelijk uit, de nacht in. De man lacht en ik lach met hem mee. 'Frank,' zeg ik. 'Frank.'

Op een dag na school botste ik recht tegen hem op. Hij stond bij de heg van mevrouw Winners naar ons huis te kijken en toen we botsten draaide hij zich om en stak zijn handen uit.

'Maud,' zei hij. 'Ik stond net te bedenken of ik bij jullie langs zou gaan.' Er zat een diepe deuk in de heg op de plek waar hij ertegenaan had gestaan en ik dacht dat hij al lange tijd moest hebben staan wachten.

'Hoe gaat het met je ouders?' vroeg hij. Ik deed mijn mond al open, maar bleek niets uit te kunnen brengen. Ik vroeg me af of ik me hem soms verbeeldde.

'Dus ze hebben nog niets van Sukey gehoord?'

Ik schudde mijn hoofd en keek onderzoekend naar zijn gezicht. Ik wilde waarschijnlijk zien of hij er schuldig uitzag. Maar hij zag er alleen haveloos uit. Er zaten stoppels op zijn kin, zijn haar was wat langer en zijn kleren waren gekreukt en smoezelig. De verandering was schokkend. Waar waren de perfecte vouwen in zijn broek, de gesteven boorden, de gepoetste schoenen?

'Begrijp er niks van,' zei hij terwijl hij zich naar me toe boog met zijn handen op mijn schouders. 'Ik bedoel, als ze ergens heen zou gaan, zou je toch denken dat ze het haar man liet weten?'

De woorden deden mijn hoop even opflakkeren. Ik dacht aan Sukey die zich verborgen hield voor Frank. Op een veilige plaats. Natuurlijk zou ze met niemand contact opnemen als ze zich verborgen hield.

'Maar ze zou het vast aan haar zusje vertellen, hè?' Frank keek op me neer met zijn gewone glimlach, met opgetrokken wenkbrauwen en een soort geforceerde glans in zijn ogen. Het paste niet bij dit nieuwe, haveloze gezicht. Zijn handen drukten zwaar op mijn schouders en ik realiseerde me dat hij mij ook onderzoekend bekeek. 'Heeft ze je iets verteld, Maudie? Over weggaan? Over mij? Over iemand anders?'

'Niets, Frank,' zei ik. Hij liet zijn handen vallen en mijn ruggengraat rekte zich uit, mijn botten rezen op. Ik voelde me licht, te licht, alsof ik zomaar de lucht in kon zweven en verdwijnen. Ik wou dat hij me opnieuw naar beneden drukte, maar ik had geen idee hoe ik dat moest vragen.

'Ik mis haar,' zei hij. 'Ik mis het om haar om me heen te hebben, en al die spulletjes van haar. Ik weet niet wat het allemaal is. Haardingen en stukjes stof. Flesjes met geurtjes.'

'Evening in Paris.'

'Ja, dat is het.' Hij staarde op me neer. 'Jij hebt een beter geheugen dan ik. Ga mee iets drinken.'

Ik zei geen nee, maar ik moet weifelend gekeken hebben.

'O, kom op, Maud,' zei hij. 'Ik dacht dat je geen klein kind meer was. Kom even iets drinken. Het doet me goed om over haar te praten, weet je?'

Ik wist het. Ma en pa spraken bijna nooit over haar en het voelde verboden om haar naam thuis uit te spreken. En hier stond iemand die haar oprecht wilde gedenken, met woorden. Ik liet me door hem meevoeren naar het einde van de straat, de heuvel af.

'Wat heeft ze nog meer, Maud? Wat nog meer? Jij weet het nog.'

'Een ijsblauw mantelpakje?' begon ik. 'En lippenstift. Victorierood. En een oud poederdoosje dat bij haar parfum past. Zilver en marineblauw gestreept.'

'Ja, dat klopt. En verder?'

'Schoenen met gespen aan de voorkant, een groen geschulpte nette jurk, die oorbellen die op snoepjes lijken...' Door te denken aan wat Sukey droeg, ging ik ineens naar mijn eigen kleding kijken. Naar mijn bruine T-bandschoenen en gebreide kousen met ajour. Ik zag niet dat Frank bleef stilstaan, dus botste ik voor de tweede keer tegen hem aan.

'Verstop in godsnaam die schooldas ergens. We zijn er,' zei hij, en hij ging naar binnen.

Het was een pub. De Fiveways. Een kroeg 'met een zekere reputatie', zoals pa dat noemde, en ik huiverde even van de zenuwen. Ik was nog nooit in een kroeg geweest en dacht dat ik dat nu misschien ook niet moest doen, en dus talmde ik, spelend met een knoop die van mijn vestje was losgeraakt. Ik wilde de vertrouwde stoep niet verlaten, maar wilde tegelijk zielsgraag over Sukey praten en dus liet ik de knoop tegen het scharnier van de kelderdeur vallen. De gedachte dat die hier zou blijven wachten tot ik terugkwam, gaf me een beter gevoel en ik duwde de smalle halve deur open en liep achter Frank aan naar binnen.

Het was rokerig binnen en de lucht was warm, en ik zag Frank eerst niet. Ik liep in de richting van de bar en voelde een hand op mijn rug. 'Ga daar zitten voor de barvrouw je ziet,' zei hij terwijl hij me naar een tafeltje bij de deur duwde. 'Ik haal iets te drinken voor je.'

Ik werd er even zenuwachtig van, maar ik liep weg en ging op een houten kruk zitten. De bar was een paar meter verderop, met mannenruggen in donkere kleren ervoor zodat ik de vrouw die bediende bijna niet kon zien.

'Ben je daar al weer, Frank?' hoorde ik haar zeggen. 'Je bent hooguit twee uur weg geweest.'

Ik steunde met mijn elleboog op tafel. Die was glibberig van het gemorste bier en het vocht sijpelde door mijn vestje. Ik deed het net uit toen de deur openging en een dunne, zwetende man binnenliep.

'Hallo meissie,' zei hij terwijl hij over de tafel kwam hangen.

Een druppel van zijn zweet viel op mijn borst en vloeide uit in mijn schoolblouse, en ik moest aan ma's tranen op de zijde van Sukeys nachtpon denken. Ik keek hoe de vochtige kring zich uitbreidde en de stof transparant maakte en ik probeerde geen adem te halen zodat die niet tegen de huid eronder zou kleven. De man zei iets, maar het drong niet tot me door; ik was me alleen bewust van zijn adem boven op mijn hoofd. Ik begon zelf ook te zweten, van angst, en ik kon het idee niet verdragen dat mijn zweet zich met dat van die vent zou vermengen.

'Is dat een ja?' vroeg hij en ik draaide mijn gezicht van hem af.

Frank kwam inmiddels naar me toe lopen en gaf me onderweg een knipoog. Ik voelde me vreemd, alsof ik Sukeys plek had ingenomen. Hier zat ik in een kroeg met haar man en kreeg een drankje. En waar was zij? Hadden we van plek geruild? Zat Sukey thuis bij mijn ouders te patiencen en naar de radio te luisteren?

Frank zette de glazen op tafel. Hij keek naar de zwetende man en bewoog zich heel langzaam. 'Kan ik iets voor je doen?' vroeg hij.

De man hief twee natte handen op terwijl hij wegliep en ik pakte dankbaar het glas dat het dichtst bij me stond. Ik zag dat Frank bier had genomen en hoopte dat hij voor mij niet hetzelfde had besteld.

'Ginger ale,' zei hij. 'Is dat oké?'

Ik knikte en zuchtte van opluchting. De herrie in de pub nam toe terwijl er nog meer mensen de deur door kwamen.

'Ha die Frank,' zei iemand in het voorbijgaan. 'Allebei weer terug in het zuiden?'

'Klopt,' zei Frank terwijl hij zijn ogen op mij gericht hield.

Ik staarde naar mijn blote knieën en wreef met mijn nagels over de rode vlekken.

'Je lijkt precies op haar, weet je dat?' zei Frank terwijl hij een hand naar mijn kin bracht.

Ik glimlachte. Ik was niet overtuigd, maar ik glimlachte evengoed en Frank boog zich even naar me toe terwijl hij zijn ogen naar me toekneep, als een kat.

'Hoe staan de zaken bij jullie thuis? Nog hetzelfde, zeker?'

Hij legde een hand om zijn glas en een vochtdruppel droop langzaam op zijn duimnagel. De druppel leek daar even te talmen op de nagelriem voordat hij als een traan naar beneden viel, en ik was afgeleid toen ik antwoord gaf. 'Niet echt. Ma en pa zijn heel erg bezorgd...'

'Hé hoi, Frank?' schreeuwde een losbandig uitziende vrouw door de kroeg. 'Wanneer krijg ik die nylonkousen die je me beloofd hebt?'

Frank draaide zich iets af om haar toe te knikken voor hij zijn blik weer naar mij liet dwalen. 'En Douglas?' vroeg hij. 'Die is er nog steeds, hè?'

'Waar zou hij anders zijn?'

'Nou, ik weet het niet, hij had natuurlijk volwassen kunnen worden. Niet meer aan je moeders rokken hangen, wachtend op een aalmoes.'

'Hij is onze kostganger. Geen bedelaar.'

'Jullie kostganger, ja. Dat denk jij.' Hij nam een lange teug van zijn bier en precies op het moment dat hij zijn elleboog weer naar beneden bracht, drong er iemand langs hem heen die hem aanstootte zodat het bier over zijn mouw liep. 'Kijk verdomme uit!' zei hij.

Ik wachtte tot hij sorry zou zeggen voor zijn gevloek, maar dat deed hij niet. In plaats daarvan sloeg hij de rest van zijn bier achterover en stond op. 'Ik ga nog een rondje halen,' zei hij, en toen hij terugkwam had hij ook een glas whisky of brandy of zoiets. Ik beet op mijn lip toen hij het op tafel zette. 'Je lijkt precies op haar,' zei hij. 'Je hebt dezelfde afkeurende blik.' Hij hief zijn glas in een gespeelde proost en ik schoof het mijne weg. 'Ik heb twee weken in de petoet gezeten.'

'Dat weet ik. Douglas zei het.' Ik vroeg me af of ik hem naar de bonnenfraude kon vragen of dat hij daar kwaad om zou worden.

'Natuurlijk. Daar weet Douglas alles van.'

'Is dat moeder de vrouw, Frank?' zei een man in hemdsmouwen die zijn pet stond op te rollen. 'Beetje jong voor je, hè?'

Frank schold hem uit.

'Kom op, Frank. Ontwikkel eens een beetje gevoel voor humor.'

'Weet je wat, Ron? Ik zal gevoel voor humor ontwikkelen zodra jij grappig wordt.'

Ron liet zijn pet zwierig uitrollen. 'Best. Best,' zei hij. 'Ik maakte gewoon een praatje.'

'Ga dan ergens anders een praatje maken.'

'Je hebt me er eentje, moppie,' zei Ron met opgetrokken wenkbrauwen. 'Ik hoop dat je hem aankan.'

Ik keek hem fronsend na toen hij wegliep. 'De mensen schijnen te denken dat ik Sukey ben,' zei ik.

'Nee hoor.'

'Wel. Jij zei dat ik op haar lijk. Dat schijnen de anderen hier ook te denken.'

'Zo veel lijk je ook weer niet op haar, Maudie. Je bent nog een kind. Je ziet eruit als een kind.'

Dat kwetste me. 'Waarom ga je dan met me naar de kroeg?'

'Omdat ik iets wilde drinken. En omdat ik iets tegen je wilde zeggen.'

Ik dronk mijn ginger ale op en ging scheef op mijn kruk zitten.

'Hé zeg,' zei hij terwijl hij me weer terugdraaide. 'We zijn een gesprek aan het voeren. Kijk me aan.'

'Wat wilde je zeggen, Frank?' zei ik geërgerd. Ik wou naar huis. 'Ma en pa zitten op me te wachten.'

'Mijn god, je klinkt verdomme ook al net als zij. Zo meteen ga je me nog vertellen dat ik te veel gedronken heb.'

'Dat heb je waarschijnlijk ook.'

'Ja, nou ja, maar dat zou jij ook doen...' Hij keek naar de vloer en bleef zo lang in die houding zitten dat ik dacht dat hij me vergeten was. Ik trok mijn vestje, nog vochtig van het bier, weer aan. 'En dus willen jouw ouders niets met me te maken hebben,' zei hij plotseling. 'Ze denken dat ik haar vermoord heb, of zoiets.'

Ik wist niet wat ik moest zeggen en staarde hem aan. Ik bedacht dat zijn haar en zelfs zijn baardstoppels engelachtig blond leken in het licht van de bar.

'Je pa heeft me een brief geschreven,' zei hij tegen zijn bierglas. 'Wil je lezen wat erin staat?'

Ik gaf geen antwoord, maar hij viste een gekreukte envelop uit zijn jaszak en wierp die in mijn schoot. Het was het briefje dat ik pa door de deur had zien duwen toen we maanden geleden naar Franks huis waren gegaan: *Ik weet dat jij het gedaan hebt. Je komt er niet mee weg*. Ik was geschokt. Ik dacht dat pa een berichtje voor Sukey had achtergelaten.

'Hij heeft me nooit gemogen. Daar kon ik niet veel aan doen. Vooral niet met die kleine idioot met zijn rattensmoel die de hele tijd in zijn oor zat te fluisteren.' Hij keek me met half toegeknepen ogen en opgetrokken bovenlip aan. 'Hij zei dat ik uit de buurt moest blijven.'

'Wie?'

'Die verdomde kostganger van jullie.'

Toen ging ik weg, nadat ik had gezegd dat hij nu al voor de derde keer grove taal gebruikte. Ik was zelf ineengekrompen toen ik hoorde hoezeer ik als mijn vader klonk. Ik vond de knoop van mijn vestje onderweg naar buiten, nog steeds in de kier van de kelderdeur genesteld, en hield die stevig in mijn hand geklemd terwijl ik naar huis liep.

'Laat me verdomme los, klootzak,' schreeuwt een vrouw terwijl ze haar lichaam heen en weer draait. Een agent houdt haar vast bij de arm en zet zijn paraaf in een boek op de balie. 'Klotejuut,' roept ze.

Ik probeer haar lallende stem uit mijn oren te bannen en laat de laatste twee pepermuntjes langzaam op de grond vallen. Als ze op zijn, begin ik aan de plastic parels. Ik trek ze van het snoer en laat ze de hal door sluipen. Ik vraag me af of deze ruimte ooit in een film is gebruikt. Hij komt me erg bekend voor. Een grote glazen lantaarn hangt aan het plafond en er is een glanzende, zwart-witte vloer. Ik concentreer me op die dingen in plaats van naar de mensen te kijken. Ik wil niet aan de mensen denken. De schreeuwende vrouw wordt door een deur weggeleid, maar ik kan haar nog horen, en een man die op een bank naast me zit, begint te zingen.

'*Que sera, sera. Whatever will be, will be. We're going to Wemberley. Que sera, sera.*'

Zijn gerafelde voetbalshirt is nat en stinkt naar bier. Hij slingert met zijn voeten en vangt een parel, die hij terugschopt in mijn richting. Ik raap hem op en houd hem vast terwijl ik over de bank bij hem wegschuif.

'Dat ontbrak er verdorie nog aan,' zegt de agent achter de balie. 'De nieuwe Pavarotti.'

Hij gaat de buitendeur opendoen en een andere agent brengt iemand naar binnen die druipt van het bloed. Zijn neus is kapot en zijn ogen tollen in zijn hoofd. 'We hebben een arts nodig,' zegt de agent die hem vasthoudt. Hij heeft blond haar waar het licht op valt en doet me denken aan Frank.

'Haar parfum was Evening in Paris,' zeg ik. 'En ze had oorbellen die op snoepjes leken.' Niemand lijkt het te horen.

'*Que sera, sera*,' zingt de zingende man, en hij slingert zich naar me toe. Zijn biergeur is vermengd met braaksel en hij zweet.

'Ik ga een klacht indienen,' zegt de bloedende man door het bloed heen. Hij zwaait met zijn vuist, maar hij weet niets te raken.

Ik kruip verder weg in mijn hoekje. Ik weet niet wat ik hier doe. De lampen zijn erg fel en ik knijp mijn ogen maar een beetje dicht. Uiteindelijk sluit ik ze helemaal. Misschien is dit een soort nachtmerrie en word ik zo wakker. Het geluid wordt steeds luider en een agent schreeuwt eroverheen.

'Geen cellen meer, Dave! Geef ze een waarschuwing en gooi ze eruit.'

Er klinkt geschuifel, gevloek. Iemand komt dicht bij me staan en ademt over me heen. Dan neemt de herrie wat af. Ik houd mijn hoofd naar beneden en mijn ogen stevig dicht. Ik blijf op die manier zitten zolang mijn spieren het uithouden. En dan: 'Mam!' hoor ik door de herrie heen. 'Mam, ik ben het, doe je ogen open.'

Helen staat over me heen gebogen. Ze streelt mijn arm en weet al het andere in de hal aan mijn zicht te onttrekken. Ik leg een hand op haar gezicht, maar het lukt me niet iets uit te brengen. Ik kan wel huilen van opluchting.

'We gaan naar huis,' zegt ze terwijl ze me van de bank overeind helpt.

Er ligt een pepermuntje op de vloer en ik wil het oprapen terwijl ze me door de menigte voetbalsupporters loodst en op weg naar buiten in een bloedvlek stapt. Ze houdt een arm om me heen geslagen onder het lopen, en ik blijf met één oog naar de grond kijken. Als we stilstaan om over te steken raap ik een oorbel op die op de stoep ligt. Een gestreepte oorbel, zoals Sukey had.

'Gooi dat weg, mam,' zegt Helen. Haar stem klinkt gek. 'Waar heb je die vandaan? Geen oude rommel verzamelen. Kom mee.'

Ze loopt voor me uit en ik laat de oorbel vallen. Hij valt stuiterend tegen mijn lichaam omlaag en komt in een plas terecht.

'Ik dacht dat die van mij was...' zeg ik, maar ik ben al vergeten waarom.

'Nu weet ik tenminste waar die bergen troep vandaan komen,' zegt Helen. Het licht glinstert op haar wangen, alsof ze zweet. 'Wat haalde je je in je hoofd?' vraagt ze. 'Naar buiten gaan op dit uur? Ik maak me zorgen over je. Misschien moeten we nog eens naar dokter Harris.'

Ik kan haar geen antwoord geven, zelfs al zou ik het antwoord weten, zelfs al zou ik me de vraag kunnen herinneren, maar totdat we wegrijden kan ik wel naar de oorbel in de plas blijven kijken. Er was een tijd dat die iets betekend kon hebben, dat ik hem mee naar huis genomen zou hebben.

Ik nam massa's spullen mee naar huis toen ik nog hoop had dat Sukey gevonden zou worden. Stukjes papier, nagelvijlen, haarspelden, een oorbel. Een gestreepte oorbel, als een pepermuntkussentje, waardoor ik hem in mijn mond wilde steken om ervan te proeven toen ik hem op de treden van de muziektent vond. Ik kon niet voorbijlopen aan iets wat misschien van Sukey was zonder het op te rapen. Ik stopte mijn zakken vol en borg de dingen later op in mijn kastje van luciferdoosjes of stalde ze uit in mijn vensterbank. Soms onderzocht ik de vondsten en schreef op wat ze waren en of Sukey iets dergelijks bezat. Een of twee keer kwam Douglas binnen en vroeg wat ik gevonden had. Hij keek naar de dingen, raakte ze voorzichtig aan; en hij zei nooit iets, maar ik voelde dat hij op zoek was naar een bepaalde betekenis, dat hij rond ieder object scenario's opzette en verhaaltjes verzon, manieren waarop ze konden leiden naar het terugvinden van Sukey of naar de ontdekking van wat er werkelijk met haar was gebeurd. Ik begon te geloven dat ik echt iets belangrijks zou ontdekken en dus zocht ik nog beter. Naar aanwijzingen.

Ik zocht vooral na school. Ik wou niet naar huis, om daar bij het fornuis te zitten en zorgvuldig niet over mijn zus te praten uit angst om ma overstuur te maken of ruzie met pa te krijgen. Ik wou niet naar huis, om me om te kleden in kleren die Sukey had gemaakt. Dus schuimde ik in mijn schooluniform de straten af en jutte goten en heggen leeg. Ik liep vaak door Sukeys straat en volgde de route die zij van haar huis naar het onze zou hebben gelopen. Of ik nam de weg die ze zou hebben afgelegd naar de winkels of het station. Haar koffer was gevonden in het Station Hotel, en als ze de stad uit was gegaan, dacht ik, had ze waarschijnlijk de trein genomen. Soms stond ik over het perronhek geleund naar de binnenkomende treinen te kijken en stelde me voor dat Sukey uit een wagon zou stappen, met nieuwe, Londense kleren aan. 'Ik ging alleen maar winkelen,' zou ze zeggen. 'Waarom maken jullie zo'n drukte?'

Ik staarde urenlang naar onze bij elkaar passende kammen, hield ze in het licht om te zien hoe de vleugels leken te wapperen, en ik verwonderde me over mezelf. Ze was zo bang geweest van die vogels in de glazen stolp. Waarom had ik haar iets gegeven wat haar juist daaraan herinnerde? Ik wilde niets liever dan haar daarover spreken. Haar vertellen dat ik er niets kwaads mee had bedoeld. Ik dacht dat als er maar één kans was om haar te vinden, het de moeite waard was om de straten leeg te rapen. Ik kwam meestal verkleumd en te moe om te eten weer thuis. Het was niet lang daarna dat ik ziek werd. Ik was al lang gestopt met slapen, leek het, en lag alleen maar in bed te denken waar Sukey zou kunnen zijn. Niet dat ik opzettelijk wakker bleef, maar mijn geest wilde maar niet uitschakelen en ik bleef malen over die laatste maaltijd, terwijl ik probeerde me alles te herinneren wat ze had gezegd. Dingen over Frank; dingen over Douglas. Ik was de hele tijd moe en ik kon me niet concentreren op school. Het kostte me 's avonds moeite om thee in te schenken zonder te knoeien.

'In hemelsnaam!' schreeuwde ma op een maandagochtend, terwijl ze een rok voor haar voeten op de grond gooide. 'Nog meer troep.' Ze had mijn zakken binnenstebuiten gehaald toen ze de was ging doen. 'Maud, je moet niet meer dit soort spullen mee naar huis nemen.' Ze zwaaide met een oude Coty-lippenstift. 'Je drijft me nog tot waanzin. Hoor je me? Waar is dat allemaal voor? Wat ben je ermee van plan?'

Ik voelde me slap en uitgeput naast haar vertoon van energie. 'Ik dacht dat ze misschien van Sukey waren geweest,' zei ik.

12

Bent u verhuisd?

'Nee,' zeg ik. 'Ik woon hier al tijden.'

Ik zit op een zitding, om op te zitten, tegenover een computerscherm waar rode letters overheen gaan: 'Zorg dat uw huisarts uw nieuwe adres heeft.' Zo nu en dan klinkt er een hoge piep en flitst er een naam over het scherm. 'Mevr. May Davison'. 'Dhr. Gregory Foot'. 'Mevr. Laura Haywood'. Helen knijpt in mijn pols als ik de namen hardop begin voor te lezen. Ze zuigt op zo'n sterke mentholachtige keeltablet die je neemt als je keelpijn hebt, dus ik neem aan dat we hier zijn voor haar.

In de hoek zit een kind met een plastic blok tegen een speelgoedtafel te slaan. Hij lijkt op een Ken-pop met een samengeperst hoofd. Helen zegt dat ik zachtjes moet praten en biedt me snoepjes in een kartonnen doosje aan. Ik neem er eentje, stop die in mijn mond en krimp ineen van het zoet dat mijn kaak doet opzwellen, en ik kijk hoe de moeder van de jongen haar hand uitsteekt naar zijn blok. Ze is niet snel genoeg en hij gaat ervandoor, tussen de andere patiënten door, die hun benen intrekken om ruimte te maken maar niet kunnen voorkomen dat zijn lijfje tegen hen aanbotst. Hij rent, wankelend als een slapstickacteur, tegen de muur aan de overkant, en daarna gooit hij plotseling het blok hard in de richting van zijn moeder. Een man maakt een afkeurend geluid, rolt met zijn ogen en glimlacht naar me. Ik glimlach terug, en het snoepje komt tussen mijn tanden terecht en ik spuug het uit in de richting van het blok. Helen maakt een snerpend geluid en begint haar excuses aan te bieden, maar ik hoor niet wat ze zegt omdat het krijsende gelach van het jongetje haar woorden overstemt. Hij draait rondjes in een soort vreugdedans en beweegt zich nu bijna elegant tussen de rijen mensen door. En hij komt tegen mijn knieën aan staan, lichtjes landend als een vogel, zonder te lachen, maar hij opent zijn handen om me te laten zien wat hij met zich mee sjouwt.

Nog een plastic blok, een metalen autootje waar een wiel vanaf is, een mollig poppenarmpje en nog wat andere dingen. Ik kan niet bedenken wat dat zijn. Hij legt ze in mijn schoot en ik pak ze een voor een op, draai ze om in mijn handen en beschrijf ze voor hem. 'Zie je, hier, ze hebben halve cirkels in het plastic gemaakt, als nagels,' zeg ik.

Hij staart me ernstig aan, zonder een teken te geven dat hij het begrepen heeft, en dus leg ik het poppenarmpje weer neer en zet een breed, hurkend ding op mijn vlakke hand. Ik kan niet bedenken wat het is, ik blijf steken op die merkwaardige vorm. Ik zeg een paar seconden niets.

'Kik,' zegt de jongen ten slotte.

'Kik,' herhaal ik, omdat ik denk dat dat het woord is.

Hij drukt op een klein palletje achterop en de kik maakt een sprong, niet zo hard omdat mijn hand een te zachte ondergrond is, maar voldoende om het speelgoedje even tot leven te brengen. De jongen maakt een gorgelend geluid en drukt nog eens op het palletje. Deze keer draait de kik op zijn kop, springend van plezier, en hij komt neer op de zitplaats naast mij. Nu weer ernstig houdt de jongen hem even in zijn handjes en dan duwt hij de kik door een spleet in mijn handtas.

Er klinkt een piep en als ik opkijk zie ik mijn naam in lichtjes staan. Ik sta op en al het speelgoed valt van mijn schoot. De jongen gilt van het lachen en gooit de auto en het blok in de lucht. Ik hoor ze voor de tweede keer kletterend op de vloer vallen, maar ik wend mijn blik niet van het computerscherm af.

'Nogmaals excuses,' zegt Helen tegen iemand, en ze pakt haar jas en gaat me voor. 'Kom mee, mam.'

In een klein kamertje zit de dokter naar zijn eigen beeldscherm te staren. 'Dag, mevrouw Horsham. Hoe is het met uw duim? Ik ben zo bij u. Gaat u zitten.'

Helen zet me in de stoel naast zijn bureau. Ik weet niet meer waarom we hier zijn. 'Ga jij maar naast de dokter zitten,' zeg ik tegen Helen, terwijl ik opsta.

'Nee, mam. We zijn hier voor jou.'

Ik ga weer zitten en vraag om een snoepje. 'Maar jij hebt er wel een,' zeg ik als ze nee zegt. 'Waarom mag ik niet?'

De dokter draait zijn stoel naar ons toe. Hij zegt dat hij me een paar vragen gaat stellen en vraagt dan welke dag het vandaag is. Ik kijk naar Helen. Ze kijkt terug, maar helpt me niet. Hij vraagt me de datum, het seizoen, het jaar. Hij vraagt of ik weet welk land dit is, welke plaats, welke straat. Op sommige vragen weet ik het antwoord, bij andere gok ik. Hij lijkt onder de indruk als ik het goed heb, maar het is niet erg moeilijk, deze quiz. Het doet me denken aan de quiz die ze hadden in het dagcentrum. Elizabeth en ik zijn daar een keer naartoe gegaan, om te zien hoe het er was. Ze vroegen dingen als: 'Kun je een kleur met een B bedenken?' Elizabeth was woedend. 'Wat is dat nu voor quiz voor volwassenen?' zei ze.

'Een boel stomme vragen,' zeg ik.

'U hoeft zich niet op te winden, mevrouw Horsham,' zegt de dokter terwijl hij zijn halsdoekachtige ding verschikt, geen sjaal, geen choker. 'Ik moet u beoordelen, weet u.'

'Nee, dat wist ik niet.'

'Ja, zoals ik uitlegde, dat is wat ik nu doe. Goed. Wat is dit voor gebouw?'

Ik kijk naar de muren om me heen. Er hangen allemaal bordjes over handen wassen en dingen steriliseren. 'Handenwassen beschermt tegen: diarree, MRSA, Norovirus', lees ik. De dokter draait zich om en kijkt naar de poster. Hij glimlacht met gesloten mond naar Helen.

'Weet u op welke verdieping we zijn?'

Ik denk even na. Zijn we de trap op gegaan? Was er een lift? Ik kijk naar het raam, maar de zonwering is omlaag. Wat is het toppunt van jaloezie? 'Een blinde een oog uitsteken,' zeg ik. Niemand lacht. Tja, ik vond het zelf ook nooit zo'n leuke mop. De dokter schraapt zijn keel, en Helen ook. Zij geeft me een klopje op mijn been en de dokter geeft een klopje op het bureau alsof het mijn been is.

'Ik ga drie dingen opnoemen,' zegt hij. 'En ik wil graag dat u ze nazegt, goed? Trein, ananas, hamer.'

'Hamer,' zeg ik. 'Hamer.' Wat waren die andere ook weer? 'Hamer...' Mijn notities zitten in mijn handtas en ik moet ze pakken onder mijn stoel. Ik begin erdoorheen te bladeren, maar ik zie nergens het antwoord staan. In plaats daarvan vind ik een plastic kikkertje.

'U kunt beter geen hulpmiddelen gebruiken,' zegt de dokter.

Dat is goed, die helpen nu toch niet. Ik kan niets nuttigs vinden. Maar er is wel een briefje over Elizabeth. Er staat op dat ze zoek is. Er staat: *Waar is ze*? Dat is de echte vraag. Waarom stelt de dokter die niet?

'Nu wil ik graag dat u van honderd terugtelt naar nul, in stapjes van zeven. Begrijpt u?'

Ik staar hem aan.

'Mevrouw Horsham? Dat is dus honderd, drieënnegentig, zesentachtig, enzovoort. Begrijpt u?'

'Jawel, dokter, maar volgens mij kon ik dat zelfs op uw leeftijd niet.'

'Probeert u het alstublieft.'

Hij kijkt al naar zijn papieren en schrijft dingen op. Er is nog iets anders dat ik moet onthouden; al deze onzin stoort daarbij. 'Honderd,' zeg ik. 'Drieënnegentig, tweeënnegentig, eenennegentig?' Ik weet dat ik op het verkeerde spoor ben geraakt, maar ik kan niet bedenken waar.

'Dank u. Kunt u herhalen welke drie voorwerpen ik zojuist opnoemde?'

'Drie voorwerpen,' herhaal ik, maar ik weet niet precies wat die woorden betekenen omdat ik in mijn hoofd rondgrabbel naar dat andere ding, dat belangrijke ding.

'Het geeft niet. Hoe noemen we dit?' Hij wijst naar de telefoon.

'Een telefoon,' zeg ik. 'Dat is het. Elizabeth heeft niet gebeld. Al heel lang niet. Ik weet niet hoe lang.'

'Dat spijt me voor u,' zegt de dokter. 'En dit?' Hij houdt iets omhoog; hij spreekt Elizabeths naam niet eens uit.

Het ding is dun, gemaakt van hout. Hij laat hem tussen zijn vingers wiebelen zoals we op school altijd deden, een truc om hem slap te laten lijken. Maar ik kan niet bedenken hoe het heet. Het is geen pen. 'Een blad,' zeg ik. Dat klopt niet, maar ik kan het juiste woord niet vinden. 'Een blad, een blád.'

'Oké, geen zorgen.' Hij legt het ding neer en pakt een vel papier. 'Neem dit in uw rechterhand,' zegt hij. 'Vouw het in tweeën en leg het op de vloer.'

Ik steek mijn hand uit naar het papier. Ik kijk ernaar, en kijk dan naar de dokter. Ik controleer beide kanten. Er staat niets op. Geen letters. Ik laat het op mijn schoot liggen. Hij buigt zich naar me toe, pakt het van me af en legt het terug op een stapel. Dan houdt hij een kaartje omhoog met de woorden SLUIT JE OGEN erop. Ik begin te denken dat hij geschift is en ben blij dat Helen erbij is. De dokter legt het kaartje weg en geeft me nog een vel papier en een ding. Een dun ding van hout.

'Zou u nu een zin voor me kunnen opschrijven? Het maakt niet uit wat er staat, zolang het maar een hele zin is.'

Mijn vriendin Elizabeth is zoek, schrijf ik. Naast me slaakt Helen een zucht. 'Potlood,' zeg ik terwijl ik het aan hem teruggeef.

'Ja. Goed zo. U mag het nog even houden, want ik wil graag dat u iets voor me tekent. Een klok. Kunt u dat?'

Hij geeft me een plank om op te rusten. Ik begin te tekenen, maar mijn hand trilt een beetje en het lukt niet zo goed. De lijnen gaan op een of andere manier de verkeerde kant uit, zoals wanneer je iets probeert te tekenen terwijl je in een spiegel kijkt. Ik vergeet wat de tekening moet worden, maar de bibberige cirkels doen me denken aan een kikker en dus maak ik dat er maar van, met grote ronde ogen en een opgewekte glimlach, en als het potlood uitschiet ook nog woest haar en een baard. Ik leg de tekening op zijn bureau. De dokter mag ervan maken wat hij wil.

Hij schrijft iets op zijn blok. Hij schrijft en schrijft. Hij kijkt niet op en zegt niets. Ik vraag me af of hij probeert iets op te schrijven voor hij het vergeet. Er liggen kleine, tuinboonachtige dingen op zijn bureau, rond en zacht, met ranken die kronkelend weglopen onder een doos tissues. Ik kan niet bedenken hoe je die noemt, maar ik weet waar ze voor zijn. Ik pak er eentje en houd hem bij mijn oor, maar ik hoor niets.

'Lang niet zo goed als een schelp,' zeg ik.

'Ik draai geen muziek op het moment,' zegt de dokter, nog steeds schrijvend. 'Wilt u iets horen? Denkt u dat dat helpt?'

'Ik weet het niet.'

'Misschien kan uw dochter iets vinden wat u mooi vindt. Waar luisterde u als meisje naar?'

'Ha-ha-ha-ha-ha-ha-ha-ha-ha-ha,' zeg ik.

De dokter kijkt op van het schrijven. Helen wordt heel stil.

'Ha-ha-ha-ha-ha.'

'Mam? Mam? Wat is er met je?' Ze pakt me bij mijn arm, haar

gezicht wit onder haar door de buitenlucht verweerde huid.

En nu moet ik echt lachen. 'Dat is de "Champagne Aria",' zeg ik. 'Ha-ha-ha-ha-ha.'

Het was Douglas' plaat, de 'Champagne Aria', gezongen door Ezio Pinza. Ik hield van zijn naam en ik hield van het lied, maar waar ik het meest van hield was het gelach aan het einde. Het was een van de eerste platen die Douglas voor ons speelde, lang voor Sukey trouwde. De allereerste was John McCormack, die zong 'Come into the garden, Maud', en dat vond ik leuk omdat mijn naam erin zat, maar ik had het gedicht op school al uit mijn hoofd moeten leren en wilde veel liever minder bekende stukken ontdekken.

We hadden Douglas' grammofoonspeler tussen zijn spullen zien staan toen hij bij ons introk, en na urenlang zeuren van mijn kant vroeg Sukey eindelijk of we bij hem mochten binnenkomen om ernaar te luisteren. Het leek een heel andere kamer nu Douglas er woonde. We hadden altijd kostgangers gehad, maar meestal waren dat oude dames die wel vriendelijk waren, maar toch nauwelijks een stempel op het huis drukten. Douglas had maar weinig bezittingen, maar die waren steviger dan de spulletjes van de oude dames waren geweest. Een paar boeken, wat gereedschap en meer dan twintig platen. De grammofoonspeler was maar een klein, draagbaar toestel, zoiets als een dikke attachékoffer, maar ik vond hem echt geweldig. Ik hield vooral van de kleine blikjes met naalden en het ronde borstelachtige ding voor de platen en de manier waarop de arm in een klemmetje in het deksel paste. We zaten in zijn kamer te luisteren terwijl het zonlicht over de vloerplanken streek en het tapijt doordrenkte. Toen ik de 'Champagne Aria' eenmaal had gehoord, vroeg ik hem die een paar keer achter elkaar af te spelen, en op het einde lag ik op het tapijt mee te lachen met mijn handen op mijn buik om mijn middenrif te voelen schokken. Ik herinner me de geur van warme stofdeeltjes en van de azijn waarmee ma de houten vloer had schoongemaakt.

Ik heb die plaat nog steeds ergens, Douglas heeft die bij mij achtergelaten, maar ik heb hem al heel lang niet gehoord. We hebben geen platenspeler, dus kan ik hem nergens op afspelen.

Na dat eerste privéconcert sloop ik af en toe Douglas' kamer binnen om naar platen te luisteren. Ik kende zijn ronde net zo goed als die van pa, wist de hele route uit mijn hoofd: van de melkboer op Sutton Road langs het station omlaag naar de hotels op de kliffen. Ik wist wanneer hij het verst weg was en niet onverwacht tussendoor even naar huis kon komen. Ik propte altijd een bol wollen sokken in de hoorn om het volume te dempen, speelde de aria nog eens en voelde mijn middenrif opspringen onder mijn handen. Ik deed dat vaak toen ik nog van mijn ziekte aan het herstellen was, nadat Sukey verdwenen was, en ik doorzocht ook altijd zijn andere bezittingen, trok laden open en rommelde tussen zijn spullen. Omdat ik hem in Sukeys koffer had zien zoeken vond ik dat niet meer dan eerlijk. Maar zijn kleren waren netjes opgevouwen, zijn boeken keurig geordend met niets tussen de bladzijden gestopt, en ik kon niets bijzonders vinden.

Maar een keer, toen ik de kamer al weer uit liep nadat ik mijn vingers over de grammofoon had gehaald, in het kleine naaldenblikje had gevoeld en door de Dickensverzameling had gebladerd, zag ik in de hoek van de kamer een paraplu staan. Een haveloze zwarte paraplu. Hij leek zo veel op de paraplu van de gestoorde vrouw, en de herinnering aan hoe ze mij ermee achternagezeten had was nog zo levendig dat ik een gil slaakte. Daarna voelde ik me meteen erg stom en ging de kamer uit, blij dat er niemand thuis was die me had kunnen betrappen.

Katy heeft een platte zilveren computer bij zich. Er steekt een kluwen snoertjes uit, als een onverzorgde struik die haastig midden in de keukentafel is geplant. Ze prutst aan de luidsprekertjes en andere dingen, probeert ze aan de praat te krijgen, en ik probeer me te concentreren op het boekje dat ik vasthoud. Er staan foto's van hersenen in, en eenvoudige tekeningen in dikke lijnen van oude mensen die elkaar glimlachend ondersteunen. Ik weet dat ik dit moet lezen, moet proberen het te begrijpen, maar ik kan me niet concentreren. Er ligt een nieuw brood in de trommel.

'Mam dacht dat je het leuk zou vinden om muziek van vroeger te horen,' zegt Katy terwijl ze de tanden van een stekker in de muur steekt. Ze klikt op een knopje en Vera Lynn brult door de keuken, dreigend met een volgende ontmoeting.

'Goede god,' zeg ik, met mijn handen over mijn oren.

'Sorry.' Katy drukt snel op een knop en zet het volume lager. 'Zo. En nu? Roept dat herinneringen op?'

'Niet echt,' zeg ik terwijl ik door het boekje blader. Het is een verhaal van niks en bovendien een beetje ongebruikelijk voor kinderen. Er staan plaatjes in van iemand met doorgezaagde hersenen. Het lijkt me eigenlijk niet zo geschikt voor Katy, en ik vraag me af of Helen weet waar het over gaat.

'Maar is het fijn om dit nummer weer te horen?' vraagt Katy.

Ik knik en laat mijn ogen weer naar de broodtrommel dwalen. Misschien wil ze dat ik over de oorlog vertel. Dat zou dan voor het eerst zijn. Ze begint altijd in het niets te staren als ik iets over het verleden zeg. Maar er is iets wat ik haar wilde vragen, of misschien Helen. Ik wachtte tot Helen zou komen. Ik heb haar naam op mijn briefje onderstreept, maar ik kan me niet meer herinneren waar het over ging. Het lied is afgelopen en ik wil net voorstellen om wat toast te eten als het volgende begint. Het brood, zacht met een brosse korst, is voorgesneden, maar nu zie ik dat er een briefje boven hangt: *Geen toast meer.*

Katy grijnst me toe en beweegt haar hoofd mee op de muziek. Ik zit stil. Ik zucht niet. Ik rol niet met mijn ogen. Ik bekijk zorgvuldig alle bladzijden van het boekje. Maar ik denk er niet bij na. Dat wil ik niet. Ik vind het vreselijk om de kriebelige lijntjes te zien die als spinnen over de hersenen kruipen. En het woord 'plaque' maakt me kwaad. Ik leg het boekje onder een krant.

'Ik geloof dat ik dit lied in een film heb gehoord,' zegt Katy. 'Of misschien in een reclamespotje.'

'Waar is je moeder?' vraag ik. 'Ik moet haar iets vertellen.'

'Eh... Ze laat het huis aan iemand zien, maar dat mag je eigenlijk niet weten.'

'Het huis? Hoezo?' Ik zie voor me hoe Helen de pui van het huis loshaalt voor een paar reusachtige mensen, die dan naar binnen kunnen kijken alsof wij de Bruikleners zijn. Douglas' huis was precies zo. Als je langsliep, kon je omhoogkijken en de meubels en de spulletjes netjes uitgestald zien staan. Je kon hem ook zien zitten in die halve kamer terwijl hij thee dronk en naar de platenspeler luisterde, en ook Sukey, die op de klok op de schoorsteenmantel keek. 'Maar hoe zijn ze daar gekomen?' vraag ik aan Katy. 'Als de trappen opgeblazen zijn?'

Ze zet de muziek harder en kijkt geconcentreerd naar haar computerscherm. 'Is dit niet leuk? Mam zei dat de dokter zei dat ze muziek voor je moest draaien.'

Dus daarom doet ze dit. 'Zei hij dat?' vraag ik. Ik knik, en het lijkt de juiste reactie, maar ik heb nooit van Vera Lynn gehouden. Ik herinner me ergens gelezen te hebben dat ze in haar hele leven niet één zangles heeft gehad. Dat verbaast me niets. Het is troep, haar muziek. Wie heeft er ooit gehoord van een *bluebird* in Dover? Wij hielden meer van Anne Shelton. Maar haar hoor je tegenwoordig nooit meer.

De muziek stopt.

'Oma!' zegt Katy. 'Troep? Dat kun je toch niet zeggen over Vera Lynn.' Ze kijkt geschokt en ik weet niet of ze het meent. 'Ik kan niet geloven dat je dat niet mooi vindt.'

'Nou, Katy, het is gewoon...'

'Je verloochent je generatie,' zegt ze. 'Stel je voor dat ik niet hield van... eh... Girls Aloud of zo.' Haar adem stokt. 'Ik hou niet van Girls Aloud. Verloochen ik dan ook mijn generatie?'

Nu weet ik dat ze een grapje maakt en ik begin te glimlachen.

'Ik durf te wedden dat je ook niet graag naar *Dad's Army* kijkt,' zegt ze. 'Dat je alleen maar doet alsof je lacht om de grappen. Ontken het maar niet. Ik heb je door, oma.'

Er verschijnen twee onbekenden boven aan de treden naar de keuken. Ze staren op ons neer, knikkend, alsof we bij de inventaris horen. 'Wie zijn jullie?' vraag ik.

Helen komt achter hen vandaan, zwaaiend met haar handen om een soort teken te geven. Ik weet niet wat dat moet betekenen.

'Maar goed,' zegt Katy plotseling luid. 'Is er iets anders waar je naar zou willen luisteren? Ik kan alles vinden.' Ze strekt haar vingers uit boven het toetsenbord van de computer en laat een gemaakt lachje horen. Er is iets aan de hand.

'Ezio Pinza,' zeg ik.

Ze kijkt me blanco aan, dus vertel ik haar over de 'Champagne Aria'. Ik vertel over op de vloer liggen en de stofdeeltjes en het zonlicht. Het nummer is zo gevonden, binnen een paar tellen, en Pinza's stem ontvouwt zich in de keuken. Katy drukt ergens op waardoor het nummer iedere keer opnieuw begint als het afgelopen is, zodat het lachen bijna aan het begin van het nummer lijkt te zitten, en ze gaat aan mijn voeten op de vloer liggen.

'Ha-ha-ha. Ja, ik begrijp wat je bedoelt,' zegt ze. 'Het is leuk. Maar ik weet eigenlijk niet of jíj wel op de vloer moet gaan liggen. Misschien krijgen we je dan nooit meer overeind.'

Ze ligt met haar haar in de vieze kruimels, maar het lijkt haar niet te deren. En ze ziet er een beetje absurd uit, met haar handen zo op haar buik. Ik begin me te schamen voor het kind dat ik vroeger was. Ze sluit haar ogen en ik reik over haar hoofd heen naar een boterham. Katy lijkt het niet te merken. En ze merkt het ook niet als ik de boter uit de koelkast haal. Op het bordje staat dat ik geen toast mag, dus neem ik gewoon brood met boter. Ik kan even niet bedenken waar de borden staan en er is geen tijd om te zoeken, dus leg ik het brood op een pagina van de *Echo*.

'Ha-ha-ha,' zegt Katy, met haar handen op haar buik, terwijl ik een mes pak. 'Ha-ha-ha,' terwijl ik een flinke lik boter op mijn mes neem. 'Ha-ha-ha,' als ik mijn tong over het zachte, hartige, beboterde brood haal.

'Ha-ha-ha,' zeg ik als ik het opheb, en ik wil van de krant een prop maken, maar hij laat zich niet goed verfrommelen. Er zit een soort boekje tussen de pagina's. Het stijvere papier dat je niet kunt verfrommelen doet me denken aan het leegmaken van het fornuis, aan de zoete maar onaangename geur van pruimen die in de jus worden opgewarmd, aan thuiskomen nadat ik Frank in de kroeg had gezien.

Ik had de klok in de zitkamer al vijf horen slaan toen ik de keukendeur opendeed en terwijl ik naar binnen liep bedacht ik dat ik ruzie zou krijgen, maar er was niemand thuis. Het fornuis was aan en ma had een briefje op tafel gelegd waarop stond dat zij en pa om zes uur thuis zouden zijn en of ik een paar aardappelen in de stoofpot wilde doen. Het was een mengelmoesje van twee gerechten, waarvan een met pruimen, en ik keek er niet bijzonder naar uit. Toen de stoofpot op het fornuis begon op te warmen rook het zoet en melig, en ik was blij dat ma niet thuis was zodat ik alvast iets anders kon eten. Ik sneed een vingerdunne snee brood af en omdat ik van ma geen kostbare boter mocht verspillen, nam ik in plaats daarvan het laatste beetje margarine, legde een piepklein klontje op een schoteltje en zette dat in een van de sudderovens om het zacht te maken zodat ik het beter uit kon smeren. Toen ik het eruit haalde, kwamen er oude vellen krantenpapier mee.

Er lag praktisch een hele *Echo* in, dacht ik terwijl ik de margarine op mijn boterham smeerde en een hap nam. Ma of ik liet er iedere keer een vel in liggen als we er iets in schoven om warm te houden of zacht te maken. Ik begon de losse vellen om de aardappelschillen op tafel heen te vouwen, maar merkte dat er een stugge rechthoek in het midden zat die zich niet liet verfrommelen. Het was de appelcompotebrief, in de nog altijd dichte envelop, bruin aan de randen. Het adres, aan D. Weston in ons huis, was uitgelopen maar leesbaar en zonder erbij na te denken ging ik even met mijn vinger over Sukeys handschrift. Pas toen ik de zigzag van de W nog een keer volgde, kreeg ik een schok. De woorden waren leesbaar.

Ik had de envelop verschillende keren gecontroleerd in de dagen nadat ik hem half in de appels had verdronken, tussen de vellen krantenpapier kijkend als ma met haar rug naar me toe stond, maar het adres was volkomen onleesbaar, de inkt uitgelopen tot waterige vlekken. Wat er ook in stond, het was verloren, en in de ontsteltenis daarover had ik geprobeerd de brief uit mijn hoofd te zetten. Daarna, toen ik het druk had met 'aanwijzingen' zoeken op straat, ziek zijn en Douglas volgen, was ik hem helemaal vergeten. En op een of andere manier waren door die maanden van warmte, door het drogen en bruin en knapperig worden van het papier, de woorden weer tevoorschijn gekomen, blauw als een vlam. Ik voelde een ballon van hoop in me opzwellen. Stel dat er nieuws van Sukey in de brief stond? Stel dat erin stond waar ze naartoe was gegaan? Het leek op dat moment heel goed mogelijk dat ze gewoon weg was gegaan, weggelopen om piloot in Australië te worden of mannequin in Parijs of zo.

Ik propte de rest van het brood met margarine in mijn mond en pakte het botermesje om onder het kauwen de envelop open te snijden. Het papier erin rook sterk naar appels op de plekken waar het doordrenkt was geweest met het moezende fruit, maar de woorden waren leesbaar.

Doug,
Zo'n spijt. Zo dom en verkeerd van me. Zo blij dat je schreef. Laten we alsjeblieft weer vrienden zijn. Maar ik moet het wel aan Frank vertellen. Hij begrijpt het wel, dat beloof ik.
Sukey

Ik zat de woorden nog te lezen toen ma en pa binnenkwamen. Ik propte het vel in de zak van mijn rok en besefte op hetzelfde moment dat Douglas thuis was. Boven stond zijn platenspeler aan en ik had de 'Champagne Aria' in mijn hoofd. Ik vroeg me af hoe lang de muziek al op stond, hoe het kon dat ik die niet eerder had opgemerkt. De rillingen liepen over mijn rug bij het idee dat Douglas in de buurt was geweest terwijl ik dacht dat ik alleen was, en ik hoorde het maar half toen mijn ouders zeiden dat ze Frank waren gaan opzoeken. Hij was uit de gevangenis, zeiden ze. Wat ik natuurlijk al wist, maar ik had niet gezegd dat ik hem had ontmoet, want pa zou zeker ruzie met me maken omdat ik in een kroeg was geweest.

'Hij was natuurlijk niet thuis,' zei pa. 'Maar op weg naar huis kwamen we hem op straat tegen. Lazarus. Wat niet bepaald verrassend is.'

Ik voelde een licht zenuwachtige, stiekeme gloed bij pa's woorden. Frank was dus niet zo heel lang gebleven nadat ik was weggegaan, net lang genoeg om echt dronken te worden. Ik vroeg me af of hij naar huis was gegaan om te eten, of om de nylonkousen te halen die hij aan die vrouw had beloofd. 'En wat zei hij?' vroeg ik.

Pa snoof en lachte half als antwoord. 'Dat hij dacht dat Sukey bij ons was.' Hij tikte tegen de rand van het aanrecht. 'Met haar eigen huis een halve kilometer verderop. Geloof jij het?'

Ma hield haar hoofd afgewend. Pa was er vast de hele heen- en terugweg over doorgegaan. Waarschijnlijk had ze er genoeg van. De klok sloeg zes uur; de muziek boven ons viel stil en Douglas kwam de trap af voor het eten. Ik tastte naar Sukeys brief in mijn zak. 'Zo blij dat je schreef,' had ze geschreven, alsof ze niet rechtstreeks tegen Douglas kon praten wanneer ze maar wilde. Alsof er iets tussen hen was wat geheim moest blijven. Ik luisterde naar zijn voetstappen die de trap af kwamen, licht en onregelmatig. Kon hij haar minnaar zijn geweest? Was dat mogelijk? Zelfs het denken van het woord 'minnaar' leek al belachelijk. Maar, dacht ik, verklaarde dat niet alles? Sukeys vreemde gedrag bij die laatste maaltijd, Franks jaloezie, de buurvrouw die zei dat Douglas de hele tijd bij haar thuis zat. Misschien zelfs de gebroken platen in de tuin. Zij of Douglas had ze wellicht in een nijdige bui kapotgesmeten na een ruzie. 'Laten we weer vrienden zijn.'

Ma keek naar de stoofpot in de oven en gaf me een klopje op mijn arm toen ze hem zag staan sudderen. Pa ging aan tafel zitten zonder zijn overjas uit te doen en sprak meer tegen het fornuis dan tegen ons.

'Drie maanden, en hij denkt er niet aan om te kijken hoe het met zijn vrouw gaat? Ik geloof er geen woord van. En als hij een vracht naar Londen moest brengen, waarom kwam hij dan met de trein terug? Dat is wat ik niet begrijp. Waar is de verhuisbus waarmee hij ernaartoe is gereden?'

Douglas voetstappen waren in de hal tot stilstand gekomen en ik zag hem zichzelf in de spiegel bekijken terwijl ik zachtjes naar het buffet ging om vorken en lepels te pakken en het mes op te ruimen dat ik voor de margarine had gebruikt. Hij was een knappe jongen, Douglas, maar hij was nog maar een jongen. Dat zag ik zelfs. Het was te vergezocht om te denken dat Sukey verliefd op hem kon zijn geweest. Te vergezocht. Maar terwijl ik de tafel dekte, dacht ik onwillekeurig dat de gekreukte envelop in mijn zak een soort antwoord was.

Ma haalde het eten uit de oven en ging met de stoofpot voor zich zitten alsof ze niet goed wist wat ze ermee moest doen. Ik leidde haar handen naar de tafel, pakte de theedoek en opscheplepel om te kunnen opscheppen.

'Ongeschoren liep Frank erbij, en zonder boord,' zei ze tegen mij, terwijl ze haar handen slap liet hangen. 'Ik begrijp niet hoe hij in zo'n korte tijd zo verwaarloosd is geraakt. Maar dat zul je wel krijgen in de bak. Het schijnt zwaar te zijn en het eten is slecht, heb ik gehoord. Natuurlijk is het buiten niet veel beter, nu het meel weer op de bon is. En ze zeggen dat het brood ook weer gaat!

En er zit geen bakvet meer in de vloot, al heb ik nog zulke piepkleine beetjes gebruikt. We zijn pas halverwege de maand. Maar we hebben niets meer.'

Ze staarde naar de stoofpot die ik opschepte en ik bewoog me voorzichtig, met de brief tegen mijn dij die even warm aanvoelde als de schaal die ik vasthield. Douglas stond nog steeds voor de spiegel en ik had plotseling het idee dat we allemaal achter een soort glazen wand stonden, niet in staat om elkaar nog te bereiken. Pa verroerde zich niet toen ik om zijn bord vroeg.

'De vraag is,' zei hij, 'heeft hij haar meegenomen naar Londen of is er hier iets gebeurd?'

13

'Ik wou dat je zei wat je nou eigenlijk wil!'

Helen staat achter haar auto met één tuinhandschoen aan en roept vanaf een afstand alsof ik een gevaarlijk dier ben. Kennelijk ben ik erg boos geworden toen ze eerder dicht bij me kwam, ze heeft een rode vlek op haar arm die ik probeer te negeren.

'Ik wil het ding,' zeg ik met de scherpe geur van gemaaid gras in mijn keel, de draadjes van bladeren en groene huid onder mijn vingernagels. 'De andere helft van het ding dat me zal leiden naar...' Het is weg. Ik vouw een stengel dubbel tot hij knapt. 'Vertel het me. Vertel me wie het is. Wie is er vermist, Helen? Wie zoek ik?'

Ze zegt Elizabeths naam en als ik die hoor, is het of ik in een zacht bed val. Stukjes, stukjes vallen van de stengel van de hortensia als ik mijn hand erlangs haal. Ik stop een paar bladeren in mijn zak en vlecht mijn armen tussen de bloemschermen door terwijl ik mijn adem inhoud tegen de zuremelkgeur van het sap.

'Elizabeth,' zeg ik tegen de bol bloemblaadjes. 'Elizabeth.'

Ik gooi kale stengels op het doorploegde grasveld, volg dan

wortels met mijn handen door de aarde en trek rafelige, wolachtige strengen los, de een na de ander. Het vette gevoel van de aarde is heerlijk en de beweging is troostend, tot ik een lange, bleke streng te pakken krijg waar geen beweging in zit. Ik trek zo ver als ik kan, schud er uit frustratie driftig aan en duw dan mijn vingers in de aarde om zijn greep losser te maken.

Helen gilt alsof ik een stuk van haar probeer los te rukken. 'Alsjeblieft, mam! Niet de choisya, papa en ik hebben die samen geplant en jij zegt altijd dat hij zo lekker ruikt.'

Ik laat de struik met rust. Hier bij de poort staat een doos met glazen dingen, dingen om uit te drinken en voor jam. Ze zijn allemaal open, klaar voor gebruik, en hoewel ik me niet kan indenken wat je ermee moet, steek ik mijn hand in de doos, en het glas rinkelt en knarst. Op een zit een etiketje met BRANSTON PICKLE TAFELZUUR erop en plotseling zie ik Elizabeths eetkamer voor me. Met slasaus en witte peper en majolicaborden aan de muren. Met keramische hagedissen, schildpadden en vliegende herten die vanuit varens en grassen in de richting van het plafond krabbelen. Met Elizabeth die om mijn weerzin lacht als ze een theepot tevoorschijn haalt met een tuit in de vorm van een slang. Ik houd de pot in mijn armen. Hij heeft nog een deksel, anders dan veel van zijn broertjes, en ik moet hem opendraaien om het ding voor je haar erin te doen dat ik in mijn zak heb, een rond ding om je haar mee vast te binden. Het is nat, alsof het op de grond heeft gelegen, en er zit een gebroken pepermuntje aan vastgeplakt, en ik heb hier ook een plastic kikkertje. Ze gaan er allemaal in.

Op de rand van de stoep zit een slak die langzaam vooruit groeit en als ik hem van de grond lostrek, komt er een vrouw met een lange zwarte paardenstaart mijn huis uit. Ze heeft net zo'n haarding als er in mijn pot zit.

'Ik heb de medicatie op een schoteltje gelegd,' zegt ze. 'Maar ik moet nu echt naar mijn volgende dame toe.'

'Ik weet het,' zegt Helen. 'Bedankt. Bedankt voor het bellen.'

De vrouw blijft stilstaan bij een kleine bolle auto. 'Ga je het redden?' Ze heeft het niet tegen mij.

Ik laat de slak in de pot vallen en kijk hoe hij zijn sappen tegen het glas laat bubbelen. Ik kan mijn eigen majolica maken.

'Ja,' zegt Helen. 'Ik blijf gewoon bij haar.'

'Je moet iemand anders bellen als...'

'Ik weet het. Bedankt.'

De vrouw kijkt weer naar het gazon. 'In ieder geval heb je verstand van planten. Misschien kun je het later weer in orde maken.'

Helen lacht, maar niet erg blij, en de vrouw stapt in haar auto en rijdt weg. Ik loop dezelfde richting uit en ga andere voortuinen in om dingen te verzamelen. Massa's dingen. Een flessendop, een plastic cameebroche, een kever die met zijn pootjes omhoog ligt, een handvol zand en een paar sigarettenpeuken. Ik doe ze in het potje en schud, en steeds zie ik de naam BRANSTON staan. En ik denk de hele tijd aan Elizabeth, en het lijkt wel of er bij iedere hartslag pijn door mijn huid schiet. Ik zie Helen twee huizen achter me toekijken terwijl ik mijn hand in een bergje zand bij een hek laat zakken. Iemand is zijn tuin aan het verharden. Daar dreigt Elizabeths zoon ook altijd mee. Wat erg zou dat zijn, wat een verschrikkelijk iets. 'Dan komen er geen vogels,' zei ik tegen haar. 'Het is dan net een woestijn.' En hoe kunnen we ooit bij de aarde eronder komen? Het zou voor altijd verloren zijn.

Ik loop langs het lelijke huis en de theedroesem en de acacia, zoals ik altijd loop, en dan verder, tot ik treinen hoor. Ik staar met holle ogen de straat over. Aan de andere kant ligt het Station Hotel. Het is nu een tehuis voor oude mensen en ik lees de naam hardop: 'Cotlands Care Home.' Het is een hoog, victoriaans gebouw, nog altijd statig, ondanks de veranderde functie. Het naambord van het verzorgingshuis hangt los aan de schroeven. Het lijkt alsof de bakstenen ze eruit hebben geduwd, alsof het oude gebouw zijn nieuwe titel weigert. Ik weet nog hoe het in opstand leek te komen tegen de steenkoolvlekken op de stenen façade toen ik jong was. In die tijd keek ik er altijd naar. Het is de plek waar Sukeys koffer gevonden werd.

Ik was daar eerder geweest, vlak nadat de koffer op onze keukentafel was aangekomen. Ik had, leunend tegen de hekken van het station, naar de tientallen ramen staan staren terwijl ik me afvroeg wat Sukey in haar eigen stad in een hotel deed, me afvroeg of ze daar op een bepaalde manier nog woonde en hoopte dat ze uit het raam zou kijken, mij zou zien staan en naar buiten zou komen rennen. Dat deed ze natuurlijk niet, en ik ging naar huis voor de zoveelste zwijgzame avondmaaltijd.

Maar toen ik de brief weer vond, hem las en het woord 'minnaar' naast Douglas' naam in mijn hoofd opkwam, ging ik beter nadenken: een hotel – was dat niet precies de plek waar mensen naartoe gingen om een affaire te hebben? Had ik dat geen tientallen keren in de film gezien? En dus ging ik er tijdens de middagpauze naartoe, in plaats van naar huis, en liep gebukt naar binnen om een weggegooid controlestrookje van een kaartje op te rapen.

Vanbinnen leek het hotel niet veel meer te zijn dan één lange trap, die almaar in de rondte wentelde – alsof de mensen die er verbleven nog niet genoeg reisden. Van onderaf leek het op een put, als het konijnenhol in *Alice in Wonderland*. Ik dacht dat Sukey er makkelijk in gevallen kon zijn zonder ooit nog de terugweg te hebben gevonden. En ik liep langzaam naar boven terwijl ik vanuit de ramen neerkeek op het station, op treinreizigers en kruiers met volle karren. De geur van uiensoep dreef uit de hotelkeukens omhoog en vermengde zich met de geur van het bijtende poetsmiddel. De combinatie maakte me vreemd hongerig en ik zocht in mijn zakken naar een wortelkoekje, al wist ik dat ik die niet had, en vond alleen het controlestrookje en Sukeys langzaam geroosterde brief. Zo nu en dan raasde er een sneltrein door het station die een stoomwolk opjoeg tot boven het gebouw, en ik bleef vanaf de bovenste overloop staan kijken naar de krantenjongen, die zijn uiterste best moest doen om zijn koopwaar en zijn pet te behouden.

De genummerde deuren in de gang zaten dicht en ik kon me er niet toe zetten om deurklinken te proberen, dus keek ik met toegeknepen ogen in het schemerlicht naar het versleten tapijt en het losrakende behang. Hadden Sukey en Douglas elkaar hier ontmoet? Hadden ze tegen elkaar gefluisterd? Kussen uitgewisseld? Het leek zo onwaarschijnlijk. En toch kon ik een steek van jaloezie niet onderdrukken bij de mogelijkheid dat ik overal buiten was gehouden, dat de waarheid niet aan mij was toevertrouwd. Ik plukte aan een randje behang dat opkrulde bij een lichtschakelaar, trok het zorgvuldig los van het pleisterwerk en stopte het in mijn zak. Op de terugweg naar het trappenhuis passeerde een man me, hij opende een deur en ik ving een glimp van iemand binnen op. Ze had zacht, donker haar en droeg een ijsblauw mantelpakje, dat mooi om haar figuur sloot. Binnen in mij begon iets snel en fel te kronkelen en ik staarde haar aan, bijna zonder de man te horen toen hij sprak.

'Ga bij de deur weg, wil je?' zei hij, met ogen die te groot waren voor hun oogleden.

Ik bewoog me niet, kon niet eens slikken, maar ik zag hem nu pas echt, mager en stoffig, zo tenger van gestalte dat hij de kamer nauwelijks aan mijn zicht kon onttrekken. En toen draaide de vrouw zich om. Maar haar neus was groter dan ik verwachtte, haar lippen voller, haar wangen platter, en de kronkeling veranderde in een brok in mijn maag. Ik viel achterover tegen de muur.

'Wat is er in vredesnaam aan de hand?' vroeg de vrouw en ze kwam naar buiten, pakte mijn pols en voelde met haar vingers ruw mijn polsslag. 'Ze ziet eruit alsof ze een spook heeft gezien.'

Bij de stem van de vrouw leek de man het stof van zich af te schudden en zijn ogen pasten nu beter in de kassen. 'De Heer sta ons bij, meisje,' zei hij. 'Je liet ons wel schrikken door zo naar binnen te kijken. Wat is er? Staat mijn gezicht je niet aan?'

Ik trok mijn pols los uit de hand van de vrouw, sloop weg om boven aan de trap te gaan zitten en luisterde naar de perronopzichter die aankondigingen deed in de wind. Ik kon de energie niet vinden om op te staan, dus ging ik liggen, met mijn benen uitgestrekt over de korte trap, en liet het gerommel van de treinen door me heen trillen. Ik bestudeerde het zand dat in het tapijt was getrapt en fantaseerde dat ik zeezout in de lucht kon proeven, tot de vrouw uit de kamer me ontdekte.

'Jij weer?' zei ze, en ze maakte een verrast sprongetje toen ze de overloop op kwam. 'Wat lig je daar? Ben je gewond?'

'Niet echt,' zei ik terwijl ik opstond.

'Logeer je hier?'

'Nee. Ik kwam gewoon even binnen. Sorry.'

'Je kwam gewoon even binnen om op de trap te liggen?' Ze begon langs me heen naar beneden te lopen en ik ging achter haar aan.

'Nee, het is alleen... Ik dacht dat u iemand anders was.'

'Wie dacht je dan dat ik was?'

Ik gaf geen antwoord, en ze vroeg me of ik dacht dat ik in shock was.

'Ikzelf wel,' zei ze. Ik zei dat het zou kunnen en ze stelde me voor een glaasje cognac te nemen. 'Ik neem er een, in elk geval.'

Ze liet me achter in de hal terwijl zij de bar in liep. Dit was de Fiveways niet, ze zouden hierbinnen nooit een meisje dulden. 'Het arme ding kwam binnen en liep een shock op,' hoorde ik haar zeggen, en ik ving door de zwaaideuren een glimp op van het blauwe mantelpakje als er mensen in of uit liepen. Zelfs nu ik haar gezicht had gezien, bleef ik denken dat ze Sukey was. Ze wees naar de foyer en een aantal mannen draaide zich naar me om. Een van hen was Frank.

Hij zag me natuurlijk, en een ogenblik later duwde hij de deur van de bar open. Ik had tot dat moment nauwelijks meer aan hem gedacht en alleen gefantaseerd over wat Sukey en Douglas samen gehad zouden kunnen hebben. Ik voelde een scherpe pijn namens Frank, de pijn die hij gevoeld zou hebben als hij ervan geweten had. En toen vroeg ik me af óf hij het wist. Of Sukey het hem verteld had, zoals ze in de brief schreef te zullen doen. Ik herinnerde me de manier waarop hij over Douglas had gesproken, over 'die idioot met zijn rattensmoel', en daarom dacht ik dat hij het inderdaad wist. En wat betekende dat? Wat zou hij gedaan hebben toen hij het ontdekte? Ik kon hem niet onder ogen komen en draaide me om om terug te rennen naar het trappenhuis.

'Maud?' riep hij me na.

'O, Frank,' hoorde ik de vrouw zeggen. 'Hoort ze bij jou?'

Ik rende de trappen op, hotsend en botsend, eindeloos rondjes draaiend tot mijn bovenbenen brandden en ik weer op de bovenste overloop was, zoekend naar het ingetrapte zand in de vouwen van de treden. Frank was aan de eerste trap begonnen en had het daarna opgegeven. Ik zag zijn gezicht recht onder mij tussen twee overlopen verschijnen toen hij zich achterover over de balustrade boog.

'Kom naar beneden, wil je?' dreef zijn stem in cirkels achter mij aan omhoog. 'Ik kan die klotetrappen echt niet hebben.'

'Wat doe jij hier?' vroeg ik, de woorden langs de verdiepingen naar beneden sturend.

'Iets drinken. Dat is toch geen misdaad?'

'Maar waarom hier? Waar haar koffer gevonden is?'

'Je hebt het over Sukey, hè?'

'Natuurlijk heb ik het over Sukey. Over wie zou ik het anders hebben?'

'Goed. Wat zei je nog meer?'

Ik besefte dat hij was wat pa 'lazarus' noemde, en dus herhaalde ik mijn woorden langzaam. 'Sukeys. Koffer. Is. Hier. Gevonden.'

Hij deed zijn mond open, maar wendde zijn blik af toen de vrouw onder aan de trap verscheen met een glas in haar hand. 'Wil je niet naar beneden komen om dit op te drinken?' vroeg ze met een galmende stem.

Ik wilde het niet; de vloeistof had de kleur van honing en ik stelde me voor dat het zoet en verwarmend zou zijn en dat ik op een of andere manier iets zou leren als ik het dronk, maar ik had nog nooit alcohol geproefd. 'Ik weet niet of ik dat moet doen,' zei ik.

'Wat jij wilt.' Ze sloeg het glas achterover en verdween weer in de bar. Ik was teleurgesteld. Jaren later proefde ik voor het eerst cognac, en na het onaangenaam brandende gevoel was ik blij dat ik het die dag had afgeslagen.

'Hoe weet die vrouw hoe je heet?' vroeg ik aan Frank.

'Wie, Nancy? Ze werkt hier. Haar man is een voormalige krijgsgevangene. Die arme drommel, hij is gestoord. Hij kan het niet verdragen om thuis te wonen, dus wonen ze hier. Ik heb ze een tijdje geleden wat meubels gegeven, om het wat huiselijker te maken.'

Ik lachte. Het was mijn vaders 'ik had het kunnen weten'-lachje. 'Zo te zien is er bijna niemand in de stad die je niet een of andere gunst hebt verleend.'

'Dat is een beetje overdreven,' zei Frank. 'Wie nog meer dan, voor zover je weet?'

'Mensen in je straat.'

'Wie zou zijn buren niet een handje helpen als hij kon?'

'Wat ik me afvraag is waaróm je ze helpt.'

'Wat heb jij ineens?' vroeg hij. Zijn hoofd verdween even en zijn hand gleed over de balustrade omhoog. Ik wou dat hij bleef staan, dat hij bleef waar hij was en niet dichterbij zou komen. Ik wou nadenken, mijn hoofd helder krijgen, me de vragen herinneren die ik het liefst wilde stellen. Ik overwoog om naar de kamer van de krijgsgevangene te rennen.

'Werkt ze achter de balie?' vroeg ik. 'Nancy? Is zij degene die Sukeys naam in het register heeft geschreven?'

'Waar heb je het over, Maudie?' vroeg Frank, alleen een hand op geboend hout die langzaam de welving van het trappenhuis volgde. Zijn stem kringelde naar me toe, sinister en gewichtig zonder lichaam, en de balustrade voelde aan als een geleider die een elektrische stroom van zijn hand naar de mijne zond. 'Wat kom je hier doen? Kwam je mij zoeken?'

'Nee.'

'Maar je bent boos op me.' De hand verdween en hij nam de laatste paar trappen in één ren. Hij kon ze dus toch hebben. 'Wat is er? Wat is er gebeurd? Heb je iets ontdekt?'

Ik deed een stap naar achteren, verstoord dat ik naar hem op moest kijken in plaats van op hem neer, en verkreukelde bij wijze van antwoord de brief in mijn zak.

'Wat heb je daar?' vroeg hij met een half glimlachje, alsof ik een kind was dat een spelletje speelde.

'Een brief.'

'Van wie?'

'Sukey. Ze heeft hem gestuurd voor ze verdween.'

Ik had een gesprek verwacht, ik dacht dat hij zou vragen wat er in de brief stond, dat ik de tijd zou hebben om hem vragen te stellen, maar ik zag zijn gezicht niet eens van uitdrukking veranderen voor hij zich op me stortte. In één beweging hing ik ineens achterover over de balustrade, en hij hield me daar met zijn hand op mijn sleutelbeen. Zijn plotselinge kracht was een schok voor me. Ik klemde mijn vuist rond de brief en duwde hem dieper in mijn zak, zodat de stof over mijn huid schaafde. Hij greep mijn pols en probeerde die omhoog te trekken, waardoor ook mijn rok omhoogging.

'Er stond in de brief dat ze iets aan jou zou vertellen,' zei ik, met mijn arm tegen mijn zij gedrukt, vastbesloten om mijn vragen hoe dan ook te stellen. 'Heeft ze je iets verteld?'

'Geef mij die brief, Maud.'

Zijn hand gleed boven mijn elleboog, dwong hem om te buigen, en mijn arm kwam hulpeloos omhoog. 'Zeg op,' zei ik. Ik probeerde aan mijn gedachten vast te houden, te onthouden wat ik ook alweer zou vragen. Het leek vreemd om nog te praten nu ik als een lappenpop in zijn handen hing.

'Hoe kan dat als ik hem niet gelezen heb?' Hij klemde zijn kiezen op elkaar en draaide mijn arm op mijn rug, en door de stof van mijn schoolblouse kon ik zijn warme huid voelen. Op dat moment verfrommelde ik de brief tot een prop en gooide hem over de balustrade, zoals je een muntje in een put gooit.

Frank vloekte toen de brief viel en probeerde hem uit de lucht te grissen. Zijn beweging duwde me verder over de balustrade en mijn voeten kwamen los van de grond. Ik probeerde de leuning vast te pakken, maar greep mis. Een misselijk gevoel kwam omhoog toen ik de grond diep onder me datzelfde voelde doen, maar toen voelde ik Franks handen weer op mijn lijf. Hij trok me ruw de overloop op, en het duurde even voor het tot me doordrong dat ik veilig was, dat ik niet viel.

Toen ik opkeek was zijn gezicht wit. 'Ik dacht dat ik je kwijt was,' zei hij, en het was griezelig om te zien hoe volledig het bloed uit zijn gezicht was weggetrokken. 'Ik dacht dat ik je kwijt was.' Hij maakte slappe gebaren naar mijn armen en benen, als een incompetente arts die op botbreuken controleert. Hij leek aan zichzelf te willen bewijzen dat ik er echt nog was.

'Maak je geen zorgen, ik ben geen geest,' zei ik, maar mijn hart bonsde nog altijd zo hard dat ik bijna geen adem kon halen en ik vroeg me af hoe mijn gezicht eruitzag toen hij me aanraakte. Hij leunde over de balustrade en zijn overhemd plakte aan zijn lijf zodat de spieren in zijn schouders en rug zichtbaar waren. Ik deed een stap naar hem toe.

Hij ademde zwaar uit en begon de trap af te lopen. 'Nee, blijf waar je bent,' zei hij. 'Ik ben niet te vertrouwen.'

Ik bleef even staan luisteren naar zijn voetstappen die de trappen afdaalden. Het bloed dat in mijn hoofd raasde kwam wat tot rust en liet een beginnende hoofdpijn achter, en ik stelde me even voor, één keer maar, hoe het zou zijn geweest als Frank niet had voorkomen dat ik viel. Ik voelde hoe mijn hoofd ingeslagen had kunnen worden en mijn nek verbrijzeld. Ik zag bloed voor me op de tegelvloer, en schreeuwende mensen. Ik dacht aan mijn ouders, die al zo leden onder Sukeys afwezigheid, en ik raadde naar wat er met Frank zou zijn gebeurd. Hij zou er zeker van beschuldigd worden dat hij mij had geduwd. Halverwege de trappen bleef hij staan en zijn gezicht verscheen weer tussen de verdiepingen.

'Vertel me iets over Sukey, Maud,' zei hij. 'Niet over dit hotel – vertel me iets anders.'

'Zoals wat dan?'

'Ik weet het niet. Iets wat jullie samen deden. Een herinnering.'

Ik schraapte met mijn schoen over het zanderige tapijt. 'We gingen naar het strand,' zei ik terwijl ik achter hem aan begon te lopen. 'Op de dag dat ze het prikkeldraad weghaalden. Dat was nog voor jullie trouwden. Zelfs nog voor de oorlog voorbij was.'

'Ik weet het. Ga door.'

'En ik begroef haar in het zand.' Mijn stem kaatste vreemd tegen de muren terwijl ik naar beneden liep, maar ik kon nog steeds horen hoe ze die dag gelachen had en zien hoe het zand over zichzelf heen gleed en in holtes wegstroomde. 'En ik drukte schelpen in het zand om een jurk voor haar te maken. En na afloop, toen ze zich had uitgegraven, schudde ze haar haar uit, en ma was boos omdat er zand op de boterhammen zat en toen we ze later aten, kraakten ze tussen onze tanden. Maar de schelpenjurk was echt prachtig,' zei ik terwijl ik de onderste treden bereikte. 'Sukey liet me witte verzamelen voor de rok zodat het eruit zou zien alsof ze een petticoat had. Ik wou dat we een camera hadden gehad.'

'Dat wou ik ook wel,' zei hij terwijl hij de kraag van mijn blouse rechttrok rond mijn hals. 'Ga nu maar naar huis, Maudie,' zei hij. 'Ik blijf nog wat drinken.'

Hij bukte zich om de verfrommelde bruine brief op te rapen en stak die in zijn zak toen hij wegliep.

'Kom hierbinnen staan, mam.'

Ik wankel op mijn benen; het is gaan regenen en er hangt nog oude sigarettenrook in de lucht. Helen verschuilt zich in een bushokje. Ze trekt zich helemaal terug tegen het bankje als ik dichterbij kom en lijkt niet te ademen. Ik breng mijn hand naar haar gezicht en ze sluit even haar ogen, heft een arm op. Er zit een rode vlek op haar pols die zo te zien een blauwe plek zal worden.

'Hoe kom je daaraan?' vraag ik terwijl ik haar arm zo voorzichtig mogelijk vastpak. Ik voel haar polsslag, sterk en snel.

'Doet er niet toe,' zegt ze.

'Voor mij wel. Je bent mijn dochter. Als je pijn hebt, doet dat er voor mij heel veel toe. Ik hou veel van je.'

Ze staart me even aan en ik ben bang dat ik niet de juiste woorden heb gebruikt, en dan voel ik me plotseling doodmoe. Mijn benen kunnen me niet meer dragen. Ik ben net zo'n speeltje dat in elkaar zakt als je de bodem indrukt; mijn gewrichten staan niet meer op spanning. Maar Helens handen ondersteunen me onder mijn armen en ik weet het bankje onder me te vinden. Ik probeer de glazen pot op mijn schoot te zetten, maar ik kan hem niet op zijn plek houden. Het bankje staat scheef en ofwel ik, of de pot glijdt er steeds af. De inhoud raakt door de war en er is een beweging van iets wat het oog van de kikker op een slijmerige manier afdekt. Dat is irritant. Ik draai me om en wil iets zeggen tegen de vrouw die naast me zit, maar er lopen tranen over haar wangen.

'Stil maar, lieverd,' zeg ik. Ze snikt en drukt haar handrug tegen haar mond. Ik weet niet wat ik kan doen om haar te helpen. Ik kan niet bedenken wie ze is. 'Vertel eens wat er aan de hand is,' zeg ik. 'Het is vast niet zo erg als het lijkt.' Ik streel over haar schouder en vraag me af hoe ik hier ben beland. Ik herinner me niet dat we de bus hebben genomen. Misschien kom ik terug van een of andere afspraak, maar ik kan niet bedenken welke.

'Problemen met je man?' vraag ik. Ze kijkt me weer aan en glimlacht, hoewel ze ook nog steeds huilt. 'Hij komt wel terug.

Zo'n mooie meid als jij.' Hoewel je haar eigenlijk geen meisje meer kunt noemen.

'Het is geen man,' zegt ze.

Ik kijk haar verrast aan. 'Een vrouw dan?'

Ze kijkt me fronsend aan en staat op om naar de vertrektijden van de bus te kijken. Misschien vindt ze dat ik me bemoei met zaken die me niet aangaan. Twee duiven knikken elkaar toe op de tak van een boom; ze lijken op mijzelf en deze vrouw, kletsend met elkaar, alsof zij ons zijn in vogelvorm. Ik probeer naar ze te zwaaien, maar ik moet snel zijn om te voorkomen dat de pot van mijn schoot glijdt. Als de vrouw zich weer naar me omdraait, kan ik eens goed naar haar gezicht kijken. De tranen zijn weggeveegd. Het is Helen. De zitplaats lijkt onder me te kantelen. Het is mijn dochter Helen. Ik heb met haar in een bushokje gezeten terwijl ik niet wist wie ze was.

'Helen,' zeg ik terwijl ik haar pols aanraak en zie dat er een donkere plek op zit. 'Helen.' Ik herkende mijn eigen dochter niet.

'Je bent doodmoe,' zegt ze. 'Je kunt niet teruglopen. Ik ga de auto halen. Oké, mam?'

Mijn buik lijkt vanbinnen hol te zijn geworden. Ik herkende mijn eigen dochter niet, en het voelt als een verwijt als ze me 'mam' noemt. Ik rommel met mijn hand in de pot, zoekend naar iets om te doen. Er zit een stukje pepermunt aan een elastiekje vastgeplakt en ik knabbel er wat aan, maar het smaakt niet zoals het hoort en er zit vuil op. Een oude vrouw komt naar de bushalte toe.

'Dag lieverd,' zegt ze terwijl ze gaat zitten en in haar tas begint te rommelen.

'Dag,' zeg ik. Ik zie dat ze sleetse huispantoffels draagt. Zij moet nog gekker zijn dan ik.

Helen zegt ook gedag. 'Ik moet mijn auto even halen,' zegt ze. 'Zou u het erg vinden om even op mijn moeder te letten? Het duurt maar een paar minuten.' Ze kijkt met een frons naar de vertrektijden van de bus. 'Laat u haar niet in een bus stappen?'

De vrouw stemt toe terwijl ze in haar tas een stukje plastic openvouwt. Helen blijft een kort moment op de stoeprand staan, bijt in haar bovenlip en begint dan tussen de auto's door te rennen terwijl ze naar me zwaait.

'Ze neemt je een dagje mee uit, hè?' zegt de vrouw, die de dop van een fles draait en een lange slok neemt. 'Ik wou dat iemand mij eens mee uit nam.' Ze gebaart naar achter haar hoofd. Daar staat een stenen gebouw met een bord aan de pui.

'Cotlands Care Home,' lees ik.

'Dat klopt.' Het haar van de vrouw zit in strakke, witte krullen, erg netjes. Het past niet bij de sleetse pantoffels. 'Mijn zoon vroeg of ik hier kwam wonen. Dat zou voor mij het beste zijn. Zou ik dichter bij hem zijn. Hoefde hij zich minder zorgen te maken. Vaker op bezoek komen, me meenemen op ritjes door het land. Maar doet hij het?' Ze schudt haar krullen. 'En dus zit ik hier met die Filipino-dwergen. O, het is geen slecht volk. Heel vriendelijk. Glimlachen de hele tijd. Maar zo klein! Ik heb het gevoel dat ik in Lilliput terecht ben gekomen, begrijpt u wel? En ik ben zelf maar één meter zevenenvijftig.'

Ze neemt nog een slok uit haar fles; het geluid als ze slikt is troostend. Ze drinkt met een concentratie die me doet denken aan Frank en aan de zweterige hitte van een pub, en als ik naar beneden kijk verwacht ik mijn blote knieën te zien, maar ik heb een broek aan en er staat een pot met een ratjetoe aan dingen op mijn schoot.

'En na een tijdje daarbinnen raak je jezelf kwijt. Ik herinner me niet meer waar ik van houd en waarvan niet. Ze zeggen: "Mevrouw Mapp houdt niet van erwtjes," of: "Mevrouw Mapp is dol op Starburst," en dan vragen ze: "Dat klopt toch?" en dan knik ik, maar ik kan me met geen mogelijkheid herinneren hoe erwtjes smaken en heb geen idee wat een Starburst is. Met de tv gaat het net zo. Ze zetten iets op en dan zeggen ze: "Dat vindt u toch zo mooi?" en dan knik ik. Maar ik zou je verdomme niet eens kunnen vertellen waar het over gaat.'

Ik kijk achter me naar het verzorgingshuis. Er zit iets verscholen in die wirwar van woorden, iets belangrijks, maar ik krijg er mijn vinger niet achter. Een heel kleine, bruine vrouw komt de poorten uit.

'En nog erger is dat met mijn naam. Ik heet Margaret, trouwens. Margaret.'

'Aangenaam kennis te maken, Margaret.'

Ze schudt haar krullen weer. 'Ja, insgelijks. Maar zie je, daarbinnen willen ze me per se Peggy noemen. Peggy! Ik haat die naam.'

'Ik ook,' zeg ik, denkend aan de kringloopwinkel.

'Peggy, jij niet in bus nu,' roept de kleine bruine vrouw met een glimlach.

'Weet ik,' zegt Peggy. 'Ik zit gewoon even te kletsen. Hier, snel,' zegt ze terwijl ze de fles in mijn schoot gooit zodat hij tegen de glazen pot tikt. 'Daar mag ik niet mee betrapt worden. Zou me een flinke preek opleveren. Zonde, want gin is het enige waarvan ik wéét dat ik ervan hou.'

'Naar binnen alsjeblieft, Peggy,' zegt de kleine vrouw.

'Zie je wat ik bedoel? Peggy dit, Peggy dat. Het is verdomme een nachtmerrie. Ze zetten het zelfs op mijn dossier. Dus nu ben ik Peggy Mapp, niet Margaret Mapp.'

'Ze zetten het op je dossier?' zeg ik, en ik voel een lichte schok.

'Ja. Als je zou bellen en naar Margaret zou vragen, zeggen ze waarschijnlijk dat ik er niet woon. De helft van die lui kent mijn echte naam niet eens weet.' Ze wacht even en zucht. 'Zie je, er was een andere Margaret toen ik daar net kwam en ze wilden ons niet door elkaar halen. Zij is natuurlijk allang de pijp uit. Maar ik ben nog altijd Peggy.'

Ik kijk hoe ze met de kleine verzorgende naar binnen gaat, en de bus komt. Ik wil net instappen als er vanaf de overkant van de straat geroepen wordt. De chauffeur schreeuwt iets uit zijn raam tegen iemand. Er is een enorm gedoe ergens over en dan gaan de deuren dicht. Helen is er ook, pratend, pratend, maar ik kan me niet concentreren op wat ze zegt. Ik denk aan alle verschillende afkortingen die je hebt voor Elizabeth. Eliza, Lizzie, Liz, Lisa, Betty, Betsy, Bets, Beth, Bess, Bessie...

14

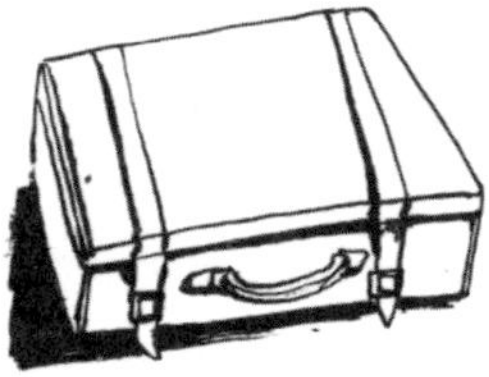

'En deze, mam? Wil je deze mee? Ga maar verder met inpakken en kijk alleen even.'

Het felle witte licht uit het raam wordt even zacht als Helen iets omhooghoudt. Ik kan niet zien wat het is. Het is een schaduw, een vage vorm. Ik draai mijn hoofd, probeer een andere hoek, maar het blijft vaag.

'Ik weet niet wat dat is,' zeg ik terwijl ik het ding met mouwen, het ding met knopen en mouwen dat ik probeer op te vouwen laat vallen, en ik zet een hand in mijn rug met mijn knokkels tegen mijn ruggengraat. Ik zit zo niet lekker, gedraaid op mijn bed, maar ik zie geen andere plek om te gaan zitten. Er staat een koffer aan mijn voeten en we zijn omgeven door de muffe geur van kleren die te lang in een kast hebben gehangen. 'Het is hier net de kringloopwinkel,' zeg ik. 'Gaan we op vakantie?'

Helen laat haar handen vallen en het witte licht door het raam maakt mijn ogen aan het knipperen.

'Nee, mam.'

'Want ik denk niet dat ik op vakantie kan. Ik denk dat het te veel voor me zou zijn. Ik denk dat ik liever gewoon thuis wil blijven.'

'Je gaat verhuizen, weet je nog? Je komt bij mij wonen.'

'O ja,' zeg ik. 'Natuurlijk. Natuurlijk, daar zijn al die dozen voor.' Ik vouw de wirwar op van mouwen en knopen op het bed, wat die samen ook mogen zijn, leg ze in een koffer en gooi er een paar onderbroeken bovenop. 'Gaan we op…' Ik herinner het me op tijd en houd mijn mond, maar Helen zucht evengoed. Ze wijst met haar voet naar iets wat verderop op de vloer staat.

'Heb je die nog nodig?' vraagt ze.

Het is een glazen augurkenpot. Er zitten allerlei dingen in: een handschoen die vocht uitwasemt tegen de binnenkant van het glas, twee flesdoppen, een KitKatpapiertje, een paar sigarettenpeuken waar het laatste beetje tabak uit valt. 'Dat is belangrijk,' zeg ik.

'Hoe kan dat belangrijk zijn? Het is weerzinwekkend.' Ze tilt de pot met haar vingertoppen op en bekijkt de dingen erin voor ze hem met een harde, gevaarlijke tik op een van de stapels kleren gooit.

De pot rolt van de helling van stof naar beneden en het zand erin dwarrelt rond als zo'n sneeuwbol die ze met Kerstmis verkopen. Ik leg de pot op een vel krantenpapier om hem in te pakken, maar het metalen deksel prikt door de eerste laag heen en ik moet er nog een vel omheen doen. Helen rolt met haar ogen.

'O Helen,' zeg ik terwijl ik het papier dichtvouw over het woord AUGURKEN. 'Als ik verhuis, hoe moet Elizabeth dan weten waar ik ben?'

'Ik zal het tegen Peter zeggen,' zegt Helen. 'Ik zal zeggen dat hij het bericht moet doorgeven. Dat doe ik morgen meteen.'

Ik onderzoek de contouren van de pot met mijn vingers en kijk hoe ze dingen uit een kast opstapelt. 'Zeg je het tegen Peter?'

Ze knikt, maar kijkt me niet aan.

'Maar dat helpt toch niet, Helen?' zeg ik. 'Hij zal het toch niet tegen Elizabeth zeggen. Hij vertelt haar helemaal niets. Hij heeft iets met haar gedaan. Ik weet niet wat. Haar verstopt, of erger. Ze is weg, en ik weet niet waarheen.'

'Oké, mam. Oké,' zegt ze. 'En deze?'

Het is een aardewerken lepel in de vorm van een koeienkop. De steel van de lepel heeft de vorm van de tong van de koe. Hij is erg lelijk.

'Ja, ja, die heb ik nodig,' zeg ik terwijl ik mijn hand ernaar uitsteek. 'Die is voor Elizabeth.' Ik vind een stuk krant en frommel dat om de koeienkop heen. De gedrukte woorden worden doormidden gesneden door de vouwen in het papier. Ik probeer ze te lezen, maar ze slaan nergens op. Ik geloof niet dat ze ergens op slaan.

'Elizabeth! Alweer! Papa's spullen heb je voor het grootste deel razendsnel weggesmeten, maar die rotzooi wil je per se houden, al zegt de helft ervan je niets.'

Ik voel iets opzwellen in mijn borst en grijp de koeienlepel stevig vast met mijn hand. De krant scheurt. 'Ik mag toch zeker bewaren wat ik wil? Ik zou niet weten wat jij daarmee te maken hebt.'

'Je komt in mijn huis wonen.'

'En dus gelden jouw regels, hè? En moet ik doen wat jij zegt? Ik geloof niet dat ik bij jou wil wonen als het zo moet.'

'Nou, je hebt nu geen keus meer. Het huis is verkocht.'

Heel even begrijp ik niet wat die woorden betekenen. Het lijkt een onmogelijke zin. 'Je hebt mijn huis verkocht?' zeg ik met een misselijk gevoel. De vloer waar ik op zit lijkt niet helemaal stabiel, alsof hij al weg is. 'Hoe kan je mijn huis verkopen? Dat is van mij. Ik woon hier. Ik heb hier altijd gewoond.'

'O mam, dat hebben we maanden geleden al afgesproken. Het is niet meer veilig voor jou om hier in je eentje te wonen. Kun je doorgaan met inpakken, alsjeblieft? Ik zal zo een kopje thee voor je halen.'

'Wie heeft dat afgesproken? Je hebt het recht niet.'

'Jij en ik en Tom.'

'Tom?' Ik spreek de naam uit. Ik weet dat hij een bepaald iemand is, maar ik kan niet bedenken wie.

'Ja, Tom, is het dan goed, als hij het ermee eens is?'

'Tom?' zeg ik terwijl ik naar de stapels kleren kijk. 'Is dat de man aan wie we al deze spullen geven?'

'Hij vliegt één keer per jaar uit Duitsland hierheen en daarna weer terug, en jij vindt hem geweldig. Maar hij is hier niet dag in, dag uit om je afspraken te regelen en met je verzorgenden te praten, je kastjes te controleren en je mee uit winkelen te nemen, elke keer nieuw ondergoed voor je te kopen als je dat kwijtraakt en je om twee uur 's nachts op te halen van het politiebureau.'

Ze praat maar door. Ze houdt niet op als ik dat vraag. Ze staart naar de dingen in haar handen en zegt iets op: het klinkt als een soort lijst. Ik vraag me af of ik het moet opschrijven en pak een stuk papier. Ik schrijf *Tom*, maar het komt er gek uit. Het papier is niet vlak en de pen glijdt uit over de ribbels van wat eronder ligt. Ik kan toch al niet bedenken wat het woord betekent. Ik pak een handspiegel van een tafel en leg die op een nieuw stuk krantenpapier. Als ik er goed naar kijk, zie ik een oog naar me terugstaren.

'O,' zeg ik. 'Heeft dit iets te maken met de gestoorde vrouw?'

Helen draait zich naar me toe. 'Wat?'

Ik staar naar de spiegel, fluisterend. 'Zit ze daar verstopt?'

Helen staart me aan, maar geeft geen antwoord. En ik heb toch geen idee meer wat ik eigenlijk vroeg; de vragen hebben hun ondubbelzinnigheid verloren, zijn verstrikt geraakt in de spinnenwebben in mijn hoofd. Ik geeuw en leg een in krantenpapier gewikkeld pak op de vloer naast nog zo'n pak; ze hebben vreemde, afgeronde vormen en ik schuif ze van me af. Er is iets angstaanjagends aan hun gezichtsloosheid. Zo moeten mijn gedachten er ook uitzien, gemaskerd en onherkenbaar. Ik zoek naar nog iets om in te pakken. 'Helen, aan wie gaan we die dingen geven?'

Ze sluit een koffer en klikt de gespen dicht. Het geluid, het scherpe, geheimen verradende geluid, doet me denken aan een andere koffer en aan mijn moeder die aan de keukentafel staat, en aan mijn vader die zijn gezicht naar het vuur draait.

'We hebben haar koffer terug,' zeg ik tegen Helen, hoewel ze al op de trap is. 'Maar er zat niets in. Hij zat alleen vol kranten.' Iets zegt me dat dit niet klopt, dat ik dingen door elkaar haal, maar ik kan stukken papier ritselend uit Sukeys koffer zien opstijgen en de keukenvloer bedekken. 'Ik herinner het me nog precies,' zeg ik. 'Dat we de koffer terugkregen van de politie en het deksel opendeden, en dat hij toen vol kranten zat. Ik weet zeker dat het zo was.'

Ik loop achter Helen aan naar de voordeur, blijf daar staan en steek mijn hand in de choisyastruik terwijl zij naar de auto loopt en de koffer erin tilt. Hij is zwaar, het is zo'n hard geval dat ze maken voor in het vliegtuig. Ik heb hem maar een paar keer gebruikt, toen ik Tom nog kon opzoeken in Duitsland. 'Gaan we op vakantie?' vraag ik.

Helen slaat de kofferbak dicht en loopt terug naar het huis. Als ik bovenkom, pakt ze mijn kastje van luciferdoosjes uit de klerenkast. Die heb ik gemaakt toen ik kind was. Honderd kleine doosjes, aan elkaar geplakt met lijm die nu geel en gebarsten tussen de stukjes karton zit. Ik bewaarde mijn schelpenverzameling altijd in de laatjes, en stukjes gebroken aardewerk, en insecten en veren. En ook nuttige dingen, zoals draad en spelden. Sukey trok altijd het verkeerde laatje open als ze een knoop of een naald zocht, en dan gaf ze een gil als ze het donzige lijf van een hommel of een mot op een bedje van krantenpapier zag liggen. Ze klaagde erover, maar ik had het gevoel dat ze de schrik stiekem ook wel lekker vond.

'Ik dacht dat ik die had weggegooid,' zeg ik. 'Gaan we in al die laatjes kijken?'

'Ik zou ze liever gewoon weggooien,' zegt ze, maar haar handen zweven boven de doosjes alsof ze probeert te beslissen welke ze als eerste open zal maken.

'Maar Helen, stel dat er iets in zit wat ik wil hebben? Je weet dat ik luciferdoosjes spaarde toen ik klein was.'

'Dat weet ik, mam. En we vonden er altijd dode insecten in toen wíj kinderen waren. Jouw geheimen, noemden we die. Doosjes vol uit elkaar vallende bijen, wespen en kevers.'

'Ja, die verzamelde ik ook. Was jij dat?' vraag ik. 'Was jij degene die zo gilde?'

'Waarschijnlijk was dat Tom.'

Ze begint de laatjes open te trekken, half afgewend alsof er iets op haar af kan komen springen. 'Wil je die oude veren nog? Deze knoop?'

Ze trekt aan een laatje bijna helemaal onderaan en ik voel plotseling iets strak trekken in mijn buik.

'Stukje oud behang,' zegt ze terwijl ze het laatje schudt. 'En een halve nagel. Gadver. Waarom heb je die bewaard?'

Ze geeft me het laatje aan, maar dat lijkt maar half aanwezig te zijn. Wat ik scherper zie is de bodem van een theekist, met pluizige stofvlokken in de hoeken verzameld waar het krantenpapier is opgekruld. En de nagel ligt tussen de stofvlokken en losse stukjes veelkleurig garen genesteld, zacht glanzend en afgebroken als een kapotte schelp. En als ik opkijk, staat Frank daar.

Ik verwachtte niet echt dat ik hem nog zou zien na die keer in het hotel. Ik had geprobeerd met ma over hem te praten, maar pa zei dat hij zijn naam niet in huis wilde horen. En dat was dat. Tot bijna een week later, toen ik hem weer een deuk zag maken in de heg aan het einde van onze straat.

'Ik sta hier al bijna een uur te wachten,' zei hij, alsof ik te laat was. 'Hoe laat kom jij eigenlijk uit school?' Hij zag er beter uit. Zijn haar zat netjes achterover onder zijn hoed, zoals vroeger, en hij had zich geschoren.

'Ik moest nablijven,' zei ik. 'Ik zat niet op te letten tijdens de les.'

Hij liep naar de rand van de stoep. 'Welke les?'

'Weet ik niet,' zei ik, en hij moest lachen. Ik trok de takken van de heg tussen mijn vingers door, voorzichtig om er geen bladeren af te rissen, en zette toen een stap in de richting van mijn huis. 'Ik zou je wel binnenvragen,' zei ik.

'Ja, ik weet het. Ik ben niet welkom.' Evengoed liep hij achter me aan naar huis, en hij keek even door de ramen van de zitkamer voor hij zijn sigaret in de voortuin gooide. 'Ik kwam jou eigenlijk vragen of je naar mij toe wilde komen. Ik wil je iets geven.'

'Nu?' vroeg ik. Ik wist niet of ik wel ergens met hem naartoe wilde, na de laatste keer.

Hij haalde zijn schouders op, knikte, en ik keek hem even aan. Zijn blik was erg vast en toen hij naar me glimlachte, zijn ogen een beetje toekneep en zijn hoed rechtzette, glimlachte ik terug zonder erbij na te denken.

'Ik moet wel iets tegen ze zeggen,' zei ik.

Ik rende over het pad naar de achterdeur, bleef een paar minuten wachten in de keuken en controleerde of ma niet iets voor het avondeten in de oven had gezet. Zij en pa waren naar Londen om na te vragen of Sukey daar gezien was. Pa vond het waarschijnlijk dat Frank haar daar mee naartoe had genomen en erover loog; ma dacht dat Sukey misschien Frank was gaan opzoeken en hem niet had kunnen vinden. Douglas had gezegd dat hij naar de film ging, maar dat had hij de laatste tijd verschillende keren gezegd terwijl hij zich daarna niet kon herinneren wat hij had gezien, dus wie weet waar hij werkelijk zat. Hoe dan ook, ik wilde niet dat Frank zou weten dat er niemand thuis was die me zou missen.

Hij stond aan het eind van de straat toen ik weer buitenkwam, en hij keek naar het park. Pas toen besefte ik hoe somber de avond was. Het rood van de bakstenen vervaagde en de dennenbomen boven ons hoofd waren zwart. Het was etenstijd en we liepen door lege straten naar Sukeys huis, langs de wasserette met haar hete, schone geur die aanvoelde als een stevige omhelzing. Frank stak een sigaret in zijn mond, haalde een doosje lucifers uit zijn zak en rammelde ermee.

'De laatste,' zei hij terwijl hij het laatje eruit schoof. Hij streek de lucifer af en gooide hem op straat. 'Wil je het doosje hebben?' vroeg hij. 'Die spaar jij toch?'

'Vroeger,' zei ik. 'Toen ik klein was.' Ik nam het doosje aan en deed het in de zak van mijn rok, maar ik voelde me verlegen en geïrriteerd. Ik werd er niet graag aan herinnerd hoe kort geleden ik nog een kind was geweest. Ik dacht dat hij me belachelijk maakte.

'Waar spaar je die voor?' vroeg hij.

'Ik weet het niet. Om dingen in te stoppen, denk ik. Zoals ik zei, dat was gewoon iets wat ik deed als kind.'

'Om dingen in te stoppen? Geheime dingen, zeker?'

'Nee. Gewoon ditjes en datjes, losse knopen. Niets bijzonders.'

Hij keek met een glimlach op me neer, alsof hij wel beter wist, en ik bloosde en voelde me schuldig. Ik vroeg me af of ik soms iets verborg zonder het zelf te weten.

'Ik vraag me af wat voor geheimen een meisje als jij zou hebben.'

'Ik heb geen geheimen,' zei ik.

'Je wil het mij niet vertellen, hè, Maudie? Maar misschien doe je dat op een dag nog wel.'

Hij bleef maar grijnzen, zonder te zien dat ik niet teruglachte. Ik wist niet wat ik moest zeggen. Ik was geërgerd dat ik niet werd geloofd, maar ook merkwaardig gestreeld. Het idee dat ik geheimen zou hebben stond me wel aan.

Toen we bij het huis kwamen wachtte hij even, zodat ik voor hem de treden op moest, en hij reikte voor me langs om de deur te openen. Ik staarde naar de sleutel in het slot terwijl er plukjes van mijn haar opwaaiden door zijn adem. De hal, die meestal vol stond met meubels en andere dingen waar je over kon struikelen, was bijna pikdonker. Het rook er naar zaagsel en oude sigarettenrook, en ik liep met uitgestoken handen langzaam vooruit en hoorde de grendel van de voordeur op zijn plek geschoven worden. Ik was ongeveer tien stappen vooruitgekomen, verbaasd dat ik nog nergens tegenaan was gelopen, toen ik Franks arm om mijn middel voelde. Ik gilde het bijna uit.

'Je loopt te ver,' zei hij. 'De voorkamer is hier.' Hij duwde me naar binnen en liep zelf verder de hal in.

Ik kon hier beter zien, dankzij het straatlicht dat door de ramen binnenviel. Strepen geel licht lagen over de kale vloer en ik stapte erop en liet ze op mijn schoenen schijnen. Een kale vloer. Mijn blik ging snel door de rest van de kamer. Er waren geen kleden en het grootste deel van het meubilair was weg. Geen gordijnen, geen canapé, geen glazen stolp met vogeltjes. Er was hier niets bekends dat mij kon vertellen waar ik was, en er was geen spoor van Sukey. Het was vreemd en desoriënterend, en het deed me denken aan hoe de stad had aangevoeld op de ochtenden na een bombardement. Het enige wat nog over was, waren wat theekisten naast de haard en twee armstoelen met stoflakens eroverheen. Ze waren tegenover elkaar gezet en op een ervan lagen een versleten tapijt en wat legerdekens.

'Slaap jij hier?' vroeg ik toen Frank terugkwam.

'Kijk niet zo geschokt. Het is mijn eigen huis. En de rest van de meubels is verkocht, behalve een paar oude stukken op zolder die ik niet kwijt kan. Mijn oude moeder zou een rolberoerte krijgen als ze zag voor hoe weinig ik alles heb verkocht, maar ik had een paar schulden die niet konden wachten. En ik blijf hier niet lang meer.'

Hij stak een kaars aan en zette die tussen ons in op de vloer. In het licht was zijn gezicht bijna spookachtig en ik deinsde wat achteruit.

'Boeoeoe!' zei hij terwijl hij zijn wenkbrauwen optrok en lachte. 'Net zo'n film van Karloff, hè? O, maak je maar geen zorgen, ik zal heus je keel niet doorsnijden.' Hij sleepte een van de theekisten naar de plek waar hij zat. 'Dit is wat ik je wilde laten zien.'

Ik was plotseling doodsbenauwd dat het iets onbehoorlijks zou zijn. Ik wist wel niet precies wat, maar ik had het idee dat ik er niet met mijn ouders over zou kunnen praten. Ik schuifelde met mijn voeten en herinnerde me de zware bonk van de voordeurgrendel die in de houder werd geschoven.

'Ik kan die spullen hier niet veel langer houden,' zei hij. 'Je mag alles meenemen wat je wilt.'

Ik wilde al weigeren voor hij het deksel van de kist af had, maar toen haalde hij er een bontstola uit en hield die voor zich in het kaarslicht. De uitvergrote schaduw gleed door de lege ruimte boven de schoorsteenmantel.

'Ze had in het hotel alleen die koffer bij zich,' zei hij. 'Al haar andere kleren zijn nog hier. Ik dacht dat jij misschien zou weten wat je ermee aan moest. Ze gaf jou graag dingen om aan te trekken en zo. En jij hebt er het figuur voor.'

Zijn ogen gleden over me heen, ergens vanaf mijn middel, en onwillekeurig bedekte ik die plek met mijn handen en wist zeker dat ik het daar kon voelen schrijnen.

'Frank,' zei ik toen. 'Is Sukey dood?'

Ik zag hem ineenkrimpen, zijn greep op het bont verstrakken. Hij staarde naar de kaarsvlam. 'Ik had niet naar Londen moeten gaan nadat die vervloekte krankzinnige het huis binnen was gekomen.'

'Wat?'

'Die gestoorde vrouw. Die heeft binnen weten te komen toen ik een keer een nacht weg was, maanden geleden. Heeft Sukey de stuipen op het lijf gejaagd.'

'Is ze toen naar buiten gerend? Gillend? Sukey, bedoel ik. Is ze toen de straat op gerend?'

'Ja. De buurvrouw klaagde er nog over. Dat bemoeizuchtige wijf van de overkant. Was zij het die het aan jou vertelde? Hoe dan ook, op de avond dat ik naar Londen moest betrapte Sukey de gestoorde vrouw weer in huis. Ze schrok zich rot. Alles leek in orde met haar toen ze naar jullie ging voor het avondeten, maar toen ze terugkwam, zei ze dat ze niet in huis kon blijven. Haar idee was om bij je vader en moeder te logeren en tja, we kregen een beetje ruzie omdat Douglas daar zou zijn en ik dat niet zag zitten. Uiteindelijk kreeg ik haar zover dat ze een kamer in het Station Hotel nam. Daar stonden ze bij me in het krijt. We besloten dat ze daar zou blijven tot het weekend, tot ik mijn zaakjes had afgehandeld, en daarna zou ze met de trein naar Londen komen en me op zaterdagmiddag ontmoeten. Ik was bezorgd toen ze niet kwam opdagen, maar toen ik haar niet kon bereiken in het hotel nam ik aan dat ze toch naar jullie huis was gegaan en dat niet tegen me wilde zeggen.'

Maar ze was niet naar ons huis gegaan. Ze was uit het hotel vertrokken, had haar koffer vol kleren achtergelaten en was verdwenen. Ik liet me op mijn knieën zakken en staarde in de kist. Hier lagen de dingen die ze besloten had niet in te pakken. De groen met witte jurk met geschulpte schouders, het rode matrozenpakje met de plooirok. En hier was de cocktailjumper, met de parelknoopjes op de rug, die ze zelf had gebreid volgens een patroon uit Hollywood. Al haar mooie kleren. Alle dingen die ze had verzameld of zelf gemaakt.

Frank ging iets te drinken halen en ik hing de spullen over de armleuning van zijn stoel terwijl ik erdoorheen ging. Al snel was de hele kist leeg en lag er alleen nog stof op de bodem. Stof en iets anders, iets wat op een schelp leek. Ik raapte het op en hield het bij de kaars.

Ik liet het bijna vallen toen ik besefte wat het was – een stukje van een afgebroken nagel, roze gelakt. Ik zag de witte strepen aan de binnenkant waar de nagel omgevouwen moest zijn voor hij afbrak, en ik krulde mijn vingers in mijn vuisten tegen het fantoomgevoel van een brekende nagel. Ik wist niet of deze van Sukey was, maar er was iets vreemds aan, iets sinisters. Ik liet hem in het luciferdoosje in mijn zak glijden op het moment dat Frank weer binnenkwam.

'Wat heb je daar?' vroeg hij, fronsend, met een snelle beweging als een dier dat een geur opvangt.

'Niets,' zei ik terwijl ik het doosje dieper in mijn zak duwde en een blauwe jurk met prinsessenlijn van de stoel pakte. 'Herken je deze?'

Hij zei van niet, en toen ik hem vertelde dat het Sukeys lievelingsjurk was om in te dansen, dat ze hem gedragen had op de avond dat ze hem had ontmoet, keek hij verbouwereerd.

'Dat herinner ik me niet,' zei hij terwijl hij in de stof kneep. 'Vertel nog eens iets anders. Vertel me over wanneer ze al die andere dingen droeg.'

Ik trek een blouse met grijze strepen uit een prop kleren, leg het voorpand over mijn knieën en strijk de kreukels eruit. Ik herinner me niet dat Sukey die ooit heeft gedragen. Hij is zacht en fraai van snit, maar veel te groot. Ik kijk nog eens in de koffer. Een harde koffer zoals je meeneemt in een vliegtuig. Er zit een elastiek over de kleren heen en daar is een broek in verstrikt geraakt. Een beige broek. Maar die is ook niet van Sukey. Ik weet zeker dat ik droom. De kamer heeft niet de goede vorm en mijn meubels staan verkeerd: garderobekast, ladekast, kaptafel. Ze staan dreigend in verkeerde hoeken. En er zijn een heleboel dingen in krantenpapier gewikkeld, zodat ik niet kan zien wat het is. Ik trek de blouse aan terwijl ik me afvraag wanneer ik wakker zal worden en er komt een vrouw binnen. Mijn moeder, dat moet wel, hoewel ze niet helemaal op zichzelf lijkt.

'Goedemorgen,' zeg ik. Maar ik krijg de woorden maar moeilijk over mijn lippen. Mijn mond is te zacht voor de medeklinkers.

'Eh... tja, het is avond. Waarom zit je zo te bonken? Heb je hier soms nog een fles gin? Ik dacht dat je was gaan slapen.'

'Ik ben verschrikkelijk moe,' zeg ik.

'Het is ook een lange dag geweest.' Ze strijkt mijn haar van mijn voorhoofd en helpt me onder de dekens, waar het warm is alsof iemand er heeft liggen slapen.

Ze is zeker niet mijn moeder. Misschien is ze een van die vermiste vrouwen uit de krant. Misschien zijn we dat allebei. 'Jij gaat toch niet meer naar dezelfde visboer, hè?' De woorden zijn niet erg duidelijk: het is hinderlijk, maar het geluid past bij de stroperigheid van mijn gedachten.

'Nee,' zegt ze.

Ik geloof niet dat ze het begrepen heeft. Ik steek een hand naar haar uit en stoot een glas om met mijn elleboog. De vrouw vangt het op voordat het valt, maar de vloeistof klotst over de rand. Er zit een soort geprepareerd lijk in. Zoals we op school hadden. Konijnen in formaldehyde, die hun ingewanden aan de klas laten zien. Ik kan de muffe chemicaliën ruiken, de ondertoon van verrotting. 'Dat is walgelijk. Wat doet dat daar?' vraag ik.

'Je gebit?' vraagt ze.

Een meisje dat ik niet herken steekt haar hoofd om de deur. 'Wat gebeurt hier? Een nachtfeestje? Zal ik warme chocolademelk maken?'

'Ben jij ook vermist?' vraag ik.

Haar ogen gaan even naar de vrouw; ze kijkt gegeneerd, betrapt.

'Ja, maak maar wat warme chocolademelk, Katy,' zegt de vrouw en ze praat zachtjes tegen me. Ze zegt dat ze mijn dochter is, dat dit haar huis is, dat ik hier bij haar woon. Ze zegt dat het al laat is en tijd om te slapen, dat ik hier helemaal veilig ben, dat er niemand vermist wordt.

'Dat is niet waar,' zeg ik. 'Dat is niet waar.' Ik klop met mijn handen tegen mijn zij, maar ik kan niet bij mijn zakken onder het dekbed. Ik knijp erin, voel onder de kussens en probeer een paar aan de kant gegooide kledingstukken te pakken. Mijn voeten zijn te warm en beginnen te zweten. 'Dat is niet waar,' zeg ik, terwijl mijn handen in de kleren verstrikt raken. De vrouw trekt het dek een beetje los en nu kan ik bij de notities in de zakken van mijn pyjama. Ik wist eigenlijk niet wat ik zocht, maar ik kijk de briefjes door en hier, hier staat Elizabeths naam. Zij is degene die zoek is. Het is een opluchting om dat te ontdekken.

Het meisje komt terug met mokken en ik neem een slok van mijn drankje. Het is zoet en weeïg, als gesmolten lippenstift. 'Wat zei je over Elizabeth?' vraagt ze met een grijns.

'In hemelsnaam, Katy. Moedig haar nou niet aan,' zegt de vrouw. 'Ik heb dat vandaag al tig keer uitgelegd. Wat kan jij soms irritant zijn.'

Het meisje blijft grijnzen. Ze heeft een vosachtig gezichtje en dat maakt me nerveus.

'Je kunt maar beter even naar de wc voor je weer gaat slapen,' zegt de vrouw. Ze pakt mijn mok en slaat het dekbed open. De lucht voelt koud aan mijn voeten, die een beetje klam zijn.

'Waar is de wc?' vraag ik.

Ze wijst en ik volg de richting van haar vinger, langs een spiegel in de hal. Ik heb Patricks overhemd aan. Ik zal me moeten omkleden, maar ik heb geen idee waar mijn kamer is; alles ziet er vreemd uit. Ik voel iets fladderen in mijn borstkas en zet een stap in de richting van een deur. Er hangt een briefje op, WC DEZE KANT, alsof iemand wist dat ik die zou zoeken! Ik weet niet of ik blij of bang moet zijn. Aan de andere kant van de deur hangt nog een briefje aan de muur. Op deze staat een pijl die naar rechts wijst. Op de laatste deur staat alleen WC geschreven. En ik ben er. Ik trek mijn pyjamabroek naar beneden en kleine stukjes papier dwarrelen uit mijn zakken op de vloer. Ik wil ze pakken, maar ik krijg ze niet in mijn pyjama zolang de stof om mijn enkels hangt. Ik leg ze in plaats daarvan op de verwarming naast me. Elizabeths naam staat erop.

'Elizabeth,' zeg ik terwijl ik doorspoel. 'Elizabeth is zoek.' Het is op een bepaalde manier troostend om dat te zeggen, maar ik merk dat er ook bezorgdheid begint te knagen. Ik moet een manier bedenken om haar te vinden. Ik moet een plan hebben; ik moet het opschrijven en de punten een voor een afstrepen.

Het enige papier dat ik kan vinden is de krant op de haltafel, een *Echo*, en ik weet niet of het daarmee zal lukken. De voorpagina raakt los als ik de koppen probeer te lezen, maar ik neem hem toch mee naar zitkamer en ga in een gemakkelijke stoel zitten, met de bladen op mijn knieën uitgespreid. Er ligt een smal, hard ding onder het kussen naast me. Het is glad en glanzend met een heleboel genummerde knopjes erop. Ik wikkel het ding in papier en kijk of ik ergens appels zie, maar ik kan ze niet vinden en pak dus maar een pen in, en daarna een setje sleutels.

'O mam,' zegt Helen, die over me heen gebogen staat. 'Geen wonder dat ik de afstandsbediening nooit kan vinden.' Ze haalt ergens krantenpapier vanaf en laat het op de grond vallen.

Ik raap het op en wikkel het om mijn hand. 'Waar zijn de appels, Helen?' zeg ik. 'We kunnen maar beter beginnen, we moeten ze wegleggen, anders blijven ze niet goed tot de lente.'

Ik vond het vroeger leuk om appels in papier te wikkelen. Het is een van die klusjes die mensen je laten doen als je een kind bent, en ik herinner me nog de scherpe geur van de kranteninkt, vermengd met de friszure geur van de vruchten. Eén jaar hebben ma en Douglas en ik ze samen in papier gewikkeld. We stonden in de keuken met een krant midden op tafel, de appels in een teil aan de ene kant en de dozen klaar aan de andere. De wind ritselde in de donkere heg buiten onze warme, knusse keuken en het vuur in het fornuis doofde na het avondeten langzaam uit. De keukenlamp was niet goed meer en wierp een flikkerend licht op de tafel, alsof er een mot in het peertje zat.

Ma was de snelste inpakster, Douglas de traagste. Hij had de slechte gewoonte om de oude kranten te lezen. Hij scheen het niet te kunnen helpen, al had hij alle artikelen waarschijnlijk al gelezen. Er was de vorige maand in het Grosvenor Hotel een gruwelijke moord op een vrouw gepleegd en de berichten erover kon je niet missen, maar Douglas zei er niets over. De elfjarige koning van Irak was in Engeland aangekomen en Clement Attlee zou een toespraak houden in onze stad. Douglas lachte toen ik vroeg of hij dacht dat de twee iets met elkaar te maken hadden.

'Kijk, die nieuwe huizen aan de overkant zijn klaar,' zei hij terwijl hij een krant optilde en het licht erop liet spatten.

'Die waren maanden geleden al klaar,' zei ma. 'Die krant is van februari. Er wonen inmiddels al mensen, neem ik aan.'

'Dat klopt. Frank heeft er een gezin uit Christchurch naartoe verhuisd,' zei ik. 'En dat was in maart.'

'O ja, lieverd?' zei ma met een afwezige, kalme stem, maar met opengesperde ogen. Ze wees naar het plafond en legde een vinger op haar lippen om me eraan te herinneren dat ik Franks naam niet moest uitspreken waar pa bij was.

Ik rolde met mijn ogen. 'Frank zei dat hij er al spullen naartoe moest brengen voordat het huis af was. Hij heeft het allemaal kunnen bekijken, de tuinen en alles. Het is heel mooi, volgens hem.'

Douglas keek me aan en wendde toen zijn blik af. 'Hoe lang daarvoor?' vroeg hij terwijl hij zijn stuk krant eindelijk om een appel heen frommelde. 'Voordat er mensen kwamen wonen, of voordat de hele straat af was?'

'Ik weet het niet. Hij heeft ze een handje geholpen bij het aanleggen van hun tuinen. Als een gunst.'

'Hoe geholpen?'

'Door extra aarde te brengen en te spitten en ze te helpen om dingen te planten. Groenten.'

'Ik wist niet dat Frank groene vingers had. Wat voor groenten heeft hij helpen planten?'

De planken kraakten toen pa de trap af kwam lopen. Hij liet de treden op een heel eigenaardige manier kraken, anders dan ma of Douglas, anders dan ik. Ze leken onder hem te kreunen. Hij kwam de keuken binnen en pakte een doos appels voor op zolder.

'Waar hebben jullie het over?' vroeg hij.

'Die nieuwe huizen,' zei ma. 'Ze schijnen mooi te zijn.'

Pa gromde en liep de trap weer op.

‘Ze hebben grote tuinen, hè?’ zei ma. ‘Moet prettig zijn voor gezinnen. Misschien ga jij daar op een dag wonen, Maud. Als je getrouwd bent.’

Heel even leek het een smakeloos idee. Mijn gezicht en handen werden warm en de geur van de appels leek ondragelijk aan te dikken in de lucht. Inkt droop van mijn vingers en maakte vlekken op de schil van de appel die ik vasthield. Ik veegde hem schoon aan mijn trui, met het gevoel dat ik de vrucht op een bepaalde manier bedorven had en dat we hem volgend jaar niet zouden kunnen eten.

Douglas bestudeerde een advertentiepagina. Ik keek naar hem tot ik een doos vol had en trok toen aan de krant. ‘Waarom zit je naar de advertenties te kijken?’ vroeg ik.

Hij trok hem weer uit mijn hand. ‘Verder heb ik alles al gelezen.’

Ma zei dat ik hem met rust moest laten en een beetje door moest werken. ‘Ik heb al twee keer zo veel dozen vol als jij,’ zei ze.

Douglas glimlachte, liet de rest van zijn krant op tafel liggen en zei dat hij een doos naar pa ging brengen. Ik nam een vel papier van de stapel en wikkelde het om een appel, drukte de vouwen plat tegen de schil en las de woorden die nog zichtbaar waren: ‘Volgens de Hoofdpostmeester hebben de Posterijen met moeilijkheden te kampen in de nasleep van zes jaar onafgebroken oorlog. Het aantal aanvragen voor een telefooninstallatie heeft de driehonderdduizend thans bereikt.’ Ik dacht aan mevrouw Winners, aan de ergernis die ze zou voelen om het verlies van haar positie als de enige in de straat met een telefoontoestel, en wilde net iets tegen ma zeggen toen ik een kop bij het steeltje van de appel zag: VROUWEN: NEEMT CONTACT OP MET UW ECHTGENOTEN.

Het artikel ging ook over de moord in het Grosvenor Hotel. De verslaggever schreef dat de hele stad in paniek was na de ontdekking van een tweede lijk verderop aan de kust, en nu waren de streekbewoners bang dat er nog meer vrouwen aan de gemene moordenaar ten prooi waren gevallen. In de opinie van de schrijver werden de politiemensen die de misdaden onderzochten van hun werk afgehouden door tientallen mannen wier vrouwen, zo bleek, gewoon waren weggelopen. Overhaaste oorlogshuwelijken leidden tot een nog overhaaster vertrek. Het artikel spoorde deze vrouwen aan hun bezorgde echtgenoten te laten weten dat ze in leven en welzijn waren, want in het licht van de recente moorden was het belangrijk dat ze niet als vermist geregistreerd werden.

Ik las het stuk opnieuw. Zou Sukey dit ook kunnen lezen? Ik herinnerde me de kleine opflakkering van hoop die ik had gevoeld bij de gedachte dat ze zich gewoon ergens verborgen hield voor Frank, en ik keek met een nieuwe vastberadenheid de stapel papier op tafel door. Er waren verschillende andere artikelen over mannen en vrouwen die waren weggelopen zonder een woord tegen hun familie te zeggen, en er was een ingezonden brief van een man die ontdekt had dat zijn vrouw onder een aangenomen naam aan de andere kant van de stad woonde. Hij had haar alleen gevonden omdat ze nog altijd naar dezelfde visboer ging.

Dat zou het dus kunnen zijn, dacht ik. Misschien was ze weggelopen van ons, van Frank. Maar de paniek waarover de eerste journalist had geschreven, begon ook mij te bekruipen. Stel dat Sukey anders ergens vermoord tussen de bremstruiken lag? Stel dat de moordenaar geen twee, maar drie vrouwen had aangevallen?

15

Als ik linksaf en nog eens linksaf ga, sta ik in de keuken. Dat heb ik opgeschreven. En er is hier een zeepgeur die me herinnert aan de wandeling naar Sukeys huis, en een vrouw die een berg lakens en handdoeken in een wasmand propt.

‘Die brief is voor jou,’ zegt ze terwijl ze overeind komt en naar de envelop op het aanrecht knikt. ‘Van Tom, en hij heeft ons een foto van hun kat gestuurd, om een of andere reden. Hij verwacht zeker dat we dat geweldig vinden. Wat wil je voor ontbijt?’

‘Ik mag niet eten,’ zeg ik terwijl ik de foto pak. ‘Dat zei die vrouw.’

‘Welke vrouw?’

‘Die vrouw,’ zeg ik. Mijn god, ik word er zo moe van om alles de hele tijd te moeten uitleggen. ‘Die vrouw die hier werkt.’ Klopt dat? ‘Ze werkt hier.’

‘Waar heb je het over?’

‘Je kent haar wel… Jawel. Ze werkt hier. Altijd druk. Altijd boos. Altijd gehaast.’

‘Ik denk dat je mij bedoelt, mam.’

'Nee,' zeg ik. 'Nee.' Maar misschien bedoel ik haar wel. 'Hoe heet jij?'

Ze trekt een gezicht tegen haar berg wasgoed. 'Ik ben Helen,' zegt ze.

'O, Helen,' zeg ik. 'Dat moest ik je nog zeggen. Dat meisje dat je hebt ingehuurd voert helemaal niets uit. Niets. Ik heb haar in de gaten gehouden.'

'Over wie heb je het nu? Welk meisje?'

'Het meisje,' zeg ik. 'Ze laat borden op het aanrecht staan en de vloer in haar kamer ligt vol met kleren.'

Helen grijnst en bijt op haar lip. 'Goeie omschrijving, mam. Dat is Katy.'

'Het kan me niet schelen hoe ze heet,' zeg ik. 'Ik vertel je alleen wat voor iemand ze is. Je moet vragen of ze weggaat, denk ik. Neem iemand anders, als het nodig is. Ik deed het huishouden altijd zelf op jouw leeftijd, maar de jongere generatie verwacht dat alles makkelijk gaat.'

'Mam, dat is Katy,' zegt Helen nog eens. 'Je kleindochter.'

'Nee. Dat kan niet,' zeg ik. 'Kan niet.'

'Ja, mam. Mijn dochter en jouw kleindochter.'

Ze zet de wasmand op de tafel en schudt een groot stuk stof uit. Er vallen een paar sokken in de mand. Ik heb het gevoel dat ik een schok heb gehad, maar ik kan niet precies bedenken wat het was. Ik staar in de halfgeloken ogen van de kat op de foto. Hij is zwart met wit en ligt tussen een heleboel felgekleurde Oost-Indische kers te lummelen, de bloemen platdrukkend. Ik wou dat ik ook in een bloembed kon gaan liggen, maar dan zou ik op mijn kop krijgen van Helen. Ze is heel zuinig op de dingen die ze kweekt.

Ik ga de keuken rond, doe laden open en dicht. In een ervan zitten een heleboel gekleurde ballen, als eieren van een exotische vogel, alleen zijn ze niet glad, maar gerimpeld als een verfrommelde krant. Ik begin zo'n ei glad te strijken en merk dat het van dun plastic is en aan één kant handvatten heeft. Ik kan maar niet bedenken wat voor vogel dat is. Ik vraag het aan Helen en ze grijnst.

'O god. Ik moet daar echt eens wat aan doen. Ik begrijp niet hoe ik élke keer mijn boodschappentas kan vergeten.' Ze kijkt me even aan en glimlacht dan. 'Het is zeker besmettelijk.'

De voordeur gaat open en Helen pakt het platgedrukte ei en legt het weer in de la. Ze zegt iets wat ik niet kan volgen. Iets over kleren op de vloer. Ik kijk naar de sokken in de mand.

'Hoi oma,' zegt Katy terwijl ze met uitgestrekte armen voor me komt staan. 'Ik ben het.'

'Hallo daar,' zeg ik.

'Dus je weet wie ik ben?'

'Natuurlijk weet ik wie je bent, Katy, doe niet zo belachelijk.'

Katy lacht en draait zich om naar haar moeder. 'Ze is genezen!'

'Waar heeft ze het over?' zeg ik, en ik kijk naar Helen. 'Je dochter is gek.'

'O, oma,' zegt Katy, die nu een arm om mijn schouders legt. 'Dan ben ik de enige niet.'

Ze trekt haar arm terug en loopt weg; ik volg haar naar de gang, maar blijk meteen al verdwaald te zijn: alles is onbekend. Ik heb het gevoel dat ik door de spiegel ben gegaan in dat verhaal... Hoe heet het ook weer? Ik kijk naar mijn aantekeningen en vind er een met aanwijzingen: NAAR DE KEUKEN. Die volg ik. Misschien staat er een flesje of een stuk taart met een EET MIJ-etiketje erop. In plaats daarvan tref ik Helen aan.

'Helen, waar ben ik?' vraag ik. 'Dit is mijn huis niet. Toch?' Op een of andere manier weet ik het niet zeker. Het is wel iemands huis. Ik ben hier eerder geweest. Misschien is het toch van mij – ik kan op dit moment geen ander huis bedenken, ik kan geen andere kamers bedenken om deze mee te vergelijken.

'Dit is mijn huis,' zegt Helen terwijl ze een blad neerzet en een stoel voor me uitschuift zodat ik kan zitten. 'Zullen we even thee drinken? Ik heb toast voor je gemaakt.'

Ik pak mijn kop en ze kijkt toe terwijl ik drink.

'Misschien neem ik straks wel cake mee,' zegt ze. Ze kijkt sluw. Ze probeert het te verbergen achter een glimlach, maar ik zie het. 'Wat voor cake zou jij willen?'

Ik vraag om koffiecake. Ik houd niet van koffiecake, dus dan kan ik niet in de verleiding komen om het te eten. Ze haalt het blad weg. Ze heeft het ergens naartoe gebracht, of naar iemand. Naar de yanks in de legerkantine, toch? Om ze een ontbijt van worstjes en bonen te serveren. Ik vraag me af of ik ook wat krijg.

Haar scherm, haar gevleugelde scherm tegen de regen, ligt op tafel. Ik ben dus niet de enige die dingen vergeet. Ik steek mijn hand door de lus aan het handvat, houd mijn arm omhoog en ik kijk naar het bungelende vallende-druppelsscherm terwijl ik mijn thee drink. Er ligt hier ook een krant en ik vouw hem op tot een klein vierkantje, met vouwen zo scherp als ik kan.

Langs de deur loopt een meisje dat dingen van de planken in de hal pakt. Ze steelt ze zeker om ze aan de gestoorde vrouw te geven. Ik kan haar zien vanaf de plek waar ik zit. Ze trekt een jas aan, propt haar zakken vol. Ik sta op en pak mijn tas. De voordeur slaat dicht, maar een paar tellen later doe ik hem alweer open en volg haar over het pad. Bij de bocht in de weg blijft ze stilstaan. Ik sta ook stil en doe alsof ik naar de koppen van stervende zonnebloemen kijk. Ze hangen over een tuinmuur en de zaden vallen op de stoep. Ik raap er een paar op en stop ze in mijn zak. Als het meisje weer verder loopt, doe ik haar na. En dan, als ik bij de grote weg kom, zie ik dat ze begint te rennen. Er staat een bus bij de halte te wachten, ze springt erin en hij rijdt weg. Ik ben haar kwijt. Ze is weg. En ze komt niet terug, nooit meer, nooit meer. Ik ga terug naar huis. Overal op straat ligt afval. Een spoor van bananenschillen en kranten. Er was iets wat ik met de kranten ging doen: ze gebruiken, lezen, zoiets. Ik buk om een stuk van het asfalt los te trekken en probeer de woorden te lezen. Maar er zitten vegen van een modderachtige substantie op de pagina en het ruikt niet goed. Ik laat hem op de grond vallen.

Er ligt een miniflesje tegen de stoeprand. Hoe ging dat verhaal over dat flesje ook weer? 'Drink mij,' stond erop. De rest kan ik me niet herinneren. Hoe dan ook, op dit flesje staat MACALLAN WHISKY en ik geloof niet dat er in het verhaal whisky voorkwam. Dat is iets wat Frank vroeger dronk. Hij had een keer een fles bij zich toen ik met hem afgesproken had. En dat was geen miniflesje.

Hij dronk zittend in de auto aan het eind van onze straat terwijl ik hem alles vertelde wat ik me over Sukey kon herinneren. Hij zei dat hij aan haar wilde denken op dezelfde manier als ik, haar goed in zijn hoofd wilde proberen te krijgen zodat hij haar nooit meer kwijt zou raken. We zaten dicht bij elkaar in het halfdonker, bij een straatlantaarn die door de schaduwen brak en licht op kringels sigarettenrook wierp. Het was muf, maar ik vond het niet erg: auto's waren geweldig. In een auto kon je zomaar wat zitten, je hoefde nergens mee bezig te zijn, geen groente klaar te maken of de tuin om te spitten of lakens door de mangel te halen.

In Franks auto hoefde ik alleen maar te praten, me details te herinneren die hij was vergeten: hoe Sukeys parfum heette, welke bloemen ze mooi vond, welke rubrieken ze altijd in de tijdschriften las en, nog een keer, wat ze had gezegd op de avond dat ze hem had ontmoet. Dat vond hij de mooiste herinnering. Hoe Sukey dansend en blij naar huis was gekomen, hoe ze haar blauwe jurk had uitgedaan en in zichzelf had gezongen terwijl ze nachtcrème aanbracht. En hoe ze in het donker had gelegen, in het bed naast het mijne, en me vertelde dat ze een man had ontmoet, een knappe man die tegen haar had geknipoogd en gegrijnsd. En dat ze had geweten – ze had het toen al geweten – dat ze de man had ontmoet met wie ze zou trouwen.

Ik vertelde het verhaal en bestudeerde de vorm van de leegte tussen ons, het gat tussen zijn been en het mijne, en hij staarde de straat in. En toen huilde hij, niet echt met tranen, maar voorovergezakt met zijn ogen dicht. Ik streelde zijn haar, aan de achterkant waar geen Brylcreem zat, en hij legde zijn vingers rond mijn pols en bracht die naar zijn mond. Ik merkte dat ik mijn best deed om niet te ademen.

'Toen ik je vanavond naar de auto zag lopen, Maud,' zei hij, 'dacht ik heel even dat zij het was. Je hebt geen idee wat dat met me deed.'

Hij bleef mijn pols lang vasthouden. Toen hij losliet, was het om een slok te nemen uit de fles whisky die op de vloer tegen zijn enkels stond. Er was een vouw in de mouw van mijn jasje gekomen – het jasje van Sukeys ijsblauwe pakje – en ik haalde mijn hand eroverheen in een poging de stof glad te strijken. En plotseling boog hij zich naar me toe en drukte zijn gezicht in mijn hals. Ik bleef roerloos zitten. Ik vond het niet echt vervelend, maar ik was doodsbenauwd voor wat er daarna zou kunnen gebeuren.

'Frank,' fluisterde ik.

Toen ging hij weer rechtop zitten en stapte ik nietsziend, stuntelend, de auto uit, en ik haastte me toen ik begreep dat hij ook uitstapte. Maar hij ging alleen tegen de lantaarnpaal staan leunen en keek me na terwijl ik zonder begeleiding naar huis liep. Het deed me denken aan de tijd dat hij en Sukey verkering hadden en ik ze altijd op die plek tegen elkaar aan gedrukt zag staan, onder het gedimde lantaarnlicht, gewikkeld in zijn grote tweedjas, kussend. Dat was ook een herinnering die ik bewaarde voor Frank.

'Vreemd gezelschap hou jij erop na,' zei Douglas toen ik door de achterdeur binnenkwam. Het licht van boven scheen fel op zijn gezicht, zodat hij er ziek uitzag.

'Waar heb je het over?' vroeg ik terwijl ik moeizaam mijn jas uittrok.

'Ik heb je gezien. In de auto,' zei hij. 'Met Frank.'

Een krant, heel klein opgevouwen, lag naast zijn in elkaar geklemde handen en ik hield mijn ogen er zorgvuldig op gericht terwijl ik een antwoord zocht. De Grosvenor Hotel-moordenaar was gepakt en er leek geen twijfel aan dat hij opgehangen zou worden, al zou het proces maanden later pas beginnen. 'Natuurlijk. Altijd maar buiten rondhangen, hè Doug?' zei ik. 'Ik zou zeggen dat jij juist degene bent die een beetje vreemd is.'

Hij keek ook naar de krant en even zag ik iets van de pijn die mijn woorden hem toebrachten: de onrustig knipperende ogen, de sluipende blos. Ik kon plotseling geen geduld meer voor hem opbrengen en smeet de krant op de vloer. Hij reageerde niet, maar bleef naar de tafel staren waar de krant had gelegen, raapte hem toen op en kneep erin.

'Het was niet voor het eerst dat je bij hem was,' zei hij. 'En je draagt ook nog haar kleren. Waar ben je mee bezig, Maud?'

Ik haalde mijn schouders op met het jasje nog in mijn handen. Ik had niet eens meer gekeken naar de fluwelen bolero die ik van Sukey had gekregen sinds Frank me al haar andere spullen had gegeven. Het was heerlijk om me mooi aan te kleden en na het eten in mijn nieuwe garderobe naar buiten te gaan, al moest ik tegen mijn ouders liegen over waar ik was. Ik wist niet waar ik mee bezig was, maar ik weigerde me schuldig te voelen. Ik weigerde me door hem te laten aanpraten dat ik me schuldig moest voelen. 'Ze was míjn zus,' zei ik, maar hij luisterde niet. Zijn ogen keken niet in de mijne. Ze gleden over me heen, een beetje toegeknepen, over mijn lichaam.

'Dat zijn háár kleren,' zei hij terwijl hij opstond. Hij zette een stap naar me toe. 'Doe ze uit. Geef dat hier.'

Hij gaf een ruk aan Sukeys jasje en keek me zo fel aan dat ik achteruitdeinsde en de kraag losliet voor die kon scheuren. 'Doug,' zei ik. 'Dit gaat jou niets aan.'

Ik kwam tegen het aanrecht aan en hij zette zijn handen erop om me zo gevangen te houden.

'Je speelt dat je haar bent. Dat is wat je doet. Haar kleren dragen. Uitgaan met haar man. En wat doet hij dan? Gaat hij met je naar hun huis? Naar hun bed?'

'Doe niet zo walgelijk,' zei ik met brandende wangen. 'We praten alleen, over Sukey, dat is alles.' Ik wendde mijn blik af en probeerde wat afstand tussen ons te scheppen, en hij greep mijn kin vast en kneep erin zoals hij in de krant had geknepen terwijl hij zich dichter naar me toe boog.

'Je hebt zelfs haar lippenstift op,' zei hij toen zijn gezicht nog maar een paar centimeter van het mijne was. 'Haal het eraf.'

De zijkant van zijn hand veegde ruw over mijn mond, trok mijn huid strak en plette mijn lippen tegen mijn tanden. Ik voelde de make-up over mijn wang smeren en probeerde mijn hoofd weer weg te draaien, maar hij hield mijn kin stevig vast.

'Hou daarmee op,' zei hij met zijn hete adem op mijn gezicht. 'Probeer haar plaats niet in te nemen. Jij kunt nooit haar plaats innemen.'

'Goed hoor, u hoeft niet tegen me te snauwen,' zeg ik.

'Ik snauwde niet,' zegt de chauffeur. 'Maar u moet wel uw buskaart laten zien.'

Ik sta in de bus, maar hij rijdt niet en de deuren achter me zijn open. Er bungelt een paraplu aan mijn pols en het gewicht ervan, de slingerbeweging die hij maakt, leidt me af. Ik kan mijn buskaart niet vinden – ik weet dat die in mijn tas zit, ik haal hem er nooit uit, maar ik kan hem niet vinden. Ik heb een ding voor je haar, om de klitten eruit te halen, een pak pepermuntjes, een foto van een zwart-witte kat en een dunne, plastic portemonnee. Ik duw alles aan de kant en steek een hand in mijn zak. Er zit van alles in. Allemaal kleine dingen. Ik kan er niet op komen wat het zijn, maar ze doen me denken aan bloemen, aan tuinen en aan nog iets. Iets met de Bijbel, misschien. Een zin uit de Bijbel?

'*Ware 't aard' in een aardachtig bed*,' zeg ik. Dat is het. Ik herinner het me nog van school. Ik wou dat me te binnen schoot waar het uit komt.

'Wat?' vraagt de chauffeur, die door zijn glazen scheidingswandje tuurt. 'Vooruit, mevrouwtje, we zitten allemaal op u te wachten.'

Ik draai me om naar de andere passagiers. Iedereen kijkt naar me en ik hoor ze net zo zuchten als Helen altijd doet. Mijn wangen zijn plotseling warm. Om een of andere reden kunnen ze niet wachten om te gaan, maar ik weet niet wat ik eraan moet doen.

'Waarom laat je haar niet door?' roept iemand. 'Je ziet toch dat ze oud is.'

De chauffeur stoot een luide zucht uit en zegt dat ik mag gaan zitten. Het duurt even voor de bus in het verkeer kan invoegen en door het raam zie ik op de stoep een man die het plastic van een pakje met van die dingetjes trekt, kleine stokjes, geen fluitjes. Die dingen die je aansteekt. Hij trekt het plastic stuk en gaat daarna door met bijten. Eerst het karton en dan de inhoud van het pakje. Stukjes tabak kleven aan zijn tanden. Zijn gezicht is net een grijns en hij kijkt me aan onder het bijten; zijn snelle, scherpe bewegingen maken me bang. Ik denk aan de man die achter zijn hoed aan van de heuvel af rende en aan mijn vader die zei dat ik niet zo mocht staren, en plotseling wou ik maar dat er iemand bij me was. Wie dan ook. Ik ben blij als de bus gaat rijden.

We komen langs het park en langs Elizabeths huis. Langs de acaciaboom. Met zijn lange melkbloem. Dat is het. Dat komt uit hetzelfde stuk van school. Ik weet eigenlijk niet of het wel uit de Bijbel is. Maar meer kan ik me niet herinneren. Telkens als de bus stopt, staat hij te trillen en krijg ik het gevoel dat mijn botten in gelei veranderen. Op de stoel naast me ligt een krant, ik houd hem vast bij de rand en laat de bladzijden tussen mijn vingers fladderen. Je kunt advertenties in deze krant zetten en het enige wat je daarvoor hoeft te doen is naar het kantoor gaan en het vragen. Ik glimlach en lees de winkelbordjes en de verkeersborden hardop. Buiten vallen wat spatjes. Kleine regendruppeltjes verschijnen op de ramen, als tandpastavlekken op een spiegel. Een oud echtpaar stapt uit bij de supermarkt en ik verlang plotseling naar Patrick.

Hij hield altijd mijn hand vast als we samen met de bus gingen. Een paar minuutjes bij het instappen, en ook weer bij het uitstappen. Daarna lieten we elkaar vanzelf los en gingen we naast elkaar zitten of lopen. Hij deed hetzelfde als we in een mensenmassa stonden; hij stak achter zich een hand uit en strekte die naar mij uit. Dat mis ik.

Ik zie het gebouw dat ik moet hebben te laat. Tegen de tijd dat ik ben opgestaan en op het knopje heb gedrukt zijn we al twee haltes verder, en ik moet teruglopen. Het kantoor van de *Echo* ziet er bijna hetzelfde uit als toen ik een meisje was. Het doet me aan de film denken. Heel veel glamour heeft het. Heel modern. Maar op een goede manier. Niet zoals de moderne gebouwen die ze nu neerzetten.

Binnen zit een vrouw achter de balie, ze heeft bolle wangen als een baby die nog ronder worden als ze glimlacht.

'Wat kan ik voor u doen?' vraagt ze, en ik vind dat het klinkt alsof er een woord ontbreekt aan het einde van de zin, alsof ze eigenlijk 'mevrouwtje' of zoiets wilde zeggen, maar zich inhield.

We kijken elkaar aan en ik probeer iets te bedenken om te zeggen, maar het woord 'baby' blijft maar rondgaan in mijn hoofd. Ik rommel in mijn tas en vind een foto van een kat die op een bed van Oost-Indische kers ligt. Ik heb geen idee waar die vandaan komt.

'Was dat een inzending voor de wedstrijd?' De vrouw buigt zich iets naar me toe en haar arm verdwijnt uit het zicht; ik kan horen dat ze onder het bureaublad door papieren heen bladert. 'Ik geloof dat alle winnaars van deze maand al bericht hebben gehad. Het spijt me. Maar u hebt niet verloren. Probeer het volgende maand gewoon nog eens.'

'Verloren,' zeg ik terwijl ik de foto op de balie laat vallen. 'Ik ben Elizabeth verloren.'

Ze is even stil en gaat rechtop zitten om naar de foto te kijken. 'O, wilde u een advertentie?'

Lucht stroomt mijn longen weer in. 'Ja. Ja, dat klopt. Ik wil een advertentie plaatsen.'

'Ik zal een formulier voor u pakken. Wat zijn katten toch verschrikkelijk, vindt u niet?'

Ik knik, maar heb het gevoel dat ik een deel van het gesprek heb gemist. Ik knik, maar ik hou best van katten en vraag me af wat deze vrouw tegen ze heeft.

'Ik herinner me nog dat mijn tante haar Oscar kwijt was. Ze was buiten zichzelf. Hij was wekenlang verdwenen. Uiteindelijk vonden ze hem in een strandtent. Hebt u de buren al gevraagd om in hun schuurtjes te kijken?'

Ik staar de vrouw aan. Ik kan me niet voorstellen dat ik Elizabeth in een schuurtje zou vinden. Maar misschien is het een goed idee. Misschien ben ik de enige voor wie het onlogisch klinkt. Ik leen een pen en schrijf *strandtent* op een stukje papier. De vrouw schuift me een formulier toe met een heleboel vakjes en hokjes om in te schrijven. Ik kijk ernaar, en ik zal er wel lange tijd naar kijken, want ze buigt zich naar me toe en brengt haar hoofd dicht bij het mijne.

'Schrijf maar wat u kunt. Ik help wel als het moeilijk wordt.'

'Goed,' zeg ik, en ik pak mijn pen en wijs ermee naar het formulier alsof het een toverstafje is dat de zinnen voor me kan bedenken.

'In dit land zijn de mensen wel gek op dieren, hè? Daar ben ik eigenlijk best trots op. Heel anders dan in Turkije. Mijn broer heeft daar een huis en het is gewoon ongelofelijk hoeveel magere katten daar rondlopen zonder iemand die voor ze zorgt.'

Ik kijk haar aan en daarna weer naar het vel. Om een of andere reden heb ik *Turkije* opgeschreven. Ik streep het door.

'Hier,' zegt ze. 'Laat mij maar.' Ze draait het vel papier naar zich toe en leunt tegen de balie.

Ze vraagt waar en wanneer ik Elizabeth voor het laatst heb gezien. Dat weet ik niet precies. Ik kijk mijn notities door en vind mijn naam, adres en telefoonnummer. Ik geef ze aan haar voor het geval ze van belang zijn. Ze vraagt welke kleur Elizabeth heeft, en ik ben even verbaasd, maar ze had natuurlijk ook zwart kunnen zijn, of lichtgetint. Ze vraagt of Elizabeth een halsband draagt, en dat lijkt me een vreemde vraag. Ik kijk in mijn notities, maar ik kan het antwoord niet vinden. Maar ik heb wel mijn naam, adres en telefoonnummer, dus die geef ik haar.

'En dat zijn uw adresgegevens,' zegt ze terwijl ze het briefje aanneemt. 'Dank u. Die zal ik hier houden. Ziet u, ik heb ze al opgeschreven. Oké, en is Elizabeth gechipt?'

Dat begrijp ik niet. Ik haal mijn schouders op.

'Dan laten we dat maar weg. Geeft niet. Hmm. We hebben nog niet veel details, en het lijkt een beetje vreemd om haar naam erbij te zetten als ze geen halsband heeft. Want ik denk niet dat ze zichzelf even zal voorstellen, hè?'

'Nee,' zeg ik lachend, maar ik snap de grap niet helemaal.

'Nou, leest u maar even na wat we hebben.'

Ik kijk naar het vel. Het is een vreemde mengelmoes van woorden en zinnen, en ik weet niet eens welk stukje ik moet lezen. Maar er is een titel: 'Kat vermist.'

'Dat wil ik niet,' zeg ik. 'Dit woord wil ik niet.' Ik leg mijn vinger erop en probeer het van het vel te tillen.

Ze wacht tot ik mijn vinger weghaal voor ze het leest. 'Kat? Maar ik zou wel aanraden... Ziet u, dat staat er verder nergens bij.'

'Niet? Maar dan nog is "kat" volgens mij niet goed.'

Ze streept het woord door. 'Wat u wilt,' zegt ze.

'Ik wil haar achternaam er graag in. Markham. Elizabeth Markham.'

De vrouw trekt een raar gezicht en een van haar dikke wangen bolt op, maar evengoed schrijft ze de naam op. 'Echt deel van het gezin, hè? Wacht eens even.' Ze houdt plotseling op en legt beide handen op het vel papier. 'We zijn niet op zoek naar een kat, hè?'

'Kat.' Ik kan er niet op komen wat dat betekent. 'Ik geloof niet dat dat het juiste woord is. Kat. Nee, volgens mij niet.'

'O, het spijt me, mevrouwtje. Elizabeth Markham. Dat is een mens, hè? U zult wel gedacht hebben dat ik ze niet allemaal op een rijtje heb. Goed. Laten we opnieuw beginnen.'

Ze haalt een nieuw vel papier tevoorschijn en schrijft iets op. Ik laat haar mijn telefoonnummer zien.

'Ik heb het simpel gehouden,' zegt ze. 'Ik neem aan dat het een oude vriendin is? Ja? Op dit moment kost het 7,22 pond, maar als we er een rand omheen doen met het telefoonnummer er groot op is het maar 4,14 pond, vraag me niet waarom. Heeft iets met de prijsstaffel te maken. Ik doe gewoon wat de computer me zegt. Akkoord?'

Ik voel me een beetje overdonderd. De getallen draaien rond in mijn hoofd. Ik haal mijn portemonnee tevoorschijn, maar ik kan niet bedenken wat ze me vraagt, of wat ik heb.

'Is het goed als ík even kijk?' Ze pakt de portemonnee en telt een aantal munten uit op de balie. 'Zo. Vier en veertien, oké? Hij staat er dit weekend in.'

En op een of andere manier sta ik op de stoep. Regen valt neer, schuin op de weg, en de druppels prikken als spelden in mijn gezicht. Er dendert een vrachtwagen voorbij en het geluid ervan maakt me aan het huiveren. Ik kijk hem na door de straat, zonder precies te weten waar ik ben. Alle gebouwen lijken van glas te zijn gemaakt en ze weerspiegelen het verkeer naar me terug. Druilerig, blikkerend verkeer. Er hangt iets aan mijn pols, zwaar en slingerend. Ik kan niet bedenken waarom het daar hangt te slingeren. Ik probeer het los te schudden, maar het wil er niet af.

Een auto ontwijkt me, toeterend, piepend, als ik de straat over begin te steken en ik stap struikelend de stoeprand op terwijl ik mijn vestje om me heen trek. Het is doornat, en dat geldt ook voor mijn broek. Ik strijk met mijn handen over mijn lichaam, knijp in de stof van mijn kleren. Ik ben doorweekt; er vallen druppels uit mijn haar en mijn tenen soppen onder het lopen. De regen lijkt de benzinegeuren de lucht in te jagen en ik sta huiverend naar de natte straat te kijken, waar regenbogen van olie glinsteren. Ik stond ook op deze manier op de stoep toen de gestoorde vrouw achter me aan kwam. Me sloeg en tegen me schreeuwde. Bij de gedachte maak ik me bij voorbaat al klein. Ik begin mijn natte spullen uit te doen, trek mijn mouwen over mijn handen, en er glijdt een paraplu van mijn pols. Hij rolt de straat op; een auto suist langs en laat hem naar het midden van de weg rollen. Ik durf er niet achteraan te gaan, maar ik kijk naar hoe de paraplu daar ligt en denk aan de schok van de *pats!* op mijn schouder en de manier waarop de gestoorde vrouw schreeuwde.

Ik dacht aan die keer dat ik haar woorden niet kon verstaan, maar ik blijk ze me nu heel duidelijk te kunnen herinneren. 'Ik heb je gezien,' zei ze. 'In de auto met Frank. Je speelt dat je haar bent. Met haar lippenstift op.' Ik veeg nu over mijn mond; de mouw is nat, maar mijn gezicht ook. 'Je kunt haar plaats niet innemen. Jij kunt haar plaats nooit innemen.' En daarna rende ik de keuken in en ma ging naar buiten om haar weg te jagen, om tegen haar te zeggen dat ik te jong was om onder een bus te komen. En Sukey zei: 'Dank je, Mopps,' en kuste me op mijn hoofd.

Nee, dat is een rommeltje, maar ik kan niet bedenken waar ik verkeerd ben gegaan. Er ligt een lint aan mijn voeten. Een groengeruit lint. Dat zou van Sukey kunnen zijn. De uiteinden zijn gerafeld en de zijde is gevlekt en groezelig, maar ik wind het zorgvuldig om mijn vinger als ik verder loop. Mijn zak zit vol met iets. Een soort zaden. Die heb ik zeker als tussendoortje meegenomen. Ik steek er een in mijn mond, maar hij smaakt niet helemaal goed en ik spuug hem weer uit.

Aan het eind van de weg staan een heleboel mensen dicht bij elkaar gekropen onder een glazen dak dat een deel van de straat overkoepelt. Ze houden boodschappentassen vast en kijken naar de lucht. De regen klettert boven hun hoofd en het geluid vermengt zich met hun geklets. Ik geloof dat ik iemand 'oma' hoor roepen. Ik loop onder de rand van het afdak en hoor het alweer.

'Oma! Oma!'

Katy trekt aan mijn vestje, met grote ogen. 'Wat heb je een grote ogen,' zeg ik. Maar dat is verkeerd om, dat zou zij tegen mij moeten zeggen.

'Je bent kletsnat,' zegt ze. 'Wat doe je hier?'

'O Katy,' zeg ik terwijl ik haar hand grijp, slap van opluchting. 'Ik weet niet waar ik ben. Ik ben zo blij dat jij hier bent, want ik ben verdwaald, en Katy, ik weet niet waar ik woon. Ik kan het me niet herinneren. Het is verschrikkelijk.'

Een paar andere tieners zitten op de rugleuning van een bankje, met hun voeten op de zitting. Een heeft een felgekleurde streep in haar haar.

'Ik moet haar naar huis brengen,' roept Katy tegen hen. 'Kom mee, oma.'

Ze trekt haar jas uit en legt die om mijn schouders, en ze wrijft over mijn armen. Ik begin me wankel te voelen. Ik ben moe en wil even zitten.

'Zullen we iets gaan drinken?' vraagt ze terwijl ze naar een café wijst.

Het is zo'n schemerig verlichte koffietent waar sluikharige vrouwen aan tafeltjes voor het raam zitten en een man met suède schoenen op een leren bank hangt. Katy doet de deur voor me open en wacht, met haar hoofd een beetje schuin.

'Kom je niet?' vraagt ze als ik blijf staan.

Ik tuur door het raam naar binnen en grabbel in mijn tas naar iets, geeft niet wat. Er zit wat zaad in mijn zak en ik leg het zorgvuldig op een van de tafeltjes buiten. Daar zit niemand, nu het zo nat is. Binnen is het erg lawaaierig en ruikt het naar natte kleren en warme melk. De mensen achter de toonbank lijken een soort dans uit te voeren en de klanten roepen aanwijzingen. Normaal gesproken zou ik veel te verlegen zijn om in zo'n gelegenheid te komen. Maar Katy lijkt hier thuis te horen met haar piercings en felle kleren. Ze heeft zelfs suède schoenen aan.

'Wat wil je hebben?' vraagt Katy, al in een rij.

'Thee.'

'O, oma, de thee is hier vast niet zo lekker,' zegt ze. 'Wat dacht je van een latte of zo?'

Ik zeg: 'Goed, die neem ik wel,' en ga in een grote leunstoel zitten kijken hoe ze bestelt, betaalt en naar me toe komt. Zal ik vergeten wie ze is als ik mijn blik even van haar afwend?

'Alsjeblieft.' Ze zet de kopjes neer.

Er zit een soort schuim bovenop. Ik heb haar ooit iets dergelijks zien drinken. 'Is dat milkshake of zo?' vraag ik.

'Nee, latte. Koffie met melk.'

Dus dat bedoelde ze. Dat is nogal een opluchting. Ik heb nooit van milkshakes gehouden. Er was een tent op de pier waar je ze kon kopen toen ik jong was. Het leek op zo'n Amerikaanse eetgelegenheid, al kon je er ook thee en fish-and-chips krijgen. We gingen er na de film altijd naartoe.

Katy klopt met een prop papieren servetjes op mijn hoofd. Heel even ben ik verbluft, woedend.

'Even een beetje afdrogen,' zegt ze.

Ben ik dan nat? Ik kijk uit het raam. Het regent. En nu zie ik dat dit de straat is waar de ABC Cinema zat. 'Tub Street,' zeg ik, knikkend.

Katy stopt met deppen. 'Nee, oma. Bath Road.'

Ik glimlach. Tub Street, zo noemde Douglas deze straat. Hij had een of andere film over gangsters gezien toen hij nog niet zo lang bij ons woonde, en daarna begon hij bijnamen te verzinnen voor de straten in de stad. Blackthorn Road werd dus Tree Street; en Heron Court werd Bird Street en Portland Avenue werd Stone Street. Pa vroeg hem op een dag waarom hij die verrekte namen niet kon laten zoals ze waren. Hij was bijna nooit boos op Douglas, maar ik neem aan dat hij, als postbode, straatnamen op een bepaalde manier heilig vond.

Tub Street is erg veranderd. Ze moeten de bioscoop gesloopt hebben om ruimte te maken voor al die lelijke grote gebouwen. Geen wonder dat ik het hier niet herkende. De plek die ik kende is begraven. Aarde op aarde.

'Het is zo zonde, Katy,' zeg ik.

'Ik weet het, oma, ik weet het.'

Dat zegt ze om mij een plezier te doen. Een natte prop servetjes zakt in elkaar op de tafel. Het lijkt op die boetseerklei waarmee de kinderen vroeger speelden.

'Ik kan mam niet te pakken krijgen,' zegt Katy terwijl ze iets tegen de zijkant van haar hoofd houdt. 'Ze zit waarschijnlijk aan de telefoon met de politie of zo.'

'Wat hou je daar tegen je oor? Een schelp? Naar wie luister je?' vraag ik. Douglas had een schelp, weet ik nog. Ik zag hoe hij hem ontdekte in Sukeys koffer; hij tastte in alle hoeken en vond hem achter de voering. En toen hield hij hem tegen zijn oor, en haar stem kwam eruit en ze zei tegen hem dat ze de man had ontmoet met wie ze zou trouwen.

'Handig,' zegt Katy. 'Maar dit is gewoon een telefoon, vrees ik. En op dit moment luister ik naar een vrouw die me vertelt dat het nummer dat ik gebeld heb in gesprek is. Maakt niet uit. We gaan zo naar huis. Als je je koffie ophebt.'

'Koffie is goed voor je geheugen,' zeg ik.

Ze glimlacht en leunt achterover. Ik overweeg haar te vertellen dat ik vergeten ben waarom we hier zijn. Maar ze ziet er zo blij uit, en ik maak me zorgen over haar reactie. Ze vouwt haar handen om haar kop en neemt een slokje. Haar nagellak is afgebrokkeld. De nagels zijn heel kort en ik vraag me af of ze erop bijt of dat ze ze gewoon allemaal gebroken heeft. Afgebroken en daarna in een doosje gelegd. Elk nageltje in een eigen doosje.

'Je koffie wordt koud,' zegt Katy.

Ik houd mijn vingers stevig in mijn handpalmen gevouwen om de nagels te beschermen en duw ze tegen mijn huid. Het valt niet mee om ze los te laten, maar ik steek een vinger in het kleine oortje dat, zoals blijkt, niet erg handig is. De kop is reusachtig en heel zwaar, en ik mors een heleboel koffie op de glanzend houten tafel.

'Ho!' zegt Katy terwijl ze naar voren schiet om de kop recht te houden. Helen zou nu een geïrriteerd geluidje maken, maar Katy lacht.

'Beetje te groot voor je handen, hè?' zegt ze, waardoor ik me eerder delicaat dan onhandig voel. 'Ik haal even iets voor je.'

Ze schuift de klont boetseerklei in de gemorste koffie en loopt weg. Bruin sijpelt in het wit, zoals bij een suikerklontje dat je net in een kopje thee houdt. Katy komt terug met een heel klein kopje.

'Eigenlijk zijn die voor espresso,' zegt ze. 'Maar we kunnen er steeds een beetje bij schenken.'

Ze giet wat koffie in het kopje en geeft het aan mij, met een grijns. Ik nip van de warme drank en voel me net een reus uit een sprookje. Ik glimlach onwillekeurig naar haar. Als het kopje leeg is, vult ze het bij. Ik wou dat ik wist waarom we hier zijn.

'We gaan zo,' zegt ze. 'Misschien kun je beter even naar de wc gaan, denk je niet?'

Ik sta op en doe wat ze zegt. Op de deur van de dames-wc hangt een houtsnede van een meisje. Binnen staat een oude vrouw, in elkaar gedoken in een vestje. Ik doe een stap opzij om haar door te laten, maar zij stapt ook opzij. Ik ga achteruit; zij ook. Ik loop dichter naar haar toe. Ik ben het zelf, in de spiegel. Ik leg een hand op de plek waar mijn mond weerspiegeld wordt en laat er een vlek achter, waardoor het lijkt alsof ik uitgesmeerde lippenstift draag. Ik word warm als ik het zie, voel me beschaamd en ongemakkelijk, en ik wrijf met mijn handrug over mijn mond. Het is lastig om de deur van het wc-hokje dicht te krijgen: ik schijn te veel laagjes aan te hebben, te veel vulling. Maar als ik eenmaal binnen ben, voel ik de aanvechting om hier te blijven. Het is hier knus en veilig, net als in mijn moeders voorraadkast. En ik herinner me een moment van toen de kinderen klein waren, toen ik er genoeg van had, ik herinner me dat ik in de voorraadkast ging staan en de deur dichtdeed.

Tom en Helen renden in het rond, roepend om mij, jengelend tegen elkaar, maar ik hield me heel stil en maakte geen geluid. Ik weet niet precies hoe lang ik daar stond, misschien niet zo lang, maar Patrick kwam onverwachts thuis en vond me. 'Verberg je je voor onze eigen kinderen?' zei hij. Hij was geschokt, maar ik herinner me niet dat hij kwaad was. En toen hij jaren later maandenlang weg was geweest voor zijn werk, herinnerde hij zich mijn verstopplek en trok me de voorraadkast in voor een kus terwijl de kinderen bezig waren met de cadeautjes die hij voor hen had meegebracht. Maar samen waren we te luidruchtig. We lachten en stootten tegen de rijen potten, dus de kinderen hoorden waar we zaten en maakten vieze geluiden en zeiden dat we te oud waren om te zoenen.

'Oma?' Een bekende stem komt door de spleet tussen de deur en de vloer door. 'Gaat alles goed?'

Ik trek mijn laagjes recht en werk me naar buiten. Het is een meisje. Ze lijkt op Helen, maar jonger, met donkerblonde krullen en een piercing in haar lip. Ze glimlacht en ik heb het gevoel dat ze me iets vraagt.

'Zullen we gaan?' vraagt ze. 'Kun je het aan, denk je? De bushalte is aan de overkant van de straat.'

Er wordt een jasje voor me opgehouden. Het is niet van mij, maar ik laat het haar om mijn schouders leggen, zonder behoefte om iets te zeggen. Ik hoop dat de eigenaresse het niet erg vindt dat ik het draag. Aan de andere kant van de deur is een koffietent. Ik herken het hier niet, maar de jonge Helen wijst me de weg. Ze gaat me voor en houdt de hele tijd een hand achter zich om zeker te weten dat ik haar bij kan houden. Ik loop achter haar aan naar een bushokje.

'Weet jij,' vraag ik als ik weer op adem ben, 'wat de beste plek is om pompoenen te planten?'

Een grijns en een schouderophalen. 'Geen idee, dat zou je aan mam moeten vragen. Of misschien ook niet. Die vraag drijft haar tot waanzin. Bijna nog beter dan vragen waar Elizabeth is.' Ze geeft een gilletje van verrukking bij de gedachte en helpt me even te gaan zitten. We hoeven niet lang op de bus te wachten en Helen, of wie dit ook is, vindt moeiteloos mijn buskaart in mijn tas.

'Waar breng je me heen?' vraag ik. Ik vraag het een paar keer, maar ik vang steeds het antwoord niet op. Ik hoop dat we ergens naartoe gaan waar een waterkoker is. Dit uitstapje was te veel voor me. Ik kan niet wachten tot ik een kop thee krijg. We stappen uit en lopen een paar straten. Er ligt overal rommel midden op straat. Voornamelijk kranten. Ik neem aan dat de vuilnismannen deze ochtend zijn geweest. Helen leidt me naar de zijkant van een huis. Het is een nieuw huis, pas gebouwd. Ik vind het niet mooi. Ik heb nooit van nieuwe huizen gehouden. Je weet nooit wat eronder begraven ligt. Elizabeth heeft een nieuw huis; dat heb ik ook nooit mooi gevonden.

'Helen, dit klopt niet,' zeg ik. 'Dit is niet mijn huis.'

'Ik ben Katy, oma,' zegt ze. 'En je woont nu bij ons. Weet je nog? Je bent bij ons komen wonen.'

Ik kijk om naar de straat. De rotzooi op de weg zwelt aan rond de lantaarnpaal. En plotseling weet ik weer wat ik ging doen.

'O Helen, ik moet de stad in,' zeg ik terwijl ik me omdraai. 'Ik moet naar dat kantoor.'

'Welk kantoor, oma? Dat kan niet. We zijn nu thuis.'

'Ik moet naar het kantoor van de *Echo*,' zeg ik.

'Waarom? Wil je krantenmeisje worden?'

Ik kan niet glimlachen, het is te belangrijk om het niet te vergeten. 'Nee,' zeg ik. 'Ik moet zo'n ding in de krant zetten. Een ding.

Voor Elizabeth.' Ik kan niet op het woord komen. 'Om te laten weten dat ik haar zoek.'

'Wat?' zegt Helen terwijl ze naast me blijft lopen. 'Zoiets als een advertentie?'

Ik weet niet of dat is wat ik bedoel, maar ik knik.

'Dat lijkt me niet zo'n goed idee,' zegt ze. 'Ik geloof niet dat mam dat prettig zou vinden.'

'Ben ik jouw moeder niet?' zeg ik.

'Nee, je bent mijn oma. Ik ben Katy. Katy, je kleindochter.'

Ik sta stil en kijk naar haar gezicht. Ja, ik ken haar. Natuurlijk. Maar afgezien van die piercing in haar lip kon ze werkelijk Helen wel zijn, jaren geleden, met die donkerblonde krullen. Alleen ziet ze er op een of andere manier gelukkiger uit. Mijn dochter moet een goede moeder zijn, bedenk ik. In elk geval beter dan ik was. We lopen terug naar het nieuwe nieuwe huis. Er liggen overal op de stoep zaden verspreid; de kop van een zonnebloem is eraf getrokken en ligt op een muur. Katy haalt een sleutel tevoorschijn.

'Dit klopt niet,' zeg ik tegen haar en ik wijs. 'Dit is niet mijn huis.'

Katy knijpt in mijn hand. 'Kom in elk geval even binnen, oma,' zegt ze. 'Mam zei dat ze koffiecake zou meenemen.'

'Daar houd ik niet van.'

'Nou, en een broodje met banaan dan? Dat vond je gisteren erg lekker.'

'O ja,' zeg ik. Broodjes met banaan waren een echte traktatie toen ik een meisje was, en ik vroeg er zelfs om in plaats van avondeten. Ik herinner me dat ik hoopte 's avonds een broodje banaan te krijgen op de dag dat ik Nancy van het Station Hotel weer tegenkwam.

Ik stond in de rij voor de groenteboer. Het was een lange rij en voor de winkel waren een heleboel kinderwagens geparkeerd, elk met een hoofdje erin dat van tijd tot tijd opdook en om zijn moeder jengelde. De berg bananen vlak voor het raam was de reden dat iedereen in de rij stond; het was een enorme berg en hij leek het wel te kunnen uithouden tot ik aan de beurt zou zijn, maar ik probeerde niet te veel aan de bananen te denken voor het geval ze daardoor zouden verdwijnen. Ik leunde tegen de bakstenen muur van de winkel en trok gekke gezichten naar de baby's in hun wagens terwijl de geur van zonverwarmd fruit als badwater om me heen klotste.

Ma had me er met onze bonnenboekjes op uitgestuurd omdat zij en pa die dag gingen praten met de politie en aanwijzingen zouden volgen die misschien naar Sukey zouden leiden. Brigadier Needham had ze aangeraden Sukeys stappen van huis naar het hotel na te lopen, en van het hotel naar ons huis en van ons huis naar het hare, en intussen goed uit te kijken naar plekken waar ze misschien 'verdwaald' kon zijn geraakt. Ik was er aardig van overtuigd dat de brigadier die dingen alleen maar aanried om hen bezig te houden, maar dat had ik niet tegen ma gezegd. Ze had hoopvoller geleken dan ze in maanden was geweest en ik had het hart niet om tegen haar te zeggen dat ik al die routes al nagelopen had, keer op keer op zoek naar antwoorden.

In plaats daarvan legde ik mezelf de taak op om de ingrediënten voor een echt goede avondmaaltijd bij elkaar te krijgen, maar tot dusverre had ik nog niet zo veel succes met de boodschappen gehad. Ik had van iemand gehoord dat de visboer schelvis had en was direct weggerend om te zien of ik er een paar kon bemachtigen, maar tegen de tijd dat ik vooraan in de rij stond, was er alleen nog een kabeljauw. Dus het enige wat ik tot dusverre had was een blik Heinz-tomatensoep. Maar als ik een banaan voor ieder van ons te pakken kon krijgen, zou dat wel een triomf zijn.

Er stonden nog zes of zeven mensen voor me toen Nancy me op mijn schouder tikte. 'Hallo. Jij bent het,' zei ze. 'Ik dacht al dat ik je herkende. Voel je je nu beter?'

Ik zei van wel.

'En is er nog nieuws over je zus?'

'Niets.'

Ze knikte. 'Wat jammer.' Ze nam haar boodschappentas in haar andere hand en blies haar ingevallen wangen bol. 'Waar kom jij voor? Ik voor de bananen, als die er straks nog zijn. Mijn man is er dol op.'

'Was jij degene die Sukeys naam in het register had geschreven?' vroeg ik.

'O. In het hotel, bedoel je? Ja, dat klopt.'

'Waarom?'

'Dat had Frank gevraagd.'

'Maar kon Sukey dan zelf niet tekenen?'

'Ze zat buiten, in het busje. Hij wilde eerst betalen en de sleutel hebben en alles, zodat hij haar direct naar een kamer kon brengen. Ze was er niet best aan toe, zei hij. Hijzelf ook niet, de arme schat. Bezorgd over haar, denk ik. Die ellendige gestoorde vrouw was hun huis weer binnengekomen. Niet dat ik daar wat van kan zeggen – mijn man heeft zelf zo zijn problemen.'

'Maar heb je haar wel gezien? Sukey, bedoel ik. Ik dacht dat je tegen de politie had gezegd van niet?'

'Eh...'

'Je hebt gezien dat Frank haar naar haar kamer bracht?' Ik staarde omhoog naar de pruillip van de vrouw en hoopte op zelfs maar de oppervlakkigste beschrijving van Sukey. De gedachte aan haar, in leven, nog in onze stad, in onze wereld, met haar eigen kleren aan en net weg van het avondeten bij ons thuis, liet me even zweven.

'Nee. Dat klopt,' zei de vrouw, wat me vanbinnen het gevoel gaf dat ik tegen de grond sloeg. 'Ik moest even invallen voor een van onze telefonistes, dus heb ik niet gezien dat ze naar boven gingen. Hij wilde je zus onopvallend naar binnen brengen zodra hij de sleutel had, om te voorkomen dat de gestoorde vrouw zou zien waar ze heen was gegaan. Het leek mij een beetje overdreven, maar als je eenmaal zo geschrokken bent neem ik aan dat je er echt wel voor wilt zorgen dat dat je niet nog een keer overkomt.'

'Dus je hebt ze niet naar boven zien gaan?'

'Nou, ik zag Frank wel naar beneden komen – tegen die tijd zat ik weer bij de receptie. Arme Frank, hij was er echt slecht aan toe, zo bezorgd over zijn vrouw. Ik zei: "Waarom blijf je niet bij haar?" Maar hij kon niet, hij had die avond iets te doen in Londen. Ik wilde er niet te veel over vragen, want ja, 't is dan wel een charmeur die geen vlieg kwaad zou doen, maar je kunt nooit scheermesjes voor die prijs verkopen zonder een paar verkeerde types te kennen. Mijn man moet gladgeschoren zijn, weet je, hij kan nog geen dag baardgroei verdragen. Het zal hem wel te veel aan het kamp doen denken. Hij is krijgsgevangene geweest, in de buurt van Singapore. Dat weet je toch wel? Hoe dan ook, ik heb nog aangeboden om even bij haar te gaan kijken, maar Frank zei dat ze direct naar bed was gegaan. En het bed zag er de volgende dag inderdaad beslapen uit, met gekreukte lakens en alles.'

16

Deze la ruikt vanbinnen naar oude vlakgom en zit onder de vlekken en krassen, maar de dingen erin zijn schoon en nieuw: onaangebroken rolletjes pepermunt, dozen tissues, strips paracetamol. Een aantal foto's van een glimlachend gezin, op allerlei plekken in Duitsland, zit met een paperclip aan elkaar vast, al kan ik niet bedenken waarom ik die zou willen hebben. En er ligt een doosje lantaarnpalen, kleine lantaarnpalen met lood in het midden. Het goede woord ervoor is verdwenen. Ik haal er eentje uit het doosje terwijl ik het me probeer te herinneren en druk het uiteinde in het hout van de la tot de punt afbreekt. Dat is bevredigend en ik pak er nog een, alleen om hem te breken.

De deurbel gaat. Ik laat het potlood vallen en loop tegen een boekenkast aan in mijn haast om de kamer uit te gaan. Er staan twee vuile kopjes op een plank. Ik neem ze mee, en in de hal besef ik dat er in het ene nog thee zit. Ik drink het op, al is het koud, en zet beide kopjes dan op de onderste traptrede. Ik stommel achteruit. De trap gaat de verkeerde kant op. Hij wijst niet meer naar de deur. Ik probeer een paar treden. Ze zijn stevig genoeg. De deurbel gaat. Twee keer. Drie keer. Het is een schor geluid, helemaal niet melodieus. Ik doe open en er stormt een man naar binnen.

'Nu ben je echt te ver gegaan,' zegt hij.

Hij zwaait met iets, schudt het voor mijn ogen heen en weer, maar het beweegt zo snel dat ik niet kan zien wat het is. Ik doe een stap achteruit en blijk al snel met mijn rug tegen de trapspijlen te staan. Ik kan niet bedenken hoe die hier komen. Ze staan op de verkeerde plaats.

'Ik bedoel, een advertentie, verdomme! Dat gaat gewoon te ver.'

'Te ver,' zeg ik terwijl ik naar de trap kijk. Die is van plaats veranderd en ik begrijp er niets van.

'Ja, precies. Hé, luister je?'

'Weet jij hoe het kan dat de trap is verplaatst?' vraag ik.

De man is halverwege een diepe ademhaling. Hij stopt. 'Wat?'

Hij komt me bekend voor, maar ik ken hem niet, en ik kan me trouwens op dit moment toch niet met hem bezighouden. 'De trap,' zeg ik. 'Die is van plaats veranderd. Hij staat de verkeerde kant op. Hoe kan zoiets gebeuren, denk jij? Is er soms een aardbeving geweest?'

'Waar heb je het toch over?' Hij is heel lang, deze jongen. Maar krom, net als Douglas.

'De trap,' zeg ik. 'Douglas. Douglas zal hem wel hebben verplaatst.' Ik weet niet meer wat ik wilde zeggen. Mijn gedachten zijn helemaal in de war geraakt.

'Wie is Douglas?'

'Onze kostganger.'

De man lijkt ineen te krimpen, een klein beetje. 'Die zit boven, zeker?' Hij legt een hand op de trap en de spijltjes trillen een beetje onder zijn gewicht als hij naar de overloop kijkt.

'Boven?' vraag ik terwijl ik zijn blik volg. 'Wie zit er boven?' Ik kijk naar de man en moet plotseling huiveren. Ik vraag me af wie daarboven zou kunnen zitten. Niet alleen dat, maar de spijlen zitten op de verkeerde plek. Ze zitten op de verkeerde plek en ik ben bang. Ik kijk naar de keel van de man boven de hals van zijn T-shirt; die is ruw van het scheren. Dit is Peter. Dit is Elizabeths zoon. Ik voel mijn buik vol woede lopen.

'Heb jij dat gedaan?' vraag ik. 'Ben jij degene die de trap heeft verplaatst?' Dat moet de verklaring zijn. 'Net iets voor jou, zo'n rancuneuze streek.'

'Huh?' Hij wrijft over de achterkant van zijn nek en fronst.

Het is even stil. Ik hoor een roek krassen, krassen in de verte. Ik bal mijn handen tot vuisten. 'Er zat zeker geld voor je in.'

Peter kijkt weer langs de trap omhoog. 'Ik heb verdomme die trap niet verplaatst,' sist hij.

'Hoe verklaar je dat dan?'

'Ik weet het niet, zo is hij gewoon gebouwd.'

'O, belachelijk. Hoe kun je dat nou zeggen. Misschien dat je moeder in zulke leugens trapt, maar dat kun je bij mij wel vergeten.'

'Hou je mond over mijn moeder!' roept Peter terwijl hij beide handen opheft.

Achter hem gaat de voordeur open. Het is Helen. Helen, met de zware, honingzoete geur van wisteria, het geluid van het verkeer en ritselende plastic tasjes in haar handen. Dit zijn de tasjes die haar aan het grijnzen maken en haar een schuldgevoel bezorgen, de tasjes die ze tot gekleurde eivormige ballen verfrommelt en in laden verstopt.

'Wat is hier aan de hand?' vraagt ze.

'Die man heeft mijn trap verplaatst, Helen,' zeg ik. 'Ik denk dat ik weet waarom, maar ik weet niet hoe hij het gedaan heeft. Laat hem vertellen hoe hij het gedaan heeft.'

Peter draait zich om naar Helen. 'Je moeder heeft een advertentie in de krant gezet om te vragen of mensen contact met haar willen opnemen als ze mijn moeder hebben gezien.'

Hij steekt haar een opgevouwen krant toe en Helen tilt de tasjes even op om te laten zien dat ze haar handen vol heeft. Katy komt achter haar naar binnen en pakt een paar kopjes op van een traptrede. Ze loopt de keuken in en ik vraag me af of ze toast voor me zal maken, maar even later komt ze de tasjes halen, maakt ze los van tussen haar moeders vingers.

'Ik zal deze maar even verstoppen, hè, mam? Straks ziet iemand nog dat je plástic tassen gebruikt.' De woorden 'plastic tassen' fluistert ze, en ik vraag me af of Helen haar wel heeft gehoord. Ze reageert in elk geval niet, kijkt alleen naar Peter.

'Een advertentie?'

'Het is tot daaraan toe dat ze me belt en briefjes bij het huis achterlaat. Maar dit...'

Helen pakt eindelijk de krant aan. Ze kijkt even naar de opgevouwen pagina en zwaait er daarna mee naar mij. Ik probeer hem te vangen, maar ze let niet op en hij mist mijn hand.

'Het spijt me,' zegt ze. 'Ik weet niet wanneer – of hoe – ze die geplaatst kan hebben.'

Peter schudt zijn hoofd. Ik doe hetzelfde. Hij blijft zijn hoofd schudden terwijl hij het huis uit loopt en Helen rent achter hem aan; haar voetstappen knerpen op het grind. Ze verheft haar stem, maar ik kan de woorden niet verstaan. Een auto start en rijdt weg.

'Nou, dat was aangenaam thuiskomen,' zegt Helen terwijl ze weer binnenkomt. Ze slaat de krant die ze vasthoudt open. 'Hier staat het. "Ik zoek Elizabeth Markham. Hebt u informatie, bel dan..." O god. Het is je oude vaste nummer. Ik wist niet dat je dit had geplaatst.'

'Nee. Dat heb ik niet gedaan,' zeg ik.

'Hoe kom je erop om zoiets te doen?' zegt ze. 'Een advertentie plaatsen, bedoel ik.'

Ik kijk op naar de overloop. '"Vrouwen. Neemt contact op met uw echtgenoten,"' zeg ik.

Helen geeft me de krant en gaat water opzetten.

'Neemt contact op met uw echtgenoten.' Ik heb dat artikel bewaard. En ik heb alle verhalen verzameld die ik kon vinden over mensen die van huis zijn weggelopen. Advertenties ook, van mannen die hun vrouw vragen om terug te komen of hun te schrijven, van ouders die op nieuws van hun vermiste zonen hopen. Eigenlijk waren er niet zo veel – de verslaggever had het duidelijk wat sterker aangezet – maar ze leken stuk voor stuk als een parachutekoord aan me te trekken en vleugels te geven aan mijn hoop. Ik wist natuurlijk wel dat zelfs als honderd mannen en vrouwen zonder een woord waren vertrokken, dat nog niet betekende dat Sukey hetzelfde had gedaan. Maar het was beter dan de andere mogelijkheid: dat de moordenaar die die twee vrouwen had gegrepen ook Sukey had gepakt. Het betekende dat er een kans was dat we haar op een dag misschien zouden terugvinden. Ik probeerde ma te vragen naar welke visboer Sukey ging, maar ze moest er alleen maar van huilen en pa werd boos.

Ik wilde weten wat Douglas ervan vond – per slot van rekening las hij de krant altijd tot de laatste letter – maar ik begon bang van hem te worden. Ik kon het beeld van zijn dreigende, boze gezicht die keer dat hij lippenstift over mijn wang en kin had uitgesmeerd maar niet van me afzetten, en hoewel ik hele dagen bezig was met nachtcrème opbrengen en er weer afhalen, bleef ik het gevoel houden dat er een vette vlek bleef zitten. Ik begon hem in huis in de gaten te houden en erover na te denken dat hij helemaal niet om zijn moeder gerouwd leek te hebben, dat hij altijd zo naar Sukey had gestaard en dat die buurvrouw had gezegd dat hij de hele tijd bij Sukey thuis zat. En ik herinnerde me dat de agent had gezegd dat hij hem ergens van kende, en dat er eten wegraakte, en dat de paraplu in zijn kamer precies dezelfde was als die van de gestoorde vrouw. En dat hij zei dat hij naar de bioscoop ging, maar daarna nooit een film gezien leek te hebben. Als hij me zag kijken, trok hij een boos gezicht en dan dacht ik aan de filmboeven waarop hij leek, maar soms boog hij zijn hoofd op die oude, verlegen manier en dacht ik: het is Doug maar, en dan had ik spijt van al mijn achterdocht.

Nu ik met niemand kon praten moest ik het weinige advies volgen dat ik uit krantenknipsels haalde. Ik zocht naar aanwijzingen voor waar Sukey naartoe had kunnen gaan tussen de kleren die Frank me had gegeven, en in de koffer die de politie had teruggegeven. Een man uit een krantenartikel had een folder over Torquay in een la laten liggen en was daardoor opgespoord. Ik herinnerde me hoe Douglas zijn handen over de voering van de koffer had laten gaan en deed hetzelfde, maar ik vond niets.

Uiteindelijk liet ik Frank mijn verzameling knipsels zien toen hij nog eens met me naar Fiveways ging. Ik dronk een ginger ale, ik was er niet erg gelukkig mee om weer met hem in een kroeg te zitten. Het was nu wel minder druk, vanwege het biertekort; het rook er meer naar vocht dan naar rook en Frank scheen minder mensen te kennen. Toen ik hem de kranten liet zien, had ik vaag het idee dat hij zou gaan huilen, maar dat deed hij niet.

'Zo,' zei hij. 'Jij denkt dat ze me verlaten heeft, is dat het?'

'Nou, zou dat niet beter zijn dan het alternatief? Wat er met die vrouw in het Grosvenor Hotel is gebeurd?'

'Misschien.'

Hij staarde in zijn bierglas, waar nog maar een bodempje in zat. Ik keek naar de diepe lijnen op zijn voorhoofd, schaduwen onder de lampen van de kroeg, naar de manier waarop zijn handen het glas omdraaiden, en ik wachtte tot hij het bier ophad.

'Heb je soms liever dat ze dood is?' vroeg ik, al kon ik niet geloven dat hij dat echt zou willen en vond ik het niet prettig om het woord 'dood' uit te spreken.

Zijn handen bewogen onafgebroken en zijn vingers waren wit waar ze platgedrukt tegen het glas zaten, en toen hij me aankeek stonden zijn ogen vermoeid.

Hij zuchtte. 'Nee,' zei hij. 'Nee, natuurlijk zou ik dat niet liever hebben. Hij is een maniak, die man, heb je de verhalen wel gelezen? Je hebt moord, dat is één ding; en dan heb je wat hij deed, en dat is heel iets anders.' Frank hief zijn handen op en het laatste beetje bier klotste in zijn glas. 'Ik bedoel, een ongeluk kan altijd gebeuren, daar kun je niets aan doen, en je kunt het ook niet ongedaan maken. Maar wat hij deed was geen ongeluk.'

Ik was het met hem eens dat de man een maniak was die niet per ongeluk iemand had gedood, en ik vroeg Frank nog eens of hij dacht dat Sukey weggelopen kon zijn, maar hij weigerde er verder over te praten. Hij wilde alleen dat ik herinneringen ophaalde aan Sukeys verhaal, dat ik hem nog eens vertelde hoe ze elkaar hadden ontmoet.

'En toen zei ze: "Dat is de man met wie ik ga trouwen,"' herhaalde ik. Ik hoefde er amper nog bij na te denken. Ik keek naar het draaiende bierglas en voelde het verwrongen krantenpapier in mijn handen. '"Ik weet het gewoon. Hij is de man voor mij."'

Toen Frank me later die avond naar huis bracht, me een pakje ham meegaf voor ma en op de hoek wachtte om me naar binnen te zien gaan, zag ik mevrouw Winners achter haar raam staan. Ze sprak in de telefoon toen ik langs haar heg liep en kwam achter me aan naar buiten rennen.

'Die gestoorde vrouw sluipt weer rond,' zei ze terwijl ze de straat in keek. 'Ik heb de politie al gebeld, maar ik zou maar snel naar binnen gaan, Maud.'

Ze zag Frank staan, maar je kon zijn gezicht niet zien op die plek, voor de lantaarnpaal met zijn hoed naar voren getrokken.

'Heb je al verkering?' vroeg ze. 'Waarom brengt hij je niet fatsoenlijk thuis? Mag je pa hem niet?' Ze grinnikte en duwde me in de richting van mijn huis. 'Ga dan. Ga naar binnen. God weet waartoe die vrouw in staat is.'

Frank stond nog steeds op de hoek toen ik omkeek. Ik kon het puntje van zijn sigaret zien gloeien. En Douglas ook.

'Alweer met hem weg,' zei hij, en ik schrok. Hij stond in onze donkere voortuin de straat in te kijken.

'Wat doe jij hier?' zei ik geïrriteerd.

'Je moeder vroeg of ik naar je wilde uitkijken. Die eh... die vrouw was hier.'

'Dat zei mevrouw Winners al. Je staat zeker te wachten tot je ons eten aan haar kunt geven.'

Hij knikte, schijnbaar zonder me te hebben gehoord, en bleef in de voortuin over de straat en het park uit staren. 'Heb je die nieuwe huizen gezien?' vroeg hij zonder zich naar me om te draaien, en ik vroeg me af of hij het eerder tegen zichzelf had. 'Ze hebben daar maandenlang de grond opgehoogd, laag op laag op laag. En nu is het er zo plat en zo glad als maar kan. Je weet nooit wat eronder ligt.'

Ik ging wat dichter bij Douglas staan, want ik verwachtte ineens dat er een dropgeur uit de aarde omhoog zou dampen en was veel te bang om alleen door de natte, beschaduwde tuin te lopen. Ik tuurde het donker in en probeerde te zien wat hij zag. Maar ik wist dat hij de huizen aan de andere kant van het park bedoelde en dat ik die vanaf hier nooit kon zien, zelfs niet overdag. Ik probeerde me te herinneren hoe de nieuwe huizen eruitzagen, maar ik kon alleen maar denken aan het staketsel van Douglas' oude huis, met de schilderijen en siervoorwerpen in de blootliggende kamer, alsof er elk moment iemand binnen kon lopen.

'Mensen kunnen ergens honderd jaar wonen zonder ooit te weten wat er onder hun voeten ligt,' zei hij. Er klonk geritsel in de heg, en hoewel het waarschijnlijk gewoon een egel of zo was, schrokken we allebei. 'Jij kunt beter naar binnen gaan,' zei hij.

Ik liep achterom, de keuken in. Ma en pa waren de vaat aan het wegzetten.

'Je eten staat op het fornuis,' zei ma, zonder me aan te kijken. Ik had tegen haar gezegd dat ik Frank die avond zou zien, en zij had niets tegen pa gezegd. Ze had ook gevraagd of Frank aan zeep of lucifers kon komen, want die waren er niet meer in de winkels. Ik hield het pakje ham omhoog toen pa met zijn rug naar ons toe stond en haar gezicht klaarde even op, voor de vermoeide lijnen weer op hun plek vielen.

Ik at mijn soep met schapenvlees in de verwachting dat Douglas elk moment binnen kon komen, maar toen ik naar boven ging was hij waarschijnlijk nog steeds in de tuin. Ik wachtte bij mijn raam of ik hem door de keukendeur naar binnen zag gaan en luisterde naar de incidentele bons van rijpe appels die uit de boom vielen, en het was bijna middernacht toen ik hem eindelijk in het oog kreeg, een zwarte gestalte tegen de donkere nacht. Tegen die tijd was ik klaar met mijn brief aan de moordenaar, Kenneth Lloyd Holmes.

'Je ruikt gek,' zeg ik tegen Helen als ze zich bukt om mijn thee neer te zetten.

'Hoe bedoel je, gek?' Ze is verontwaardigd, al was dat toch nauwelijks een belediging.

'Het is een zoete geur,' zeg ik. 'Ik kom er zo wel op.' Het is zoet, maar niet lekker. Ik krijg er hoofdpijn van en het doet me denken aan de gestoorde vrouw; ik wrijf over mijn schouder alsof ik een mep van een paraplu heb gekregen.

'Is het de thee?' vraagt Helen terwijl ze haar thee onder mijn neus houdt. 'Dat is venkel.'

'Bah, ja, dat is het. Walgelijk. Dat heb je mij toch niet gegeven, hè?'

'Nee, mam.' Ze neemt een slok uit haar beker en grijnst. 'Ik was vergeten dat je zo'n hekel aan die geur had. Tom en ik mochten ook nooit venkeldrop kopen toen we klein waren.' Ze zwijgt even alsof dit een dierbare herinnering is, maar ik herinner me dat ze er als kind uren om gejengeld heeft. 'Wat ben je aan het schrijven?' vraagt ze.

Ik kijk naar het vel papier onder mijn handen. Het zijn maar krabbels. Een heleboel zwarte krabbels op wit. Ik kan ze niet lezen. Helen zegt iets over Peter.

'Over overdrijven gesproken. Wat denkt hij dat je gaat doen?' Ze trekt een stoel bij, en haar laatste zin is onverstaanbaar bij het schrapen van de poten over de vloer.

Ik staar naar een papier vol krabbels, betekenisloze krabbels. Alleen heb ik het gevoel dat sommige ervan misschien woorden zijn en dat ik ze niet kan lezen. Ik wil het aan Helen vragen, maar ik schaam me en ben bang. Als ik opkijk bijt ze op de binnenkant van haar wang terwijl ze me aanstaart. Ik vraag me af of ze het geraden heeft, van de woordkrabbels.

'Maak je geen zorgen,' zeg ik. 'Ik vraag het wel aan Elizabeth.' Dat lijkt precies het juiste om te zeggen. Ik glimlach Helen even toe, maar er klopt iets niet. Ik probeer me te herinneren wat het is. Een gedachte blijft me maar ontglippen. 'Ik mag het toch wel aan haar vragen?' Ik kijk mijn aantekeningen door, maar ik hoef ze niet eens te lezen. Ik weet het al. Elizabeth is zoek.

Ik laat mijn pen vallen, vouw het vel met krabbels op en stop het in mijn zak. Helen pakt mijn hand. Ze is aardig aan het doen, ze 'doet moeite'. Dat zou ik ook moeten doen. Ik vraag me af wat ik kan zeggen. 'Je ziet er leuk uit, lieverd.'

Ze trekt een gezicht.

'Ik ben blij dat ik een dochter heb als jij.'

Ze klopt op mijn hand en maakt aanstalten om op te staan.

'Kunnen we Patricks graf bezoeken?' vraag ik. 'Ik wil er graag bloemen op leggen.'

Dat is het. Ze glimlacht, breed, en gaat weer zitten. Ze heeft kuiltjes in haar wangen, mijn dochter. Nog altijd, verzonken in haar gezicht op haar vijftigste. Dat was ik vergeten. Het is alsof ze verborgen zaten en nu eindelijk naar buiten komen.

'We kunnen meteen wel gaan,' zegt ze.

En we trekken onze jas aan en stappen in de auto. Het gaat allemaal vliegensvlug. Op een bepaald moment stoppen we ergens en Helen stapt uit. Ik hoor om me heen de portieren dichtgaan, zie haar door het glas heen geluidloos iets zeggen en snel weglopen.

Het is niet druk op straat, er loopt slechts een enkeling voorbij. Maar die herken ik niet. Ik geloof niet dat ik ze herken. Een vrouw met lang, donker haar komt de hoek om en loopt naar me toe. Ze kijkt in de auto als ze langsloopt en staat stil, tikt op het raam, wijst naar mij en dan naar het portier van de auto. Ze glimlacht, knikt en zegt iets wat ik niet goed kan horen door het glas. Ik trek aan de handgreep, maar de deur gaat niet open en ik schud mijn hoofd. De vrouw haalt haar schouders op, zwaait, werpt me een kushandje toe en loopt weg. Ik vraag me af wie ze was. Wat ze wilde.

Helen stapt plotseling in, met een warme benzinegeur om zich heen.

'Was dat Carla?' vraagt ze. 'Die hier net stond?'

'Nee,' zeg ik. 'Ik weet... Wie zei je dat het was?'

'Carla.'

Dat is geen naam die ik ken. Helen geeft me een bos bloemen en start de auto. 'Zijn die voor... die vrouw?' vraag ik. 'Wie zei je?'

'Nee, die zijn voor pap.'

We rijden de weg op en ik leun achterover, terwijl de bloemen me bestuiven met water. Ik zit graag in de auto. Het is er comfortabel en je hoeft niets te doen. Je kunt gewoon zitten. 'Ligt hij in het ziekenhuis?'

'Wie?'

'Jouw vader.'

We staan stil voor een stoplicht en Helen kijkt me aan. 'Mam, we gaan papa's graf bezoeken.'

'O ja,' zeg ik en ik lach. Helen fronst. 'O ja,' zeg ik nogmaals.

De begraafplaats is heel groot, maar ze heeft het graf in een oogwenk gevonden. Ze moet hier vaker komen dan ik dacht. We staan voor de grafsteen. We lezen hem. In stilte, want Helen wil niet dat ik hardop lees. We staan daar lange tijd. Ik begin moe te worden. En het is saai om hier te wachten. Helen heeft haar hoofd gebogen, haar handen gevouwen alsof ze bidt. Ze gelooft niet eens in God. Er ligt een berg aarde niet ver van waar we staan: er zal daar iemand onder de grond worden gestopt – hoe noem je dat? Geplant, er wordt iemand geplant. Ik staar lang naar de aarde. 'Helen,' zeg ik. 'Hoe moet je pompoenen kweken?'

Ze beweegt zich niet, maar mompelt haar antwoord. 'Dat blijf je maar vragen,' zegt ze.

Ik weet niet of dat waar is, maar ik zou niet weten waarom ze erover zou liegen, en ik loop een eindje weg om na te kunnen denken, in de richting van een grote taxusboom. Er is iets angstaanjagends aan zijn formaat en aan de manier waarop de donkere takken al het licht van de grond weghouden. Het graf hier heeft een platte steen en de naam erop is erg verweerd. Alleen de datum van haar dood en het RUST ZACHT zijn nog leesbaar. 'Dat was de gestoorde vrouw,' zeg ik, als Helen me inhaalt. 'Ze heette Violet, maar iedereen noemde haar "de gestoorde vrouw".'

'Wat treurig,' zegt Helen terwijl ze alweer met gebogen hoofd staat.

Ik vind dat ze dat respectvolle gedoe overdrijft. Ik draai met mijn hak in het zand. 'Ze heeft me een keer achternagezeten,' zeg ik. 'Ze kwam achter me aan en stal de kam van mijn zus. Die trok ze uit mijn haar.' Terwijl ik het zeg, voel ik de haren uit mijn hoofd gerukt worden, de pijn als ze losscheuren uit mijn huid, maar het lijkt niet echt, ik heb de herinnering op een bepaalde manier verkeerd. 'Ze kijkt naar me,' zeg ik. 'Ze weet alles over me.'

'Wie?'

'Zij.' Mijn handen zitten in mijn zakken, dus wijs ik de grafsteen aan met mijn elleboog. Ik wil de steen een trap geven. Ik wil op de aarde eronder stampen. 'Ze is er altijd, zit verdorie altijd maar te kijken.'

Helen heeft haar hoofd niet langer gebogen. 'Ze is dood, mam,' zegt ze. 'Hoe kan ze naar je kijken?'

Ik weet het niet. Ik kan het niet bedenken. Ik haal mijn handen uit mijn zakken en zoek naar een notitie. Er is een opgevouwen stuk papier met zwarte letters erop en ik verfrommel het tot een bal. Ik wil het in de aarde proppen, naar beneden duwen tot de plek waar de mond van de gestoorde vrouw ligt. Maar Helen pakt mijn hand en tilt hem op terwijl ze het papier platdrukt tussen haar hand en de mijne. En in de kleine ruimte tussen onze duimen kan ik net de naam Kenneth Lloyd Holmes lezen.

Hij was de man die gearresteerd was voor de moord in het Grosvenor Hotel, de man die ik een brief stuurde om te vragen of hij mijn zus had vermoord. Ik hoopte nog steeds dat Sukey weggelopen was, maar de moorden waren overal op het nieuws – zelfs op de radio. Ik schreef in de brief dat ik het tegen niemand zou zeggen, maar dat ik moest weten of hij haar had vermoord. Ik beschreef Sukey, haar haar, hoe ze zich kleedde, en vertelde hem in welke stad we woonden. Als hij niet terugschreef, dacht ik dat dat misschien kon betekenen dat ze nog leefde. En als hij zei dat hij het gedaan had, nou, dan wisten we tenminste wat er was gebeurd. Ik kon niet bedenken wat ik moest schrijven na 'Hoogachtend'; ik vond het doodeng om er mijn eigen naam neer te zetten. Uiteindelijk schreef ik 'Miss Lockwood' en ik vroeg de kruidenierster aan het eind van de straat of ze een brief gericht aan die naam voor me in ontvangst wilde nemen. Destijds beheerde Regs moeder de winkel. Ik weet nog dat ze haar wenkbrauwen optrok en lachte.

'O, je wacht op een *biyay-doo*?' zei ze. 'Juffrouw Lockwood. IJdelheid der ijdelheden.' Ze glimlachte en tuitte haar lippen, en ik bloosde en zweette onder mijn jas. Ik geneerde me verschrikkelijk, want ik wist dat ze het op zijn minst tegen mevrouw Winners zou vertellen. Maar ze wilde de brief wel ontvangen en voor me bewaren, en dat was het enige wat ertoe deed. Ik borg de krantenartikelen op in een la en wachtte. Ik kreeg nooit antwoord, maar toen ik op een middag met Frank in de Pleasure Gardens was, vertelde ik dat ik die brief had gestuurd.

'Ben je helemaal gek geworden?' zei hij, amper wachtend tot hij zijn longvol sigarettenrook had uitgeademd. 'Schrijven aan zo'n krankzinnige? Waarom denk je dat hij iets met Sukey te maken kan hebben?'

Hij beende heen en weer voor de bank waarop ik zat en trok met geweld aan zijn sigaret, zodat het papier snel en fel brandde. Hij had pakjes zeep voor ma en een chocoladereep voor mij meegenomen: Cadbury's Dairy Milk, wat nergens in de winkels lag. Ik beet een stukje af, maar beloofde mezelf dat ik de reep niet zou opeten voor ik thuis was. Het was zo overweldigend romig en zoet dat ik heel even vergat dat we aan het bekvechten waren, en ik keek met een brede glimlach naar hem op.

'En als hij zegt dat hij het niet heeft gedaan, wat bewijst dat dan?' vroeg hij, gelukkig zonder acht te slaan op mijn lach.

Ik pakte de rest van de chocola weer in en deed het in mijn zak. 'Als hij het niet gedaan heeft, bewijst dat dat ze nog in leven kan zijn.'

'Nee, Maud, dat bewijst helemaal niets.'

Hij schoot zijn sigaret de rivier in en schudde er nog een uit het pakje terwijl hij me aan bleef staren. Ik moest op mijn handen gaan zitten om te voorkomen dat ik de chocolade weer uit mijn zak haalde.

'Wat heb je precies geschreven?' vroeg hij, toen de nieuwe sigaret aangestoken was.

Ik vertelde het hem, probeerde het me woord voor woord te herinneren, maar hij onderbrak me voortdurend, mijn zinnen herhalend en hoestend van de rook.

'"Ze ziet er net zo uit als de andere meisjes die je hebt vermoord"? Godsamme.'

Ik zoog mijn lippen naar binnen om mijn eigen woorden. 'Maar het is zo.'

'Waarom?' riep hij, en vanaf een ander bankje keek een oud echtpaar naar ons. 'Waarom doe je dit, verdomme? Kleine stomkop dat je bent. Hij is niet eens lang genoeg hier geweest om haar ontmoet te kunnen hebben. Waarschijnlijk word jij alleen maar zijn volgende slachtoffer.'

Ik haalde mijn schouders op en draaide me van hem af. De man was gepakt en zou opgehangen worden, dus dat leek me onwaarschijnlijk. Frank vloekte binnensmonds en begon het pad af te lopen. Heel even dacht ik dat hij voor altijd bij me wegliep, maar nog voor hij bij het oude echtpaar kwam keerde hij abrupt om en bracht zijn hand naar zijn mond om de sigaret uit zijn mond te rukken. Het was een vreemd windstille dag, alsof we binnen zaten, en de rook hing bijna roerloos tussen ons in, al kon ik de wind ver boven ons hoofd in de dennen horen.

'Waar ging je altijd dansen met Sukey?' vroeg ik. Ik wilde dat ik hem niet over de brief had verteld, ik wilde het goed maken, weer op de oude voet verder gaan.

'The Pavilion. Hoezo? Ga je dat aan die krankzinnige vertellen waar je zo'n zwak voor hebt?'

Ik kromp ineen bij zijn toon. Hij slaakte een lange zucht, gooide zijn tweede sigaret weg en kwam voor me staan. Ik had me gewonnen gegeven en de chocola weer uitgepakt, en toen hij vooroverboog om mijn handen in de zijne te nemen, begon die te smelten tussen ons in.

'We gingen altijd naar The Pavilion,' zei hij. 'En dan dwong ze me zelfs nog voor de pauze te dansen. Dat had ik nog nooit gedaan. Eindelijk iets wat ik me wel herinner en jij niet, hè?' Hij schudde zachtjes mijn handen en één kant van zijn mond krulde op in een glimlach.

Ik glimlachte terug, zoals altijd. 'Vanaf nu herinner ik het me ook,' zei ik. 'Misschien moet ik daar eens gaan kijken.'

Hij liet me los; de chocoladereep viel op mijn schoot en maakte een vlekje op mijn rok.

'Kun je het niet gewoon laten?' vroeg hij.

En ik dacht dat hij het over de chocolade had en zei: 'Jij nam het voor me mee,' voor ik besefte dat hij mijn zoektocht naar Sukey bedoelde.

Maar ik kón het niet laten en trok Sukeys groene geschulpte jurk aan naar de zaterdagse dansavond in The Pavilion Ballrooms. Er was een kans, dacht ik, dat als Sukey nog in de stad was – al wilde ze geen contact met ons, wilde ze ons niet kennen – dat ze de verleiding om te gaan dansen niet zou kunnen weerstaan. Het was het proberen waard. En ik dacht dat ik er gewoon naartoe zou gaan om te zien wie er kwam, en ik zou zorgen dat ze me niet konden zien door mijn haar op een andere manier te krullen en een exemplaar van mijn moeders tijdschrift *Britannia and Eve* mee te nemen en voor mijn gezicht te houden.

The Pavilion Ballrooms had een grote foyer met roodfluwelen banken en palmen in grote porseleinen potten. Er stonden rieten stoelen rond de pilaren opgesteld, maar daar leek je meer in het oog te lopen dan op de banken. Toen ik aankwam stonden alle lege stoelen trouwens met hun rug naar de deur, zodat ik niet zou kunnen zien wie er binnenkwam. Ik nam plaats op een bankje in de hoek en hield het tijdschrift omhoog. In de grote zaal ging de dansavond bijna beginnen; zo nu en dan liepen er mensen de foyer binnen om daar te wachten, kletsend en lachend en alvast een beetje met hun benen wiebelend. Het begon er te ruiken naar parfum, schoensmeer en mottenballen van alle jurken die de hele week in de kast hadden gehangen. Ik was vroeg gegaan zodat ik kon uitkijken naar Sukey en had nog een kwartier voor het orkest zou gaan spelen. Ik las met halve aandacht een advertentie voor Dr. Williams' Pink Pills en hield tegelijkertijd de deur in de gaten. Mijn hart bonsde luid en elke slag leek het bloed rechtstreeks mijn armen in te pompen, zodat het moeilijk was om het tijdschrift recht te houden.

Op een bepaald moment kwam er een man binnen die even op de drempel bleef staan en de ruimte rondkeek. Hij was lang en had een blonde snor, en zijn kleren leken te horen bij een dikkere man.

Ik ging wat meer rechtop zitten om naar hem te kijken toen er een elegante vrouw in een paarse jurk de danszaal uit kwam en zijn naam riep. Haar stem klonk bekend en haar haar had een zachte, donkere kleur. Ik durfde amper naar haar te kijken; mijn adem bleef in mijn longen steken. De man wachtte tot ze bij hem was en legde toen een arm om haar schouders, en de vrouw leidde hem door de foyer naar een rieten stoel. Hij liep erg mank en ik bedacht dat hij vast in de oorlog schade aan zijn been had opgelopen. Toen ze dichterbij kwam, zag ik dat de vrouw plomp was en veel moederlijker dan Sukey, en hoewel ze zich sierlijk bewoog was ze lang niet zo elegant. Bijna een minuut lang voelde ik helemaal niets, maar toen begon de teleurstelling te bijten, als een steek in mijn zij.

Ik maakte mezelf wijs dat het honger was en zocht naar het laatste stukje van de chocolade die Frank me had gegeven, maar dat had ik zeker naast mijn bed laten liggen, of het zat nog in de zak van mijn schooljas, want ik kon het niet vinden. Het was bijna zes uur en het licht dat naar binnen viel was geel. De kleur werd op de kleren en het haar van alle aanwezigen weerspiegeld door de grote spiegels aan de muren. Er zaten nog snippers bruin papier in de hoekjes van toen ze waren afgedekt ter bescherming bij luchtaanvallen. Ik zat vlak bij de linkerbenedenhoek van een spiegel en uit ellende draaide ik me ernaartoe en begon het bruine papier los te peuteren. Het was bevredigend om dat van het gladde glas af trekken, en ik had al ongeveer twee centimeter los toen iemand van achteren naar me toe kwam.

'Sukey?' zei een stem, en ik draaide me om.

Het was Douglas. Hij sloot zijn ogen toen hij zag dat ik het was. Zijn mond ging open en zijn kin priemde naar voren.

'Maud,' zei hij. 'Ik had het kunnen weten.'

Hij liet zich op de bank naast me vallen en strekte zijn benen, en de kreupele man in de rieten stoel keek even naar hem. Ik wachtte tot Douglas iets zou zeggen, maar hij staarde alleen naar zijn voeten.

'Wat doe jij hier?' vroeg ik uiteindelijk. 'Heeft de gestoorde vrouw soms gezegd dat je moest komen?'

'Ik kom hier elke avond als er gedanst wordt,' zei hij. 'In de hoop...'

'Ja,' zei ik. Ik wilde niet dat hij zijn zin afmaakte. 'Je komt hier in plaats van naar de film te gaan. In de hoop.'

'Daarom ben jij ook hier.'

Ik knikte.

'In haar kleren. Weet je zeker dat je niet met Frank hebt afgesproken?'

'O, in vredesnaam, Doug,' zei ik. 'Dat doe ik niet voor Frank. En al was dat wel zo, wat heb jij daar dan mee te maken?'

Hij wierp me een korte, verbitterde blik toe en ik snoof verontwaardigd en herhaalde mompelend mijn laatste zin bij mezelf terwijl ik boos op hem probeerde te zijn. 'Hoe lang ga je nog door met hier komen?' vroeg ik.

'Zolang ik het kan verdragen.'

We keken van elkaar weg naar de plotselinge drukte in de foyer. Het dansen begon en de mensen gingen naar binnen.

'Ik weet niet waar ik anders moet zoeken,' zei hij. 'Ik weet niet wat ik anders moet zoeken.'

Ik knikte en bestudeerde de zijkant van zijn gezicht. Op dat moment hield ik echt van hem. Ik hield van hem omdat hij doorging, omdat hij genoeg om haar gaf om door te gaan terwijl Frank het had opgegeven.

'Doug,' zei ik, omdat ik nog één ding wilde weten. 'Jij en Sukey.'

'Ze was aardig voor me, meer niet,' zei hij terwijl hij strak naar de vertrekkende dansparen keek. 'Dankzij haar had ik een plek om naartoe te gaan, iemand om mee te praten.'

Ik wilde vragen waar ze dan over praatten, maar ik wist niet hoe ik dat kon vragen zonder uitdagend te klinken. Ik leek altijd te zeuren tegen Douglas, plagend of vittend, al bedoelde ik het nooit zo, en ik wilde nu het risico niet lopen het verkeerde te zeggen. Ik voelde me buitengesloten en rancuneus, ook al was het daar veel te laat voor. Douglas keek glazig naar de ruggen van jasjes en cocktailjurken, en ik zag hoe zijn wangen kleurden en weer bleek werden en hoe zijn zachte haar opwaaide in de tocht van de deur. En ik glimlachte naar hem, maar hij zag het niet.

Ik was van plan er de volgende zaterdag weer met hem heen te gaan, maar toen ik het voorstelde leek hij niet erg enthousiast en ik zag hem niet weggaan, of misschien was ik net buiten of ergens mee bezig. Ik probeerde het de week daarna, nadat ik bij mijn vriendin Audrey had gegeten – ma en pa waren weer in Londen om met iemand over Sukey te praten – maar Audrey had een fles gin van haar vader gejat en wilde die met alle geweld opdrinken, al vonden we het allebei smerig smaken. Tegen de tijd dat ik bij de danszaal kwam was het afgelopen en was Douglas weg.

Het werd al donker toen ik naar huis liep. Het had geregend en de trottoirs bij de nieuwe huizen glansden, en vanuit alle keurige voortuintjes ondernamen slakken zelfmoordpogingen. De geur van creosootolie hing in de lucht, kringelde omhoog van de pas getimmerde hekken. Al snel kon ik de grond voor mijn voeten niet meer zien en mijn benen werden stijf van de angst dat ik een slakkenhuisje plat zou trappen. Ik kon al voelen hoe ze onder mijn schoenen vermorzeld zouden worden, kon het knarsen al horen.

Als ik jonger was geweest zou ik langzaam gelopen hebben en alle slakken opgepakt hebben om ze veilig in een tuin te zetten, of minstens in een struik, maar daar was ik nu te groot voor, denk ik, en dus keek ik onder het lopen gewoon uit naar de glinstering van stroperig vlees en volgde hun zilverkleurige sporen terwijl ik probeerde niet op bepaalde plekken te stappen. Ik was halverwege de straat toen ik het eerste holle barsten tegen de stoeptegels hoorde. Maar ik had amper tijd om te vloeken, amper een moment voor dat misselijke gevoel – een mengeling van walging en verdriet – want op dat moment zag ik de gestoorde vrouw.

Ze stond op de natte straat achter een auto, de enige die er geparkeerd stond, en ze tuurde door het glas van twee ruiten heen. Haar vingers klauwden vruchteloos aan het glas; haar gekrabbel kreeg geen vat. Het licht uit een huis, dat plotseling aanging, maakte haar zichtbaar en wierp haar schaduw mijn kant uit. Een man was zijn voortuin in gekomen en stond te schreeuwen, en er begonnen zich mensen om hem heen te verzamelen. Hij stond naast zijn tuinmuur en haalde zijn handen over de bovenkant waarop hij, of iemand anders, een heleboel gekleurde kiezels had geplakt. Buren waren hun huizen uit gekomen om hem te horen, en hij schreeuwde des te harder, maar ik kon me bijna niet op zijn woorden concentreren vanwege de gestoorde vrouw die op het raam van de auto stond te krassen.

Ze leek te huiveren in het licht en haar witte haar fladderde als een mot. We staarden naar elkaar door het glas en ik vroeg me af hoe lang ze daar al stond, of ze me gevolgd was of hier had gewacht, verstopt. Ik vroeg me af wat ze van plan was, of ze een plan had. Ik voelde me verlamd, alsof mijn voet zat vastgezogen aan het trottoir door de slakkenlijm, en ik dacht even dat de man tegen haar schreeuwde, maar ik had het mis.

Iemand had geprobeerd zijn pompoenen uit te graven, zei hij, en dat was bijna gelukt. Hij was een bekroond pompoenenteler en zijn oogst bereikte juist het perfecte formaat. Hij wist zeker dat het sabotage was. Hij had zelfs de rug van de graver gezien toen die wegrende en hij kon zweren dat het de oude Murphy was, zijn belangrijkste rivaal.

'Zijn witte haar verraadde hem. Het glansde in het maanlicht,' zei hij op zo'n toon dat dat glanzen alleen al als een misdaad klonk. 'Ik zou zijn haar overal herkennen. De klootzak.'

Enkele dames mompelden iets en hij verontschuldigde zich voor zijn grove taal. Een man stelde voor om Murphy in elkaar te timmeren en hem te dwingen zijn haar te laten zien. Er klonk gegrinnik en het geroezemoes van mensen die snel hun interesse verloren. Over een paar ogenblikken zou het weer aardedonker en stil zijn, maar toch kon ik mezelf niet in beweging zetten. De ogen van de gestoorde vrouw waren strak op mij gericht, haar vingers tikten een soort dolgedraaide morseseinen tegen het glas, maar het was haar oplichtende haar dat me aan het huiveren maakte. Zij was degene die in de tuin van de man had gegraven, dacht ik, het was haar witte haar dat hij had aangezien voor dat van meneer Murphy, en ik stelde me haar voor in het donker, met aarde onder haar vingernagels, terwijl ze het vruchtvlees van de pompoenen tegen haar tanden drukte.

Over en weer werd 'goedenacht!' geroepen toen de meeste vrouwen weer naar binnen gingen om zich met hun kinderen, radio's en krultangen bezig te houden, en hun mannen volgden. Maar een achterblijver met iets twinkelends in zijn stem opperde dat de boef vast weer zo'n pompoenverslaafde was, en op het geluid van een buitensporig harde lachsalvo draaide de gestoorde vrouw zich om, heel even maar. En ik ging ervandoor. Door de straat en langs de pompoenteler, en onder het lopen verminkte ik nog meer slakken zonder me om hun verwondingen te bekommeren, wetend dat ik de volgende ochtend scherven van slakkenhuisjes en slijmerig vlees onder mijn schoenen zou vinden.

17

Het huis is donker als ik thuiskom. Ma en pa zijn weg om Sukey te zoeken. Ik sta voor de voordeur en zoek naar mijn sleutel, en ik controleer mijn tas en al mijn zakken twee keer. De sleutels zijn er niet. Mijn maag lijkt omhoog te zweven in mijn borstkas en mijn hart slaat ertegenaan. Ik haal voorzichtig adem en keer mijn zakken om, gooi alles op de grond. Het gerammel als de inhoud op het beton valt vermengt zich met dat oude vertrouwde geluid van de voordeur die opengaat. De klik van de klink, het zware kraken van het scharnier. Iemand, niet pa of ma, doet open. Het is een man, vrij jong nog, klein en blond, die vlak achter de drempel blijft staan en me aanstaart. Hij lijkt geschrokken, alsof hij me niet thuis zou verwachten. Hij ziet er niet uit als een inbreker. Ik staar terug, ongelovig. Ik geloof niet dat ik hem herken, maar ik vertrouw mezelf niet. 'Douglas?' vraag ik.

'Nee, ik ben Sean,' zegt hij terwijl hij achteruit het huis weer binnenloopt. Mijn huis. 'Wacht daar,' roept hij.

Maar ik ben niet van plan buiten te blijven wachten terwijl hij god weet wat uitspookt daarbinnen, en dus loop ik achter hem aan de donkere hal in. Er is iets geks aan de hand: alles is anders. De plank boven de radiator is weg en er staat een fiets tegen de muur. Ik heb geen idee waar ik ben. Er hangt een geur van azijn, en de man is aan de telefoon. Hij glimlacht naar me, om op te scheppen, net als mevrouw Winners.

'Wilt u soms even zitten?' zegt hij terwijl hij zijn hand over het mondstuk legt.

'Zo kunnen ze u niet horen,' zeg ik.

Hij knikt en haalt zijn hand weg, zegt iets in de telefoon en legt neer. 'Komt u even mee naar de keuken? We hebben net fish-and-chips gegeten. Er is nog genoeg patat over.'

Een klein kind sluipt de treden op, dicht bij de muur, en bestudeert me van achter haar vader.

'Poppy,' zegt de man, 'dit is de mevrouw die hier vroeger woonde.'

'Woon jij hier dan niet meer?' vraag ik.

Het meisje schudt van het lachen.

'Goed, zullen we naar de keuken gaan?' Hij gaat de treden af en het meisje wurmt zich los en rent voor hem uit naar beneden.

Ik weet eigenlijk niet wat ik moet doen. Ik zie licht branden in de keuken, maar ik kan niet bedenken hoe ik daar moet komen. Het lijkt allemaal zo vertrouwd, alsof het herinneringen zou moeten oproepen, maar ik kan er niet bij. Er ligt een laag levens van andere mensen bovenop. Ik kijk naar de voordeur, nog steeds open. Hij is precies hetzelfde als de mijne – hetzelfde glas in de sponningen – en dat brengt me op de gedachte dat ik naar huis moet gaan, maar ik zit vast op dit stuk tapijt en er is geen uitweg. Ik voel in mijn zakken naar mijn notities, maar er zit niets in, alleen een paar draadjes en leegte. Ik heb helemaal geen notities. De leegte maakt me misselijk, ik ben losgerukt en wapper zomaar in de wind. Ik wring de stof van mijn jas in mijn handen, trek hem in paniek heen en weer. En daar, in de gescheurde voering, vind ik een blauw vierkantje met mijn handschrift erop: *Waar is Elizabeth?*

‘Elizabeth is zoek!’ schreeuw ik. Ik schreeuw om ervoor te zorgen dat het deel van mijn hersenen dat alles vergeet, zal ophouden met vergeten. ‘Elizabeth is zoek!’ Ik schreeuw het steeds opnieuw. Als ik over mijn schouder kijk, zit er een klein meisje dat zich vasthoudt aan de balustrade, half verscholen onder een massa van die dingen die je om je nek draait. Van wol en zijde, lang en dodelijk, slap over de trapspijl hangend, als intelligente slangen die doen alsof ze slapen. Het meisje zet grote ogen naar me op en schiet daarna de trap op. Ik schreeuw haar achterna.

En dan voel ik een hand op mijn schouder. Door het gewicht duik ik ineen tegen de voordeur.

‘Mam?’ zegt iemand.

Het is Helen. Ze slaat snel haar armen om me heen en drukt mijn gezicht tegen haar sleutelbeen. Ze ruikt naar natte aarde. Als ze me loslaat, schudt ze me met één hand even heen en weer. In haar andere heeft ze haar telefoon.

‘Tegen wie schreeuwde je?’ vraagt ze. Haar blik glijdt over mijn gezicht en de hand knijpt in mijn schouder. ‘Je woont hier niet meer, mam. Dat weet je toch?’

‘Elizabeth is zoek,’ fluister ik terwijl ik omhoogkijk naar het huis. Het komt me bekend voor, maar ik weet niet van wie het is. Ik leg een hand op mijn keel.

‘Nee, mam, ze is niet zoek. Je weet wel waar ze is. En je zult het moeten accepteren. Of je moet het loslaten, en wat je ook doet, je moet dat niet steeds tegen mensen zeggen.’ Ze praat heel zacht en begint me weg te leiden in de richting van de straat.

‘Wat mag ik niet tegen mensen zeggen?’ vraag ik.

‘Dat Elizabeth zoek is.’

‘Denk jij dat ook?’

Ze sluit haar ogen en haar gezicht verstart even in een grimas. ‘Nee, mam. Laat ook maar. We gaan naar huis, goed?’ Ze doet een autoportier open en helpt me erin, en dan loopt ze terug naar het huis om een paar dingen op te rapen die op het pad zijn uitgestrooid. Een man bukt zich om haar te helpen.

'Heel erg bedankt,' hoor ik haar zeggen. 'Ik was maar tien minuten weg. Ik dacht dat dat wel kon.'

Hij zegt iets wat ik niet kan verstaan.

'Ik weet het. Ik weet dat het niet de eerste keer is. Ze moet zich nog aanpassen.'

Ik probeer het te begrijpen, maar het is onmogelijk. Het is allemaal zo'n warboel in mijn hoofd. Mijn huis en vreemde mensen en Katy op de trap en fish-and-chips voor het avondeten en Sukey die weg is en Elizabeth die weg is en Helen. Weg? Maar nee, Helen is hier, ze stapt in en rijdt me ergens heen. Ik kijk achter me naar waar we vandaan zijn gekomen. 'Helen,' zeg ik. 'Ik ben verhuisd, hè? Ik ben bij jou komen wonen.'

'Ja, mam,' zegt ze. 'Dat klopt.' Ze steekt een hand naar me uit, maar moet hem terugtrekken om te schakelen.

'Nou,' zeg ik, 'dan heb ik vandaag ten minste één ding goed.' Ik kijk tevreden hoe de weg voor me uit zwenkt en Helen verbiedt me niet om de verkeersborden hardop te lezen. Ik concentreer me er flink op: ze zijn solide, niet in de war en ik hoef niet te begrijpen wat ze betekenen, want ik rijd niet.

Voor ons wiebelt een man die er dun en kwetsbaar uitziet. Ik denk eerst dat hij balanceert op één mager been, maar ik zie al snel dat hij een van die dingen heeft om je op te verplaatsen: twee wielen, stuur. Geen kruiwagen. We halen hem in en rijden heel dicht langs hem, en even denk ik dat hij zijn evenwicht verliest, dat we hem omvergooien, één aanraking van een draaiende tol. Mijn buik trekt samen.

'Helen!' zeg ik. 'Je rijdt hem bijna omver.'

'Nee hoor, mam.'

'Wel. Je raakte hem bijna. Je moet voorzichtig zijn. Daar kan iemand dood aan gaan.'

'Ja, dat weet ik, maar ik kwam niet eens bij hem in de buurt.'

'Die arme vrouw is voor ons huis overreden. Wanneer was dat?'

‘Ik weet het niet. Ik weet niet over wie je het hebt.’

‘Ja, dat weet je wel. Ze stond over mijn bed gebogen en toen rende ze weg en toen heb jij haar omvergereden zodat ze nooit meer terug zou komen.’

‘Ik heb nog nooit iemand omvergereden.’

‘Nou, ik weet het niet,’ zeg ik. ‘Ik zat op dat moment niet in de auto.’ Ik zat in Douglas’ kamer en draaide de ‘Champagne Aria’.

Ik hoorde plotseling het schrille gepiep van autoremmen boven Ezio Pinza’s diepe lach uit, en daarna mijn moeders stem. Ze schreeuwde. Ik kon niet verstaan wat ze zei, maar ik vloog Douglas’ deur uit en volgde het geschreeuw naar de straat, waar ik al snel de gehavende gestalte midden op de weg zag liggen. Het was de gestoorde vrouw. Ze lag met bloedend hoofd op de grond, haar armen en benen in vreemde hoeken. Ma zat over haar heen geknield met een hand tegen haar wang. Mevrouw Winners moest het geluid ook gehoord hebben, want zij kwam op hetzelfde moment naar buiten. Ze haastte zich weer naar binnen om met haar telefoon een ambulance te bellen en ma liet me dekens halen om die misvormde armen en benen mee te bedekken.

Daarna wist ik niet wat ik moest doen, dus knielde ik maar naast ma neer en hield de hand van de gestoorde vrouw vast. Haar ogen rolden heen en weer en ze fluisterde dingen die ik niet kon verstaan, maar ze leek nu niet meer zo angstaanjagend, verschrompeld en klein op het asfalt. Ze had niet eens haar paraplu bij zich. Er lagen delen van planten naast haar, dingen die ze in haar handen had gehad toen ze viel: kaalgeriste meidoorntakjes, rode waterkersbloemen, beekpunge en paardenbloemblaadjes, kamperfoelie, waterkers en citroenmelisse. Met al dat groen om haar heen leek ze net een oude Ophelia die de weg voor een rivier had aangezien.

‘Allemaal eetbare planten, kijk,’ zei mevrouw Winners. ‘Paardenbloemblaadjes, Oost-Indische kers. Ze wilde zeker een salade maken. Toch niet zo zot, kennelijk.’

Toen ik de blaadjes en bloemen bij elkaar begon te vegen, maakte de gestoorde vrouw een schor geluid achter in haar keel. Ma boog zich voorover om de woorden te kunnen verstaan en de vrouw zocht, met haar ogen op mijn gezicht gericht, mijn hand en legde er iets in. Ik nam het zonder tegensputteren aan en betastte het voorwerp, dat klein, sierlijk en breekbaar was, maar ik keek er niet naar.

'Vógels?' vroeg ma, die probeerde de zachte woorden op te vangen. 'Wat voor vogels? Wiens hoofd?'

Maar ze leek niets zinnigs uit de vrouw te kunnen krijgen en dus maakten we alleen wat sussende geluidjes terwijl mevrouw Winners heen en weer liep en zich luidkeels afvroeg waar de ambulance toch bleef en vroeg of wij dachten dat ze haar telefoon nog eens moest gebruiken.

'Hoe oud denk je dat ze is?' vroeg ma aan mij, terwijl ze de deken iets herschikte om hem zo licht mogelijk op de grillige vorm van de vrouw te laten rusten.

Ik zei dat ik het niet wist. 'Doet dat ertoe?'

'Ik denk het niet. Maar ze is jonger dan ik dacht. Misschien zelfs van mijn leeftijd.'

Tegen de tijd dat de ambulance kwam, fluisterde de gestoorde vrouw niet meer. Haar mond lag wijd open en haar wangen waren ingevallen. Er was een moment geweest dat ze bij leek te komen; haar ogen keken ons om beurten aan en één keer sloot ze haar mond alsof ze nog iets wilde zeggen. Maar toen liep er een donker stroompje bloed uit haar mondhoek en verloor ze het bewustzijn.

'Ze is in mijn armen gestorven,' zei ma toen de mannen de kleine gestalte weghaalden die nog altijd in een van onze dekens gewikkeld was.

Wij bleven met zijn allen minutenlang naar de weg staan staren, zelfs nog toen er al lang niets meer te zien was. Mevrouw Winners was de eerste die zich herpakte, in haar handen wreef en naar de lucht keek om in te schatten of het zou gaan regenen. Uiteindelijk nam ze ons mee naar haar huis om thee te drinken.

'Het moest er een keer van komen,' zei ze terwijl ze ons liet plaatsnemen in haar voorkamer. 'Altijd maar op straat, die vrouw. En maar voor de bus springen.'

'Het was geen bus die haar overreed,' zei ma. 'Het was een Morris.'

Mevrouw Winners zei dat ze niet inzag wat dat voor verschil maakte. Ze zette haar elektrische kacheltje aan en legde een sjaal om mijn moeders schouders voor ze thee inschonk, en ik besefte dat ma bibberde. Ik vroeg haar wat er aan de hand was, maar mevrouw Winners trok een veelbetekenend gezicht en wiebelde met haar hoofd, en ik wist dat ik mijn mond moest houden.

'Wat heb je daar?' vroeg ze met een knikje naar mijn vuist.

Ik zette mijn kopje neer en opende eindelijk de hand met het geschenk van de gestoorde vrouw erin. Het was een bloem van een pompoenplant, droog, verbleekt en al uit elkaar vallend, als de hoorn van een oude grammofoon.

'Van de vrouw, hè? Een pompoenbloem, zo te zien. Echt een schat, maar niet heus. Waarom heeft ze je dat gegeven?'

'Je kunt pompoenbloemen toch eten? Net als Oost-Indische kers. Maar misschien is het omdat ze pompoenen heeft uitgegraven bij een man in de tuin,' zei ik. 'Hij heeft haar bijna betrapt. Ik kwam toevallig langs, en ze wist dat ik haar had gezien.' Ik dacht aan de man die in het donker tegen zijn buren had staan schreeuwen en met zijn handen over de kiezelstenen op de muur was gegaan.

'En dat is haar bekentenis? Mijn god, ze was écht niet goed snik. O, over de doden niets dan goeds, en ik geloof heus dat ze geen slecht mens was, op haar eigen manier. Ik houd zelf ook van pompoenen.'

'Frank heeft die helpen planten,' zei ik tegen ma, en ik dacht dat ze wel zou reageren als het belangrijk was, maar ze knikte alleen en warmde haar handen aan de kop thee zonder ervan te drinken.

'Ze zei dat er allemaal vogeltjes rond haar hoofd vlogen,' zei ma. 'Als bij zo'n tekenfilm in de bioscoop. En toen zei ze iets over haar dochter. Ze zei dat wij allebei ons meisje verloren hadden. Ik neem aan dat ze Sukey bedoelde. Ik had niet gedacht dat ze iets van mij afwist; je zou niet verwachten dat ze zich ervan bewust was. Maar ze bleef maar over onze dochters praten.'

'Klinkt mij als geraaskal in de oren,' zei mevrouw Winners.

'Nee,' zei ma. 'Ze wist wie ik was.'

'Het is maar voor een weekend, ma. Het spijt me, maar ik kom op maandagmorgen terug om je weer mee naar huis te nemen. Mam?'

Ik zeg niets. We zitten in een kamertje met effen gordijnen en een vaasje nepbloemen, er hangt een sterke geur van goedkope vleesjus en desinfecterende middelen. Helen hurkt naast het bed waar ik op zit. Ze zegt dat ze weer terugkomt, maar ik weet dat ze liegt. Ik weet dat ze me hier voor altijd achterlaat. Ik zit hier inmiddels al weken.

'Het is maar voor twee nachten. En ze zullen je een beetje laten tuinieren.'

'Ik hou niet van tuinieren,' zeg ik, en ik erger me direct aan mezelf omdat ik iets terugzeg.

'Wel waar. Je vraagt altijd waar je groenten moet planten, en je lijkt het in elk geval heerlijk te vinden om dingen op te graven als we thuis zijn.'

Ik denk er nu wel aan om niets terug te zeggen. Hier liegt ze ook al over: ik heb nooit van tuinieren gehouden. Ik ben niet zoals zij, altijd buiten, weer of geen weer, en steeds maar tegen mensen zeggen waar ze de grond moeten afgraven om een grote vijver aan te leggen of uitleggen op welke grond je het beste groente kunt verbouwen. Niet dat ze dat ooit aan míj vertelt. Het komt nooit in haar op dat ík misschien wel wil weten hoe diep je moet graven om pompoenzaad te zaaien, of hoe ver de wortels de grond in gaan. Ik weersta de verleiding om het nu te vragen. De kamer is nu trouwens leeg, op mij na. Op een bepaald moment moet Helen weggegaan zijn, en nu zit ik hier maar. Er hangt een bordje op de muur. WELKOM IN KEEBLE HOUSE. Het is een tehuis voor bejaarden en ik heb geen idee waarom ik hier ben. Ik kijk naar mijn notities en zie de naam van het tehuis op een stukje roze papier geschreven staan, met het adres erbij. Keeble Road. Ik had hier vroeger een vriendin. Ze is nu dood, en ik weet niet meer hoe ze heette. Het was Elizabeth in elk geval niet; het was een andere vriendin.

'Thee over vijf minuten.'

Een grote, stevige jonge vrouw leidt me een gang in met aan weerszijden over de hele lengte slaapkamers. Ik moet even aan het Station Hotel denken, maar deze deuren staan open en als ik langsloop hoor ik televisies dreunen en mensen roepen met zachte stemmen. Ik vang een glimp op van gestrekte benen op het bed, van pantoffels en steunkousen. Ergens staat iets onafgebroken te piepen. Ik word op een stoel gezet, tegenover een heleboel andere stoelen die langzaam vol raken met oude mensen met gekreukte gezichten, gekleed alsof ze net uit bed komen. Er staat nog een tv in de hoek en het geluid ervan maakt alles in de war.

'Ik zit al uren te wachten,' zeg ik tegen het stevige meisje.

'Waar wacht u dan op?' vraagt ze.

'Eindeloos zit ik al te wachten. Meer dan twee uur.'

'Waarop?'

Maar ik kan niet bedenken waarop en het meisje zucht en veegt met haar onderarm haar pony uit haar ogen. Ze geeft me een kop thee en ik kijk naar een oude vrouw aan de andere kant van de kamer. Er ligt een felgekleurde sjaal over haar haar en ze is helemaal kromgebogen. Ze schijnt niet te kunnen voorkomen dat ze haar neus in haar thee steekt als ze drinkt. Als ze haar hoofd weer optilt, vallen er druppeltjes af die haar trui nat maken. Ze legt haar hoofd in haar handen om haar kromme rug te ontlasten als ze klaar is. Iemand komt haar kop-en-schotel ophalen, een elegante man met een glimlach op zijn lichtbruine gezicht. Misschien is hij Spaans. Ik kijk hoe hij kopjes in een glanzende toren opstapelt. De zon begint door het raam naar binnen te vallen, en hij trekt met een snelle beweging een gordijn naar beneden, als een stierenvechter die zijn mantel uitschudt.

Het wordt al laat en ik ben hier al heel lang, alle dansers gaan naar huis, maar ik kan nog niet weg. Ik moet blijven wachten om te zien of Sukey komt. Er zit een stukje plakband aan de zitting van mijn stoel en ik begin eraan te plukken. '"Laten de dansers haar nog niet met rust?"' zeg ik, en de woorden van het gedicht klinken helderder dan die van de televisie. '"Ze is het dansen en spelen moe."'

'Wat?' blaft een vrouw met lang wit haar, die steunend op een looprek naar binnen komt. 'Zit er verdomme iemand in mijn stoel? Waar is-ie?'

Ik ben plotseling in paniek dat ik diegene ben, maar de Spaanse man wijst naar de stoel naast mij.

'Hier,' zegt hij, en hij danst naar links en zwaait ernaar.

Ze laat haar hoofd zakken alsof ze de stoel een kopstoot wil geven, maar draait zich op het laatste moment om en landt er sierlijk in. 'Dat wordt niet zo mooi,' zegt ze terwijl ze naar mijn vingers wijst die aan het stukje plakband plukken.

Ik kan me de volgende regel van het gedicht niet herinneren, dus weet ik niet wat ik terug moet zeggen. Ik glimlach maar en probeer het begin te zingen, zodat ze tenminste weet dat ik me de melodie nog herinner.

'Zij vindt het grappig,' zegt de vrouw tegen een man op de stoel naast haar. 'Ik niet.' Ze richt haar pijlen weer op mij. 'Als je naar huis zou gaan en aan je vader en moeder zou vertellen dat je dat deed, zouden die daar niet zo blij mee zijn.'

'Maar ze kan niet naar huis en naar haar moeder, hè?' zegt de man, die wat kruimels van zijn trui veegt.

'Nee, nog niet,' zeg ik. 'Ik moet hier wachten tot iemand komt. Een matador met een grote mantel. Die heeft mijn zus. Hij heeft haar onder zijn mantel verborgen en laat haar niet gaan tot ik met hem heb gedanst.' Niemand schijnt naar me te luisteren en het beeld van de matador is te vaag om vast te houden. Een donkere vrouw die naast een vaas kunstbloemen zit zwaait naar me.

'Die zijn nep, weet je dat?' zegt ze. 'Maar toch best mooi.'

Ik kijk naar de bloemen en knik.

'Nep,' zegt de donkere vrouw nog eens, terwijl ze de bloemblaadjes tussen haar vingers wrijft. Ze haalt een van de bloemen uit de vaas en geeft hem aan mij. 'Maar best mooi.'

Ik neem de bloem aan en sluit mijn vuist eromheen terwijl zij de hele bos plastic stelen uit de vaas trekt en ruw naar me toe steekt. Zonder steun van de vaas hangen de kopjes er treurig bij, en de bloemblaadjes lijken versleten van de vele aanrakingen. Er zitten verschillende stelen tussen waar helemaal geen bloemkop meer op zit en die doen me denken aan Douglas in onze keuken, aan de manier waarop zijn gekromde rug de vorm van zijn armzalige boeketje nabootste.

Het elektrische licht flakkerde en spookachtige insecten begonnen zich buiten tegen het keukenraam te pletter te vliegen tegen de tijd dat Douglas terugkwam. Het fornuis was al bijna koud en we dronken het laatste restje thee. Ma kon vaak niet slapen en soms bleef ik dan bij haar, om een kruiswoordraadsel in de *Echo* te doen en te luisteren naar pa's gesnurk boven in het huis.

'Je eten staat in de bovenste oven,' zei ma toen Douglas binnenkwam. 'Misschien is het een beetje koud. Ik had er iets aan kunnen doen als ik had geweten dat je laat zou zijn, maar ik wist het niet.'

'Ja, het spijt me,' zei hij. Hij ging niet zitten, maar hij zag eruit alsof hij elk moment om kon vallen. 'Het spijt me, ik heb er niet aan gedacht. Ik...' Hij had de bloemen in zijn hand. Een verfomfaaid bosje dat al verlepte in de warme keuken, waar bloemblaadjes uit vielen bij elke beweging van zijn lichaam. 'Ik wist niet wat ik moest doen,' zei hij terwijl hij ze voor ons omhooghield. Hij stond te zwaaien op zijn benen en ma gebaarde met haar hand dat ik iets moest doen.

'Wat is er gebeurd?' vroeg ik terwijl ik opstond en mijn stoel tegen zijn benen duwde om hem te laten zitten.

'Mijn moeder,' zei hij. 'Ze is vanmiddag gestorven.'

Ik kromp ineen. Ma keek bezorgd, angstig zelfs. We moeten allebei gedacht hebben dat hij zijn verstand kwijt was, zijn geheugen of zoiets.

'Je moeder was al dood, lieverd,' zei ma. 'Er was een bom, weet je nog?' Ze gebaarde weer, deze keer naar de ketel, en ik vulde hem met water en zette hem op het fornuis, waar ik nieuwe brandstof in deed.

'Nee,' zei Douglas. 'Nee, die heeft ze overleefd. Ik wist dat op dat moment niet, maar ze heeft het overleefd. En daarna, weet je nog dat je haar zag, Maud? Ze kwam achter je aan.'

'Wat, bedoel je de gestoorde...' Ik onderbrak mezelf en rammelde met de ketel om de woorden te overstemmen die ik bijna had uitgesproken. 'Maar hoe kon ze...'

Hij boog zijn hoofd en legde de bloemen neer. Ik nam aan dat hij ze voor zijn moeder had geplukt en ik vroeg me af of ik een vaas moest halen, maar dat leek te veel moeite voor zo'n treurige verzameling onkruid uit de berm.

'Ik dacht dat jullie het misschien wel wisten van mijn moeder,' zei Douglas. 'Sukey wist het. Ik heb het haar verteld. Ze was zo aardig, probeerde te helpen, stelde pakjes met eten samen. Ik was gaan denken dat alles goed zou komen. Ik weet niet hoe ik zo stom heb kunnen zijn, maar ik dacht dat alles goed zou komen.'

'Maar Douglas, je moeder...' zei ma. 'Ik begrijp het niet helemaal.'

'Ze is altijd al kwetsbaar geweest,' zei hij terwijl hij zijn ogen sloot tegen het gekmakende licht. 'Sinds mijn zus is gestorven.

Dora is onder een bus gekomen, voor de oorlog nog.'

We knikten en spoorden hem aan om verder te gaan, want dat wist iedereen natuurlijk al.

'En toen ging mijn vader in 1940 naar Frankrijk en kwam nooit meer terug. Op dat moment ging ze erg achteruit. Was op de gekste tijden de deur uit, sliep niet, at niet, of althans niet goed. Ze kreeg problemen met onze buren – we woonden toen nog aan de andere kant van de stad. De politie werd erbij gehaald. Ik heb verschillende keren op het politiebureau naar haar moeten vragen.'

'Dus daar herkende brigadier Needham je van.'

'O ja? Ja, dat zal wel. Hoe dan ook, uiteindelijk moesten we verhuizen. We knepen er 's nachts tussenuit en gebruikten mijn melkkar om alles over te brengen. Ik ben er niet trots op. Maar het betekende in elk geval dat niemand ons kende; ik dacht dat dat een groot voordeel was. Ik ontweek de nieuwe buren en hield onze bonnenboekjes bij me zodat de winkeliers de naam van mijn moeder niet zouden kennen, haar niet met mij in verband zouden brengen. Volgens mij heeft niemand ooit geweten dat ze bij mij woonde, ze hield er zulke vreemde uren op na, en ze sloop liever door de achtertuinen rond dan over straat te gaan. Hoe dan ook, we woonden er nog maar een paar weken toen die bommen vielen. Ik dacht dat ze was omgekomen. Tot mijn schande moet ik bekennen dat ik het bijna een opluchting vond, maar toen bleek dat ze in de ruïne van het huis woonde. Ik probeerde haar te helpen, maar ze was zo moeilijk. Je kon haar nooit ergens de logica van laten inzien. Ze wilde alleen maar in het huis blijven, ook al was het gebombardeerd, omdat Dora's poppen, haar Woolworth-handtas en haar *Rupert*-jaarboeken daar nog ergens binnen lagen.'

'Die arme vrouw,' zei ma terwijl ze de keuken rondkeek en haar ogen op een of andere manier nergens op liet rusten.

De ketel was aan de kook gekomen; ik schonk heet water over wat bouillonkorrels en schoof Douglas de beker toe. De geur wolkte door de keuken en het water liep me in de mond.

'We waren bij haar,' zei ma. 'Op straat. Hebben ze dat gezegd?'

Douglas nam bij wijze van antwoord een slokje en ik haalde zijn bord uit de oven en zette het voor hem neer. Hij zat stijfjes in zijn stoel, in het flakkerende licht dat hem een valse levendigheid gaf.

Ma draaide een mes en vork naar hem toe en schoof ze over de tafel. 'Ze lijkt geen pijn gehad te hebben. Ze zakte gewoon weg.'

Hij knikte en begon toen te eten, netjes en snel, zonder ons aan te kijken terwijl hij sprak. 'Toen ze het puin van ons huis begonnen op te ruimen, ging zij in die dichtgetimmerde keet op het strand slapen. Toen was ik haar weer kwijt, een tijdje, tot ik ontdekte dat ze bij Frank rondhing en in de vroegere stallen woonde. Ik denk dat ze bij Sukey in de buurt wilde zijn. Want zij leek een beetje op mijn zus.' Hij nam nog een slok. 'Jij ook, Maud.'

Ik vroeg me af of ze daarom achter me aan gezeten had. 'Jij had haar paraplu,' zei ik. 'Die heb ik in je kamer zien liggen.'

Hij kauwde zwijgend op een uienring, misschien vroeg hij zich af wat ik daar had gedaan. Plotseling bedacht ik dat ik de 'Champagne Aria' op de grammofoonspeler had laten liggen en ik vroeg me af of hij dat later had gezien.

'Ik heb die paraplu van haar afgepakt,' zei hij. 'Ze… ze is in jouw kamer geweest toen je ziek was en ik maakte me zorgen over wat ze ermee zou doen.'

'Ik dacht dat ik haar zag,' zei ik. 'Maar ik dacht ook dat ik een heleboel andere mensen zag.'

'Ze is binnen geweest, en ze heeft ook eten gepakt,' zei hij. 'Ik had het je moeten vertellen, maar ik schaamde me. En verder heeft ze niets meegenomen, niets van waarde.'

'Maar de platen dan,' zei ik. 'Die kapot in de tuin lagen. Dat moet je moeder hebben gedaan.'

'Nee, dat was ik, vrees ik. Ik had ze apart gelegd voor Sukey en, nou ja, op een avond kwam ze Franks huis binnen – mijn moeder, bedoel ik. Ik weet niet hoe, of waarom, maar Frank was er niet en Sukey schrok en kwam hierheen. Het was nog maar een uur of tien; ik kwam net thuis van de film en ontmoette haar op straat. We kregen ruzie. Ze was boos omdat ze zo geschrokken was, en ik was boos om de dingen die ze over mijn moeder zei. Ze bedoelde het niet kwetsend, maar evengoed deed het pijn. En toen ging Sukey naar huis, terug naar Frank, en ik ging naar mijn kamer en smeet de platen kapot, en omdat ik niet wist wat ik ermee moest doen legde ik ze in een hoek van de tuin, maar jij vond de stukken al voor ik ze weg kon halen.'

'"Laten we alsjeblieft weer vrienden zijn,"' citeer ik Sukeys brief zonder erbij na te denken.

'Wat?'

Ik schud mijn hoofd. 'Heeft ze het aan Frank verteld? Van je moeder?'

'Dat wilde ze wel, maar ik heb gevraagd of ze het voor zich wilde houden,' zei hij. 'Ik wilde niet dat die bruut ervan wist. Hij zou het tegen me hebben gebruikt.'

Douglas slikte zijn laatste hap zorgvuldig door en ik zette zijn bord op het aanrecht. Ik zag de bleke onderkant van een mot tegen het raam, het lijfje van onderen verlicht, open en bloot.

'Wat heeft Sukey gezegd,' vroeg ma, 'dat je zo kwaad werd?'

'Ze zei dat ik mijn moeder ergens naartoe moest sturen, naar een inrichting. Maar dat kon ik niet. Het was al erg genoeg dat ons oude huis er niet meer was en dat de spullen van mijn zus onder het puin van dat nieuwe huis begraven lagen. Ik kon moeder niet ook nog opsluiten. Het enige wat zij wilde was naar huis gaan, de dingen aanraken die mijn zus heeft aangeraakt.'

18

'Ik wil naar huis,' zeg ik. Maar er is niemand in de buurt en de woorden verwaaien in de lucht, gedempt door hoge, dichte struiken, dikke graszoden en zorgvuldig gesnoeide bomen. Ik heb een soort kleine spade in mijn hand en ik zou daar herrie mee maken als ik iets kon vinden om tegenaan te slaan. Ik weet niet waar ik ben. Ik weet niet hoe ik hier ben gekomen. Er hangt een geur van gemaaid gras, maar er zijn geen bloemen. 'Alsjeblieft,' zeg ik nog eens. 'Ik wil naar huis.'

Er loopt iemand achter de heg, op en neer deinend. Ik probeer de kleine spade uit op een boomstam, maar dat geeft maar een zwakke bons, dus het verrast me niet dat degene die daar loopt me niet hoort. Ik vraag me af of ik me een weg naar buiten moet graven; ik lijk er het gereedschap voor te hebben gekregen, maar hoe begin je aan een tunnel? Ik heb nooit veel aandacht besteed aan al die oude films, nooit gedacht dat ik zelf nog eens uit Colditz zou moeten ontsnappen. Ik loop over het grasveld in de richting van de straat en blijf stilstaan bij de heg, pluk er blaadjes af en houd ze in mijn handen. Ik vouw ze op, scheur ze in stukjes en strooi ze uit over het gras. Ik eet ze niet op, wat ze ook zeggen. Er steekt een vrouw de straat over. Ze zwaait en ik duik weg achter de heg, waarbij ik pijnlijk op mijn knieën terechtkom.

'Hallo mam,' zegt ze terwijl ze zich over de heg heen buigt, waardoor de harde glanzende bladeren krombuigen en ritselen. 'Wat zit je daar te doen?'

Ze heeft korte blonde krullen, deze vrouw, en sproeten in haar rimpels. Ik kom langzaam van het gras overeind en duw mijn armen in de heg om steun te zoeken. Mijn broek is bedekt met stukjes van bladeren en er zitten groene vlekken op mijn handen.

'Ik kom je mee naar huis nemen,' zegt ze. 'Heb je het prettig gehad?'

Ik negeer haar en kijk naar de huizen aan de overkant. Ik herken ze geen van alle. Ze zijn te nieuw, te schoon voor mijn straat. Er staan een heleboel bouwvakkers in glimmende jassen aan één kant en er ligt een hoge berg van dat spul, scherp, korrelig spul. Het doet me denken aan het strand, aan Sukey en aan bloedende nagels. Het doet me denken aan die keer voor de oorlog toen ik zeven of acht was en Sukey me ingroef tot aan mijn nek. Ik probeerde mezelf uit te graven, maar het lukte me niet; de korrels drongen onder mijn nagels, mijn polsen deden pijn en ik raakte zo in paniek dat ik juist dieper wegzakte in dat spul, tot het boven mijn mond kwam en ik stikte.

'Ik weet dat je erg boos op me bent,' zegt de vrouw, 'maar ik zal het goedmaken.'

'Erg boos,' zei ik. 'Ik was zo boos dat ik naar huis ging en al haar platen kapotgooide en ze in de tuin begroef.' Ik kan de woede nog voelen en zie de platen voor me, maar op een of andere manier passen de twee dingen niet goed bij elkaar.

'Ik dacht dat we bij Elizabeth op bezoek konden gaan.'

'Elizabeth,' zeg ik. 'Ze is zoek.' De woorden zijn correct, vertrouwd, maar ik weet niet wat ze betekenen.

'Nee, ze is niet zoek.'

De heg buigt weer door als ze dat zegt en de glinstering maakt me bang. Ik vertrouw deze vrouw niet; ik kan haar maar vanaf borsthoogte zien omdat deze plant te hoog is geworden. Ik bestudeer haar gezicht, maar kan me niet herinneren hoe mensen eruitzien als ze liegen. 'Jij hebt haar eten gegeven,' zeg ik en ik trek een blad van de plant af.

'Nee hoor. Ze ligt in het ziekenhuis, mam, op de hersenafdeling, weet je nog? Herinner je je dat we daarover gesproken hebben? Steeds weer opnieuw.' Dat laatste zegt ze tussen opeengeklemde tanden door. 'En we zijn bij haar op bezoek geweest, weet je nog? Toen je je duim had verstuikt. Hoe dan ook, ze is nog steeds op de revalidatieafdeling omdat ze niet goed kan slikken, maar we kunnen nu weer bij haar op bezoek, als je wilt. Heb je zin om naar haar toe te gaan?'

Ik weet niet waar deze vrouw het over heeft en ik kan haar armen of benen niet zien. Ik begin me af te vragen of ze die wel heeft. 'Hoe noem je dit?' zeg ik terwijl ik de kleine spade omhooghoud.

'Een plantenschepje.'

'Aha! Ik dacht wel dat je dat zou zeggen,' zeg ik. 'Daar heb ik je te pakken, hè?'

'Mam? Begrijp je het? Peter heeft gezegd dat je Elizabeth mag opzoeken. Maar denk aan de vorige keer – het zou een schok kunnen zijn. Elizabeth ziet er niet meer uit zoals je je herinnert. Maar ze is nog altijd dezelfde en ze wil je graag zien.'

De vrouw strijkt door haar haar en nu kan ik één arm zien. Ik blijf het woord 'plantenschepje' herhalen in mijn hoofd, ik heb het gevoel dat het later belangrijk zal blijken te zijn.

'We kunnen vandaag gaan, als je wilt. Ik kan Peter bellen. Heb je daar zin in? Het spijt me dat ik je hier moest achterlaten, mam,' zegt ze terwijl ze langs de heg begint te lopen. 'Ik wil het goedmaken.'

Ik kan alles van haar zien zodra ze achter de tuinpoort staat.

Die is gemaakt van dunne, ijzeren spijlen en ze kan zich er niet achter verschuilen. Ik zie haar marineblauwe kaplaarzen en haar groezelige spijkerbroek. Ik heb geen idee wat ze hier doet; haar naam wil me niet te binnen schieten. Ze is een van die mensen die je aanziet voor iemand anders, zo iemand van wie je denkt dat het degene is die je wilt dat het is. Tegenwoordig wil ik altijd dat het mijn dochter is, maar het schijnt haar nooit te zijn. Vroeger wilde ik altijd dat het Sukey was en zag ik haar overal: in de nauwgezette bewegingen van een winkelmeisje dat haar neus poedert, in het danspasje van een ongeduldige huisvrouw in de rij bij de kruidenier. Ik bleef haar in andere mensen zien toen ik allang getrouwd en moeder was. Ze zat nog steeds in de wazige gezichten die je vanuit een rijdende auto ziet.

Er is nu een auto en we rijden, en een vogel vliegt op van de weg, en er zit iemand op een bankje voor een winkel en een hond is vastgebonden aan een lantaarnpaal. 'Helen...' Ik kan niet bedenken wat ik nog meer wil zeggen. Ik trek de autogordel bij mijn lichaam vandaan en laat hem weer terugschieten. Er is iets belangrijks. 'Plantenschepje'. Dat was het niet. Het lijkt er niet eens op. Beelden vervloeien, woorden ook. De muziektent in het park, het lelijke groen met gele huis.

'O, mam. Niet zo somber. Ik breng je naar Elizabeth.' Ze kijkt even naar mij en dan weer door de voorruit. 'Ik dacht dat je dat leuk zou vinden.'

Het licht wordt weerkaatst door een heleboel auto's en ik voel me duizelig. En dan zijn we op een of andere manier in een lange, witte gang en loopt er met een piepend geluid een man voorbij. Zijn schoenen lijken een wijsje van lang geleden te laten horen. Een liedje over seringen. En dan, alsof ze deel uitmaken van dezelfde show, passeren er twee mensen met bossen bloemen. 'Zijn die voor mij?' vraag ik, en ze lachen alsof ik een grapje heb gemaakt. We gaan door gangen en nog meer gangen, allemaal dezelfde, en ik denk dat we in kringetjes rondlopen. 'Zijn we verdwaald?' vraag ik. Maar dat zijn we kennelijk niet. We zijn aangekomen. In een kamer vol mensen die in bed liggen. 'Ze zouden al die mensen uit bed moeten halen,' zeg ik. 'Het kan nooit goed voor ze zijn, hier zomaar een beetje liggen.'

'Doe niet zo gek,' zegt Helen. 'En praat niet zo hard. Ze zijn ziek.'

De kamer is heel licht, met witte lakens en grote lampen en overal hekjes als in een soort binnenpark. Ik kan me niet concentreren.

'Mam?' zegt Helen.

Ik kan maar één woord bedenken, en dat klopt niet, ik weet dat het niet klopt. 'Muziektent,' zeg ik. 'Muziektent.'

Helen loopt naar een bed. En daar, dat kleine geval met dat ingevallen gezicht, dat is Elizabeth. Ze heeft haar ogen gesloten en ziet er verfrommeld en verlept uit. Zag ze er altijd al zo uit? Ik sta een paar minuten bij het gordijn, starend. En dan ga ik dichter bij haar staan en trek het gordijn om ons heen dicht, sluit ons af, verberg ons.

Een man buigt zich over het bed heen. Zijn keel ziet er erg ruw uit.

'Ze heeft een zware nacht gehad,' zegt hij. 'Maar ze zal zo wel wakker worden. Wees maar stil.'

Ik ga stilletjes zitten. Heel stilletjes. Ik wil haar niet storen. Elizabeth is hier. Ik glimlach naar haar, maar ze lacht niet terug. Ze ligt strak ingestopt in een enorm bed. 'Ja, rust maar uit,' fluister ik. Zo meteen gaan we een kopje thee drinken. Misschien heb ik zelfs nog chocolaatjes in mijn tas. Of misschien kan ik wat toast met kaas voor je maken. Je zult wel honger hebben, Elizabeth. Die zoon van je laat je half verhongeren.

'Verhongeren?' vraagt de man.

En daarna kun je me vertellen welke vogels je herkent, alleen aan hun schaduw, en ik kan in de tuin de gebroken platen opgraven en dan kunnen we naar de 'Champagne Aria' luisteren.

'Door dat gegraaf in de tuin is ze er juist zo aan toe,' zegt de man. 'Hoor je me?'

Hij buigt zich naar voren, met zijn ruwe keel strak uitgestrekt. Elizabeth zit half overeind te slapen, ze hangt scheef naar één kant en dat geldt ook voor haar mond. Het geeft me het gevoel dat we schommelen, alsof we op een schip zitten. Ik houd me vast aan de zijkant van het bed om mezelf in evenwicht te houden.

'Je was aan het graven, in mijn tuin. Weet je dat nog?'

Ik stel me mijn oog voor als een klein puntje aan de zijkant van mijn hoofd en draai me zo ver mogelijk van hem af. 'Ik weet het niet,' zeg ik. 'Waar was ik?'

'In mijn moeders tuin.'

'Nee, ik weet niet waar dat is.'

'In Elizabeths tuin,' zegt Helen. 'Peter, kan ik je even buiten spreken?'

'Nee,' zeg ik. 'Daar zou ik niet gaan graven. Bij die nieuwe huizen weet je nooit wat er onder de grond begraven ligt. Douglas zegt dat er van alles kan liggen.'

'Is dat weer een beschuldiging?'

'Nee,' zegt Helen.

Ze vraagt Peter opnieuw of ze hem even buiten kan spreken en hij zwiept het gordijn open en dicht met een geluid als van een zaag. Ik zwaai het om mezelf heen en probeer hetzelfde effect te krijgen tot ik merk dat de stof uit mijn handen wordt gerukt. De kamer lijkt klein nu ik er alleen ben, en de muren lijken niet helemaal goed. Ze deinen mee op de tocht en ik heb het gevoel dat ik op een boot sta. Een tissue steekt als een zeil uit de doos omhoog en ik trek hem eruit en scheur hem langzaam in stukken terwijl ik luister naar de stemmen buiten. Soms een man, meestal een vrouw.

'De schok van de val was de oorzaak van de beroerte,' zegt hij. 'En ik vraag mezelf steeds maar af wat ze daar goddomme dacht te zoeken. Ik ben er zeker van dat ze iets gevonden heeft en dat ze niet aan mijn moeder heeft verteld wat het was. Als het iets van waarde is, willen we het terug. Het is ons rechtmatige eigendom.'

Er staat een pak sap naast de tissues en daarnaast ligt een kleine kam van wit plastic. Ik laat de snippers tissue op de grond vallen en begin met de kam Elizabeths haar uit te kammen. Zachtjes, zachtjes. Haar haar is nu helemaal wit, zonder strepen grijs, en de kam ziet er vuil uit tussen al dat wit. Het maakt me kwaad: dit is niet goed genoeg voor Elizabeth, ze zou iets beters moeten hebben. Ik ga weer door mijn handtas en zie dat ik een schildpadkam heb, maar hij is gewelfd en versierd en is bedoeld om je haar op zijn plek te houden, niet om het uit te kammen.

Er klinkt een lachje achter het gordijn, onaangenaam en scherp. De man weer. 'Tuinieren zit bij jullie wel in de familie, hè?' zegt hij. 'Jullie vinden het zeker een goeie grap om andermans gazon te verkloten. En denk maar niet dat ze verzwegen hebben dat jij hier al eerder stiekem bent geweest om mijn moeder te zien.'

Ik vraag me af waar dat allemaal over gaat, maar dat duurt maar even omdat Elizabeth eindelijk haar ogen opendoet. Ze maakt een schor geluidje en ik weet dat ze iets zegt, maar ik kan haar niet verstaan. De woorden zijn te zacht, te nat en te druipend. Ze duwt haar handen in de mouw van haar andere arm, maar toch kan ik haar polsen zien. Ze lijken onnatuurlijk zacht, botloos en pafferig; de huid is glad, alsof ze is opgevuld met lucht. Haar lippen zijn gebarsten, maar ze glimlacht ermee, glimlacht met de ene helft ervan, en probeert weer iets te zeggen. Het voelt alsof het me niet lukt om iets kostbaars te vangen. De woorden rollen naar buiten, vallen op de vloer en zijn verloren.

We gingen geen van allen naar bed op de avond nadat de gestoorde vrouw overleden was. In plaats daarvan hielden we een soort wake, ma, Douglas en ik, en de insecten die zich tegen de ruiten te pletter vlogen. Ik weet niet waar we naar uitkeken of waarop we wachtten. Dat we het een beetje zouden begrijpen, denk ik.

Toen het eerste ochtendlicht buiten de lucht in sloop, ging ik in de tuin staan om het in te ademen. Maar mijn benen waren zwaar en mijn ogen prikten toen ik het huis uit ging. Ik liep blindelings de dichte bramenhaag in toen ik het pad op stapte, en toen de haag ritselde en zwaaide maakte ik een sprongetje van schrik voor ik me herinnerde dat de gestoorde vrouw nooit meer tussen de bladeren van een heg zou opduiken, nooit meer zou schreeuwen of wijzen of haar jurk optrekken voor een bus, nooit meer achter me aan zou komen met haar paraplu. En ik betreurde mijn eigen opluchting bij die gedachte.

Pa vertrok naar zijn werk terwijl ik nog in de tuin was en bleef alleen even staan om een paar van de vele bramen te plukken die langs de muur hingen. Hij deed het steels, alsof niemand mocht weten dat hij nog in staat was de vruchtjes te zien of van hun smaak te genieten. Maar ik volgde zijn voorbeeld toen ik hem zag vertrekken en begon bramen in mijn mond te stoppen. Het leek iets goeds om dat te doen, op een bepaalde manier passend, en het hielp bovendien tegen de muffe ochtendsmaak op mijn tong. Ik at er nog een paar en ging na een paar zure harder op zoek naar de echt rijpe en zoete bramen; toen begon ik ze serieus te plukken en verzamelde ze in een oude gieter die in het gras was blijven liggen.

De bramen kwamen met bevredigend gemak los van hun steeltjes en ik stak mijn handen steeds dieper tussen de takken om de rijpste te bereiken. Douglas zei niets toen hij me kwam zoeken, maar ook hij begon te eten, te plukken en hij trok de takken voorzichtig opzij om dieper in het nest van de vruchtjes door te kunnen dringen. Ik keek even naar hem en zag een gelijkenis tussen hem en de gestoorde vrouw die onmiskenbaar was als je het eenmaal wist, maar ik dacht dat het deels door de situatie kwam: met zijn armen diep in het gebladerte. En al snel kwam mijn eigen moeder naar buiten, met mandjes en kommen voor haar deel van de oogst.

We plukten de struik kaal, gulzig en snel, en de bramen bezweken tussen onze vingers. Onder het plukken stopten we onze monden vol, zwijgend, intens en zeker. Ik bleef doorgaan tot ik mijn armen nauwelijks nog kon optillen en de huid van mijn vingers onder de wondjes van de braamstekels zat. Dat was het moment dat Frank verscheen. We hoorden zijn voetstappen op het pad en draaiden ons als één man om.

'Jezus!' zei hij. 'Zijn jullie allemaal kannibalen geworden?'

Ik keek naar ma en Douglas en zag dat hun gezichten en handen bloederig waren van het fruit, alsof ze een levend dier hadden verslonden. Ik kon het sap om mijn eigen mond voelen plakken. Niemand lachte, maar we staarden elkaar aan alsof we zojuist uit een droom waren ontwaakt, met vlekken op onze kleren, een bleke huid en tranende ogen.

Frank had suiker bij zich en ma veegde haar handen en gezicht af aan haar schort om die te bewonderen, ze voelde aan de pakjes alsof het kerstcadeautjes waren. 'We kunnen jam maken,' zei ze. 'We hebben er genoeg fruit voor.'

'Dat zie ik,' zei Frank en hij lachte, maar hij keek nog steeds een beetje vreemd naar ons, van opzij en ongemakkelijk, en hij stak met zenuwachtige handen een sigaret op terwijl een van zijn manchetten als een gulzige zeemeeuw tegen zijn pols fladderde.

Ma liep naar binnen met onze oogst en Douglas ging verder met bramen eten, maar ik was mijn eetlust verloren. Mijn huid jeukte op de plekken waar het sap was opgedroogd en ik voelde me geïrriteerd. Ik wou dat Frank er niet was; ik wou dat we de hele dag hadden kunnen doorgaan met bramen plukken, zonder te praten, alleen plukken, iets doen wat ik niet hoefde te proberen te begrijpen.

Ik stelde het al dagen uit om Frank te spreken en liep via een omweg naar huis wanneer ik hem aan het eind van onze straat zag wachten of stak de straat over als ik te dicht bij de Fiveways kwam, of bij een andere pub waarvan ik dacht dat hij er misschien zou zijn. Ik wist niet wat ik tegen hem moest zeggen. Ik kon hem niet vertellen dat Douglas elke avond in The Pavilion Ballrooms zat te wachten in de hoop dat Sukey zou opdagen.

'Het lijkt wel alsof je lippenstift is uitgelopen,' zei Frank. 'Alsof je met iemand hebt gezoend.' Zijn handen trilden niet meer. Hij bracht zijn duim naar mijn mond en liet die heel dicht boven mijn lippen zweven.

'Ik gebruik geen lippenstift,' zei ik, en de woorden kwamen er stijfjes uit door de inspanning die het me kostte om niet naar zijn aanraking toe te bewegen. Er klonk een schampend geluid toen Douglas achter mij een trap tegen de muur gaf. Frank keek hem niet aan, maar veegde zijn duim zacht over het laatste beetje natte bramensap op mijn bovenlip en smeerde dat toen op zijn eigen mond.

'Hoe vind je dat?' vroeg hij. 'Misschien moet ík het gaan gebruiken.'

De absurde handeling en de opmerking maakten me giechelig. 'Nu zie jíj eruit alsof je met iemand hebt gezoend,' zei ik toen ma ons binnen riep.

'Ik wilde het net aan Frank vertellen,' zei ze terwijl we binnenkwamen. 'Over het ongeluk.'

Ik zag Frank schrikken van dat woord. 'Wat voor ongeluk?'

'Van Douglas' moeder. Ze is doodgereden door een auto.'

Mijn moeder was de bramen aan het wassen en deed ze over in een pan om zacht te laten worden op het fornuis, en het was even stil voor Frank iets zei. Toen hij dat deed, klonk zijn stem dun.

'Wat verschrikkelijk,' zei hij. En ongelofelijk genoeg leek hij bijna in tranen. 'Wanneer was dat? Was jij erbij? God, wat verschrikkelijk.' Hij uitte een snik, en wij schrokken ervan, alsof hij een bord kapotgooide.

'Je vindt het misschien niet zo verschrikkelijk meer als je hoort wie ze was,' zei Douglas. Zijn stem klonk boos, maar zijn gezicht, fel bevlekt, was kalm.

'Dat doet er niet toe,' zei ma terwijl ze over het bramensap op zijn kin wreef en hem tot stilte maande.

'Ik herinner me de eerste keer dat ik haar zag,' zei Frank, en er viel een stilte waarin we ons denk ik allemaal afvroegen wat hij daarna zou zeggen.

Maar hij maakte zijn verhaal niet af; hij schudde zich los en ging vlak bij ma staan om haar te helpen de warme, zachte bramen door zakken van neteldoek te persen, en de donkere pulp kleefde aan zijn vingers en glibberde over zijn polsen. Ik bracht het fruit aan de kook met de suiker van de zwarte markt en ma koelde het, deed het in potten en verzegelde die met was. De jam werd helder, rooskleurig en verrukkelijk. En al die tijd was Frank erbij, af en toe haast in tranen omdat Douglas' moeder was verongelukt.

'God, wat een rotvent,' zegt Helen terwijl ze op het stuur slaat. 'Jou van alles de schuld geven. En mij! Alsof het er iets mee te maken heeft hoe ik mijn brood verdien. Nou, het is Elizabeth met wie ik medelijden heb, met zo'n zoon.'

'Elizabeth is zoek.'

'Mam, we zijn net bij haar op bezoek geweest.'

'Ze is zoek en dat is mijn schuld.'

'Nee, luister niet naar die idioot. Hij had haar niet alleen in de tuin moeten laten als ze zo slecht ter been was. Het is niet jouw schuld.'

'Het is mijn schuld omdat ik op de verkeerde plekken heb gezocht. Ik heb overal rommel verzameld, en de hele tijd lagen de echte dingen daar op me te wachten.'

'Waar heb je het over?'

'Ze ligt begraven in die tuin.'

'Wie?'

Ik kan niet op de naam komen. 'Over wie jij het had.'

'Elizabeth ligt in het ziekenhuis, mam. We zijn net bij haar op bezoek geweest.'

'Nee, in de tuin. Al jaren begraven.'

Helen gaat een beetje verzitten op haar stoel, ze mindert vaart. 'Welke tuin? De onze?'

'Bij de nieuwe huizen. Ze is verdwenen en ze hebben die huizen gebouwd. En Frank heeft tonnen grond gebracht om de tuinen op te hogen en hij heeft daar dingen geplant. En de pompoenen waren bijna vernield nadat er iemand in de tuin was geweest. En er gegraven had.'

'Nieuwe huizen. Bedoel je bij Elizabeth?'

'Elizabeth is zoek.'

'Nee, mam, we zijn net bij haar op bezoek geweest.'

'Ze ligt begraven...'

'Dat zei je al. Maar het is niet Elizabeth, hè?'

'Elizabeth is zoek.' Het is de verkeerde naam. Ik weet dat het de verkeerde naam is, maar ik kan niet op de goede komen.

Helen zet de auto stil. 'Wie denk jij dat er in Elizabeths tuin begraven ligt? Is het Sukey?'

Sukey. Dat is de naam. Sukey. Sukey. De spieren in mijn borst ontspannen zich iets.

'Mam?' Helen trekt met een vreselijk geratel de handrem aan.

'Het is mijn schuld. Ik was daar, ik herkende het huis vanwege de kiezelstenen op de muur, en was ik maar gaan graven, dan had ik het allemaal ontdekt en zou ma niet gestorven zijn zonder het te weten. Ik dacht dat het niets te betekenen had, gewoon iets wat de gestoorde vrouw deed om me bang te maken. Maar Sukeys spullen lagen in de tuin op mij te wachten, om de plek aan te geven. Haar poederdoosje was er, ik vond het te laat, veel te laat. Nu zal ik haar nooit meer vinden, hè? Ze zal altijd vermist blijven en ik zal altijd naar haar blijven zoeken. Ik kan het niet verdragen.'

'Ik ook niet,' zegt Helen fluisterend. 'En nu is het klaar. Stap uit. Wacht! Ik help je wel.'

Ze komt mijn portier opendoen en ik zie dat we aan de andere kant van het park zijn, achter het groen met gele huis en het hotel en de acaciaboom, en terwijl ik mijn vingers over het patroon van zwarte en witte kiezels op de muur laat glijden, haalt Helen iets uit de kofferbak. De zijpoort zit op slot, maar ze steekt de punt van een spade ertussen en de houten omlijsting versplintert met een knal.

'Kom in de tuin, mam,' zegt ze terwijl ze bij het wandtapijt van mos en muurleeuwenbek staat en de poort voor me openhoudt. 'Kom. Ik spit desnoods die hele klotezooi om.'

Het gras is bruin en beschadigd, en er zijn veel plekken kale aarde waar eigenlijk gras of bloemen zouden moeten staan. Helen beent eroverheen, met haar gereedschappen in de hand. Ze bukt zich om haar hand over de grasmat te halen, alsof ze iets onder een tapijt aan het zoeken is, en daarna stampt ze op verschillende plekken, met haar linkeroor naar de grond gericht. Eindelijk gooit ze de spade neer, heft haar spitvork hoog in de lucht en laat hem, loodrecht, in de aarde vallen. De tanden zinken diep en geluidloos weg, en ze haalt ze weer omhoog in een aanrollend getij van aarde en gras.

'Ik heb goddorie schoon genoeg van vermiste mensen, zieke mensen, dode mensen. En ik heb ook schoon genoeg van de zonen van vermiste mensen,' zegt ze terwijl ze op de grond in steekt. 'We graven tot aan Australië, als dat nodig is.'

Ik begrijp niet waar ze mee bezig is. 'Is dit voor pronkbonen?' zeg ik, wijzend op de wond die ze het armzalige grasveld heeft toegebracht. Het lijkt me een rare plek om die te planten. Ze geeft geen antwoord maar praat in zichzelf, vloekt. Ik kijk in een kas, die er leeg en verloren uitziet. Hij komt me bekend voor, en ik ga er even in staan en probeer de geur van schimmel, oude plastic bloempotten en houtbederf te plaatsen. Er landt een roodborstje vlak bij de berg aarde naast Helens sleuf.

'Rot op!' schreeuwt ze het toe, zwaaiend met haar spade.

Het vogeltje fladdert weg en gaat op een tak van de appelboom zitten. 'Helen?' zeg ik. 'Wat zou de beste plek zijn om pompoenen te planten?'

'Godsamme.' Ze draait met een ruk haar hoofd om, alsof ze de woorden tegen me aan wil smijten. 'Wat heeft dat te maken met…?' Maar wat ze zegt gaat verloren onder het schurende geluid van metaal op steen als ze op een andere plek begint te graven. 'Veel zonlicht hier,' zegt ze. 'Goede muur om de wind tegen te houden…'

Ze maakt er een verschrikkelijke bende van en ik vraag me af waar dat allemaal voor is. Misschien is dit de manier waarop je een tuin inricht, maar dat lijkt me onwaarschijnlijk. Tot dusverre zijn er alleen maar grote, lelijke gaten in de grond. Ik zie er de zin niet van in, tenzij er vijvers moeten komen. Een witte plastic stoel staat op een berg zanderige grond en een van de poten zakt weg als ik erop ga zitten. Ik merk dat ik voorovergebogen zit en de oneindige hoeveelheid leven op dit kleine lapje grond bekijk; het gluurt door gaatjes in zuringbladeren en dwarrelt mee op stukken van veertjes die van bovenaf neervallen.

Ik strijk met mijn vingers over de knop van een paardenbloem, de smalle bloemblaadjes zitten tegen elkaar aan gedrukt als een fluwelen knoop. Ik kan de verleiding niet weerstaan om ze los te trekken, het is te bevredigend om het moment van weerstand te voelen vlak voordat ze loslaten, steeds een fractie van een seconde na de vorige. Er kruipt een slak tussen de bodembedekkers. 'Ik zal jam van je maken,' zeg ik. 'Ik maak je zompig en duw je door neteldoek en dan kook ik je met suiker.' Hij trekt zijn hoorntjes even in, maar stopt niet.

En dan klinkt er een kreet. 'Kut. Bijna een stuk metaal in mijn oog,' zegt Helen, en ze klimt uit het gat dat ze heeft gegraven. Ze is vandaag echt verschrikkelijk grof in de mond. 'Een stuk van een schoengesp,' zegt ze. 'Wacht even.' Ze knielt neer en buigt zich voorover in het gat. 'Er ligt hier iets. Mam!'

Ik kom krakerig overeind en ga naar haar toe, en zij geeft me een flinter hout, die wit is op de plekken na waar de aarde hem vuil heeft gemaakt. De randen zijn half vergaan van het vocht.

Helen trekt nog meer stukken uit de aarde, en door het verwijderen van het hout ontstaat er een holte. De zanderige grond begint er langzaam in weg te zakken. Er ligt iets geligs onder, iets glads en angstaanjagend ronds, met rijen tanden die in de aarde bijten alsof ze zich een weg naar boven proberen te verschaffen. Maar hoe noem je het, dit ding zonder vlees en haar, dit gezicht dat staart zonder ogen? Helen wil het me niet vertellen als ik het vraag, en als ze nog meer aarde verwijdert zie ik dat er een stuk ontbreekt, een barst, een teken van geweld, hol en donker tegen de gele kleur.

'Mam,' zegt Helen. 'Ga naar het huis toe, wil je?' Ze steekt haar handen weer in het gat als ik terugloop en als ze overeind komt, zie ik dat ze nog meer hout vastheeft. Nog meer hout en iets ronds, een klein, ondiep potje. Ik weet zelfs van deze afstand dat het marineblauw met zilver is. En ik weet dat er vroeger perzikkleurig poeder in heeft gezeten in plaats van bijna zwarte aarde. Helen gooit het leeg terwijl ze wegloopt.

'Laten we naar de auto gaan,' zegt ze heel zacht, met haar handen op mijn armen. 'Laten we gewoon in de auto gaan zitten.'

Het bijrijdersportier is open en ik word zijdelings op de stoel gedrukt. Helen knielt naast mijn voeten op de stoep en spreekt in haar hand. Er ligt iets in haar handpalm genesteld en ze drukt het hard tegen haar wang terwijl ze praat. Om de paar seconden kijkt ze naar de zijpoort, alsof ze denkt dat iets erdoor zal ontsnappen. Zijpoort, denk ik. De zijpoort staat open. Het lijkt belangrijk, maar ik weet niet waarom. Langzaam stalt Helen stukjes hout en het halve poederdoosje uit op de straatstenen. Ik zoek in mijn tas naar de andere helft, buk om de twee zilver-blauwe cirkels te herenigen en knijp mijn ogen dicht tegen het beeld van Sukey aan onze keukentafel die poeder op haar neus aanbrengt. Mijn broekband knelt om mijn middel als ik me buk en het bloed lijkt naar mijn hoofd gejaagd te worden.

De flinters afgebrokkeld hout zijn als stukjes van een legpuzzel, als de scherven van een grammofoonplaat. Ik probeer ze in elkaar te passen, maar ze zijn te nat en rot, als vlees dat lang heeft staan sudderen. Het doet er niet toe: ik weet al dat ze van een theekist zijn, van het soort dat Frank altijd in huis had staan, het soort waarin hij Sukeys kleren opborg toen ze verdwenen was.

'Frank,' zeg ik en mijn maag keert zich om. Het voelt alsof ik weer bij Audrey ben en haar vaders gin drink.

Als ze klaar is met praten maakt Helen een platte rechthoek los van de huid van haar gezicht en legt nog meer dingen op de stoep. Een handvol glasscherven, de randen rondgesleten als kiezelstenen, een geroeste schoengesp en de skeletjes van twee vogels, waarvan de botjes met ijzerdraad aan elkaar vast zitten. De glazen oogjes zijn nog in hun schedeltjes gelijmd en hun snavels vertonen sporen van een soort gekleurde lak. En ik weet dat ik de laatste keer oog in oog met deze snavels heb gestaan in het huis van Frank. Ze vlogen om haar hoofd heen, zei de gestoorde vrouw. Het glas brak en de vogels vlogen om haar hoofd.

Een auto met felgekleurde markeringen erop stopt bij het huis en er stappen een man en een vrouw uit. Ze dragen een wit overhemd met een dik zwart vest erover en hebben net zo'n etiket als mijn WATERKOKER-stekker en mijn THEE-bus. Hun etiket is: POLITIE. Helen maakt een beweging alsof ze wil opspringen om ze te begroeten, maar haar benen trillen en ze schopt de twee helften van het poederdoosje uit elkaar. Ik leg ze weer tegen elkaar zodat het scharnier sluit en veeg nog wat vuil weg om de zilveren strepen te laten glanzen. Ik heb zo lang voorovergebogen gezeten dat mijn handen paarsrood zijn en ik mijn hartslag erin kan voelen kloppen. Ik ben topzwaar van het bloed, dat in mijn oren bonst en lijkt te fluisteren: 'Sukey Sukey Sukey.'

De politievrouw loopt door de open zijpoort en komt weer naar buiten. 'Goed,' zegt ze. 'Ik kan bevestigen dat u menselijke resten hebt gevonden.'

'Ja,' zegt Helen.

‘En deze dingen hebt u weggenomen van de plaats waar ze begraven lagen?’ vraagt de politievrouw.

‘Ja,’ zegt Helen.

Ze krijgt op haar kop van de politievrouw, die zegt dat we verder nergens aan mogen komen. Ze somt alle dingen op die we niet mogen aanraken, alles wat op een rij voor mijn voeten ligt: stukjes glas, een make-updoosje, wat hout, vogelskeletten. Ik hijs mezelf overeind, bij deze verzameling dingen vandaan, maar ik moet ze aanraken. Ik moet wel.

‘En dit is niet uw tuin?’ vraagt de politieman.

‘Nee,’ zegt Helen. ‘Hij is van een vriendin van mijn moeder.’

De agent kijkt me aan. Zijn wenkbrauwen gaan omhoog, hij doet een paar stappen achteruit. ‘U bent het!’ zegt hij. ‘Ik kan het niet geloven. U bent het toch, hè?’

‘Ja, ik ben het,’ zeg ik.

‘Herkent u me niet?’ Hij gaat op zijn hurken zitten zodat ik zijn gezicht beter kan zien. Hij heeft een jongensachtige lach die me aan iemand doet denken. ‘Ik ben degene aan wie u altijd komt melden dat uw vriendin Elizabeth vermist is.’

Ik reageer niet snel genoeg en even glijdt er teleurstelling over zijn gezicht. ‘O ja,’ zeg ik. ‘Hallo.’

‘Ze komt altijd bij mij,’ zegt hij, tegen de politievrouw. ‘Ik had haar aanwijzingen moeten natrekken: ze heeft hier een eeuwenoude moord te pakken.’

‘Niet eeuwenoud, en we weten ook niet of het wel om moord gaat,’ zegt de politievrouw. Ze trekt haar zwarte vest recht en kijkt Helen aan. ‘Waarom was u in deze tuin aan het graven?’

‘Ik zocht naar dat lijk,’ zegt Helen.

‘U wist dat het hier lag?’

‘Nee, niet echt.’

De politieman krijgt opdracht iets uit de auto te halen en hij en de vrouw beginnen een blauw-wit lint om een boom te binden. Het flappert als een wimpel in de wind, maar er zijn geen vlaggen, alleen de woorden: NIET BETREDEN. Terwijl hij bezig is, verplaats ik mijn voeten zodat de punt van mijn schoen tegen het kleine vogelskeletje aan komt. Door de aanraking kan ik weer ademen. Het bloed trekt weg uit mijn zware hoofd, en het lijkt nog steeds te spreken. Is dit wat ze bedoelen als ze zeggen dat het bloed door je aderen ruist? En is er een manier om dat te laten ophouden?

'U hebt die gereedschappen meegebracht?' vraagt de politievrouw. Ze ziet niet wat ik doe met mijn voet.

'Ik ben tuinier,' zegt Helen tegen haar. 'Ik heb een tuinbedrijf. Er liggen meestal spades, grondvorken en plantenschepjes achter in mijn auto.'

De politievrouw zegt dat ze de gereedschappen zal moeten innemen voor onderzoek en Helen zegt dat ze dat begrijpt. Ze heft haar hand één keer op van het trottoir en er zitten rode richels op haar handpalm. Ik steek mijn hand naar haar uit, wil de strepen wegstrijken, maar ze ziet het niet. In plaats daarvan probeert ze nog eens op te staan en de politieman komt dichterbij om haar te helpen. Het bloed ruist niet meer in mijn hoofd, en nu die stem weg is wil ik hem terug. Ik buig me voorover uit de auto om het bonzen opnieuw te voelen, het tegen me te horen fluisteren, en ik leg mijn vingers op de verbrokkelde stukjes hout.

'Laat u de bewijsstukken ongemoeid, alstublieft,' zegt de politievrouw terwijl ze het overgebleven lint oprolt. Ze kijkt Helen aan. 'Waarom hebt u de politie niet gebeld als u dacht dat hier een lichaam lag?'

Helen laat haar arm slap hangen in de greep van de agent. 'Ik geloofde het niet echt.'

'Ik vrees dat u mee zult moeten naar het bureau,' zegt de politieman.

Hij voert Helen weg en ik laat mijn hand naar beneden schieten. In een oogwenk pak ik een stukje glas. Ik houd het stevig vast, de randen zijn gladgesleten door de aarde en ik kan de glazen stolp zien glinsteren in het licht van het vuur, de ogen van de vogeltjes zien glanzen. Ik zie Sukey zitten naaien op de canapé, met haar haren tegen de bekleding achter haar gekruld. Het is zo dichtbij en zo ver weg, en heel even wou ik dat het glas scherper was zodat ik het echt kon voelen.

'Weet u zeker dat er niemand bij u hoeft te komen zitten?' Deze man heeft rossig haar en sproeten, zo veel sproeten dat het moeilijk is zijn gelaatstrekken te onderscheiden, moeilijk te zeggen of hij glimlacht. 'Hoe gaat het met u? Wilt u soms water, als u geen thee wilt? Zit u lekker?'

Nee, ik kan geen prettige houding vinden op deze stoel en mijn middel voelt aan alsof de tailleband van mijn broek erop inbeukt. Ik wil de knoop losmaken, maar die zit er niet aan, er is alleen elastiek. 'Ik wou dat ik deze uit kon trekken,' zeg ik. 'En dan zo'n ding nemen, als een kookpot voor mensen. U weet wel. Om mensen te koken.'

Hij zegt dat hij niet helemaal begrijpt wat ik bedoel en ik kan zijn gezicht niet lezen door zijn sproeten. Zijn gezicht is zo gevlekt dat het leeg is. Net als de muren van deze kamer. Ze zijn zo leeg dat ik ze niet hoef te zien, en als ik langs de man tegenover me kijk, heb ik voldoende ruimte om alle details van Sukeys zitkamer voor me te zien.

'Waar is mijn zus?' vraag ik.

'Uw dochter, bedoelt u? Een andere agent verhoort haar nu in een andere kamer. Zoals ik u eerder uitlegde is uw dochter ook getuige, dus we moeten u apart verhoren. We hebben besloten u geen reprimande te geven, maar we moeten wel een getuigenverklaring afnemen. Begrijpt u dat?'

Hij is erg netjes, deze man, ondanks die rommelige sproeten op zijn huid. Hij zit er keurig bij, met zijn gezicht naar me toe, en hij glimlacht, geloof ik. Ik druk een kiezelachtige glasscherf tegen mijn handpalm. 'Ik ben geen getuige,' zeg ik. Kon ik mijn kleren maar uittrekken en me in het water laten glijden.

'Bad.'

'Sorry?'

'Dat is het woord dat ik zocht.'

'Juist. Goed. Kunt u ons iets vertellen over het stoffelijk overschot dat is gevonden in de tuin van Elizabeth Markham?'

'Elizabeth is zoek,' zeg ik, maar de woorden zijn als stof.

'Ja, een collega van me zei dat u verschillende keren hier bent geweest om haar als vermist op te geven. Was het mevrouw Markham naar wie u zocht?'

Ik staar naar de lege muren en kijk erdoorheen naar Sukeys zitkamer. 'Het huis staat vol dingen,' zeg ik. Er staat een schraapijzer naast de bank en een beschadigde Chinese vaas onder het raam. Het huis staat vol wandelstokken, frutselige paraplu's en een oude sierdegen die bij het minste beetje tocht al omvalt. Een schrijfdoosje staat boven op een muziekkrukje en twee marmeren leeuwen zitten aan de voet van een wastafel. Er is bijna geen ruimte om me te bewegen en ik moet voorzichtig zijn.

'Mevrouw Horsham? Begrijpt u wat er in de tuin is gevonden?'

Ik probeer het me voor te stellen, maar het lukt niet; ik heb niet genoeg energie om aan twee plekken tegelijk te denken. Ik bestudeer alle bobbels in de grijze verf op de muur en probeer terug te keren naar die kamer, naar Sukey. Kon ik daar maar naar terug, kon ik maar weer bij haar zijn. De geur van koffie stoort me, ze dronk nooit koffie, en ik kijk boos naar het witte plastic bekertje op tafel.

'Hebt u enig idee hoe lang het lichaam daar gelegen kan hebben? We hebben informatie – of liever, uw dochter gaf aan – dat dat al sinds 1946 het geval geweest kan zijn. Hebt u daar iets aan toe te voegen?'

'1946 is het jaar dat mijn zuster vermist raakte.'

'Susan Gerrard, meisjesnaam Susan Palmer. Klopt dat?'

'Sukey,' zeg ik en ik denk aan ruisend bloed, maar wat heeft bloed er nou mee te maken?

'Sukey? Noemde u haar zo? En ze is vermist sinds de herfst van 1946, klopt dat?'

'Ja. Hoe lang is dat geleden?'

'Bijna zeventig jaar.'

Ik denk even aan de koude aarde rond de bleke beenderen en voel hoe die kou mij ook bekruipt, en als ik het geweten had zou ik uit vrije wil in die houten kist gekropen zijn om haar zeventig jaar lang gezelschap te houden. Ik zou haar nooit zo lang alleen hebben gelaten. Ik zou alles hebben gedaan om bij haar te zijn, zoals dit stuk glas bij haar was. Ik druk het tussen mijn vingers, voel dat het warm is geworden van mijn aanraking, alsof er leven in is geforceerd.

'U hebt het lichaam gezien,' zegt de man. 'Of misschien moet ik zeggen: het skelet. De schedel is duidelijk beschadigd. Kunt u daar iets over zeggen?'

'Het glas brak en de vogeltjes vlogen rond haar hoofd.'

'Vogeltjes? Kennelijk lagen er glasscherven en overblijfselen van vogels bij het lichaam. Is dat wat u bedoelt?'

'Dat is wat de gestoorde vrouw zei.'

'De gestoorde vrouw? Wie bedoelt u daarmee?'

'Ze haatte die vogeltjes, Sukey, met de geverfde vleugels en glazen ogen. Op een dag zouden ze naar buiten vliegen om haar te pikken. Dat is wat ze dacht. Ik was eerder bang voor de andere dingen, haar huis stond vol met dingen om over te struikelen. Ik dacht dat ze zou vallen en haar nek breken. Ik vond het daar levensgevaarlijk.'

'Over welk huis hebt u het nu?'

'Franks huis.'

'Frank? Is dat Frank Gerrard? We hebben hem staan als mogelijke verdachte. Kunt u ons wat meer over hem vertellen?'

'Hij was een jaloerse man, Frank.'

'Is dat zo?'

'Dat weet ik niet. Dat zei iemand.'

'Wie zei dat?'

'Dat weet ik niet meer.'

'Oké, daar komen we later op terug.' Hij neemt een slokje koffie en dan een slokje water. 'Hebt u enige informatie over de verblijfplaats van Frank Gerrard?'

'Nee.'

'Wist u dat hij een strafblad had? Voor het verstoren van de openbare orde, het aannemen van gestolen goederen, zware mishandeling.'

'Dat wist ik niet.' Het stukje glas vergroot de lijnen in mijn hand en ik denk aan Sukey, die zat te naaien en haar nette rijtje steken niet wilde onderbreken, en aan het vuur dat me tot diep vanbinnen verwarmde. Als ik maar terug kon naar die kamer zou alles weer goed zijn. Ik zal niet naar de vogeltjes op de schoorsteenmantel kijken, ik bedek ze met haar sjaal en ik help haar een gordijn voor de keuken te maken, en als Frank thuiskomt...

'Als Frank thuiskomt? Wat? Wat zou er dan gebeuren?'

'Niets,' zeg ik.

'Oké, daar zal ik u later weer naar vragen. Iets anders wat we moeten vaststellen is hoe het lichaam in de tuin van mevrouw Markham terecht is gekomen. Had uw zuster iets te maken met die tuin?'

'Nee.'

'Maar u gelooft dat het stoffelijk overschot dat we gevonden hebben van uw zuster is? Waarom dacht u dat ze daar zou liggen? Had Frank Gerrard soms iets met die tuin te maken?'

'Hij heeft geholpen pompoenen te planten.'

'Dus hij had toegang tot de tuin?'

'Dat weet ik niet.'

'We weten dat hij tussen 1938 en 1946 een verhuisbedrijf had. Heeft hij daar misschien meubels afgeleverd?'

'Dat weet ik niet.'

Tanden die wit afsteken bij de sproeten. 'U mocht Frank graag, hè?'

'Hij hield van Sukey.'

De man neemt nog een slok koffie. Ik staar weer naar de muur en denk aan Sukey, die grapjes maakt met de verhuizer met het zachte gezicht, aan de gestoorde vrouw die bij het steegje van de meidoorn staat te eten, en dan denk ik aan Frank. Hij kan elk moment de kamer binnenkomen.

'En dan?' vraagt de man. 'Wat gebeurt er dan?'

Dan komt Sukey schreeuwend naar buiten rennen vanwege de gestoorde vrouw en Frank zal zeggen dat ze naar het Station Hotel moet gaan, alleen gaat ze niet omdat Frank iets doet. Duwt hij haar tegen de schoorsteenmantel? Slaat hij haar tegen de grond? Slaat hij haar hersens in met de glazen bol vol vogels? Het is iets wat haar schedel laat barsten en de opgezette vogeltjes om haar hoofd heen laat tuimelen. Ik let goed op dat ik denk en niet spreek, en de man met de sproeten blijft me maar vragen stellen, maar ik kan geen antwoord geven, want als ik spreek zal ik te veel zeggen. Ik zal zeggen dat de gestoorde vrouw alles heeft gezien, ik zal zeggen dat Frank Sukey in een theekist heeft gestopt en haar in de tuin van een huis heeft begraven waarvan hij wist dat er nog niemand woonde. Ik zal zeggen dat hij heeft aangeboden de pompoenen te planten zodat hij invloed had op waar er in de grond werd gegraven en hoe diep. Ik zal die dingen zeggen als ik spreek, maar ze kunnen niet waar zijn, ze kunnen onmogelijk waar zijn.

'Wat gaat er nu gebeuren? Weet u dat?' vraagt Helen terwijl ze haar sleutels pakt en de auto openmaakt.

'Ze gaan uw verhalen natrekken,' zegt de agent. 'Vaststellen hoe oud de gevonden overblijfselen zijn, andere getuigen proberen op te sporen, en andere mogelijke verdachten.'

'Gaan ze proberen Frank te vinden?'

'Als dat een zinnige onderzoeksrichting lijkt.' De woorden klinken correct, maar hij bederft het effect met een grijns.

Ik leg een hand op de auto, krom mijn vingers tegen het raam en probeer me een jong meisje voor te stellen dat zigzaggend over de stoep rent om niet op de slakken te trappen. Maar het is moeilijk om jezelf voor je te zien in een herinnering en ik kan alleen maar denken aan Frank, die me vertelt dat de nieuwe huizen mooi zijn, dat hij er is geweest om mensen te helpen erin te trekken en hun tuinen in orde te maken. Ik staar naar het glas en verwacht dat er schaduwen overheen zullen schieten zoals op een filmdoek, maar de weerspiegeling van de hemel verduistert de verhalen die vertoond kunnen worden en alles staat stil, tot de agent het portier opent en mij naar binnen helpt. Hij legt een hand op mijn hoofd voor het geval ik me zou stoten en buigt zich over me heen om mijn gordel vast te maken. Als hij zich terugtrekt, geeft hij me een knipoog.

'Ik denk dat u hebt gevonden wat u zocht,' zegt hij, 'maar ik hoop dat u af en toe nog even binnenwipt, goed? U bent altijd welkom.'

Hij sluit het portier en ik vraag me af wat hij bedoelde. Het is bloedheet in de auto, al is het laat op de dag en is de zon niet fel. Ik kan de ramen niet naar beneden krijgen en ben blij als Helen haar portier opent en wat frisse lucht binnenlaat.

'En. Het eh... lichaam, bedoel ik. Als dat van Sukey is,' vraagt ze aan de agent. 'Wanneer wordt het dan vrijgegeven?'

'Ze moeten eerst vaststellen dat het stoffelijk overschot is van wie u beweert dat het is; er is veel onderzoek nodig om de sterfdatum accuraat te bepalen en eventuele verwondingen en doodsoorzaak vast te stellen, als dat al mogelijk is. Dat kan zes maanden duren, of misschien nog langer. Ze zullen het u laten weten als het zover is.'

Ze bedankt hem, stapt naast mij in en zet de koele lucht vol aan. We rijden een klein stukje en de agent zwaait ons uit alsof hij een oude vriend is, maar we stoppen zodra we de hoek om zijn. Helen ademt zwaar, alsof ze de auto heeft geduwd in plaats van bestuurd.

'Je bent toch niet gaan roken, hè?' Daar was ik altijd bang voor toen ze klein waren.

'Mam, ik ben zesenvijftig, natuurlijk ben ik niet gaan roken. Je weet niet wat er gebeurd is, hè?'

Ik streel nog eens over haar hand. Ik doe het heel voorzichtig, maar vanbinnen heb ik een gevoel alsof ik val, alsof er een belangrijk orgaan losraakt, alsof het losraakt en ik klaar moet staan om het op te vangen voor het op de grond terechtkomt. 'Frank heeft me tegengehouden zodat ik niet over de balustrade in het Station Hotel viel,' zeg ik. 'Heb ik dat wel eens verteld?' Ik herinner me nog dat ik dacht dat hij de schuld zou krijgen als ik gestorven zou zijn, al was het nooit zijn bedoeling om me kwaad te doen.

'Ja, mam, dat heb je verteld. Maar ik heb altijd de indruk gehad dat het door hem kwam dat je bijna was gevallen.'

Ze start de auto weer en rijdt heel langzaam, vlak langs de kant van de weg, en ze lijkt het niet te merken als ik de bordjes DREMPELS en GEEN VOETGANGERS hardop voorlees. Haar hand beeft als ze schakelt en ze is niet geïrriteerd als ik vraag waar we heen gaan.

'Wat is er met Douglas gebeurd?' vraagt ze.

'Hij is naar Amerika gegaan,' zeg ik terwijl ik de donkere brem en de nog donkerder zee door het raampje voorbij zie rollen. 'Daar wilde hij altijd al naartoe, en daarom probeerde hij graag die Amerikaanse zinnetjes uit, het accent. Ik dacht dat hij nog zou opschrijven, maar dat heeft hij nooit gedaan, hij wilde helemaal opnieuw beginnen, denk ik. Hij heeft alles wat hij had verkocht voor het ticket. Behalve de "Champagne Aria".'

'Ha-ha-ha,' zegt Helen terwijl ze de auto parkeert bij het strand.

Ze helpt me over het zand naar het water. We hebben allebei aarde onder onze nagels zitten en spoelen het weg in de branding. Een stukje glas, als een kiezelsteen, ligt in de vouw van mijn hand en ik laat het dwars door de branding tussen de echte kiezels in het zand vallen. De zon gaat onder achter de pier en we kijken even hoe ze wegzakt. Ik vraag me af hoe laat het is en wat we de hele dag hebben gedaan. Ik vraag me af hoe we aan de aarde op onze handen komen en waarom Helen zo beeft. Ze kust me op mijn hoofd en mijn maag knort. Ik voel in de zakken van mijn vestje en in mijn tas of ik chocolade heb, maar er zit niets in. Mijn maag knort weer tegen me.

'En Frank?' Helen staart uit over de zee.

Die ziet er vandaag ruw uit, met golven als misvormde kleurvlakken, en ik zou er niet graag in zwemmen.

'Wat is er met hem gebeurd?' Ze draait haar voeten in het rond zodat ze een stukje wegzakken in een vochtig duintje.

'Hij heeft me ten huwelijk gevraagd.'

'Wat?' Ze draait zich snel om en één voet zakt dieper weg in het zand.

'O, dat was veel later. Ik was toen al tweeëntwintig. Hij was een tijdlang weg geweest. Naar de gevangenis, zei pa, maar ma en ik waren daar nooit helemaal van overtuigd. Hoe dan ook, op een dag dook hij op en vroeg of ik met hem wilde trouwen. Net zo makkelijk. Ik zei natuurlijk nee. Ik was al verloofd met Patrick.'

'Hoe nam hij dat op?'

Daar denk ik even over na, hoewel het pijnlijk is om eraan terug te denken. 'Ik vermoed dat het een opluchting voor hem was.' Maar zijn ziekelijke, grauwe gezicht op het moment dat ik nee zei doemt voor me op en ik vraag me opnieuw af of ik ja zou hebben gezegd als ik nog niet verloofd was geweest, en of ik het Patrick verweten heb dat hij in de weg stond. En ik vraag me af of ik bestand was geweest tegen een huwelijk waarin ik elke dag aan mijn zus had moeten denken.

'En het is natuurlijk waarschijnlijk dat hij haar heeft vermoord,' zegt Helen met iets scherps in haar stem. 'Dat had de dingen misschien bemoeilijkt.' Ze staart naar de waas tussen de lucht en de zee. 'Maar denk je dat het met opzet was?'

Ik kijk naar het strand achter me. 'Daar heb ik Sukey begraven,' zeg ik.

'Nee, mam, dat was...'

'En daarna begroef zij mij. En ik werd boos.' Ik voelde me na afloop schuldig omdat ik boos was geworden en schaamde me voor mijn kinderachtige gedrag. Ze probeerde me alleen maar te vermaken. Maar het zand dat mijn lichaam insloot en zwaar op mijn armen en benen lag, joeg me doodsangsten aan en ik kon me te gemakkelijk voorstellen dat de duinen zouden oprijzen tot boven mijn hoofd. Na die keer zorgde zij er altijd voor dat zij degene was die begraven werd, en ik schepte handenvol poederig zand op haar, klopte het aan tot ze zich niet meer kon bewegen en trok er vormen in om haar de tentakels van een inktvis of de staart van een zeemeermin te geven. En een keer heb ik een jurk voor haar gemaakt. Van nagels die ik op het strand verzameld had. Ik weet zeker dat het zo was. Ik kan ze nu nog voor me zien, uitgespreid om haar heen. Honderden roze nagels, vastgedrukt in het zand.

Epiloog

'Volgens mij hoopte hij dat een ervan een vermogen waard zou zijn, maar helaas.' De stem is gedempt en er klinkt onderdrukt gelach. De plek waar de spreker moet staan wordt aan mijn zicht onttrokken door een heleboel in het zwart geklede lijven. 'Ik verdenk haar ervan dat ze die troep alleen maar heeft verzameld zodat hij het zou moeten uitzoeken. Ze heeft misschien geweten dat hij de verleiding niet zou kunnen weerstaan om het porselein te laten taxeren.'

'Victoriaans majolica, hè? Een laatste grap van tante Elizabeth. Arme Peter.'

Dicht stof dwarrelt door de warme lucht en strijkt op schouders, heupen en dijen neer, er hangt een geur van goedkope nieuwe kleren. Ik zit gevangen, ik stik. Er lijkt geen uitweg te zijn en geen plek om even te rusten. Ik leun met mijn schouder tegen een stevig uitziende, met doek bedekte scheidingswand, maar een dikke vrouw slaakt een dun kreetje en loopt weg terwijl ze zich nog even omdraait om me fronsend aan te kijken. Ik zak voorover met mijn gezicht tegen de revers van een blazer, en heel even zie ik een opening tussen de mensen. Er is een crèmekleurige muur en een lichtvlek, en er is een plank, zo'n plank met poten, opgehoopt met dingen om te eten. Ik wring me erheen, en de mensen in hun verstikkende zwart glimlachen bedroefd terwijl ze hun drank achteroverslaan. God weet waarom ze zo op elkaar gepakt staan, als perziken in een blik.

Als ik bij de crèmewitte muur kom blijkt het stof hier ook te dwarrelen, maar het stijgt op in het licht en het is hier koeler. Ik trek een zitding bij, om op te zitten. Zo meteen zal ik weer terug moeten. Er is iets wat ik moet doen. Ik kan me even niet herinneren wat het is, maar ik weet dat het belangrijk is, iemand zal het me wel vertellen als ik het vraag. De gevulde broden, de beboterde en belegde broden, zijn in vierkantjes gesneden en mijn maag knort, maar ik kan niet bedenken wat ik ermee moet doen. Ik zie een man er een pakken en erin bijten, met plat drukkende vingers en natte lippen. Ik ben een beetje misselijk, maar volg toch zijn voorbeeld en prop een ding in mijn mond. Het glijdt over mijn tong, koud, scherp en stinkend tegelijk. Er komt iemand naar me toe, glimlachend, en ik ga snel aan de kant, de keuken in, waar de oven zijn lage, lachende commentaar staat te brommen en zijn eigen zwarthete kleren draagt.

'Wilt u me dat mes even aangeven?' vraagt een moederlijke figuur met een rood gezicht.

Ik kijk de ruimte rond, maar ik kan niet bedenken wat ze bedoelt en dus slenter ik door een glazen deur een patio op. De meeste ruimte daar wordt ingenomen door die dingen, geen boten; ze staan vol bloemen, grote roze bloemen die op en neer deinen in de wind. Maar er staat hier een bankje en ik kan zitten. Een lange vrouw brengt me een plak vruchtencake. Ze zegt dat het vruchtencake is terwijl ze het aan me geeft en ik zie geelbruine krenten onder de korst verscholen liggen.

'Hoe voel je je?' vraagt ze en ze gaat zitten.

Ben ik ziek geweest?

'Je hebt tenminste nog afscheid kunnen nemen,' zegt ze.

'O. Zijn ze al weg? Ik was er niet om het boeket te vangen.'

'Mam, dit is een begrafenis. Op een begrafenis gooien ze niet met bloemen.'

Ze glimlacht en slaat dan een hand voor haar mond terwijl ze weer naar het huis kijkt. Ik staar langs haar heen naar de deinende bloemen. De tuin is erg mooi, maar niet van mij.

'Waar ben ik?' vraag ik.

'Bij Peter thuis.'

Ik knik alsof ik de naam herken en pluk de krenten uit mijn cake, knijp ze plat. Als er een meisje met donkerblonde krullen op de patio verschijnt gooi ik de krenten voor haar voeten. Ze blijft stilstaan en knippert met haar ogen, maar ze hipt niet weg en pikt niet naar het fruit. Misschien omdat ze geen snavel heeft. Ik geloof dat ik haar ken. 'Is dat mijn dochter?' vraag ik aan de vrouw die naast me zit, terwijl ik het meisje aanwijs.

'Je kleindochter,' zegt de vrouw.

Het meisje lacht. 'Je bent te oud om mijn moeder te zijn, oma.'

'O ja?'

'Je bent tweeëntachtig.'

Ik vraag me af waarom ze liegt. Denkt ze soms dat ze grappig is? 'Dat meisje is gek,' zeg ik. 'Straks maakt ze me nog wijs dat ik honderd ben.'

Er komt een man naar buiten die neerknielt, de krenten opraapt en ze uitstrooit over het gras. Twee merels fladderen naar beneden om hun snavels erin te steken, en die aanblik steekt mij ook. 'Elizabeth is zoek,' zeg ik en ik voel iets in me bewegen, de herinnering aan een glimlach. 'Heb ik dat al gezegd?' Ik probeer de vrouw bij haar mouw te grijpen voor ze buiten mijn bereik komt. 'Ik blijf het bij haar huis proberen, maar er doet niemand open.'

'Sorry,' zegt de vrouw terwijl ze overeind komt om een hand op de schouder van de man te leggen. 'Ik heb het haar verteld.'

'Arme Elizabeth,' zeg ik. Ik heb haar niet meer gezien sinds ze bij ons in keuken krenten uit mijn moeders cake kwam halen. Er kan daarna van alles zijn gebeurd. Ze had de krenten nodig om de gestoorde vrouw te voeren. De gestoorde vrouw, die eigenlijk een vogel was en om het hoofd van mijn zus heen vloog. Mijn zus was bang, en zij en Douglas hebben een tunnel naar Amerika gegraven. Ik probeerde ze achterna te gaan, maar ik kon niet zo ver graven. Misschien hebben ze Elizabeth meegenomen?

De vrouw denkt niet dat dat het antwoord is en de man begint iets aan me uit te leggen. Maar ik kan me niet concentreren. Ik zie dat ze toch niet zullen luisteren, me niet serieus zullen nemen. Dus moet ik iets doen. Dat moet, want Elizabeth is zoek.

Dankwoord

Ik wil graag mijn ouders Kathryn Healey en Jack McDavid en mijn partner Andrew McKechnie bedanken voor hun aanmoediging en steun.

En ook Karolina Sutton en de geweldige mensen bij Curtis Brown, Venetia Butterfield en iedereen bij Viking, en Andrew Cowan en mijn docenten, klasgenoten en collega's bij UEA.

Dank aan iedereen die het manuscript heeft gelezen en voorzien van feedback, onder wie Anne Aylor, Oonagh Barronwell, Paula Brooke, Nick Caistor, Claudia Devlin, Hannah Harper, Tom Hill, Narelle Hill, Debra Isaac, Campaspe Lloyd-Jacob, Gerard Macdonald, Fra von Massow, Tray Morgan, Andy Morwood, Teresa Mulligan, Hekate Papadaki, Sara Sha'ath, Alice Slater, Charlotte Stretch, Beatrice Sudsbury, Catriona Ward en Anna Wood.

En ook aan Annabel Elton, Billy Gray, Vicky Grut, Christopher Healey, Eoin Lafferty, Anna McKechnie en Mabel Morris.

En ik ben nog veel meer mensen dank verschuldigd voor hun hulp en enthousiasme.